相続税調査はどう行われるか

調査対象選定から加算税賦課まで

［改訂版］

十二人の死にたい子どもたち

冲方丁
Ubukata Tow

文藝春秋

十二人の死にたい子どもたち

目次

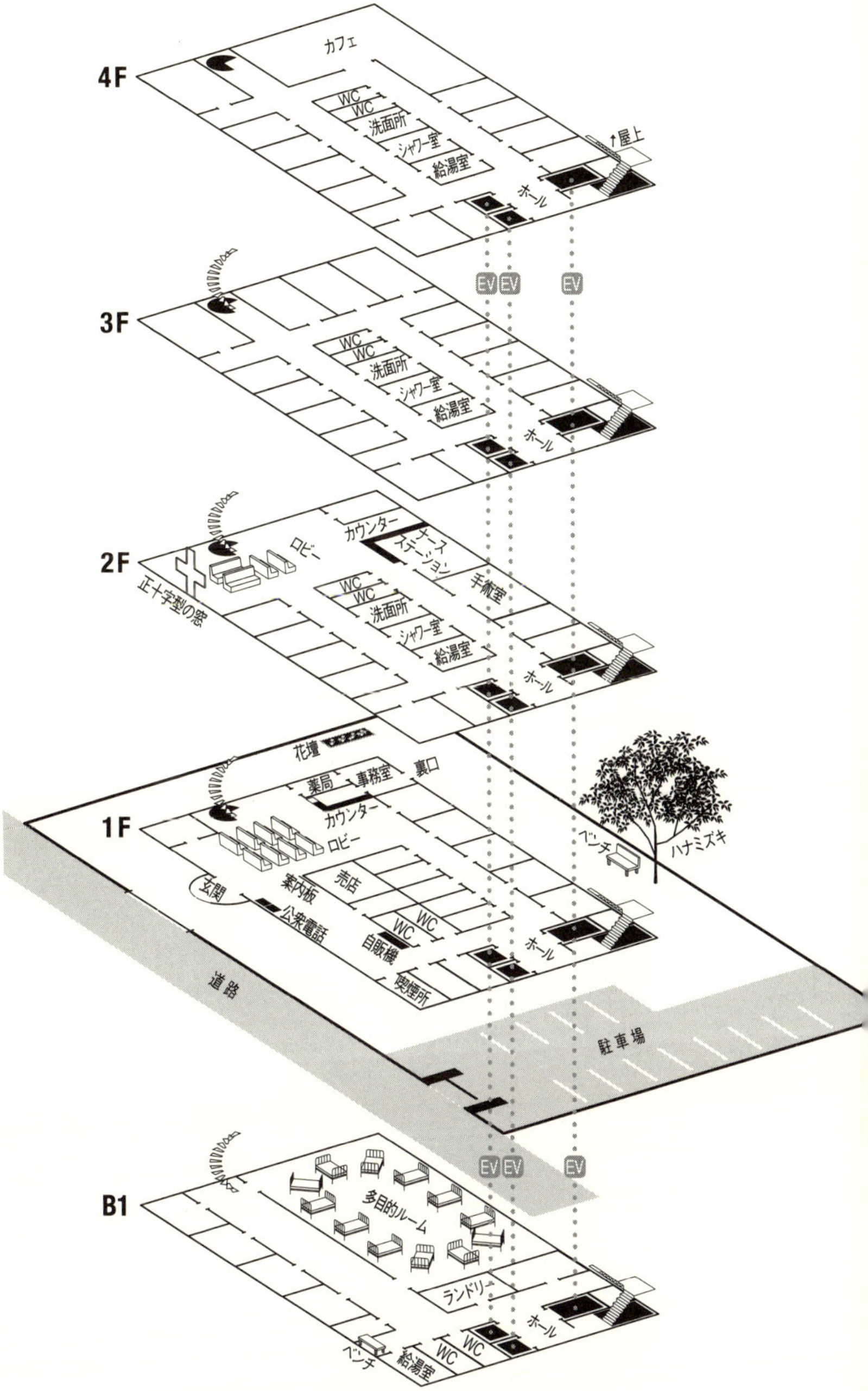

4F
カフェ
WC
WC
洗面所
シャワー室
給湯室
ホール
屋上
EV
EV
EV
3F
WC
WC
洗面所
シャワー室
給湯室
ホール
2F
ロビー
カウンター
ナース
ステーション
手術室
正十字型の窓
WC
WC
洗面所
シャワー室
給湯室
ホール
花壇
1F
薬局
事務室
裏口
カウンター
ロビー
ベンチ
ハナミズキ
玄関
案内板
公衆電話
売店
WC
WC
自販機
ホール
喫煙所
道路
駐車場
EV
EV
EV
B1
多目的ルーム
ランドリー
ホール
WC
WC
ベンチ
給湯室

アートワーク・矢部弘幸
（SPACE SPARROWS）
病院見取図・増田　寛
装丁・関口聖司

十二人の死にたい子どもたち

第一章　十二人の集い

一　集合場所

その建物は集う者たちの大半の予想に反して、ひどく明るく健康的な色彩を保っていた。

建物の外壁は優しく落ち着いたピンク色で、駐車場に面する方の壁は特に鮮やかな庭梅《にわうめ》色だった。一階部分の壁には、ところどころラベンダー色で親子のシルエットが施されていて、赤ん坊を抱く母親の姿や子どもたちが手を取り合って駆け回る姿が、もとはそこがクリニックであったことを示している。少し前に看板は撤去されたが、そこはかつて医療法人が所有する産婦人科・小児科・内科の総合施設だったのだ。

四階建てで、二階から最上階まで四つか五つの上品な白い格子のついた出窓が並んでいる。レースのカーテンもそのままで、なんとはなしに大きな揺りかごを連想させるようデザインされた窓たちだ。クリニックが謳う「出産と育児をサポートします」という言葉に信頼を与え、ここなら安心して子どもを産むことができると思わせるための造りだった。

表の玄関部分は半円筒形にせり出し、二階ロビー部分には正十字型をした大きなはめ殺しの窓があって、見る者は漠然と赤十字を連想することになり、これまたクリニックに信頼をもたらすシンボリックな仕掛けとなっている。

だがそうした仕掛けも間もなく別のものに作り替えられることになっていた。勤務者はおらず、来院する者もいない。医療法人が建物を手放したからだ。財政難に陥ったため別の医療法人に吸収され、働いていた者たちはここよりも大きな施設へ移り、より強力な信頼と安心をアピールする場所で奉仕することになった。建物は医療とはまったく関係のない映像製作会社に買われ、様々な設備を持つスタジオに生まれ変わる予定だ。

早期に売却が決定したため廃墟化して街の美観を損ねずに済んだことは、建物にとっても近隣の住人たちにとっても幸いであったろう。高価な機器や、放置すれば問題になる医療用器具や医薬品といった重要なものだけ運び出され、多くはまだそのまま置かれていた。

いずれ撤去されることになるロビーのベンチも入院用のベッドも今なお来院者を待っているかのように綺麗なままだ。購入した会社によって電気も水道も維持され、ロビー脇に設置された飲食物の自動販売機も稼働し、照明やエアコンの電源を入れることも可能だった。電話回線も新しいものに変えられてさっそく開通していた。これは建物のセキュリティ・システムを継続するために必要なものだった。屋内には昨今の病院ではあまり見られない喫煙所があって改築を請け負った業者の面々に重宝されていたが、それも病院本来のものだった。ご時世に従って撤去しようにも費用がなくそのままになっていたもので、つまりは屋内に喫煙所があるのが普通だった頃からある、古い病院であったことがわかる。

もともと立地が良いため、用もないのに駐車されることが多い敷地だった。それではクリニックが標榜する安心が損なわれるとして敷地を囲むフェンスが建てられ、建物には厳重なセキュリティ・システムが導入されていた。それらは製作会社にとってもありがたい設備であったし、地元の企業同士の親睦が厚い地域であったから、警備会社と製作会社の話し合いの結果、改修が始まるまでの短い期間もシステムが生き続けることになった。

セキュリティの暗証番号は今、０００１になっている。これは建物を買い取った会社の担当者や改修業者が下見のため出入りするのに便利なためだ。セキュリティ・カードは発行されておらず、玄関と裏口の二つの出入り口は、簡単な暗証番号の入力によって開けることが出来る。厳重な警備とはとても言えないが、なにぶん改修前なので、近所のいたずら者や浮浪者が出入りするのを防ぐだけでよかった。

つまるところ、そうした大人たちの考えのお陰で、そこに集う子どもたちにとっても便利な状態が維持されていたのだった。

今、一人の少年が敷地に入った。午前十一時頃のことで、初夏の晴れた日だった。気持ちの良い天気で、涼しく心地よい風がそよいでいた。

入ったのは駐車場側のゲートからだった。表玄関側の門扉はチェーンで施錠されているが、駐車場側は自動車用のゲートしかなく、『立ち入り禁止』の看板をぶら下げたロープが膝上ほどの高さで張られているだけで、易々と中に入ることが出来る。

少年は駐車場を横切り、最短距離で中庭をぐるりと歩いた。裏口に回る途中に、座り心地の良さそうなベンチがあることを少年は知っていた。そばにはハナミズキが植えられており、心地よい木陰を作り出している。そのベンチに座ってこれから来る人々を待ち、いち早く目にしておくという考えがちらりと少年の脳裏をよぎった。それでベンチに近寄ったものの、結局そこに座ることはなかった。

敷地に入った後、建物を前にして心変わりする者がいないとは限らないのである。もしかすると建物に入る前にいったんあのベンチに座り、それから思い直して元来た道を戻って出て行く者もいるかもしれなかった。

それはそれで良いかもしれない。いや、良くないかもしれない。きちんとした選択がなされたのならいいが。ただ単に迷ったり怖くなったりして去るだけでは、きっといずれ同じような集いに参加する可能性が高いだろう。その結果、少年が入念に準備をしたここより、はるかに陰惨で救いのない場所に行ってしまうかもしれない。

それよりはこの建物に入るべきだろうと思った。建物の外にいる限り、そこは意思決定の境界線の外なのだ。境界線の内側に入って選択をすることに意味があるはずであった。

では、ここに座って、来る者を建物の中へといざなうべきだろうか。いや、それもまた選択にかかわることだ。小さな選択を重ねるよりは本人の大きな選択に委ねた方がいい。この病院にまつわる思い出が、少年にそう決心させた。

ほどなくして少年がその場を離れようとしたとき、地面に煙草の吸い殻が二つ落ちていることに気づいた。煙草についてはよく知らなかったが、見たところ同じ銘柄だった。

少年は昨日の記憶をたぐり寄せた。しっかり準備を整えて建物を出たとき、このベンチに座ってしばし眺めたのだ。自分が生まれた部屋の窓を。そのとき、吸い殻はなかった。

工事の業者の物ではないように思えた。彼らは屋内に喫煙所があることを知っているし、そこ以外で煙草を吸うことは昨今の風潮をかんがみて禁止されているからだ。

今日の集いの参加者の誰かのものだろうか。それとも近所の散歩好きの誰かが無人の庭に入り込んで、ゆったりと孤独なひとときを味わっただけだろうか。いや、孤独ではなかったかも。二本あるということは二人だったのかもしれない。

なんであれ建物に入れば分かることなので、少年はベンチに背を向けて裏口へ向かい、セキュリティ・システムに暗証番号を入力した。電動ロックがカチリと音を立てて開き、少年はドアを開いて建物に入った。

中は薄暗かった。もとは様々な事務手続をする場所で、ロビーの受付の裏側にあたる空間だった。来院者の個人情報が流出してはいけないので、すっかり片付けられていた。デスクも書類棚も大きな鍵付きロッカーも全て空っぽだった。

少年は左手の壁際へゆき、壁のスイッチに触れて電気をつけた。ついでに同じ壁にあるセキュリティ・システムのモニターを操作して各階の動作検知器や窓の開閉探知器が全てオフになっていることを確かめた。昨日、少年がまとめて切っておいたのだ。

それから配電盤を開いて各階の照明の電源をオンにしようとしたが、すでになっていた。少年はちょっと首をかしげてまた昨日の記憶を引っ張り出し、今の配電盤の状態と照らし合わせてみたが、自分は確かにオフにしたはずだと結論した。

事務スペースを出ると、そこは受付カウンターの内側だった。

キャスター付きの椅子が四つ、座る者とてなく空間の端に追いやられている。カウンターも片付けられ何もなくなっていたが、一つだけ本来そこにないものがあった。

黒い箱。ダイヤル式の小型の金庫である。少年はそれに歩み寄り、ダイヤルを回した。単純な組み合わせだった。右に1、左に2、右に1、左に2。12を二回。それで開いた。

中には、金属でできた十二の数字が時計回りに並べられていた。

古めかしい時計の数字盤から外したものだった。時計はこの病院のロビーにあったが、少年はその数字を全て外して金庫の中に並べた後、数字を失った時計もまたある種のシンボルになる気がしたので集いの場へ移動させていた。

集いの場へ赴く者は、一人ずつこの数字を『1』から順に手にする決まりだった。だが数字は全てあった。一つもなくなっていなかった。ということは予定通り、この自分が最初に来たことになる。少なくとも集いに参加する者たちの中では。

少年は数字の『1』を手に取り、ベンチの吸い殻と配電盤の電源のことを考えながらカウンターのスイングドアを開くと、落ち着いた足取りでロビーへ出ていった。

二　集合

裏口のドアから今またもう一人の少年が入ってきた。平均的な体格でどちらかというと痩せており、疲れて陰鬱な表情がへばりついたまま取れなくなったような顔をしている。

学校の制服を着てくることは禁じられないまでも推奨はされていなかったので、親戚の結婚式で着せられたスーツを着てきたが、一年も前のもので肩幅が合わなくなっており、窮屈で前ボタンを閉めると動きにくかった。

左手にスマートホンを持ち、その画面に集いの詳細が記されたメッセージと院内の見取り図を表示させたままにしていたが、何度も見たので内容はすっかり覚えていた。

真っ直ぐ受付カウンターに向かい、黒い金庫のダイヤルを回して開いた。数字の『2』を取ると、参加者たちはまだほとんど揃っていないと分かったので、集いの場には向かわず建物の中をうろつくことにした。といってもあちこち見て回るのではなく、二階の大きな正十字型をした窓のところに行ってみたかった。それでカウンターの近くにある、おしゃれな螺旋状の階段へ向かった。それで目的の地下へも行けるようだったが二階に上っていくと、そこにも別のロビーと受付カウンターがあることにちょっと不思議な気分を味わった。もっぱら妊婦が入院手続をするためのカウンターで、不妊治療を目的とする来院者用とはあえて別にされていたわけだが少年には分からず、ただけっこう大きな病院だから幾つもあるのだろうと考え、それ以上は興味が続かなかった。

カウンターの上には、なぜかマスクと黒いキャップ帽が置いてあった。これも不思議だったが誰かが置き忘れたのだろうとだけ考えて歩み去った。

ロビーに行ってソファの端に座り、大きな十字の窓を眺めた。右手に数字の『2』を、左手にスマートホンを持ったままだった。心地よい日差しが窓から差し込んでおり、少年はその光の中にいた。窓の外は道路で何台も車が通りすぎていったが廃病院である建物に少年がいると気づいたドライバーはいないようだった。

いつしか少年は窓の外ではなく窓そのものを眺めていた。正十字の窓。その形状に近づくことで何かしらの感情が起こることを期待している自分に少年は気づいた。神様とか救いとかそういった言葉に現実感を抱かせてくれるような感情。だが窓は窓だった。十字はただの形だった。たとえそこから光が降り注ごうとも、そうしたものに感情を刺激されるような感性を育む生活を少年はしてこなかった。

　少年は陰鬱なまま変わらぬ表情で溜息をついた。両手に物を持っていることが急に苦痛になり両方とも上着のポケットに入れると上着のボタンを全て外し、また息をついた。

　そのとき、どさっという物音が聞こえて反射的に振り返った。人が転んだような音だったが誰もいなかった。少年は立ち上がって通路に目を向けたが陰になっていて見えなかった。通路へ歩み出たが人影はなかった。入院する者たちの部屋は全てドアが閉じられ、試しに一つ開こうとしてみたが施錠してあったので、他も同様だろうと思った。がらんとした通路にあまり死角はなかった。突き当たりに曲がり角があるが、そこまで行って調べるほどのことはないと考えた。音はしたが苦痛の声が聞こえたわけではないのだし、さほど重要ではないと思ってカウンターの方へ引き返したところではたと気づいた。

　カウンターの上にあったマスクと帽子が消えていた。

　少年はしばしその場に立ち続けたが、ふと自分の数字が『2』であることが全てを説明していると考えることにした。『1』の数字を持った誰かが自分より先にここに来ているはずであり、何らかの理由でカウンターにマスクと帽子を置いて、そののち持ち去ったのだろう。ロビーで窓を見つめる自分には声をかけずに。そっとしておいてくれたのだ。足音を立てないよう気をつけながら。

　そのことで好感を抱くべきかどうかは分からなかったし、別にありがたいとも思わなかったが、ひとまず説明がついたことで少年は気を取り直し、螺旋階段を下りていった。

一階の女子トイレの洗面台に『3』の数字を置いて少女は涙を拭った。

今日は特に念入りにメイクを施してきたのだがどうしても涙が溢れてしまう。とはいえそれはもう悲痛の涙ではなかった。やっと後を追えると思うと、とにかく感情が高ぶって泣いてしまうのである。

この建物に劣らず華やかな、ピンクのふんわりしたゴシック衣裳に身を包んでいた。白いレースのひらひらが所狭しとついており、自分が花束か何かになった気にさせてくれる一番お気に入りのワンピースだった。髪飾りも手袋もブーツも肩掛けポシェットも衣裳に合わせて揃えた物で、彼の後を追うときはこの格好以外にないと決めていたが、肝心の彼の写真はお気に入りが沢山ありすぎてなかなか選べず、どうにか二十枚まで絞り込んだものを束にしてポシェットに突っ込んでいた。

少女はぐずぐずと泣き濡れ、このままではいけないと自分を鼓舞するほどに余計に泣いてしまったが、やがてどうにか涙が引くと、ポシェットからメイク道具を取り出して数字の『3』の横に乱雑に並べた。鏡の中の自分を見ながら、彼を寂しがらせないよう後を追う上でふさわしい顔になるよう努めた。なかなか大変な作業だったがこれまでで最も有意義なことのように思えた。こうして綺麗な姿で逝くことは、いわば彼女の最後の使命だった。

鏡の中の自分を見つめるうちに陶然とした感情が込み上げてきた。涙を封じるという大変な克己心によって湧き起こる感情で、ひどく気分が良かった。この思いにしばらくひたっていたかったが、それほど時間がないことはわかっていた。ポシェットにメイク道具をしまい、大きく息をついて鏡にそっと唇を押しつけた。今日この世を去る自分への決別の口づけであり、鏡にキスマークを遺しておくという行為がとても儀式的で、重大な意味があるように思えた。そのためには思い切り身を乗り出して鏡に顔を近づけねばならなかったのだがそれも無事にやりおおせた。そしてそのせいでそれまで見えていなかったものが急に視界に入ってきた。鏡の隅にそれが見えて、初めてそこにあることに気づき、少女はトイレの奥を振り返った。

四つの個室トイレはどれもドアが開いていたが、奥のトイレのすぐ外に靴が転がっていた。少女はまじまじとそれを見た。いかにも高価そうな新品のスニーカーで、今居るのは女子トイレであるにもかかわらず少年が履くようなしろものに思われるからだった。

見る限り左足のスニーカーしかなかった。なんとなく気になってトイレの個室を一つずつ確かめて歩いたが右足の分はなかった。

少女はしばしそのスニーカーを見つめたが、その時にはもう、ここは廃墟みたいなものなのだということで納得していた。廃墟には咄嗟《とっさ》に理由が思い当たらないようなものが落ちていたりするのだろう。廃墟などこれまで入ったことなどなかったが、特に深く考える必要もそうする習慣もなかったので少女は再び鏡と向き合い、綺麗になった自分と今しがた自分がつけたキスマークを見つめることでまたもや陶然と物思いにひたった。

一階のトイレに誰かが入るのが見えたので違うトイレに行こうと思い、ロビーの脇にある小さな螺旋階段を上がると、そこにもロビーがあって少年が一人こちらへ背を向けて大きな正十字型の窓の方を向いて座っていた。

少女は『4』の数字を手の中でもてあそびながらしばし少年の背を見つめた。しいて飾り気のない出で立ちをした少女だった。地味なジーンズ、地味なブラウスに地味な色のカーディガンを羽織っており、耳まで隠れるニット帽を目深にかぶって、口にはマスクをしていた。誰にも顔を見られないようにするのが彼女の習慣だったが、このときはいつもとやや気持ちが異なっていた。どうしようもないときは別に見られても構わないという強気な態度でいられた。どうせ明日か明後日にはニュースになるのだと考えると、自分の顔をさらす解放感を味わうのも悪くはないのではないかと思えていた。

だがやはり今ここであの顔も分からぬ少年相手にそうする気にはなれなかった。集いの場で、顔を見せる必要があった時にそうすれば良かった。自分から見せる気はないが、見られたところで――自分が誰だかばれたところで――決心は揺らがないという自信こそ彼女に解放感を与えてくれていた。

少女は音を立てず静かに歩いてカウンター脇を通り過ぎた。

カウンターには何もなかった。それからするすると滑らかな足取りでトイレに入り、マスクを取って『4』の数字と一緒に洗面台に置いて鏡を見つめた。

あっさりめに化粧を施しただけの顔だった。少女がいつも仕事のときされるような入念なメイクとはほど遠かったがそのことに不満はなかった。むしろほっとしていた。こうしてほとんど素顔に近い自分のまま逝けるのなら、これ以上の幸いはなかった。

自分は冷静だろうか。そう自問したが答えは分かりきっていた。この上なく冷静で、落ち着いていて、強い意思に満ちている。何より、誰にも咎《とが》められず無事にここに来ることが出来た。思わず安堵し、顔がほころんだ。仕事で訓練された笑顔ではなく、諦念と嫌悪と寂しさが残らず表に出るような影のある微笑みだった。

そのとき、トイレの外から音が聞こえた。どさっという音。少女は咄嗟に人が倒れるところを連想した。そういう音だと瞬時に頭が解釈していた。

なんだろうと思ってドアへ歩み寄ったがすぐには開けなかった。音を立てないようドアをそっと引いて隙間から外を見た。先ほどロビーにいた少年が転んだか何かしたのだろうと思い、様子を見るだけにとどめたかった。顔を合わせるなら集いの場でそうすべきだと思っていた。少なくともトイレから出たところで遭遇したくはなかった。どうにも私的な場所であり過ぎるし、プライバシーというものは少女にとって何が何でも守るべき神聖なものだった。

そういうわけで僅かな隙間から覗いたものの何も見えなかった。もう少し開くか、このまま閉じるべきかと考えていると、さっと何かが通り過ぎた。足早に誰かが通路を移動したのだ。小走りといっていい速度だったので一瞬しか見えず、視界も狭かったため男か女かもわからず黒っぽい服を着ているようだとしか判断できなかった。今更ドアを大きく開く気にもなれなかった。集いに参加した誰かに違いないし、ということはどうせ後で同じ場所に集まることになるのだ。

少女はゆっくりと音を立てずドアを閉め、きびすを返して洗面台の前に戻った。また鏡の中の自分を見つめたとき、ふと奇妙なことに気づいた。

足音がしなかった。先ほどトイレの前を通過した誰かはほとんど音を立てずに目の前を走り去ったのである。どうしてだろうと軽い疑問が湧いた。どうやったらそんなことが出来るだろうという疑問ではなかった。それについては答えは簡単だった。きっと靴を脱いでソックスを履いた足で移動したのだ。裸足ではかえって、ぺたぺた音が出るものだが、布が一枚ばかり足と床の間にあるだけで音はほとんど出ずに済むことを少女は経験から知っていた。

けれどどうしてだろう？　わざわざ靴を脱いでそんな真似をするなんて。だがその疑問もさして深く答えを求めるには至らなかった。きっと自分のように集いの場以外で誰とも顔を合わせたくなかったのだ。疑問の軽さに比例して答えも軽いものだった。

やがて少女はマスクを手に取り、再び顔にかけた。それから『4』の数字をジーンズのポケットに入れた。マスクをした自分の顔をちらりと鏡で見ると、音を立てないよう気をつけてトイレのドアを開き、外の様子を窺った。

通路には誰もいなかった。ドアから半身を出してロビーの方を見ると、先ほどの少年はいなくなっていた。

少女はトイレを出てロビーとは逆の方向へ向かうと、先ほど走り去った者の後を追うようにして別の階段がある方へ進んだ。

少年は数字の『5』をワイシャツの胸ポケットに入れて金庫の蓋をきちんと閉めた。洒落たハンチング帽をかぶり、ワイシャツに柄のない黒いネクタイをし、紺のズボンとジャケットという出で立ちの少年だった。

その足取りは軽く、常日頃に比べて体調も気分も、ぐっと良かった。やはりこうして決心したお陰だろう。もちろんそうした状態も長くは続かないと分かっていた。冷たい冬に閉ざされがちな北国にごく僅かな期間しか訪れることのない春のようなものだ。その貴重な心地よい時間が今日この日に与えられたことが、集いに参加したことの正しさを裏付けてくれているような気がしていた。

少年は気楽な調子でロビーへ歩み出て、誰かいないかと探した。番号からしてすでに四人がここにいるはずだった。実際に集いの場に赴く前に、軽く挨拶くらいしても良いはずだったし出来ればこの明るい気分を分かち合いたかった。こんなにも外向的で気楽な自分の心持ちをしっかり味わいたかった。

表玄関の門扉は閉ざされているし塀もあるので、自動ドアや窓のガラス越しに外から見られる恐れはなかった。ロビーに並ぶベンチの列をぐるりと避けて歩くと、妙なものに足を取られかけた。モップだった。その長い柄が長椅子の上に置かれて、一方の端にある乾燥した白い房がこちらに突き出している。

見るからにしばらく使われていないモップで、少年は何の気無しにそれを避けた。そうした途端、少年の体をセンサーがとらえて電動音とともにロビーの自動ドアがあいた。

少年は立ち止まって自動ドアを見つめ、首をかしげた。ここはあかないはずじゃなかったのか？　頭の中でこの集いの決まり事をざっと思い出してみたが、やはり裏口から入ること、玄関側の出入り口は全て閉ざされていることが通達されたはずだった。ここがあいていては集いとは関係のない者が入って来るかもしれないではないか。

何らかの手違いだろうと考え、少年は頭上を見上げた。自動ドアのセンサー脇にスイッチがあるのだが少年は長身ではなく、むしろ低い方だった。手を伸ばしても届きそうにないと思ったとき、はたと気づいた。

少年は振り返ってモップを見た。おもむろにそれを手に取り、どうしてここにあるのか分かって小さくうなずくと、モップの柄を頭上へ掲げて自動ドアのスイッチを切った。

それで自動ドアは開かなくなった。

誰がスイッチを入れたんだろう。少年はモップを元の長椅子の上に置くと、心の中で独りごちた。誰がどういう理由でこの自動ドアを使ったか知らないが、その人は僕みたいに背が低かったんだろうな。

そう考えたとき、ガチャン、ガタン、という音が聞こえ、反射的に振り返った。

今聞こえたのがなんの音かは分かっていた。これまでに百回は聞いたことがある音だ。いや、もっとあるかもしれない。

自動販売機。缶かペットボトルかは分からないがなんであれお金を入れて選んだものが受け取りスペースに落ちてきた音。

まず集いの参加者に違いない。少年はもう一度だけ、ちらりとモップを見ると、それ以上は深く考えず、自動ドアを背にして右手にある案内板の方へ進んだ。案内板は通路の入り口に設置されていた。案内板によれば通路はコの字型になっていて、ぐるりと回ってカウンターがある場所に戻ってこられるようだった。

少年が通路を進むと突き当たりに喫煙所があった。左に曲がる角の辺りにドリンクとスナックの自動販売機が幾つか並んで涼しげに電動音を立てていたが、先ほどまでそこにいたはずの誰かはとっくにいなくなっていた。

少年は小さく肩をすくめ、集いの場に行く途中に誰かと出くわすことを期待しながら、そのまま通路を進んでいった。

少女は建物に辿り着くまでずっと暗くて汚い廃墟を想像していたのだが、実際に来てみると驚くほど綺麗で明るくてお洒落な建物なので面食らってしまった。集いの参加者に送られたメッセージをスマートホンで読み返しながら駐車場を横切って庭に入ったものの、驚きがまさって本当にここなのだろうかという疑問がぬぐえず、棒立ちのままもじもじとピンクの外壁とラベンダー色の子どもたちのシルエットを眺めていた。

ほとんど学校の制服と変わらないようなスカートにワイシャツという姿で、全身からいかにも気の弱そうな雰囲気を発散している少女だった。学校の制服は避けるようにという指示があったが他に何を着ていいか分からず、せめて普段と違う格好をしようと、学校では禁止されている大きなピンクの造花がついた髪留めをしてきたのだった。

もし間違った場所に来てしまっていたらどうしよう。少女はそう考えて呆然とした。大人に見つかってなぜここにいるのかと問われたらどう言い訳したらいいんだろうと考えたが上手い言い訳など浮かばず、途方に暮れてしまった。

もし声をかけられなかったら、しばらくそのままそこらをうろうろしていただろう。

「あなた、集いに来た人？」

急に声をかけられ、びっくりして振り返ると、長身のすらっとした少女がにっこり笑って立っていた。腰まである黒くて長い真っ直ぐな髪には何も付けておらず、真っ白いワイシャツに、葬儀で着るような黒いジャケットとタイトなスカート、濃い茶のタイツ、足にはヒールの高い黒い革靴、ハンドバッグまで黒めの色だった。

とにかく大人っぽくて、髪留めの少女はますます驚き返事も出来ずにいたが、

「そうでしょ?」

黒服の少女に重ねて尋ねられ、慌ててうなずきながら逆に質問していた。

「あの、ここで本当に良いんでしょうか?」

自信がなさそうに建物の壁を見やり、また黒服の少女に目を戻した。黒服の少女も同じように建物を見たが、その眼差しも仕草もしっかりと自信に満ちていた。

「集いに来た、っていう言葉が通じるんだから。てことは、あなたも私も同じ目的で来たわけだし、ここで良いんじゃないかしら。入り口はあっちのはずよ。行きましょう」

「あ、はい。分かりました」

黒服の少女がさっそく先に立って歩き出すのを、髪留めの少女が慌てて追いかけた。別段、一方が他方に従う必要はないのだが、髪留めの少女としては自信を持って判断してくれる相手がいることで大いに安心してしまうのだった。

黒服の少女が長い脚でさっさと進むのを急いで髪留めの少女が追い、二人して建物をぐるりと回ってベンチのある場所を通り過ぎた。髪留めの少女がスマートホンで暗証番号を確認しようとする間に、黒服の少女が番号を入力して裏口のドアを開いて中へ入った。

髪留めの少女がドアをきちんと閉め、オートロックが施錠音を響かせるのを見守り終えたときには、黒服の少女はもう受付カウンターに歩み出て小さな金庫の前に立っていた。

遅れて髪留めの少女が来たが、黒服の少女は金庫を開こうとしなかった。髪留めの少女はてっ

きり開き方が分からないのだと思い、スマートホンの画面を操作して確認した。

「えーと、番号はですね――」

「それは分かってるわ」黒服の少女が振り返って笑った。

「1、2、1、2でしょ?」

「あ、はい。そうみたいです」

ことごとく断定を避ける髪留めの少女に、黒服の少女が微笑んで言った。

「あなたが開いて。本当に参加したい意思があるなら」

髪留めの少女はその言葉の意味が分からずまごついた。

「私がですか?」

「そう」

「え、私が開くんですか?」

黒服の少女の微笑みが、困ったような表情になった。自分の言葉の意味を、髪留めの少女がさっぱり汲もうとしないことに呆れたのだった。

「別に私が開いてもいいわよ。でも自分の意思を確かめることって大事でしょう?」

「あ、はい……」

そう賛同しつつも髪留めの少女はますます困惑し、

「あの、私、ここにいたら駄目ですか……? なんでですか……?」

悲しげにそう呟いた。なぜそんな風に責められるのか理解できないと逆に訴えているようだった。自分を追い返そうとしている相手を咎《とが》めるような響きもあった。

「全然いいわよ」

黒服の少女はあっさり自分の趣旨を伝えることを放棄し、金庫のダイヤル錠を回した。金庫の蓋が開かれた。黒服の少女が脇へどいて、金庫の方へ顎を傾けた。

「はい、開いたわ。どうぞ。取りなさい」

「あ、はい」

髪留めの少女は素直に数字の『6』を手に取った。

黒服の少女は数字の『7』を取ると上着のポケットに入れ、金庫の蓋を閉めてダイヤルを回して開かないようにした。

それからカウンターのスイングドアを開いてロビーへ出たが、すぐに足を止めた。カウンターを出てすぐのところに、二つのキャスター付きの椅子が置かれていて彼女の進路を妨げていたからだった。見たところカウンター内での受け付け業務用のものだろうと知れた。

髪留めの少女がすぐ脇に立って黒服の少女の代わりに呟いた。

「椅子が……こんな所にあって邪魔ですね」

「そうね」

黒服の少女がうなずいて、椅子の一つを手で押しやった。椅子をカウンターの内側に入れながら首を傾けて見ると、髪留めの少女は黙って突っ立ったままだった。黒服の少女が、もう一つの椅子を指さし、髪留めの少女に向かって言った。

「あなた、その椅子をここに運んで」

「あ、はい」

髪留めの少女はやや意外そうに目を丸くし、一方の手に数字を握ったまま椅子を運んだ。二つのキャスター付きの椅子がカウンターの内側の端の方に綺麗に並べられた。

「行きましょう」

黒服の少女がすっかりもう一人の少女の扱いが分かった様子でロビーに出て螺旋階段へ向かった。

髪留めの少女はその後を追いながら、なんとなく変な感じがしてカウンターの方を振り返った。カウンターの内側の面積に比べて、椅子が二つでは見るからに少ない印象だったし、そもそもカウンター用のものなら外側にあったのはなんでだろう。だが奇妙に思いはしたものの口には出さず、軽快なヒールの音を立てて進む黒服の少女の後を追った。

建物の中の自動販売機で買ったペットボトル入りのコーラをちびちび飲みながら、少年はゆっくりと重たい足取りで階段を上っていた。

一階の受付カウンターのすぐ近くにある螺旋階段ではなく、自動販売機がある通路を左に折れて真っ直ぐ行ったところにある階段だった。

別に最初からそうしようと思っていたわけではなく、飲み物も、飲みたくて買ったのではなかった。なんとなく明るい日差しと病院の風景のせいで、幼い頃のことを思い出したからだった。たびたび病院に行くのを嫌がる少年に、母親は、病院に行ったら何か甘い物を買ってやるからとなだめすかしたものだ。その当時の自分が今より幸福だったかどうか考えたが分からなかった。母親は少年にそうした甘ったるい飲食物を滅多に許さなかった。炭酸飲料など言語道断だった。

そんな母親でさえ許すほどだから、よっぽど自分は病院が怖かったのだろう。病院に行くと言われて怯えてすすり泣く自分は思い出せた。その怖さに耐えてのち与えられた炭酸飲料はさぞ美味かっただろうと思うのだが、それについてはさっぱり思い出すことが出来なかった。実際に自動販売機を探してコーラを買って飲んでも素晴らしさを感じることはなく、甘みと炭酸の刺激が胃の中へ落ちていっただけだった。

それほど病院が嫌いだった自分が、いつしか病院通いを余儀なくされてしまったことを思うと、いかにも不合理というか不自由な感じがして気が滅入った。とにかく眠りたかったが睡眠という安楽はどんどん彼の体内から消え去っていった。それで病院で処方される薬を頼るようになったが熟睡できた例しはなかった。いつも頭のどこかがぼんやりして不快でうんざりし、もっと言えば憔悴《しょうすい》していた。自分は半ば自分自身に、半ば病院に殺されるだろうと漠然と思っていた。そのせいか、集いの場が元病院であることは不思議と納得できた。最期の時にふさわしい場所のように思われた。

実際に建物を見つけ、中に入ったとき、その思いはますます強まった。産婦人科の建物で眠るのだ。人々が生まれる場所で深く深く眠るのだ。

陰鬱な目覚めを捨てて安息に身をひたすのだという思いは、少年に久々の安心感を与えてくれた。きっとそのお陰で普段ならしないようなことをこうしてしているのだろう。甘い炭酸飲料を買い、集いの場である地下に行く前に建物のなるべく高い場所で太陽と青空を目に焼き付けておこうとしていた。そうしようと決めた自分にも不思議と納得がいった。

問題はエレベーターだった。当然のことながら階段を使いたくはなかった。それで通路を進んだ先にあるエレベーター・ホールに行き、ボタンを押したのだが、階数の表示が一向に動かないのである。エレベーターは三つあってどれかが来るだろうと思っていたが、どのエレベーターも四階で止まったまま動きそうもなかった。

じっと動かないものを待ち続けることは心にこたえた。エレベーター・ホールがにわかに無間《むげん》地獄と化した。沈黙と倦怠がプレス機のように頭上から彼を押し潰すようだった。

少年は早々にその場から逃げ出し、結局、そばにある階段を上ることに決めた。これも珍しいことだ。嫌な場所に囚われたが最後、心を振り絞らなければずっとそこにいてしまうのが常だった。だが少年の目は階段をとらえ、足はそちらへ向かって進んでいた。手はペットボトルの蓋を開け、口は甘ったるい炭酸飲料を味わっていた。そうして病院の折り返し階段を、けだるく重たい体を引きずるようにして上っていき、いつ辿り着けるのかと不安に思っていた四階に、いつの間にか到着していたのだった。

まだ折り返し階段は続いていて、見れば階段の先で屋上へ続くドアがあいていた。少年はその階段を上がり、屋上に出て眩しい日差しのまっただ中に立ち、炭酸飲料を口にした。

盛大なげっぷが出た。目に涙がにじみ、ぼうっとした頭が僅かばかり覚醒したような気分を味わった。目をこすっていると常習の薬の副作用による倦怠感で生あくびが出た。

眩しさで目がちかちかしてきたのでいったん屋内に入り、ドアの内側から青空を見ながら炭酸飲料の蓋を閉めた。脳にちっとも空気がいく感じのしない半端な生あくびが際限なく出たが、それでもまた少しばかり脳が目覚めたに違いなかった。

そこで彼の耳がおかしな音を捉えていることを、ようやく脳が認識したのだ。

ウィーン、ガタン、ウィーン、ガタン。単調で間延びして、いかにも本来の作動が妨げられているといった機械音だった。おそらく四階に辿り着いた時点で聞こえていたのだろうが、今までまったく意識に入ってこなかった。

少年は振り返って階段を下り、通路に出てそれを見た。

三つのエレベーターのドアが全て開かれていた。いや、閉じないようにされていたというべきだろう。

左側の二つのエレベーターのうち、一つにはドアの一端に消火器が置かれており、もう一つにはキャスター付きの椅子が横にされて置かれていた。

右側のエレベーターにも、同じ形をしたキャスター付きの椅子が置かれ、ドアが閉じるたびにガタンと椅子にぶつかり、事故防止用の装置が作動してドアが開かれるということを繰り返していた。

少年はぽかんとなってそれを見ていた。一つならまだしも三つのエレベーターが互い違いにドアを閉めようとしては開く様子は異様で、不気味ですらあった。いったいどういう理由があって三つとも開きっぱなしにしなければいけないのか皆目分からなかった。

広い通路でたった一人この光景を目の当たりにしていることが急に怖くなった。いつも襲われる漠然とした陰鬱な不安感ではなく、もっと物理的で現実的な恐怖心だった。

本能的に人がいる所へ行こうとして後ずさり、階段を下りようとしたところへ、今度は足音がした。誰かが階段を上ってくるのである。一人ではなかった。ふうふうと難儀そうに息をしているのも聞こえた。

やがて二人の少年が四階の通路に現れ、炭酸飲料を持ったままその場に突っ立っている少年と出くわした。

一人は眼鏡をかけた坊主頭の小柄な少年で、半袖のワイシャツに上品なクリーム色のズボンを穿き、革靴を履いていた。右手には暑くて脱いだのであろうズボンと同じ色のジャケットを抱えており、左手にハンカチを持って額の汗を拭っていた。

もう一人はがっしりとした体格の少年で、派手な柄のTシャツに白いボタン付きシャツを羽織って袖をまくり、下は短パンに革のサンダルという出で立ちで、右手には火のついた煙草を持っていた。

三つのエレベーターがガタン、ガタンと繰り返し音を立て続ける中、一人と二人は無言で向かい合っていたが、やがてTシャツの少年が煙草をふかし、おもむろに言った。

「集いに来たのか?」

「う、う……う、うん」

少年はいつもそうであるように声をつっかえさせながら、小さく何度もうなずいた。何も悪いことはしていないはずなのに、なぜかこの場所にいることを咎められている気分だった。Tシャツの少年の迫力というか威圧感に気圧《けお》されてこれまた怖かったし、自分と同い年くらいであろう相手が煙草を手に持ち、屋内で堂々と煙をふかしていることに何ともいえないショックを覚えていた。

眼鏡の少年が、いかにも疲れたというように大きな息を一つついて、ハンカチをズボンのポケットに突っ込み、それからエレベーターの一つを指さして訊いた。

「あれは君がやったの？」

少年は何度かかぶりを振った。

「う、う、ううん。ぼ、ぼ、僕じゃない、き、き、来てみたら——」

言い終える前にTシャツの少年が別のことを訊いた。

「いつからあんな感じだった？」

二人とも、少年が声をつっかえさせることについては何も言わなかった。笑ったり馬鹿にしたりはしなかった。だが早くも少年の言葉を先回りし、あるいは迂回し、結論を早めようとするのが少年にはわかった。それもまた、いつものことだった。

「さ、さ、さっき、き、き、来たら」

「どうりでエレベーターがちっとも来ないわけだね」

眼鏡の少年が小さく笑って肩をすくめた。Tシャツの少年と比べてずいぶん柔和で人を安心させる話し方だった。

「くそが。なんだこりゃ」

Tシャツの少年が罵りながら二人から離れてエレベーターへ歩み寄った。つられて二人もそちらへ行った。Tシャツの少年が一方の手に煙草を持ったまま、他方の手で消火器の取っ手をつかんで持ち上げ、軽々と通路の真ん中に置いた。二人もそれに続いて、それぞれ横になっていたキャスター付きの椅子を正しい状態に戻して消火器の脇に置いた。

少年が振り返ると目の前でドアが閉まり、エレベーターが下降していった。

眼鏡の少年も同じで、しまった、という苦笑を浮かべて少年を見た。

「お前ら歩いて降りる気かよ」

Ｔシャツの少年だけが煙草を持った手でエレベーターのドアを押さえていた。

「ありがとう」

眼鏡の少年が笑ってエレベーターに乗り、パネルのボタンを押した。

少年が遠慮していると、Ｔシャツの少年が乱暴に顎をしゃくったので、慌てて乗った。

Ｔシャツの少年は最後に深々と煙草を吸った。

「どうせ作り替える建物だろ」

誰に確認するでもなく呟くと、二人が何か言う前に吸い殻を床に捨ててサンダルの底で踏み潰し、エレベーターに乗ってドアから手を離した。

ドアが閉まり、煙がエレベーター内にも漂うのが見え、自分とこのＴシャツの少年だけだったら、一人で歩いて降りる方を選んだだろうなとペットボトルを手でもてあそびながら少年は思った。

「僕はノブオ。こちらはセイゴくん」

眼鏡の少年が微笑んで言った。

「え、え、えっと……、タ、タ、タカヒロです」

少年はなんとなく敬語になって名乗り返した。

「なんで四階にいたの？」

眼鏡の少年が訊いた。Ｔシャツの少年が、じろりと少年を見た。

「え、え、えっと、そ、そ、空とか、み、み、見ようと思って」

少年が答えた。二人が真っ直ぐ見つめてくるので、やはりエレベーターのドアにいたずらしたのは自分だと疑われているのだろうかと思い、気まずくなって必死に言葉を絞り出した。

「ち、ち、地下に、い、い、行く前に、み、み、見たくて……。お、お、屋上にいて、も、戻ろうとしたら、お、お、音が――」

「屋上、良いよね。けっこう広いし」

眼鏡の少年がにこやかに話題を変えてくれた。それで少年もそれ以上、声をつっかえさせながら言い訳を口にせずに済んだ。

エレベーターが一階に着いてドアが開き、眼鏡の少年が降りてドアを手で押さえた。

「なんで下りるんだ？　地下に行くんじゃねえのか？」Tシャツの少年が訊いた。

「ほら、番号を取りに行かないと。集いに参加できないよ」

「ああ、そっか」

「君は取った？」

「ま、ま、まだ……」

「じゃ、行こう」

三人はホールから通路を進んでロビーを横切り、受付カウンターの内側に入った。

「念のため三人とも番号を知ってるかどうか確認しよっか。君からどうぞ、タカヒロくん」

「あ、う、うん」

「ダイヤルが見えないように開いて」

少年は言われた通り金庫の向きをずらし、二人から見えないようにダイヤルを動かして開き、数字の『8』を取った。それから蓋をしてダイヤルを適当に回して施錠した。

「面倒くせえな」

Tシャツの少年がぶすっとした調子で言ったが、眼鏡の少年は構わず同じように金庫を開いて数字の『9』を手にし、また閉めた。

「はい、セイゴくん」

「おう」

Tシャツの少年が乱暴にダイヤルを操作し、数字の『10』を取って閉めた。

「じゃ、行こうか」

眼鏡の少年がカウンターから出て、Tシャツの少年が続いた。先ほど来た方角ではなかった。エレベーターではなくロビー脇にある螺旋階段で地下に下りる気らしかった。

少年はなんとなくわざと二人から遅れてカウンターを出て数字の『8』をズボンのポケットにしまった。そうしながら、エレベーターを止めたのはどの数字を持った人だろうかと、カウンターの内側に並べられた同形の二つのキャスター付きの椅子を見て思った。

少女はぶらぶらと庭を歩き、建物の外を一周すると、ハナミズキがそばに植えられたベンチに腰を下ろし、刺々《とげとげ》しい眼差しを裏口の方へ向けた。

病院かよ。言葉にならない不快感を込めて心の中で呟いた。マイのこと治せないくせに。病院かよ。病院で死ねってことかよ。

黒く焼けた肌の、ほとんど金髪に近いほど髪を脱色した少女だった。制服姿は避けるよう指示されていたが、真面目にメッセージを読んでいなかったため、いつも着ている制服のままだった。それに、それが彼女のスタイルだった。膝上の短いスカートで、後ろから下着を覗かれないよう腰にブレザーを巻き付けていることも言うなれば先輩から教えられた古き良きスタイルであり、周囲の人間と仲良くやっていくために身につけるべきルールなのである。ルールには形があり、こうしろああしろというのなら、目の前で実際にやってみせるか、図にして説明すべきであり、そうでないものは少女には理解しがたかった。

だからこんな目に遭ったんだろうか。そう思うと悲しくなった。マイ、馬鹿だし。こんなことになるなんて思わなかったし。

しっかりメイクしたから泣くわけにはいかなかった。もうすでにさんざん泣いて泣いて過ごしてきたのだから、今さら泣く気にもなれなかった。

もう治らない。少女はそう心の中で呟いた。マイの病気はもう治らない。

そんなことがあるなんて知らなかった。誰も教えてくれなかった。自分が知らなかったことを教えてくれなかった周囲の人間をさんざん恨んだが、恨み言を口にすることもできなかった。少女の願いは嫌われないことであり、仲間外れにならないことであり、だからこそ決して自分が感染したことを誰にも知られてはならなかった。

こうするしかないんだ。少女は諦めの言葉を心の真ん中に放り込んだ。心はそうするまでもなくとっくに諦めきっていたし、別の期待を抱いていた。知られないうちに自分から消えればきっとみんな同情してくれる。どんな理由があったんだろうってみんな一生懸命考えて、もっとマイに優しくしてあげれば良かったと思ってくれる。

少女はその想像に満足した。必ずそうなるだろうという確信があった。ただこの建物が元病院で、しかも産婦人科だったことにショックと嫌悪を覚えていた。それでも自分がそこに入っていかなければならないことは分かっていたし、こうしてぐずぐずしているうちに置いていかれてしまうのは嫌だった。自分一人で決行することなど少女にはとても無理だった。自分以外の十一人が同じようにするというのでようやく決心がついたのだし、それこそ目の前で実際にやってみせてくれる人間なんて他に今後現れるとも思えなかった。

少女は立ち上がり、裏口へ近づいた。

そこでふと、建物を一周した時にはなかったものを発見した。

裏口のドアから何メートルか離れた地面に、黒いキャップ帽が落ちていて、鍔《つば》を少女に向けてまるで少女が裏口に無事に入るか見ているようだった。さらにそこから少し離れた花壇の花の間にマスクが落ちているのが見えた。

きっと集いに参加する誰かが顔を隠して来たのだろうと直感的に思った。知っている誰かに見つからないように。でも無事にここまで辿り着いて、それでもう要らなくなって建物に入る前に捨てたのだ。

それはいささか奇妙に思われた。そんな風にしなければいけない理由が分からなかったのである。でも帽子とマスクと来ては顔を隠す以外に目的が思い浮かばなかった。もしかすると有名人とかいたりして。思考が飛躍したが現実感はなかった。ただ漠然と、期待に満ちた空想が湧いた。もしそうだったら自分が同じ場所にいたことで自分の格が上がるし、仲間から良い意味で驚かれるからだ。

少女はその空想を頭の中でもてあそびながら折りたたみ式の携帯電話を開いてドアの暗証番号を確認して建物の中に入り、それからまた受付カウンターで同じように番号を確認して小さな金庫を開いた。

残っていたのは数字の『11』と『12』だけだった。ずいぶん遅れたことでちょっとひやりとしたが、最後の一人ではないことに安心を覚え、数字の『11』を手に取った。

ガタン、ガタン、とエレベーターのドアが立てる音がやみ、少女はトイレのドアを開いてそっと通路を覗いた。何人かの話し声がしたが何を言っているかは分からなかった。ただ全員が男性である気がしたが確信はなかった。

黙っていよう。少女はトイレの中で息を潜めている間、ずっと繰り返し心の中で呟いていた。黙っていること。それが少女の習性だった。これまでずっと黙ってきたように。最後の最後まで黙っているべきだった。

特に今日ここに来て見たことは全て黙っているつもりだった。

引きずられていく裸足の足。それが見えたのだ。少年の足が。誰かに引きずられていって通路の向こうに消えた足。その光景に心臓が止まりそうになるほど驚き、慌てて逃げ出したのだった。逃げ、隠れ、また逃げた。そうしてとうとう四階まで来てしまい、このトイレに飛び込んだ。

それから響き始めた音。エレベーターのドアが開いたり閉じたりするあの騒々しく不気味な音。それがやんで今ようやく顔を出した少女は注意深く耳を澄まし、足音を消して歩いた。無事に動くようになったエレベーターを呼び、ちょっと離れたところにある通路の柱部分の陰に身を潜めて見守った。エレベーターは一階から上ってきて四階に到着し、ドアが開いた。誰も出てこなかった。少女は柱部分の陰から出て急いでエレベーターに近寄り、閉まるドアを手で押さえた。

エレベーターに乗り、一階のボタンを押してからようやく靴を履いた。それまでずっと左手で靴を持ち、靴下で動き回っていたのだ。足音を消して。逃げ回っていたと言ってよかった。裸足の少年を引きずっていった誰かが、目撃者の存在に気づいて少女を探しているような気がしていた。それはただそういう気がするのではなく、確信めいた直感があった。

私は何も見なかった。少女は自分に言い聞かせた。何も知らない。何もしてない。黙っているしかない。じっと誰とも目を合わさずに。ただ黙っているのだ。

一階に着いてドアが開き少女は恐る恐る顔を出してホールを見回した。すぐにまたエレベーターの中に飛び込めるようドアを手で押さえたままだった。周囲を見たが誰もおらず、物音は何一つ聞こえなかった。

きっとみんな地下にいるのだ。早く自分も行かなければ。だがその前に受付カウンターに行って数字を取らねばならなかった。

少女はエレベーターを出てドアから手を離した。そうしながらふとエレベーターの中に転がっている物に気づいた。病院ならではの、担架やベッドを載せられるような、ずいぶんと広いエレベーターであったし、乗った時は焦っていて、それこそ早く靴を履きたいと思っていたせいで、気づかずに一緒に乗っていたのだ。

スニーカー。少年が履くようなもの。右足だけのそれが、エレベーターの床の隅にあって爪先を少女に向けていた。

少女の目はそのスニーカーに釘付けになった。体は凍りついたように動かず、息をすることも恐ろしかった。

意識がない少年が引きずられていった。

裸足の足が通路の向こうに消えた。

いいえ私は何も見ていない。絶対に黙っていなければならない。

すぐにドアが閉まった。エレベーターは上にも下にも行かなかった。そのせいでまだスニーカーを見つめている気がした。心に焼き付いて消えてくれなかった。

少女の心のひどく冷静な部分が、今すぐ移動しろと告げていた。ただし落ち着いて。焦っているところを誰かに見られないように。何食わぬ顔で歩いていって取るべき物を取れ。

少女はその通りにした。なるべく足音を立てないよう通路を出て、ロビー前を通り受付カウンターの内側に回って金庫を開いた。

数字の『12』だけが最後に残って少女を待っていた。少女はそれを手に取った。金庫を閉じるべきか迷ったが、そのままにしておいた。

ちらりとキャスター付きの椅子を見たがすぐに目を逸らした。私は何も知らない。私は何も言わない。絶対に黙っていなければならない。

少女は受付カウンターを出ると、出来る限りの冷静さでロビーの近くにある螺旋階段を下りていった。エレベーターには乗りたくなかった。絶対に。あのスニーカーがあるエレベーターには。

三　12対0

その部屋は地下にあったが内装は地上階と同じように明るく健康的だった。

一階の受付カウンターの近くにある螺旋階段から地下に降りると、まず広々とした通路があって、右手に検査用の部屋が並び、左手には多目的ルームに入るための二つのドアが並んでいる。

通路はL字になっており、曲がり角を左へ曲がると、ベッドのシーツなどを殺菌洗浄するためのランドリー・ルームがあって、その先にエレベーター・ホールがある。脇の大きな階段は屋上まで通じていた。螺旋階段の方は屋上までは通じておらず四階で行き止まりだった。

集いの場は、通路の左手に並ぶ二つのドアから入ることが出来る大きな多目的ルームだった。天井から吊されたパーティションを移動することで二つの空間に分けられたが、どのパーティションも今は壁際に押しやられていた。

ここで四十名を超える職員たちが会議を行い、妊婦たちが、不妊治療希望者たちが、思春期相談に来た者たちが、あるいは近隣の学校から校外授業として連れてこられた女子生徒たちが、専門的な観点から指導を受けたのだった。

今その空間のほとんどを埋め尽くしているのは車輪つきベッドだ。綺麗に洗浄された真っ白いシーツがマットレスを覆っており、大きめの枕とそのカバーも、毛布とそのカバーも、いずれも執拗なまでに純白そのものだった。

この病院の二階から四階にある産科個室に置かれていた入院用の十二床のベッド。それらが全てこの部屋に集められ、可能な限り円形に並べられていた。ドアとドアの間の壁に頭を寄せた三つのベッドがあり、それぞれ小テーブルが配置されている。入って右手の壁、左手の壁、奥の壁に、同じように三つずつ車輪つきのベッドと小テーブルが置かれていた。時計盤になぞらえようとしたせいか、空間の四隅に位置する四つのベッドだけ、中央に向かって斜めになっている。それ以外は几帳面に同じ間隔を開いて平行に、あるいは直角に置かれていた。

それら十二床のベッドの中央には会議用の長テーブルが二つ縦に並べられており、椅子が両端に一つずつ、両サイドに五つずつ、計十二脚並んでいる。

ベッドにも椅子にも、A4のコピー用紙に大きく数字を印字された紙が置かれていた。

右手の壁には、一つ残らず数字を外された時計がかけられ、数字が消えた空白の円盤の上で、長針と短針が、かすかな音を立てて時を刻んでいた。

通路の奥の方のドアの右脇には畳まれた車椅子が置かれており、その上の辺りに部屋の電灯のスイッチがあった。

最初にその部屋に入ってきたのは数字の『2』を持つ少年で、螺旋階段に近い方のドアから入ったため、消灯された暗い空間にまごついてしまった。ドアを大きく開いて通路の灯りを室内に入れ、きょろきょろ見回したが電灯のスイッチは見つからなかった。

そのため通路を進んで奥の方のドアを開き、ようやくスイッチを見つけて点灯した。

少年がまず目にしたのは、スイッチのすぐ下にある車椅子であったが、視線は無関心にその上を通り過ぎた。それよりもずらりと並べられたベッドが異様であったし、これからその一つに横たわるとあって、そちらに注意を引かれざるを得なかったのである。

そしてそこで思わぬものに遭遇し、少年は、ぎくっと身を強ばらせた。

灯りを付けたばかりの部屋に人がいた。

見間違いかと思ったが、そうではなかった。何歩か近づいて見ると同年代の男の子だった。目を閉じてベッドの一つに横たわり、顎先まで毛布をかけられていた。ベッドは右手の壁の真ん中にあり、毛布の上には『1』と記された紙が置かれている。

少年はまじまじとベッドの上で眠る者を見た。いや、ただ眠っているとは思えなかった。ぴくりとも動かないのである。ただ見ているだけでもその異様さをはっきりと感じ取れた。まるで物のようだった。横たわっているのではなく横たえられているのだと思った。生命を感じさせるものが丸ごと消えてそこに安置されているのだという気がしてならなかった。

少年がその場に凍りついていたのはほんの数分であった。間もなく足音がして誰かが部屋に入ってきた。少年がそちらを見ると、先ほど最初に少年があけたドアから、洒落たハンチング帽をかぶった少年が現れ、目が合った。

かと思うとハンチング帽の少年はすぐに通路へ引っ込み、足音がして少年がいる方のドアから再び現れた。

「こんにちは」

ハンチング帽の少年がにっこり微笑んで挨拶をし、右手に持った金属片を見せた。受付カウンターに置かれた金庫の中にあった物の一つ。数字の『5』だった。

「あ……、こんにちは」

少年はようやく衝撃から醒めて、相手と同じようにポケットから数字の『2』を取り出してみせた。

「まだ二人だけかな。あ、いや、三人か」

ハンチング帽の少年はちらりとベッドに横たわる少年に目を向け、くすっと笑った。

そんな風に笑ったことに、最初に来た少年はびっくりしてしまった。てっきり自分と同じように驚愕するのかと思っていたのだ。

だがハンチング帽の少年は平然とした顔でベッドとベッドの間を通り、横たわる少年の方へ帽子の鍔を小さく上げて挨拶してみせたが、声をかけようとはしなかった。それから椅子に置かれた紙の番号を確認し、『5』と印字された紙を手にとってテーブルの上に置き、その紙の上に金属片の数字の『5』を置いて椅子に座った。

「みんなで実行する予定なのに。気が早い人もいたもんだね」

ハンチング帽の少年が、横たわる少年の方を指さした。そこにいる者ではなく、ベッド横の小テーブルの上にある物を指し示していた。

そこには大半が空になった薬剤の包装シートと、半分まで減ったミネラルウォーターのペットボトルが置かれていた。ペットボトルの表面には水滴が浮かんでいる。なんの薬剤かは分からなかったが、カプセルが幾つかまだ包装シートの中に残っていた。プラスチックで覆われた部分を押し、銀色のアルミを破って取り出して飲むしろものだ。

状況を見る限り、ベッドの少年は、その薬剤を信じがたいほど大量に飲んだらしかった。

少年は先ほどまで本能的な恐怖と忌避感を覚えていたが、ハンチング帽の少年の落ち着きと明るさに急に安心させられていた。相手と同じようにテーブルに近寄り、『2』と印字された紙を椅子からどけてテーブルに置き、その上に金属片の数字の『2』を置いて、椅子に腰を下ろした。

二つ空席を置いた向こうでハンチング帽の少年が言った。

「僕はシンジロウ。見ての通り五番を引いた。よろしく」

少年は何と返したらいいか分からず、相手の言葉に倣って返答した。

「ケンイチです。えっと……二番です。よろしく」

「いるのは一番と二番と五番か。間の番号の人達はどうしたんだろう」

ハンチング帽の少年が呟くように言って、先ほど最初に顔を覗かせたドアを見やった。

「さあ……」

「この部屋が分からなくて迷ってるのかな。それとも気が変わって帰ってしまったのかもね」

言葉の最後でハンチング帽の少年が再び顔を向けたので、少年は反射的にうなずいた。

「そうかも」

「全ては自由意思だね。それがこの集いのルールだし」

「うん」

「君は帰らなかったんだね」

「え、うん」

少年はちょっとまごついて返事をした。こんな風に明るく話しかけられるとは予想外だったのだ。みんなもっと深刻で暗い眼差しをたたえて現れると思っていたが、ハンチング帽の少年はこれからとても楽しい集いが行われるというように目をきらきらさせていた。

相手の戸惑いを察したようにハンチング帽の少年が微笑んだ。

「帰らずにいてくれて嬉しいな」

「え?」

「本当は嬉しがるようなことじゃないかも知れないけど。正直言って嬉しいんだ。最悪、みんな気が変わって、僕一人になるかもと思ってたから」

「そうなんだ……」

さして気の利いたことも返せずにいるところへ、さらに人が現れた。

二人の少女だった。背の高い黒服の少女と、小柄で髪留めをした少女だ。螺旋階段に近い方の入り口から入ってきてベッドの間を通り、まず黒服の少女が先に来ていた少年たちに倣って紙をテーブルに置き、その上に金属片を置いた。数字は『7』だった。テーブルの端のいわゆるお誕生日席で、みなの顔が見渡せるその席に遠慮無く座った。そこに座ることになんの気後れもなさそうな自信に満ちた態度だった。

そのすぐ後で、髪留めの少女が、少年たちに倣うというより、黒服の少女と同じことをした。紙の上に置かれた金属片の数字は『6』で、席はハンチング帽の少年の左隣だった。

「こんにちは。七番、アンリよ」

黒服の少女が告げた。

「あ……、六番の、メイコです」

髪留めの少女が左右にいる人々の間で視線を彷徨《さまよ》わせながら名乗った。

少年たち二人が、彼女らに名乗った。

四人で何を話すにせよ、ハンチング帽の少年と、黒服の綺麗な少女がもっぱら話し手になるだろうと思われた。少年はそう思ったし、髪留めの少女もそう思っているようだった。

だがその四人で何か話し合う間もなく、人数が増えた。三人の少年たちが連れだって現れたのである。みな螺旋階段に近い方のドアから入って来た。

「どうも、こんにちは。九番のノブオです」

眼鏡をかけた坊主頭の少年が朗らかに名乗りながらテーブルに近寄った。

「は、は、八番の、タ、タ、タカヒロです。あ、あ、あの、し、し、失礼します」

コーラのペットボトルを胸に抱えた痩せぎすの少年がつっかえつっかえ告げ、黒服の少女の隣、髪留めの少女の前に座った。眼鏡の少年がその左隣の席に着いた。二人とも椅子に置かれた紙をテーブルに置き、その上に金属片を置いてから椅子に座った。

眼鏡の少年の左隣に、派手なTシャツの上にボタン付きシャツを羽織った、がっしりした少年が同じように座り、

「十番。セイゴって名だ」

ぶっきらぼうに告げた。

最初にいた四人の少年少女がそれぞれ名乗ろうとしたが、その前にまた二人の少女が、それぞれ異なるドアから現れた。

螺旋階段に近い方からはピンク色の派手なゴシック衣裳に身を包んだ少女が現れ、みなの前で丁寧にお辞儀をしてみせ、やや芝居がかった感じで名乗った。

「みなさん、初めまして。あたし、三番のミツエです。今日はみなさんに会えて嬉しいです」

その少女が、先に来た者たちに倣って紙と金属片をテーブルに置いて着席した後すぐ、今度は電灯のスイッチがある方のドアから、帽子とマスクをした少女が現れた。

身を縮こまらせるような前屈みの姿勢で部屋に入ってきて椅子の数字を確認し、紙をテーブルに置いて着席すると、誰とも目を合わせずうつむきがちに頭を下げた。

「四番のリョウコです。よろしくお願いします」

ささやくように名乗り、金属片を紙の上に置いた。

新たに現れた少女たちに、先に来た七人が名乗った。

「残り二人ね」

黒服の少女がテーブルの上で手を組み、空いている席を見た。『1』『12』『11』と三つの席が並んでいたが、三人来るとは言わなかった。彼女の視線の真っ直ぐ先、テーブルのもう一端の向こうで、早くも一人の少年が横たわっていたからだ。

「十二時まで待つ決まりでしたよね？」

ゴシック衣裳の少女が言いながら顔を上げて壁の時計を見た。その場にいる全員が同じように時計に顔を向け、困惑したように首を伸ばしたりかしげたりしてしげしげと見つめた。

時計の数字がなくなっていたからだったが、ややあってみなめいめいテーブルに置いた物に目を向けた。それで自分たちが手にした数字が元はどこにあったか悟ったのだった。

「数字はなくなっているけど、十二時は分かるね。あと五分くらいかな」

ハンチング帽の少年が面白そうに数字が消えた時計に目を戻して言った。

「十二時になったら、全員が揃う揃わないにかかわらず、すぐに実行するか、しばらく話し合ってから実行するか、その場にいる人同士で決を採る」

眼鏡の少年が言った。みなに配信されたこの集いに関する決まり事を諳《そら》んじているのだった。

「決まり通り、十二時になったら挙手か何かで決めましょう。全員が実行で一致したら、決めた通りにやる。反対の人はいる？」

黒服の少女が言った。みなが口々に賛成した。座っている席のせいか、黒服の少女が発散する自信のせいか、彼女が議長のように振る舞っても誰も抵抗を覚えないようであった。

だが結局、黒服の少女が主導して決を採る機会はなかった。

間もなく螺旋階段に近い方の入り口から、少女が二人、相次いで現れた。

最初は金髪の少女で、くたびれたような、だらんとした様子でテーブルに近寄りながら、その場にいる全員の視線を見返して、力なく愛想笑いをした。

「どーもー。えー、あたし十一番なんだけど。あたしの席、もしかしてそこ？　あ、こっち？　なんだ番号書いてあんじゃん。あ、どーもー。マイでーす。よろしくお願いしまーす」

みなに倣って紙と金属片を置き、やたら間延びした調子で挨拶をした。その目が帽子とマスクをした少女に向けられ、興味深そうな上目遣いになった。

すぐ後に、小柄な少女が続いた。

「十二番のユキです。失礼します」

みなの視線を受け、最後の少女が部屋の入り口でぺこりと頭を下げた。テーブルに近寄り、紙と金属片を置き、金髪の少女の左隣に座ってまた頭を下げた。そのまま目を上げず、顔を伏せるようにしていた。帽子とマスクの少女のように誰の顔も見ようとしなかった。

九人が、二人の少女に手短に名乗った。

「これで十二人全員が揃ったね」

ハンチング帽の少年が微笑んだ。一人も欠けずに集まったことが嬉しいようだった。

黒服の少女が共感を込めてうなずき、組んでいた手をほどいた。

「あそこにいる彼が、この集いの主催者なんでしょうけど……、私たちより先に一人で考え、一人で決めたんでしょうね。さっそくだけど、私たちも決めましょうか。実行することに賛成の人は――」

早くも全員が挙手しようとみじろぎした。反対者がいるとは思えない雰囲気だった。みなすでに実行に異存はなく、もしあったとしてもそれは建物に入ってこの部屋に現れるまでの間にどこかへ消え去っているはずだった。

だが黒服の少女の声は奇妙に途切れ、みなの挙手には至らなかった。その顔はぽかんとした表情を浮かべ、視線は真っ直ぐドアの方を向いていた。螺旋階段に近い方ではなく、電灯のスイッチがある方のドアだった。

その場にいる大半が黒服の少女を見ていた。それから彼女の視線を追ってドアを見た。

そこに一人の少年が立っていた。その場に集った誰よりも年下に見える少年だった。

「一番のサトシです。遅くなってごめんなさい。ちょっと建物の中を見てたもので。他に誰かいないか確認していたんです。ご心配なく。見て回った限り、この建物にいるのは僕たちだけです」

少年はそう言いながらベッドの間を通ってテーブルに近寄った。最後に残った席の前に立って、紙をテーブルに置き、その上に金属片を置いた。数字の『1』を。

「僕が、サイトの管理者です。みなさんをお招きし、ここの準備をしました。御覧の通り、みなさんの席と、眠る場所を用意していますが、何かご不満やご不明な点はありますか？」

誰も何も言わずに少年を見つめていた。誰とも目を合わせようとしなかった帽子とマスクの少女までもが、突如として現れたその少年に戸惑いの眼差しを向けている。

少年は彼らの視線をよそに、テーブルに置かれた十二個の数字を確認していた。それから顔を上げて言った。

「裏口の暗証番号と、金庫の番号。その二つでもって、みなさんが本当にこの集いの参加者であり、僕からのメッセージを受け取った本人であることの簡単な確認とさせて頂きました。改めてこの集いについて説明いたします。みなさんは今日、大きな選択をしてここにいらっしゃいました。それは自分たちの命についての選択です。理由も考え方も、みなさんそれぞれに違いますが、ここで行われることの結果は同じです。だからこそ大きな選択という言い方をしています。小さな選択は、いわば結果の分からない、個々の、あるいは日々の選択です。未来が分からないまま行う選択です。これに対して、僕たちが今日ここでするのは大きな選択です。みなさんの命に関して、はっきりと結果が分かっている選択です。すなわち、今日ここでこの十二人全員が、安楽死を迎えるということです」

管理者と称する少年の言葉の一つ一つを、残りの十一人全員が、彼本人であるかどうか確認するために聞いていた。十一人が聞く限り、この少年こそ数字の『1』を持ち、この場を主催するにふさわしい人物であり、つまるところ本来いるべき少年に思われた。

「よろしいですか？」

少年が重ねて訊いた。

金髪の少女が声を上げた。

「ねー、君、幾つ？」

「十四ですが」

「じゃ、中二ってことー？」

「はい。中学二年生です。何か？」

「よくそんな喋れるねー。頭いいんだねー。あたしなんて、十七だよー？」

「はあ」

金髪の少女がみなの疑問を代表して口にするかに思われたが、その様子はなかった。

ハンチング帽の少年が咳払いし、驚きを抑えて言った。

「あのう、サトシくん。一つ質問があるんだけど」

「はい」

「確認なんだけど。ここに集うのは君を入れて十二人だよね？」

「はい、そうです」

少年が十一人を見渡した。

「ぴったり十二人ですが、何か問題が？」

それでその少年が自分の背後にいる者の存在にまったく気づいておらず、テーブルに着いた十一人のことしか目に入っていないのだと、はっきり伝わった。

「それよ」

黒服の少女が、真っ直ぐ指さした。テーブルの端と端で向き合っているため、少年は自分のことだと思ったらしく、目を丸くして自分自身を指さして首をかしげた。

さらに何人もが一斉に、少年の背後に指を向けた。

少年は呆気に取られた顔でみなの様子を眺めていたが、ふと自分の背後を示しているのだと気づき、上体をひねって後ろを見た。すぐに顔を戻そうとしたが、慌ててまた見た。体全体で振り返り、『1』と印字された紙が置かれたベッドへ歩み寄って、そこに横たわったまま微動だにしない少年と、小テーブルに積まれた空の包装シートの束を交互に見つめた。

それからきびすを返し、呆然とした様子でテーブルの端の彼の席へ戻ってきて言った。

「あの方は、どなたですか？」

四　11対1

これはいったいどういうことだろう？

部屋に最初に入った少年であるケンイチは、目の前に置いた数字の『2』を意味もなく見つめた。金属でできた数字の一つ。この集いに参加する資格があることを端的に証明する物だ。それはまた、集いに参加する人数がぴったり十二人であることを示している。

その金属製の数字がもとは時計の文字盤の一部であったことは、最後に入ってきた少年の背後の壁にかけられた時計が全ての数字を失っていることから容易に想像できた。そしてその少年が数字の『1』を持って現れたということは、彼もまたこの集いの参加者であるはずであった。しかもその言動からして、この集いの主催者であり、またその立場にふさわしい――十四歳という年齢を聞いてケンイチはちょっとびっくりしたが――理路整然とした穏やかで公平な少年であるようだった。

だがこのサトシと名乗る、数字の順番からいえば一番目の少年の背後には、すでに別の誰かがいるのだった。数字を全て失った時計の真下に位置するベッドに横たわってぴくりとも動かない――見るからに二度と動くとは思えない――もう一人の、すなわちサトシが本物の参加者であり主催者であるならば、集いにいるはずのない、十三人目の少年。

サトシが現れる前は、その少年こそ一番目なのだろうと勘違いしていた。いったいこの少年は誰なのか？　なのかどうか分からなかった。ケンイチは、自分が何か大きな見当違いをしているのではないかという不安に駆られた。それで、自分の参加資格である『2』の数字を確かめ、他の少年少女たちがテーブルに置いた数字を見て、それから長テーブルの一端に立ったままのサトシに目を戻し、自分が正しいという証拠がどこかにないか探したのだった。

見る限り、何か重大な見当違いがあるとは思えない。少なくとも自分のとんでもない勘違いのせいで、ここにいる初対面の――サイトを通して他の参加者に挨拶の言葉を投げかける者もいたがケンイチは一切返事をしなかった――十一人の少年少女たちから咎められることはないはずだった。自分は正しいし、間違ったことはしていないはずなのだ。

だが確信は持てなかった。それどころか、ケンイチはなんだか自分が咎められているように感じ、ひどい居心地の悪さに襲われ、気づけば両手に汗をかいていた。それはケンイチのいつもの気分であり、彼をこの集いへ導くこととなった苦しみの根源でもあった。

彼は必死に安心すべき点を探した。一番目の少年であるサトシを除いて他の少年少女たちもまたケンイチと同じく自分の数字を確かめたり、サトシとその背後で眠る――ただ単に眠っているようにはちっとも見えず、むしろ停止しているというか、冷凍庫から取り出したばかりの食べ物のように静謐な――少年を見たりしていた。

サトシは立ったまま彼らをひとしきり眺めていたが、誰も何も言わないのを見て取ると、先ほどとはちょっと言い方を変えて再び同様の質問をした。

「どなたか、あの方を……あそこで僕が使うはずのベッドにいる方をご存じの方は、いらっしゃいませんか？」

誰も答えなかった。誰かが答えるのを待っていた。広々とした部屋に沈黙が降りた。

ケンイチはサイズの合わないジャケットがますます窮屈になるのを覚えて身をなるべく縮め、文字通り肩身を狭くした。自分が身をすくめねばならない理不尽さにうんざりした。なぜなら最初に部屋に入ってきた自分こそ、あのベッドの少年を最初に見たのだ。

そのとき自分は何か間違ったことをしていないだろうか？　少年が横たわっていることに気づいたときすぐ呼び掛けるなりして覚醒をはかるべきだったのだろうか？　自分のせいで手遅れになったということはないだろうか？　そう考えると不安と息苦しさで、こめかみがずきずきと脈打った。

自分はたまたま最初に部屋に入ってしまったのだ。声を大にして主張したかった。たまたまだったのだと。

だがもし、そのせいで疑いの目で見られているとしたらどうしたらよいのか。学校生活でしばしば教師から咎められたときのように。何か知っているんじゃないか、見たんじゃないかと詰問されて、違うと言えば言うほど疑われるという惨めで苦しい思いを味わうのではないか。そんな不安まで起こるものだから、とにかく何か話したくて仕方なかった。あるいはサトシという少年以外の誰かが発言してくれるなりして、早くこの得体の知れない緊張を緩和して欲しかった。

ややあってケンイチの願い通り、五番の少年が手を挙げた。

この部屋に二番目に入り、ケンイチに声をかけてくれたハンチング帽の少年——シンジロウだ。いきなり声を上げるのではなく、挙手をすることできちんと一番のサトシに発言の許可を求めていた。その態度はいたって冷静で、この事態に困惑していることを示す小さな笑みを口元に浮かべながらサトシに目を向けていた。

「はい」とサトシが手振りで発言を促した。「五番の——」

「シンジロウ。十七歳です」にっこりと名乗り直した。今しがたサトシが十四歳と告げたことから自分も年齢を口にしたのだろう。

「歳は関係ねえだろ」

ぼそっとTシャツの少年が呟いた。十番のセイゴと名乗る少年だ。太く長い腕を組み、煙草の匂いを漂わせ、サンダルを履いた足を行儀悪く伸ばして座っている。体格も態度も大きくていかにも威圧的な雰囲気であったが、

「確かにね」

むしろシンジロウは合いの手を入れてくれたことを喜ぶように微笑んだ。

セイゴもつられたように腕を組んだまま小さく肩をすくめた。

それで凍りつくようだった場の空気がかなりゆるんだ。

サトシが、みなを和ませようとはまったく考えていないらしい平板な調子で、こう訊いた。

「シンジロウさんは、あの方をご存じなのですか?」

「いや。僕は知らない。ここにいる誰も、知っているとは言いそうにないね」

「はい」サトシがみなを見渡した。「そのようですね」

「こういうときはどうするのかな?」

「みなさんで決を採るのがいいかなと思いますが、いかがでしょうか」

サトシの返答は淀みなかった。押しつけがましくなく、自然とみなの賛同を集められる態度だった。ますます場の主催者としてふさわしいとケンイチには思われたし、みなもそう感じている様子だった。

だがただ一人、素っ頓狂な声を上げる者がいた。

「けつ?」十一番の少女だった。サトシから見て右側に座り、マイと名乗る、金髪に日焼け肌の少女で、まるで不謹慎なことを聞いてしまったというように困惑と苦笑をにじませている。

「え?　なに?　けつってどういうこと?　なんか、やらしー」

ケンイチは彼女が本気で質問をしているのかどうか分からなかった。もしかすると何かの冗談を言っているのかもしれない。少年たちに限っていえば全員そうだったのだろう。意表を突かれたように見えながらも、マイが浮かべる困惑の笑みに合わせるようにして、小さく笑ってみせた。

しかしこの笑いにマイがさっと傷ついたような表情になるや否や、ベッドに横たわる少年以外の、ケンイチもサトシもシンジロウもセイゴも、残り二人の少年たちも咄嗟に口をつぐんで目を逸らしてしまった。その場にいる他の少女たちは、あたかもこれを予期していたかのように最初から何の表情も浮かべてはいなかった。

間髪入れずに取りなしたのは、七番の、長い黒髪の少女、アンリであった。

「賛成する人と、反対する人を数えて、どちらか多い方に決めることよ。多数決ともいうでしょう」

「あー」マイが感心したような声を上げた。「そっちのけつなのね。そっかー、そーなんだー」

「ええ。ここにいる私たちで決めるということよ」

「へー。あたし、なんかのギャグかと思っちゃった。あはは。ありがと」

アンリは軽く微笑み、サトシに目を戻した。マイに対する同情などかけらもなかったが、馬鹿にした様子も微塵もなかった。きわめて中立的な態度であるといえばそうだが、そもそも相手に関心がないという点では冷淡この上なかった。なんであれ非の打ち所がないほど堂々とした態度であり、ケンイチの目には、少女の、黒いジャケットにタイトスカートを身につけた姿がいっそう大人っぽく見えた。

サトシが現れる前は、このアンリと名乗る少女が自然と場を仕切る役割を担いかけていたのだ。学校生活ではしばしば教師や生徒の意図を汲んで場を誘導するような、大人側と子ども側の双方の代弁者となるたぐいの少女であろう。

アンリはそんな周囲の評価を当然としながらも鼻にかけているわけではなさそうだった。見た目以上に、精神的に大人なのだ。それで好感が持てるというより、かえってケンイチなどは萎縮させられてしまうのだし、彼女と主導権を争い合うところなど想像しがたかったが、そもそもの主催者であるサトシの方は、アンリにいささかも気後れした様子はなかった。

「さて。そういうわけで、多数決を行うべきだと思うのですが、いかがでしょうか」

「方法は?」シンジロウが訊きつつ、テーブルの上の数字がプリントされた紙を手でめくってみせた。「これを千切ったりして投票する?」

「いえ。決を採るときのための投票用紙を用意してあります。ですが、匿名である必要はないとみなさんが思うのでしたら、簡単に挙手で決めたいと思います。いかがですか?」

「用意がいいね。ああ、僕は挙手に異論はないよ」シンジロウが言ってサトシと一緒にみなを見回した。

「何を決定するのかしら?」アンリが質問を挟んだ。

「実行するかどうかを」サトシが淀みなく答えた。「このまま予定通り、僕たちがここで行うべきことを行うか、そうでないか、ということですね。ただし、この場を去りたいということでしたら、採決に参加する必要はありません。いつでも部屋を出て下さい。実行する際はドアを閉めなければいけませんが、かといって、みなさんを閉じこめるなどということはありません。集いの趣旨をみなさんに何度も説明したように、これは無理心中ではなく、自由意思による大きな選択です」

「反対者がいたら?」アンリがまた訊いた。

「ここでの決まり事に従います。つまり、原則は全員一致ですから、反対する方が一人でもいれば、ここにいる僕たちで話し合うということになります。全員が賛成するまで実行はしません」

「今のこの状態について何かしら話し合った後で、実行するかどうか、また全員で決めるのね？」アンリがベッドに横たわる少年を見ながら思案顔で腕組みした。

「はい。そういうことです」サトシが平板な調子のまま言った。

「いいわ。やりましょう」腕組みしたままアンリがうなずいた。

これでようやくケンイチはほっとした。自分が咎められる様子はなかったし、ベッドにいる少年については大いに疑問があるのだから、みな自分と同じように考えて反対すると思ったのだ。きっとあの少年を最初に見たことも、問題にされることはないだろうという楽観を抱けて心底安堵していた。

そこへ別の少女が手を挙げた。

「あのう、賛成に入れた方がいいんですか？」

問うたのはアンリから見て右側の席に座る、六番の少女であった。メイコと名乗り、ピンク色の髪飾りを何かの目印のようにつけている少女だ。

みなが彼女の方を向き、何を言っているんだろうというようにしげしげと見つめた。少女は手を下げ、上目遣いでみなの顔色を窺うようにしながら訊き直した。

「あ……反対した方がよかったですか？」

「もちろん自由意思で決めて下さい」

サトシがやんわりと答えたが、メイコはかえって怪訝《けげん》そうな表情になるばかりだった。

「あの、それってどういうことですか？」

「自分の意思で決めていいということです」サトシが変わらぬ穏やかさで答えた。

「じゃあ、私は、どっちでも」

「どっちでもというのではなく、どちらかに決めて頂けますか？」

「え……なんでですか？」

メイコが真顔で口にした。

その場にいる大半が呆気に取られた。セイゴが苛立ったように眉間に皺を寄せた。メイコの隣にいるアンリが組んでいた腕をほどき、どうしたものかと思案するように小さく溜息をついた。

「なぜといえば、それがこの集いの決まり事だからですよ」

サトシが言った。ケンイチは彼の揺るぎない穏やかさに感心してしまった。

「私、絶対に賛成です！」

だしぬけに手を挙げたのは、三番の少女であった。派手派手しいカラフルなゴシック衣裳に身を包み、入念なメイクを施した、ミツエと名乗る少女だ。早くことが進まねば、せっかくの入念な準備が台無しになるとでもいうような性急さで、手を挙げては下げるということを繰り返しながらわめいた。

「だってそうじゃないですか？　こんなに頑張って準備してきたのに中止なんておかしいでしょう？　賛成です！　絶対に賛成！」

だがすぐに賛同の声が起こらないことに不満を抱いたのか、右にいるケンイチと左にいる四番の少女の顔を、交互に覗き込むようにしていかにも必死な調子で呼び掛けた。

「ねえ賛成しましょうよ！　あなたもそう思うでしょ？　賛成でしょ、賛成！」

ケンイチは、ぽかんとなってろくに返答もできずにいた。

四番の少女は目深に帽子をかぶりマスクをしているので表情を窺うことは出来なかったが、うつむいたまま迷惑そうにミツエから身を引いている。

「中止するかどうかを決めるのではありません」サトシが根気よく説明した。「この状態のまま今すぐ実行するか、話し合う時間を持つかを決めるだけです。やめたいのでしたら、いつでもこの場を去ることができますから」

「じゃあ、やるんでしょ？　ここでみんなで天国に行くんでしょ？」

「あらかじめ定められた通りに実行します。どこどこに行く、というのは色々な考え方がありますので、そういう表現はしませんが」

「え、どっちなの？」十一番のマイがまたもや素っ頓狂な声を上げた。「賛成なの？　反対なの？　つーか自分で決めていーんだよね？」

「はい。ご自分の意思でお決め下さい」

サトシは苛立ちも呆れもせず、何かの模範でも示すかのように見事なほど丁寧に答えた。まるで長いこと聞き分けのない人々を相手にしてきたというような、老成しているとすらいえる態度だ。

「賛成か反対かは一人一人が決めることですので、他の人に、こうして欲しい、ああすべきだ、といった発言はお控え下さい。さて、では決を採りたいと思いますがよろしいでしょうか」

みな口々に、はい、おう、うん、ああ、といった賛同の呟きを返した。

「今すぐ実行することに賛成の方、挙手をお願いいたします」

少年少女たちが一斉に手を挙げた。

ケンイチはその多さに驚き、性急にことを決めたい人もいるもんだと呆れた。そういう性急さは結局のところ後で咎められるものなのにと優越感すら抱いていた。あの少年の存在については誰かが責任を取らねばならないのだと無意識に思っていたのだが、しかしつまるところ自分には関係がないことを証明したいという気持ちが大半だったので、サトシが挙手した者の数をかぞえる様子も、誰が手を挙げたかということも、ろくに見ていなかった。

「はい、けっこうです。手を下げて下さい」

サトシが言った。みなそれぞれ手を下げながら、挙げなかった者に目を向けていた。

「実行に反対の方、挙手をお願いいたします」

ケンイチは手を挙げ、そして激しい違和感に襲われた。それはしかし彼にとって馴染みのある感覚でもあった。学校生活でしばしば味わった違和感だ。自分一人だけ大きな流れから外れ、虚ろな場所へ迷い出てしまったような気分。あるいはその場にいる者たちに咎められ、無理やり輪から閉め出されてしまったような、涙がにじむほど辛い虚脱感だった。

まさか、この集いに参加してまでそんな思いを味わうなんて——そんな失望と諦念に襲われながらケンイチは周囲を見回した。

その場にいる全員がケンイチを見返した。

彼以外の誰も、手を挙げてはいなかった。

一番の、主催者のサトシも先ほど挙手しなかったのは決を採るためであって、どうやら彼も賛成する側にいるらしかった。

ケンイチは信じられないという思いに打ちのめされた。これほど明らかな疑問があるというのに。自分だけが反対をするなんて。こんなことがあるのだろうか？

「——なんで？」

手を挙げたまま下ろすこともできず、手の平を握ったり開いたりしながら、ケンイチは思ったことを素直に口にした。

全員が無言のまま同じ質問をケンイチに投げかけていた。

五　10対2

「賛成が十一、反対が一ですので、ひとまず話し合ってから再び決を採りましょう。話し合う時間は、そうですね……」

サトシが言葉の途中で背後を振り返った。壁に掛けられた時計を見たのだ。数字が全て外されているとはいえ、長針と短針の位置は明白だった。

「だいたい、三十分ほど……十二時半までとしましょうか。それだけ話し合ったら、また採決します。また挙手にするか、それとも投票にするか、といったことも、そのときに決めたいと思います」

そう言ってサトシは部屋に現れてから初めて椅子に腰を下ろした。

「もう手は元に戻して下さって結構ですよ」

そう言われてケンイチはようやく手を下げることが出来たが、居心地の悪さは変わらなかった。

強い失望も諦念も拭うことはできなかった。なんで自分はいつもこうなんだろうという嫌な気分に襲われて気が滅入りそうだった。

「どうぞ、お話ししましょう」

サトシがケンイチを促した。

ケンイチはまったく釈然としないまま何かを言おうとしたが、言葉にならなかった。

隣にいる三番のミツエが猛然と怒りに満ちた眼差しをケンイチにぶつけてきていた。

四番の少女はケンイチに興味を失ったように視線を外し、宙へ向けた。

逆に五番のシンジロウが、おや、どうしたんだろう、というように身を乗り出してケンイチを覗き込んだ。

六番のメイコは、自分は首尾良く多数派に属することができたぞと、あからさまに安心した顔でケンイチを眺めている。

七番のアンリは、またぞろ思案げに腕を組み、先ほどメイコに対してしたような小さな溜息をこぼした。

八番の少年がひどくくたびれたような、のろのろとした動作でコーラのペットボトルの栓を開けて口にした。その様子を、なぜかシンジロウが興味深そうに見つめた。

九番の眼鏡をかけた丸坊主の少年がワイシャツの胸ポケットからハンカチを取り出し、大してかいてもいない額の汗を拭いた。

十番のセイゴがこれみよがしに大きく息をついて椅子を引き、長くて太い脚を組んだ。

十一番のマイは、これから何が始まるんだろうと興味津々のていでケンイチを見ている。

十二番の少女はとっくにケンイチから目を逸らし、髪で顔が隠れるほどテーブルにうつむいていた。もしかして寝ているんだろうかと正面に座るケンイチが疑問に思うほど、微動だにしなかった。

「それで?」

アンリが真っ直ぐケンイチに視線を向けたまま訊いた。

「え……?」

「それで? 何を話せばいいのかしら?」

ケンイチは急にまたスーツを息苦しく感じながらアンリを見た。彼女が発散するのは非難ではなく、純粋に質問しているのだという淡々とした空気だった。だが彼女の堂々たる態度は、いつでもケンイチを咎める用意があることを端的に告げていた。しかもそのときは彼女一人にではなく、全員から非難されるに違いない。理解されること、そして永遠の安息を得ることを求めて来た場所で、魔女狩りよろしくつるし上げにされるのだ。その惨状を、この上なくはっきりと想像できた。

「あの……なんで反対しないの?」

「訊いているのはこちらなのですけれど」

「え、いや、だって……」即座にここで口をつぐむか自分もやっぱり賛成すると態度を変えるかすべきなのだろうと思ったが、今さらそんなことは許されない空気になってしまった。それがかえってケンイチの中で昂揚めいたものを生じさせた。それもまたケンイチにとってはいつものことで、こうなるともう自分は止まらないのだと知っていた。「だってさ、おかしいでしょ」

「何がおかしいのかしら?」

「だって知らない人がいるんだよ?　おかしいと思わないの?　ここの準備をしたサトシくんだって知らないって言ってるじゃない。なんでそんな人がここにいるの?」

「まあ考えられるのは――」とシンジロウが首をかしげながら言った。「この集いのことを知っていた誰かさんってことだね。何も知らずにたまたまこの病院に入ったら、ベッドが沢山あるのを見てしまい、それできっと大勢がここで眠りにつくと考えて、自分もそうしようと決めた、というのはさすがに考えにくいからね」

「じゃあ、なんで知ってるの?　僕たち以外は知らないはずなのに――」

「あらかじめサイトで心理テストを受けたことは覚えているでしょう?」アンリが淡々と嚙んでふくめるような調子で遮った。「この集いにふさわしいかどうか何百もの質問に答えたはずよ。中には集いにふさわしくないと判断されてしまった子もいるんじゃないかしら。でも諦められずに、こうしてここに入り込んで、一足先に自分自身に対して決定を下した、ということかもしれないわね」

あまりにすらすらと出てくる答えに、かえってケンイチは反発を覚えた。なんでそんなことも想像できないのかと言われた気分だった。

「そうなの?」ケンイチはサトシに訊いた。

「さあ」

「さあって。他にもこの場所を知っている人がいるの?」

「僕が管理する限り、ここの情報は皆さんにしか発信していません。僕のＰＣやモバイルに侵入しないと分からないはずです。あそこにいる方が、僕のデータを盗み取ったとは思えませんが、本人に訊いてみないことには断定できません」

「本人って……」

ケンイチはちらりとベッドの少年を見たが、声をかける気にはなれなかった。ベッドの少年は初めてその存在に気づいたときとまったく同じ姿勢で横たわっており、そもそも声をかけても返事が来るとは、ケンイチをふくめ誰も思えなかったからこそ一番の少年であると思い込んだのではなかったのか。

「そんな人いる?」ケンイチは、つい語調が険しくなるのを止められないまま勢い込んで皆を見回した。「わざわざデータを盗んで、ここに来るなんて。普通じゃないよ。だったらもう警察を呼ぶとかしてるんじゃないの?」

「なに逆ギレしてんの、この人」ぼそっと隣でミツエが呟いた。

「この集い自体、普通じゃないのよ」アンリが平然と言った。「だからこそ私は参加を決心したのだけれど。普通の考え方をしない人がいたからどうだって言うのかしら」

「不自然だよ」ケンイチは少女の堂々たる態度に苛立ちながら言った。「おかしいってことだよ」

「ここにいる誰かから場所と時間がばれたんだろ」セイゴが憮然とした調子で別の意見を述べた。「要は、あそこで先に死んじまってるやつのことを、誰も知らないってのが嘘なんだよ。知ってるやつは、あそこにいるやつが死んでてもおかしくないと思ってるから、何も言わないんだろ」

「え……? そうなの?」ケンイチはみなを見たが誰も反応を示さないのでセイゴに訊き直した。

「えっと、それってつまり、あなたが、あの人が誰か知ってるってことですか?」

「なんでそうなんだよ」セイゴが不快そうに顔をしかめた。「俺が知るかよ。顔も見たことねえよ。ていうか、なんで俺にだけ敬語使ってんだよ」

「いや、だって――」

「どうせタメか同じような歳だろ。お前、幾つだよ」

「十六」

「俺は十五だ」

サトシと隣の九番の少年を除く全員が、セイゴをまじまじと見た。みな明らかにもっと年上だと思っていたのだ。サトシは参加者の年齢については把握しているらしく、またお互いの態度がどうあるべきかといった点にはさっぱり言及しなかった。

「十五ー⁉」マイがまたもや甲高い驚きの声を上げた。「でっかいねー。何食べたらそうなんの?　つーかなに?　なんかスポーツとかしてんの?」

「うちのクソ家系じゃ普通なんだよ」相手も見ずにさも不快そうにセイゴが返し、ケンイチに言った。「あいつが誰で、なんで死んでるかなんて、俺は興味はねえよ。一人じゃ死ねねえっていう理由があったんだろ。何を話しゃいいんだ?　話したらあれが生き返んのか?」

「そんなこと言ってないでしょ!」ケンイチは相手の乱暴な物言いのせいで頭に血が上りそうになった。いや、声を上げた途端、あっという間に我を失っていた。「なんであの人があそこにいるのかって訊いてるだけだよ?　いちゃいけない人がいるのは、おかしいって言ってるんだよ?」

「それで私たちに何か不都合なことはあるのかしら?」

アンリが淡々と尋ねた。問いかけているようでいて相手の意見を封じる言い方がケンイチの癪に障ったが、みなが不都合はないと言えばそれまでだった。

ケンイチ自身、自分が咎められさえしなければ良かったのだから、しいて議論する必要はなかった。だがこうして乱暴な反論ばかりぶつけられたことで、かえって納得出来ない気持ちがどんどん膨らみ、とてもここで引こうとは思えなくなってしまったのだった。

「都合が良ければいいってもんじゃないでしょ？　人が死んでるんだよ？　なんで適当な考え方で片付けようとするのさ。そんないい加減な気分で、どこの誰かも知らない人と一緒に死ねっての？」

「いい加減な気分？」アンリの口調に変化はなかったが、眼差しが屹然《きつぜん》とした怒りの光を帯びた。「そもそも私たちはあなたに付き合っているのよ。私たちは今ここで何を話し合い、確かめ合うべきなのかしら。あなたの話こそまったく要領を得ないわ。少しはまともな意見を述べて欲しいわね」

ケンイチも我知らずきつく眉をひそめながら言った。「君はあの人とは関係ないの？　知らないって言うんだったら証明してよ」

「呆れた」アンリの態度があからさまに馬鹿にしたようになった。こうなると堂々としている分、何ともいえない横柄さがにじみ出るようだった。「知っていることを証明することは出来るけど、知らないことをどうやって証明したらいいのかしら。何か方法があるのなら、喜んでそうするわ」

「あのさ」

唐突に九番の少年が割って入った。ノブオと名乗る、眼鏡をかけた丸坊主の少年で、手に持ったままだったハンカチを綺麗にたたんで胸ポケットに入れると、気さくさと礼儀正しさを均等にしたような態度でサトシに向かって言った。

「確かめ合うっていう点で、ちょっとサトシくんに質問があるんだ。いいかい?」

「はい、なんでしょう」

「まず、ここで僕たちは自由意思で決断する。そのことを第三者に伝えるためにサイトには共同声明というか、遺書があるよね」

「ええ、その通りです。みなさんにも事前に読んでいただいている文書を、信頼できるフリーサーバーに遺してあります。みなさんがこの集いに同意したことを証明する、サイトへアクセスした際のデータも全て保存しておきました。サイト内でのみなさんの発言も遺されます。みなさんがそれぞれお書きになった遺書というか集いの参加への表明文もあります。僕が自宅に置いてきた遺書や、今持っているモバイルのメモ帳にパスワードが記されています。警察がそれらを押収するでしょうから、これが殺人や無理心中などではないということが分かるはずです。ちなみに警察の方々に、お騒がせしたことをお詫びする文章も僕の方で遺しておきました。まあ、お詫びしたところで彼らからすれば意味はないのでしょうが」

「いろいろと僕らのために骨を折ってくれてありがとう」

「いいえ。こちらこそお気遣いありがとうございます」

「それで、その遺書なんだけど、当然、あそこにいる子については何も書かれていないんだよね? 警察はおかしいと思うんじゃないかな。下手をすれば、僕らがあの子を殺したことにならないかな」

「え？」息を呑むようにして顔を上げたのは六番のメイコだった。「そんな……それ、違いますよね。私たちじゃないですよね。そんなの困ります、私——」

「当然よ」アンリが一刀両断といった感じで遮った。「あの子については、遺書に書き加えるんでしょ？」

「はい」サトシがうなずいた。「みなさんが実行に賛成した時点で、不可抗力で見知らぬ誰かが事前に集いに加わっていたことを包み隠さず書き残します。僕のモバイルでデータをアップロードしますが、その前にみなさんにも見せて、添削していただこうと思います」

「何から何まで悪いね」ノブオが本心から労《いたわ》るように言った。

「いえいえ」大して苦労とも思っていないようにサトシが返した。

「ほんと、しっかりしてるねー」マイがあっけらかんと誉め称えた。「十四だもんねー。あたしとなんでそんな違うんだろ」

「はあ」

「あと一つ」ノブオが言った。「見たところ君のベッドは塞がれてるけど、君はどうするの？」

全員が、はたとその点に気づいたようにサトシを見た。

「あれって君のベッドだよね？　というか一番の数字を引いた人のものだよね？」

「ええ。そうなります」

「自分が眠る場所を奪われちゃったけど、その点は何も困らないの？」

「まあ、どうにかなりますね」

「あんまり困ってないんだ」

「はあ」

「もしかして知ってたのかな？」

「え？」

「ほら、あの子がそこにいること。君は知ってたんじゃないの？」

「僕がですか？」

サトシが目を丸くした。ノブオは眼鏡を手の平で押し上げ、ちょっと間をあけてから、静かに何か鋭いものを突き刺すように言った。

「この集いのことを何から何まで知っているのは君だけなんだよ、サトシくん。この場所だって君に用意してもらったんだからね。そんな君が、その子について説明できないとは思えないんだ。さっきセイゴくんが言ったように、その子がそこで眠っている——まあ、死んでいることを、君は知ってたんじゃないのかな」

「ははあ」サトシが困ったような感心したような何ともつかない顔になった。「確かに、そう考えると、僕が疑われるのはもっともですね」

「どうなの？」

「答えられたら良いのですが、僕も本当に分からないんです」

だが一転してみなサトシを疑うように注視していた。ケンイチは、眼鏡の少年に思わず感心させられた。考えてみれば謎の少年について、主催者であるサトシが最も驚き、この場にいるみなを問い質しているべきなのだ。なのにサトシは平然とした態度で、あっさりと実行の決断をみなに求めた。それ自体、疑うべきことだったのだと大いに納得したのだった。

「じゃあさ、君は本当にここにいるの？」

ノブオがまさに核心といえる点を突いた。

「いるとは？」

サトシがきょとんとしたようになった。

「全員が実行に賛成したとするじゃない。君は遺書に加筆する。もしかするとその遺書もすでに用意してあるのかもしれないけど、君は遺書を書くふりをする。その間に、僕らは永遠の眠りにつく準備をする。で、気づいたら君はいなくなっていて、あの子と僕らでぴったり十二人が死んでいる、ということになるんじゃないかな。そして君はまんまと、生きてここを出て行ってしまう。ここまで準備してくれた君には感謝しているよ。本当に。でも、ここで僕らを最も利用できるというか、まあ、言い方は悪いけど、いつでも騙せるのは、君なんだよ、サトシくん。僕としては、その疑いを晴らしたいんだ。君に対してずいぶん失礼なことを言っていると分かってるよ。でも君が繰り返し、自由意思だと口にすることが引っかかっていてね。みんなの自由意思だと言っておきながら、真っ先に君がいなくなってしまうんじゃないかって。こんな風に言いたくはないし、言うつもりもなかったんだよ。君がどうしようと僕は君を恨んだりしない。何をしてもいいという気持ちなんだ。ただあそこにいる子について君は何も言わなすぎると思ってね。僕のこの疑いについて、何か君から言えることはあるかな？　君の態度だけでも知りたいんだ」

ノブオが言葉を切った。ケンイチはその口ぶりというか疑い方というか、疑いをすらすらと口にしつつもサトシを信頼しているような態度に驚かされた。確かにその方がサトシも言うべきことを言わねばならなくなるだろう。少なくともそういう空気になったのは確かだった。果たしてサトシはこの状態で、どう答えるのだろうか。ケンイチは食い入るようにその言動に注目した。

サトシは、ぽかんと大口を開けていたが、おもむろに椅子の背もたれに身を預けた。

「ははあ」

相手の言葉をしっかりと咀嚼《そしゃく》するように何度かうなずいた。それから首をかしげて誰もいない目の前の宙を見つめた。時間にして一分もなかったろうが、ケンイチにはひどく長いことサトシがそうしていたように思えた。

「ええと、まず遺書についてですが」サトシがノブオに視線を戻して言った。「僕でなくともどなたか書きたいという方がいればお任せします。その際は僕も添削に加わらせていただきますね。それで、実行の方法ですが、お伝えした通り、ベッドの下にはそれぞれ一酸化炭素を生成するための道具を用意してあります。それらを効果的に使用するには、この部屋を密閉する必要がありますので、内側から施錠してのちテープで隙間を塞ぎます。その作業も、僕がするつもりでした。ですが、お疑いを解消するにはどなたかにお任せするのがよいように思えますね。あと、理想を言えばみなさんは睡眠状態でこの集いの最終局面を迎えるべきです。そのための医薬品も用意してあります。どう考えても眠っている方が安らかですから。でもそうなると、みなさんが入眠した後で僕が活動してしまう、ここから逃げていってしまう、という疑いが残るというのでしたら、僕が真っ先に眠ってしまうというのはどうでしょうか。その分、みなさんに負担をお掛けしますが、それで安心するというのでしたら、僕としてはその方が楽でもありますので、そうします。これで、どうでしょう。疑いは晴れますか？」

今度はノブオが宙を見つめて考え込む番だった。

その様子を窺うようにしながらサトシが付け加えた。ただ付け加えたというより、それこそサトシの態度表明というべきものだった。

「できれば僕も、あのベッドで眠る方が誰で、なぜここにいるのかといったことが判明するとありがたいとは思っています。遺書に書く際にいちいち考えずに済みますから。あとさらに言わせていただければ、僕もセイゴさんの意見がもっともだと思っています。ここにいるどなたかが、あそこで眠る方のことをご存じだと。でも何らかの理由でわけは言えず、ただあの方と一緒に、ここで眠ることを望んでおられると。そういうことでしたら僕からは何も言うことはありません。僕としては、全てをご存じのその方は、きっと何らかの手段で事情を世間に伝えるすべを遺しているのだと思うのです。つまり、なぜあそこで僕の知らない方が眠っているか、どこかで書き遺すなりしているのではないかということです。そうでなければ、しっかりと穏やかな心持ちでここにいられないだろうと思うからです。みなさんもお分かりだと思いますが、大きな選択をするときは、全てを綺麗にしようと思うのが普通です。サイトを通してみなさんの最期の言葉を拝見しましたが、どなたも、この集いに参加する強い決意を抱いておられます。ですので、僕としてはみなさんを信頼することが当然なんです」

しばらくの間、誰も何も言わなかった。ケンイチはまたしても自分以外の発言に納得させられてしまっていた。これで疑うべき人間はさらに減ったのだと思わされた。サトシ、セイゴ、ノブオ。少なくともこの三人が、ベッドで眠る少年について何か知っているとは思えなくなっていたのだった。

「なるほどね」長い間をあけてのちようやくノブオが言った。「君の、少なくともその提案というか、態度に、僕は納得したよ。不愉快にさせてしまったらごめんよ」

「いえ。そんなことはありません」

「なら、いいんだけど。僕が訊きたかったことは、以上かな。ありがとう」

「こちらこそ」

ノブオとサトシが互いに小さく頭を下げ合った。それでこの会話が終わった。

みなが再びケンイチを見た。何か他に話すべきことはあるのかというのだ。ケンイチには何も思いつかなかった。ただ漠然とした抵抗を覚えていた。

「これって……こんなの、おかしいよ」

「何がおかしいのか説明して下さる?」

アンリがすかさず詰問した。ケンイチの隣でミツエが睨みつけてきた。

「気に入らないなら出て行けばいいじゃん。誰もあんたにいて欲しいなんて思ってないし」

「まあまあ、落ち着いて下さい」サトシが宥《なだ》めた。「ここでは誰かを追い出したり、逆に強引に閉じこめたりすべきではありません。みなさんそれぞれに違う思いを抱いて来ているんです。お互いの意見を尊重し合いましょう」

「私は彼の意見を尊重して、聞こうとしているんですけれど」とアンリ。

「どう、ケンイチくん?」ノブオが取りなすように促した。「何かが引っかかっているなら言葉にした方がいいよ。世の中、納得できないことだらけだけど、少なくともこの場所ではなるべくすっきり納得したいじゃない。お互いにね」

「僕は……話した方がいいと思う」激しい孤立感に苛《さいな》まれながらケンイチは言った。「話せば何か分かるかもしれないし……」

「話したくねえっつー人間がこの中にいるんだよ」セイゴが断定した。「そいつは何も話さねえよ。それでも話せっつったら、そいつは出て行くんじゃねえか？」

「なんで？」今しも誰かが席を立とうとしているかのようにケンイチはみなを見回した。「だって、遺書とか書いたはずなんでしょ？　なんで話せないの？」

誰も答えなかった。ケンイチは必死にみなを見回し、たまたま、八番の少年タカヒロの、ぼうっとした視線をとらえた。

「君はどう？　おかしいと思わない？」

つい味方が欲しくて話しかけたが、ケンイチはすぐに相手を間違えたことを悟った。

タカヒロは、ちびちび飲んでいたコーラのペットボトルを握ったまま、手の甲で疲れたように目をこすりつつ、もう限界だというような調子で盛大にあくびをしながら言った。

「べ、べ、別に……」

「は、は、話したくないなら、べ、べ、別に……い、いいじゃない。こ、こ、ここにいる人たちが、な、な、なんで、し、し、死にたいのか、し、し、知らないし。い、い、いいよ、そ、そんなの」

つっかえつっかえ言葉が出てくる様子が、いかにも議論の場には不似合いで、本人もそう思われるのがわかっているのか、ずいぶん投げやりな態度だった。声も刺々《とげとげ》しく、発言を促されて嫌な気分になっているのは明らかだった。味方になるどころか、ケンイチに対する怒りすらにじんでいた。

そのせいで他の誰の発言にも増してタカヒロの言葉が、ケンイチを絶句させた。そもそもケンイチの心持ちとしては、タカヒロの言とまったく同じなのだが、それでも賛成する気にはなれなかった。こんな気分で実行に賛成したくはなかった。こんな風に何もかも終わるのかと思うと吐き気がした。自分の短い人生は結局、こうして終わるのだろうか。

すっきり納得したいじゃない――ノブオの言うその通りだった。そのためにこの集いに参加した。それなのに、そもそも自分が何に引っかかっているのかもわからなかった。ただ闇雲に、このまま実行したくないという思いが強まってゆくのだが、かといって反対し続ければ、ほどなくして自分はこの集いから出て行かざるを得ないだろうという暗澹《あんたん》たる気持ちに打ちのめされていた。永遠にすっきりすることのない重たく孤立した感情を抱えたまま。

ケンイチが何も言わないのを見て取ったアンリが小さく咳払いし、サトシに訊いた。

「これ以上、特に議論すべきことはないようね。そろそろまた決を採ってはどうかしら？」

サトシが背後の時計を見た。時刻はおよそ十二時二十五分だった。

「まだ先ほど決めた時間には早いですが、何もお話しすることがないようでしたら、再び決を採りたいと思います。いかがでしょうか？」

ケンイチは何かを言おうとした。だが言葉にならなかった。それでも、何でもいいから発言しようと身を乗り出したところへ、視界の隅で挙手する者がいることに気づいた。

五番のシンジロウだった。

サトシがうなずいた。

「なんでしょうか？」

「さっきノブオくんが訊いたことでもあるんだけど」シンジロウが手を下ろし、ちらりとケンイチを見ながら言った。「サトシくんは、そのベッドで眠るのかな」

「まあ……ちょっと狭そうですね」サトシがベッドを振り返り、それからまたシンジロウに顔を向けて言った。「入院する方々のためのベッドはこの十二個で全部ですが、他にも付き添いの方のための折りたたみベッドがどこかにあるはずですので、それを探して持ってこようと思っていました。なければ、そうですね、あそこにある車椅子でも構いません」

「それも訊こうと思っていたんだ」シンジロウが、折りたたまれて部屋の壁に立てかけられているその品を指さした。「あの車椅子は君が用意したものなの？」

「はて」

サトシがみたび背後を振り返った。会話の最中の仕草でそうしたのではなかった。指摘されて初めて、そこに車椅子があることに不自然さを感じているような様子だった。

ケンイチは、みなの表情が一斉に変化するのを見た。サトシの態度に、驚きや違和感、あるいはそれ以上の何かを感じたのだ。それが何であるかケンイチには分からなかった。だが唐突に、この場の空気というか会話の流れが変わるような不思議な予感を抱いていた。

ドアの一つのそばに置かれた車椅子――ケンイチも部屋に入った際、自然と目にしたものだ。そして、この部屋にあるベッドやテーブルと同じように、サトシがあらかじめ用意したものの一つだろうと漠然と思っていたのである。

だが、みなが再び注目する中、サトシが顔を戻して言った。

「てっきり、みなさんの中のどなたかがここに置いたのだと思っていました。これも、僕には説明が出来ません。僕がここにベッドを集めたときにはなかったものです。どなたか、あの車椅子について、ご存じでしょうか?」

誰も答えなかった。

何人かが互いの顔を見たり、眉をひそめてサトシの様子を窺ったりした。

シンジロウがおもむろに立ち上がり、ベッドで眠る少年を指さした。

「ちょっと、彼を見てもいいかな」

「はあ」サトシは答える代わりにみなを見回した。「どうでしょうか」

やはり誰も答えなかった。シンジロウは発言も待たずに、ハンチング帽の鍔を指先でちょっと持ち上げると、少年が横たわるベッドへ歩み寄った。

みなシンジロウが何をするのか分からず、ただ見守るしかなかった。シンジロウは恐れげもなく眠れる少年に近寄り、まずその顔を覗き込み、そっと額に手を当てた。何秒かそうしてから手を離し、車椅子をしげしげと見つめた。

かと思えば、眠れる少年に向き直り、綺麗にかけられた毛布をつまみ、持ち上げて覗き込んだ。それも一度ではなく、眠れる少年の腕の辺りと、腰の辺りと、足の辺りと、何度も入念に毛布の下を見たのだった。

誰も何も言わなかった。シンジロウも無言のままだった。彼は眠れる少年を念入りに調べようとしているようだった。ベッドの下にあるものや、ベッドの傍らに置かれた小テーブルや、その上にあるペットボトルや薬品の包装シートをつぶさに見ていった。

最後に、眠れる少年の顔をじっと見つめると、やがてきびすを返して、元いた席に戻り、腰を下ろしてハンチング帽の位置を整えた。

シンジロウの頭には毛髪が一本もないことを、ケンイチはそのとき初めて認識した。それはノブオが坊主頭にしているのとは根本的に違っていた。剃ったのではなく失われたのだということが見て取れた。

「何を見ていたのかしら？」アンリが訊いた。

シンジロウは答えずに両肘をテーブルに乗せ、両手を組み、その上に自分の顎を乗せて宙を見つめた。そのままじっと動かず、何かを考えているようだった。みなに注目されているということすら意識にないような様子である。ケンイチは、衆人環視の中でそんな態度を取ることができるシンジロウに、強い尊敬と羨望の念を覚えた。

「決を採ることに異論はないよ。もう十二時半だしね」

シンジロウがふいに言って、サトシに目を向けた。

「何かおっしゃりたいことはありませんか？」

サトシが窺うような視線をシンジロウに送ったが、シンジロウは小さくかぶりを振っただけだった。

「それでは決を採りたいと思いますが、よろしいでしょうか？」

「ええ。いいと思うわ」

アンリの賛同を皮切りに、みなが口々に賛成した。ケンイチもシンジロウを見ながらそうした。

シンジロウは手を組んでじっと宙を見つめたままだった。

「では、実行に賛成の方は挙手をお願いします」

一斉に手が挙がった――三番、四番、六番、七番、八番、九番、十番、十一番、十二番。

サトシが指さしながら無言で数えた。

「では、反対の方は挙手をお願いします」

ケンイチが半ば意地を張って、半ば味方してくれる者がいることを期待して、手を挙げた。果たして、僅かに間を置いて、シンジロウが手を挙げた。

サトシを除く残り九人が、苛立ったように、あるいは怪訝そうに、はたまた興味津々の顔で、挙手する二人を見つめた。

「結構です。手を下ろして下さい」

ケンイチとシンジロウが手を下げた。

「賛成十。反対二です。それでは、引き続き話し合いをいたしましょう。ケンイチさん、シンジロウさん、どうでしょう、何について話し合うべきなのでしょうか?」

ケンイチは発言すべきことを思いつかないままシンジロウを見た。

みなもシンジロウを見ていた。

発言するとしたらシンジロウだと全員が思っているようだった。みなが見ている前で眠れる少年を調べるような真似をしたのだから当然だろう。そうケンイチも思ったし、みな同じくそう思っているに違いなかった。

だがシンジロウは容易に発言しなかった。再び組んだ手の上に顎を乗せ、じっと何かを考えている様子だった。みなの視線など意にも介していないのは明らかだった。

「話すことがないのに反対したっていうのかしら？」

アンリが挑発めいた調子で問うた。ケンイチにしてみれば大いに癇に障る言い方だったが、シンジロウの表情はいささかも変わらず、その眼差しはそのとき誰にも想像のつかない何かへ向けられていた。

「あのう、ケンイチさん、シンジロウさん、どちらか発言していただけませんか？」

サトシが困惑したように促した。

ケンイチは思わず目をキョロキョロさせてみなを見た。大半が咎めるような視線を二人に向けていた。ケンイチを萎縮させたり焦らせたりすることはなはだしかった。

結局、ケンイチもシンジロウの方を見るしかなかった。なおもシンジロウは微動だにしない。その目は宙のあちこちを隈無く見ようとするように忙《せわ》しなく動き回り、何やら複雑な思考をしているのだと暗黙のうちに告げていた。かと思うとその双眸が動きをやめ、じっとテーブルを見つめた。組んだ手から顎をどかし、頭上を仰ぐようにしながら大きく息をつくと、椅子の背もたれに身を預けた。

依然としてシンジロウは誰のことも見てはいなかった。だがシンジロウが何かを口にしようとしているのは明らかだったので、ケンイチもみなも、ただひたすら黙って待っていた。

「うん……。だとしたら、つまり……、そういうことなのかな……」

ぼそぼそとシンジロウが呟いた。彼を除く全員が、差はあれ、思わずといった感じでシンジロウに向かって身を乗り出していた。

「シンジロウさん、すいません、何と仰《おっしゃ》ったんですか？」

サトシが訊いた。そこで初めてシンジロウの眼差しが得体のしれない内面の思考から現実に戻ってきた。サトシを見て、にっこりと微笑んで聞き返した。

「ああ、ごめん。今、何て言ったの？」

「お話しすべきことがあれば、教えていただけませんか？」

「そうだね。うん、ごめんよ。ちょっと考えを整理していたんだ」

「整理はつきましたか？」

「うーん。全部じゃないけどね。だいたいは」

「では、整理がついたという部分だけでもお話しいただけますか？」

「うん。とりあえず僕の考えを言わせてもらおうかな。いろいろと確認しないといけないと思うけど」

「はい。それはなんでしょう？」

シンジロウは椅子の背もたれから身を離すと、テーブルに両手を乗せ、首を伸ばすようにしてみなを見回した。まるでこれから内緒話でもするかのように。あるいはこれから口にすることに対して、誰がどんな反応をするか見逃さずにいようとするようでもあった。

「あそこにいる彼の状態というか、この状況について、僕の考えを述べさせてもらうね」

そんな風に改めて断りの言葉を述べてから、ひどく落ち着いた調子でこう告げた。

「あれは殺人だと思う」

第二章　投票

一　疑惑

思考――ときにそれは、シンジロウにとって生きること全てといってよかった。

それが良いことか悪いことかは場合によって違った。彼のような境遇の子どもたちにとって、己の脳が勝手に増産する一方の思考という厄介なしろものは、何とか乗り越えなければならないものだったからだ。

夜、病院のベッドに横たわったまま眠れずにいるときなど、思考はともすると袋小路にはまりがちで、暗く陰鬱で塞ぎ込んでしまうようなことにばかりに向けられてしまう。同じ症状と闘う多くの子どもたちがそうだった。大人たちがいかにして彼らを心身両面で助けようと手を差し伸べても、乗り越えるのは子どもたち自身に他ならず、特に暗い思考から抜け出るには、自分の力で光明へと思考を振り向ける努力が必要だった。

シンジロウは幼い頃から――病状が悪化する以前か以後か本人にも分からなくなっていたが――パズルを好み、論理的に解決可能なたぐいのものを娯楽とみなした。どれほど多くの子どもたちが――あるいは老人たちが――将棋や囲碁に没頭したことだろう。それは横たわったままできる遊戯であり、たとえ立てなくなろうとも、指が動かせなくなろうとも、視力が衰える一方であったとしても、記憶と思考と、それらを伝達する手段が何か一つでも残されていれば、可能な遊戯だった。

シンジロウは必死で己の思考を遊戯化することに励んだ。彼の人格はそのために邪魔となる要素をことごとく切り捨てていった。彼の本来の学年のものに比べずっと高度で難解な教科書や問題集ですら彼にとっては楽しむべきものだった。

延々と続く肉体の苦痛と朦朧とする意識に抗《あらが》い、長々と何日もかけて思考し続け、そうして答えに辿り着いたときの快感こそが、長らく彼の生きる糧だったのである。

いつしかシンジロウはその思考を周囲のものごと全てに振り向けるようになったが、その結果は常に五分五分だった。良いことも悪いこともあった。たとえば彼は、両親をふくめ病院で出会う大人たちを念入りに観察した。誰がどのような目的で何をしているかを記憶し、考え、予想し続けた。そうすることで大人たちの入り組んだ人間関係をずいぶん垣間見た。病気の子どもたち、その両親、祖父母、医者、看護師、薬剤師、事務員、薬剤製造企業の人々、あるいは弁護士や警察や、様々な福祉施設や政府機関の人間や、タレントやマスコミやジャーナリストといった者たちも現れた。病気という不幸に直面した者たちと、そうした人々を宥めたり誘導したり参考にしたり、あるいはチャリティー番組のために利用するかのような者たちの人間模様は、一概に素晴らしいものだとはとても言えなかった。

では、これはどうだろうか？

シンジロウはよくよく自分の思考の限界を知りながらも、可能な限り先を見越しておきたいと思いながら考えた。ここで起きていることがらを、誰もが〝すっきり納得〟するよう解明したとして、それは良いことになるだろうか？　それとも、彼が日頃から嫌う、負の思考へと彼を連れて行きかねない悪いことになるだろうか？

「賛成だって言ってンじゃん！」

にわかに金切り声が起こった。三番のミツエである。いつの間にかぐしょぐしょと涙をこぼし、膠着《こうちゃく》しつつある状況に全身で異議を申し立てていた。

「あたし絶対に賛成だし！　どうして訳わかんないこと言うの？　意味ないじゃん！　みんな賛成なんでしょ、嫌なら出て行けばいいでしょ？　なんで？　もう、なんで？」

その声はみなの同情を誘うというより、聞いているだけでうんざりするらしく、その場にいる多くの子どもたちが険しい表情になって溜息をついた。

「まあまあ、落ち着いて下さい。誰も反対はしていないんです」

サトシがやんわり宥めるが、ミツエは聞く耳を持たずにひとしきりわめいた。

「ああ……もう！　メイクし直さなきゃじゃん、もう……！」

ようやくミツエがハンカチを取り出して顔を拭き、その声が低まったのを見計らって、アンリがますます淡々とした口調になって言った。

「シンジロウくん、でしたわよね」

「うん。そうだよ、アンリさん」

「あなたが今言ったこと、説明して下さる？」

「説明というと？」

「殺しだって言ったよな」とセイゴが口を挟んだ。「どういうことだよ」

「可能性の話だけどね」シンジロウはいたって平静に告げた。ここでみなの感情を煽《あお》っては彼が求める思考の明白化を阻害するばかりだからだ。「あのベッドにいる彼……名前はわからないから、仮にゼロ番って呼ぼうか。あのゼロ番の子が、自由意思で、つまり自力でベッドに入って、あそこにある大量の薬を飲んで眠りについたとは思えないんだ」

「それはどうして?」とノブオ。「さっき君は何を見たの?」

「まあ、いろいろ。君たちも見たらいいと思うよ」

だが咄嗟《とっさ》に誰もシンジロウの勧めに従わなかった。最初に反対したケンイチもそうだった。死んだ子どもに触れるだけでなく、その周囲を荒らすような真似をすることがためらわれたのだ。

「あなたが何を見たのか訊いているのだけど」

アンリが冷ややかに言って椅子の背もたれに身を預けた。

「その前に、幾つか話したいんだけど、いいかな。まず、あそこにゼロ番がいる。見ての通りね。そして、僕たちが永眠した後、ここには警察が来る。そして警察はここを封鎖して専門家に調べさせる。十三人もの子どもが死んでいるんだから大事件だ。きっと念入りに調べると思う。サトシくんや僕たちが遺した遺書や、僕たちがどうやってここに来たかという経路なんかもね。その結果、ゼロ番の子が無理やり連れてこられたのではないかという疑いが出る。つまり僕らのうちの誰か、もしくは僕ら全員が、ゼロ番の子を殺したのだと」

「だから、どうしてそうなるのか教えてちょうだいと言っているの」

「まあ、その点については、きっと長くなるから、ちょっと待ってもらっていいかな。警察が来て疑いが起こる。それは問題じゃないんだ。なぜかっていうと、疑いが起こったとしても晴れればいいんだから。すでに死んでいる僕たちの代わりに、僕たちの親や兄弟姉妹や友だちなんかがさんざん取り調べられると思うけどね。でもその結果、警察がしっかり因果関係を解明して、ゼロ番の子がなぜここにいるか判明させてくれればいいんだ」

「それが、まあ、一般的に警察の仕事だとされていることだしね」ノブオがちょっと身をすくめて坊主頭をかいた。「僕らがあの子……ゼロ番をなんだかんだ調べたって、どうせ大したことは分からないよ。でもさ、だからといって警察だって必ず全部分かるってわけじゃないよ？　結局、警察にも何が起きたのか分からないっていうことだってあるんだから」

「そう。そこなんだ」シンジロウがにっこり笑った。たとえ反対意見が出たとしても、その発言が予想の範疇で、シンジロウが用意した思考のレールに乗っている限り、それは賛同に等しいことを、彼は経験的に知っていた。「警察だって、なぜゼロ番がここにいるか、分からないかもしれない」

「そして私たちは全員、永遠に物言わぬ被疑者になるってことが言いたいのかしら」

アンリが目を細めて結論めいたことを言ったが、シンジロウにとってはそれは結論でもなんでもなかった。議論の提題を言い直しただけに過ぎなかったので、場の主導権を握りたがるアンリにやんわり合わせてやった。

「まあ、そういうこと」

「ごめん、あたしさー、よくわかんないんだけど」十一番のマイが手を挙げた。「あんたたち、なに話してんの？　あそこにいる子がゼロ番ってさー、いつ決まったの？」

「仮の話って言ったでしょ。名前が分からないから、なんとなくそう呼んでいるのよ」

「あ、そーなんだ。じゃ、それでいーじゃん」あっけらかんとマイが手を下ろした。

「今話していることは、それとは違うわ」アンリが辛抱強く告げた。

「え、なに？」マイの表情があっさり曇った。「どーいうことなわけ？」

「もう、早くみんなで賛成しましょうよ！」またぞろミツエが金切り声を上げた。「なんでみんな意味ないことばかり話したがんの？　ちょっともう、後でメイクし直さなきゃ。時間ある？ねえいいでしょ？」

「もちろんいいですよ。決を採った後で準備の時間を設けましょう」サトシが穏やかに言った。

「え？　もうけつとんの？」マイが焦ったようにわめいた。「なんのけつなの？　よくわかんないんだけど」

「まだよ。何を話すのかも決まってないんだから」

アンリの口調がたしなめるような調子に変化し、マイをむっとさせた。

シンジロウはその様子を見て取り——困惑する者たちだけでなく、沈黙を保つ者たちの挙動や表情もしっかり観察していた——再び話の接ぎ穂を設けるべく発言した。

「何を話したいかといえば、こういうことなんだ。ゼロ番は自殺ではなく誰かに殺されたのかもしれない。つまり、この中にゼロ番を殺した犯人がいるかもしれない。でもそれはそれで構わないから、予定通り実行しようと、みんなが考えるかどうか。それと、警察がその殺人を解明できなかったときは、僕たち全員が犯人かもしれないと世間から思われる。それも、どうでもいいと考えるかどうか、ということだね」

みな落ち着きなく互いの顔を見合わせた。三番のミツエが、右隣にいるケンイチを睨みつけて言った。

「ねえ、あなたなんなの？　あの子が殺されたなんて馬鹿みたいでしょ。血とか出てないし。でしょ、ねえ？　なんか言ったらどうなの？」

「えっと……。まあ……殺されてる風には見えないけど」

ケンイチが窮屈そうに身を縮めた。彼は何かが引っかかるという態度を示しただけで、そこまで言っていないのだ。

「面倒くせえな」

セイゴがぼそっと呟いて立ち上がり、先ほどシンジロウがしたように、ベッドに眠る少年に歩み寄った。だがシンジロウのように少年に触れようとはせず、誰よりも高い身長であることから、いちどきに全体を見下ろすようにして立っていた。

ノブオも後に続いて席を立ち、やや落ち着かない様子でセイゴの傍らに立って横たわる少年の顔を見下ろした。

腕組みしてその様子を見つめていたアンリもややあって立ち上がり、横たわる少年の方へ向かった。隣にいるメイコが、そばにいる人がそうするなら自分もそうせねばならないというように慌ててアンリの後を追った。

ケンイチもなんとなく立ち上がったが、そもそも眠れる少年に近い位置にいたため、歩み寄ることもなくほとんどその場から覗き込んだ。

サトシも立って、ベッドの方とシンジロウの方を交互に見た。半数が立っていた。他の者たちは動かず、シンジロウを除いて、ちらちらとベッドの方を見るばかりだった。

シンジロウは眠れる少年ではなく、その周囲に集う者たちを見ていた。そしてまた、眠れる少年に近づこうとせず、ここまでろくに発言しようとしなかった者たちを。

セイゴが憮然と鼻を鳴らした。

「普通だろ。傷とかねえし」

ノブオが困惑したようにまた頭をかいた。

「死んでる人が自殺か他殺かって、本当、見ただけじゃわかんないね。プロだったらわかるのかな。どうなんだろう」

「毛布めくって裸にしてみるか?」

「やめなさい」アンリがきっとなった。「それこそ警察の仕事よ。私たちが、この子をそんな風に侮辱していいわけないでしょ」

メイコがアンリのきつい口調に目を丸くしたが、アンリが言うならそうなんだろうというように、うんうんとうなずいた。

「だったらどうすんだ?」セイゴがうんざりした様子で離れ、壁に背を預けた。「どうすりゃわかるんだ? なあ、煙草吸っていいか?」

「いいわけがある?」アンリが怒りというより冷笑を込めて言った。「あなた十五でしょ。どんな生活をしてきたのかしら」

「俺のいた世界じゃ普通の生活だよ」セイゴはふてぶてしい顔でにやりと笑ってみせた。

「さぞひどいものだったのでしょうね」

「ちょっと、それは関係ないよ」ノブオが割って入った。「どんな生活かなんて、サトシくんがサイトで書いてたように、小さな選択でしょ。そういうのとは違う、大きな選択のために僕らはここにいるんだから。否定し合うことないよ」

「なら未成年が煙草を吸うことに賛成するかどうか、決を採ってもらおうかしら」

セイゴが小馬鹿にしたように鼻を鳴らした。

「そうしろよ。その間に俺は一服してっから」

「吸いたいなら、あなたが出すものにも責任を持ってちょうだい。煙を吐かずに吸えるんなら文句はないわ」

「へえ、じゃ試してみるか」

「まあまあ、喫煙所でしたら一階にありますから」サトシが変わらぬ穏やかさで取りなした。

「病院にそんなものがあるなんて」アンリが呆れたようにかぶりを振った。「工事の業者が作ったのかしら」

「昔はわりとあったみたいですね。この病院もいずれ撤去する方針だったようですが。灰皿を持ってきますので、外の通路のどこかに、煙草が吸える場所を設けますね」

「後でな」セイゴがベッドで眠る少年の方へ顎をしゃくった。「俺がいない間に、そいつを殺した犯人にされちまうかもだしな。その女なら、そういうことしそうだしよ」

「それは自分から告白しているということかしら」アンリが冷ややかに言った。「そうしてくれると話が早くて助かるわ」

「落ち着いて話そうよ」ノブオがまた二人を止めた。「まずさ、このゼロ番の彼が殺されたかどうか、僕には分からないんだ。どうしてそう思ったのか、まだシンジロウくんから聞いてないんだから。彼の話を聞こうよ」

それで二度目の採決後のときと同じように、全員がシンジロウを見た。

ややあってシンジロウは立ち上がった。その目は、誰が感情的になり、誰が冷静であるかをしっかりと見て取っていた。頭の中では、発言した者たちの言葉を一つずつ丁寧に記憶し、検討していた。

そうしながら少年が眠るベッドに近寄り、周囲にいる六人と、席についたままの五人を交互に見た。全員が彼の挙動に注目していた。

「僕も、彼が殺されたかどうか判断する知識とか技術とかはないよ。科学的な根拠があるわけじゃないんだ。だから、あくまで可能性の話になる。ただ、警察や世間の人も注目するだろうという点がいくつかあってね。どうしてそうなっているかという理由が判明するといいなと思ってる。でも判明しないかもしれない。ここに、理由を知っているけど黙っている人がいるかもしれない。僕らが罪を犯したという疑いを世間から持たれずにすむかどうかは、僕らがこの世を去った後、ここに来るはずの大人たちの能力に期待するしかない」

「長えよ」セイゴが唸《うな》るように急かした。「まだかよ結論は」

「結論ではなくて前提なんだけどね」

シンジロウはそう言うと、おもむろに毛布をめくった。眠れる少年の両足がいきなりあらわになった。何人かがはっと息を呑んだが、それはそこに何かを見たと言うより、死者の肉体という日常では滅多に目にすることのないものが急に現れたからだった。

真っ白くて細い両足だった。くるぶしの辺りに毛細血管が浮かび、皮が骨にぴったりはりついているような感じだ。爪は綺麗に切られていたが、かえってそれが清潔というより生命がこそぎとられたかのような印象を与えた。むろんぴくりとも動かず、その物言わぬ肉体は、やはり冷蔵庫の中のものを連想させ、日常で見知ったものと今目にしているものとの類似が、その場にいる者たちの多くを落ち着かない気分にさせていた。

「は、は、裸足だ……」

と声を上げたのは、席についたままの八番のタカヒロだった。右手にコーラのペットボトルを握ったまま、のろのろとした動作で立ち上がり、上半身を前へ傾け、ベッドの上の両足を注視した。

「そりゃそうだろ」セイゴが馬鹿馬鹿しそうに言った。「靴履いて寝んのかよ」

「日本人にとってはそれが普通ね」アンリが注釈した。「靴を履いて寝る人もいるわ」

「あっそう」

「じゃあ、靴は?」ケンイチがベッドの周囲を見た。そしてシンジロウが抱いた疑問の一つを代わりに口にしてくれていた。「この人の靴がないのはどうして?」

誰も答えず黙り込んだ。その言葉の意味を全員が考えているようだった。

シンジロウは全員の様子を見た上で毛布を戻し、少年の足を隠した。

それから、車椅子を指さした。

「これは、ここの病院のものではないと思う」

「ははあ」

と声を上げたのはサトシだけだった。それ以外は誰もすぐには理解できないようだった。

シンジロウがサトシ以外の者たちに目を向けながら言った。

「これは個人が購入するタイプの車椅子だからね。病院ではもっと構造が簡単なものを使うことが多いから」

「でも、そうとは限らないでしょ？」ノブオが質《ただ》した。

「病院で貸し出す車椅子には、病院名が書かれた札がついていたり、どこかに書かれていたりするんだ。それがないってことは、誰かがこれを運んだってことになる」

「そいつが乗ってきたんだろ」セイゴが言った。「車椅子でここまで来た。だから靴も履いてなかった」

「確かにそうかもしれない」シンジロウはうなずいた。「でも普通、靴を履くんだ。車椅子の人でもね。歩けないから、歩くのが困難だから、もう靴を履かないというのは、それこそよっぽどひどい精神状態だと思う。なんていうのかな。たとえ車椅子に乗っていても、靴を履いているということは、まだ社会から切り離されていないんだという証拠でもあるから。いつか歩けるようになるという希望以上にね」

「この集いに来るくらいだからね」ノブオが肩をすくめた。「もう靴は要らないと思ったんじゃないかな」

「だったら、彼は歩けないと同時に、もう歩く気がなかったってことになるね」

シンジロウは、みながしっかりと前提を理解したかどうか見て取るために間をあけた。先ほどから「分からない」を連発していたマイもうなずいていた。シンジロウは続けて、別の疑問を口にした。

「彼はどうやってこの建物に入ったんだろう?」

「どうやって?」ケンイチが目を丸くした。

「僕たちは裏口から入った。そういうルールだったからね。それからカウンターの上の金庫から数字を取り、カウンターを出て、地下へ向かった。僕が知る限り、エレベーターはなぜか来なかった」

「エ、エ、エレベーターは、と、と、止まってたんだ」八番のタカヒロが立ったまま声を上げた。「よ、よ、四階で、ぜ、ぜ、全部、と、止められてた」

「椅子とか消火器とかでな」セイゴが後を続けた。「確かに、ありゃ変だ。どいつがあんな真似しやがったんだ?」

みながざわめいた。セイゴがじろりとみなを見たが誰も自分がやったとは言わなかった。シンジロウはここで話が逸れるべきではないと考え、いったん脇へ置いておくことにした。

「なるほどね。それは知らなかったな。後でその点も考えるとして、僕が見たのはモップだったんだ」

「モップ?」ノブオが首をかしげた。「モップって、あの掃除道具の?」

「そう。それが一階のロビーにあった。まあ、誰かが置き忘れたんだろうと思ったんだけどね。でもそれは自動ドアの近くにあったんだ。僕らがここに来る前に受け取ったサトシくんからのメッセージによれば、自動ドアは開いていないはずだよね?」

「はい。さすがに正面のドアから出入りしては目立ちますから」

「僕が行くと、自動ドアが開いたんだ」

「え？」サトシが目を丸くした。「開けたんですか？」

「いや。自動ドアが作動していたんだ。それでモップがある理由に見当がついた。モップの柄で自動ドアのスイッチを入れたんじゃないかなって。この建物に入った誰かがね。てっきりサトシくんがモップを使ったんだと思ったけど——」

「いえ。脚立を使って、自動ドアのスイッチを切りました。脚立は警備室にあります」

「じゃあ君は知らないわけだ」

「はい」

「でも自動ドアは動いていた。おそらく車椅子でもこの建物に入れるようにするために」

「車椅子に乗ったままモップで開けたのか」セイゴが言った。「そりゃ大変だな——」

「いや、ちょっと待ってよ」ケンイチが遮った。「それって……自動ドアのスイッチって、建物の外からでも入れられるわけ？」

「できませんよ」サトシがびっくりしたように答えた。「そんなことしたら誰でも入れちゃいますから」

「なら、誰が開けたの？」ケンイチがまたもやシンジロウの疑問を代弁してくれた。「車椅子に乗った人が、建物の中で自動ドアのスイッチを入れた理由が、自分が建物の中に入りやすくするためって、どう考えてもおかしいじゃない」

「そもそも裏口から入れたかどうか怪しいと思う」シンジロウがすかさず言った。「あの車椅子で、裏口とカウンターを通り抜けられるか、試してみるのもいいんじゃないかと思う。それと、車椅子に座ったまま、モップを持ったとして、あの自動ドアのスイッチを操作できるかどうかも」

「エ、エ、エレベーターが、と、と、止められてたんだ」タカヒロが繰り返し言って、落ち着かなそうにコーラのロゴ入りのペットボトルの蓋を開いたり閉じたりした。「く、く、車椅子で、こ、こ、ここに来たの？　か、か、階段は？　あ、あ、歩いたの？」

「靴がないということは歩く気がなかったってことでしょ」ケンイチが言った。

「その人が車椅子で来たってどうして分かんの？」マイが手を挙げた。

「見りゃ分かるだろ」セイゴが胸ポケットの煙草をまさぐったが取り出しはしなかった。「さっさと一服してえよ」

「あっ」唐突にミツエが甲高い声を上げた。「靴、あった！」

全員がミツエの方を向き、そこらの床を見た。

「どこですか？」

サトシが訊いた。

「違うの、ここじゃないの。お手洗いで、靴を見たの。左ッかわしかなかったけど。男の子の履くようなやつ」言いながらミツエも席を立った。「メイクしたいからついでに見てくる。靴があればいいんでしょ？　その子の靴。それでみんな賛成するんでしょ？」

「女子トイレにあったってこと？」ケンイチが訊いた。

「そう。私、取ってくる」

「待って」シンジロウが止めた。「それも後にしようよ。一つずつ調べた方がいいから」

「なんで？　その子の靴があるんだよ？　なんで取ってきちゃいけないの？」

「左側の靴しかなくて、女子トイレにあったの？」ケンイチがさらに訊いた。「なんであの人の靴だってわかるの？」

「なんか文句あんの？」ミツエが金切り声を上げた。「なに？　あんた反対ばっかして、なんなの？　気に入らないならさっさと出て行けばいいじゃん！」

みなが口々に言いたいことを言い合いそうになったところへ、アンリのきつい声が飛んだ。

「いったい何を話そうとしているの？」

この少女の特性がいかんなく発揮されてみなが黙った。アンリはみなを見回し、それからシンジロウを真っ直ぐ見つめた。

「車椅子でしか来られなかった子がいた。そして、その子を助けた誰かがいた。その誰かが、自動ドアを開いた。ベッドがある場所まで、この子が来るのを手伝った」

「女子トイレに靴があったということは、その誰かは女の子かもしれないね」さらりとシンジロウが付け加えた。「本当に、この子の靴かどうかまだ分からないけれど」

「だから？　そうかもしれないし、そうでないかもしれない。それこそ小さな選択よ。私たちの大きな選択は、あの子を連れてきた誰かがこの中にいたとしても、問題にはしないということよ。気に入らないというのなら、ここを出て行けばいいだけ。そうでしょう」

「うん、その通りなんだ」シンジロウはあっさり認めて相手を鼻白ませた。

「だったら――」

「ここまではね。まだ、ちょっとした疑問があるんだ。このイソミタールだけど」

「なんですって？」

「ああ、この薬のこと」ベッド脇の小テーブルに積み上げられた空の薬剤の包装シートを指さした。「ラボナも混じってるのかな。まあ似たようなものだけど。この子が、この薬を全部飲んだとは思えないんだ」

「なんでそんなことが言えるわけ?」

シンジロウは答えに困る振りをしながら、一人一人の顔を見ていた。四番のマスクをした少女と、十二番のうつむきがちな少女の二人は表情を読み取りにくかったが、それでも薬の知識があるかないかはなんとなく分かった。この場にいる者のうち、イソミタールという単語を知っているのは、数人しかいないということが。

「ち、ち、致死量が、こ、こ、公開されてる」答えたのは八番のタカヒロだった。立ったままだったがベッドに近づこうとはしなかった。もうすっかり自分の体温で中身が生ぬるくなってしまったであろうコーラのペットボトルを両手でいじり回しながら言った。「す、す、睡眠薬って、じ、じ、自殺に、つ、つ、使う人、お、多いんだけど。む、む、無理だよ」

「確かにね」シンジロウが同意した。「もしそれで死んだのだとしたら、けっこうすごいことだよ」

「大量に飲まなければいけないということかしら?」

「ふ、ふ、副作用で、き、き、筋肉が、と、溶けるの」タカヒロが言った。なんでそんなことも知らずにここにいるんだろうというような顔だった。

「横紋筋融解症っていうんだ」シンジロウは、タカヒロから喋る機会を奪って傷つけないよう、間を置いて補足した。「強い睡眠薬を大量に飲むと、そういう症状が起こるんだよ」

「そ、そう。も、もう、す、す、すごい痛いの。が、が、我慢できないくらい。ぼ、ぼ、僕、そ、それで、じ、自分で、き、き、救急車を呼んだの。し、死にたいのに、い、い、痛くて」

「それくらい辛いんだ」とシンジロウ。「下手すると、筋肉が溶けて真っ黒になって動かなくなったり、腎臓が破壊されて透析しないといけない体になったりする」

「そう」アンリが急に真摯《しんし》な態度になった。「それほど頑張ったってことね」

「いや」シンジロウは肩をすくめた。「そうそう頑張れるもんじゃないよ。もし僕たちが来た頃に、この子がここで薬を飲んだとしたら、この子が苦しんで泣き叫ぶ声が聞こえていたんじゃないかな。ちなみに、こういう薬の半減期は二十四時間だから。少なくとも丸一日は苦しむことになる」

「苦しみも感じずに眠ったのじゃないかしら」

「体を焼かれながらすやすや眠れるならね。筋肉が溶けるってことはそういうことだよ」

「副作用が起こらなかった可能性もあるわ」

「もしそうなら、彼は幸運だったってことになるね。ちょっと羨ましいよ」

「じゃあ薬はどこ?」ケンイチがここぞとばかりに声を上げた。「もしこの人が飲んだんじゃないとしたら、ここに袋だけ空になって積まれているのは変じゃない?」

シンジロウはにっこり笑ってケンイチにうなずいてみせた。この人は本当に使いやすい人だな、とちょっと失礼なことを思ったので、心の中で素早く詫びた。自分の思考を遊戯化するのは彼の人生の課題だったが、それで人を操作したいなどとはさらさら思っていなかった。

「薬の知識がない人が、自殺に見せかけた。その可能性はあると思うんだ。まあ、警察が見つけて司法解剖を行えば分かることだけど。少なくとも、ゼロ番の足は、筋肉が溶けて異常をきたしているようには見えなかった。とんでもなく瘦せていて細いという以外、見た限り普通だった。それが単に幸運だったのか、これが自殺に見せかけた偽装だったのかは、五分五分ってところかな」

「自殺に見せかけた人は、薬をどうしたんだろう?」ケンイチが続けて疑問を口にした。「空の袋だけ持ってきたんじゃなければ、この病院のどこかに捨ててあるんじゃないの? ここにこの人を運んだ人が全部飲んだってわけじゃないでしょ」

「どこかに捨てたか。トイレに流したか」シンジロウがちらりとミツエを見た。「もしかすると、男の子が履くような靴が落ちていた、女子トイレで捨てたのかもしれないね」

ミツエが顔をしかめた。何を言われているのか分からないというより、ただひたすらシンジロウたちの議論を迷惑に思っているという様子だった。

「じ、じゃあ、い、い、いつ?」タカヒロがぼうっとした顔で不思議そうに言った。「い、いつ、彼は、し、し、死んだんだろう?」

「ここに来る前かもしれない」

「死んでいる人をここまで運んだってこと?」ケンイチが目を丸くした。

「だから車椅子が必要だったのかもしれない。だから靴が脱げたのかもしれない——運んだ誰かが、ちゃんと履かせなかったせいで。右側の靴も、病院内のどこかに落ちているのかもしれないね」

「やっぱり彼は、私たちより一足先に選択をしたのよ。大きな選択を」

アンリがベッドに背を向け、自分の席へ戻っていった。

「こういうことじゃないかしら。彼こそ本当の一番だったのよ。この集いに来るべき人だった。でも何かの理由で先に選択し、この世を去った。残された誰かが、彼の携帯電話かＰＣを見て、この集いのことを知った。そして彼を連れて、ここに来た。自分も彼と同じ選択をするために」

そう述べ立てると、優雅な動作で元の席に腰を下ろした。メイコが慌ててその後を追い、隣の席についた。アンリはそのメイコをちらりと見て、それからみなへ微笑みかけた。このように何でも従順に人の後について回るような少女もいるのだと――そういう誰かが、本来集いに参加する者の代わりに、ここに来たのだと主張するようだった。

「彼は今ここで眠っているわ。それが現実。そろそろ一時になるし、十分話し合ったんじゃないかしら。決を採るには良い頃合いだと思うけれど」

「まだ試してないじゃないか」ケンイチが食ってかかった。「シンジロウくんが言ってただろ。車椅子で入れるかどうかとか、トイレにある靴のこととか」

「全て試したら、あなたは実行に賛成するの？」

「そんなの……やってみないと分からないよ」

「試してみたところで、何が分かるの？　車椅子では入れなかった、誰かがあそこにいる彼を運んだ、ということだけでしょう？　だからなんだというの？　それで気が変わるというのなら、今すぐここを出て行けばいいだけよ」

「だって、もし殺人だったら――」

「その殺人を犯した誰かは、僕らと一緒に死ぬ気だってことだね」ノブオがあっさりとした調子で言ってきびすを返し、自分の席に座った。「いいんじゃないかな。あの子が自殺であれ他殺であれさ。どっちにしたって、関わった人がこの中にいて、あの子と一緒に死のうっていうんだから。警察も裁判も必要ない。自分で自分に罰を下す。そういうの、世間は許さないかもしれないけど、少なくともここでは尊重してもいいんじゃないかな」

「そんなの分からないじゃない！」ケンイチがわめいた。「みんなここで死ぬから誰かを殺してもいいっていうの？　それでいいの？　殺人だよ？　せめて誰がやったのか、誰が関係あって誰が関係ないとか、そういうことをはっきりさせようよ！」

誰も聞く耳を持たないようだった。どちらも解明は困難だし、つまるところは殺人者の告白に頼るしかないとシンジロウには分かっていた。

「俺たちもこれから自分を殺すんだけどな」セイゴが肩をすくめて壁から身を離し、席についた。

「決を採ったら、煙草吸う時間くれよ」

「はい、分かりました」サトシもまた席についた。「問題なければ、決を採りたいと思います」

「どうせその人たち反対するでしょ！」ミツエが立ったままのケンイチとシンジロウを睨みつけてわめいた。「意味ないじゃん！　賛成しないなら出て行きなよ！」

「その点について、僕から提案があるんだけど、いいかな」

シンジロウがサトシに向かって言った。

「はい、なんでしょう」

「さっき、投票用紙は準備してるって言ってたじゃない。それを使って、僕とケンイチくんの二人を除いて、十人で投票してもらっていいかな。ただし、無記名で。名前や、手にした数字を書かずにね。反対がゼロなら、僕もケンイチくんも賛成に従う。もし一人でも反対なら、この問題についてもう少しだけ話す――」

シンジロウはそこでケンイチに向き直り、にっこり笑いかけた。

「というのは、どうかな?」

「え……」

ケンイチがまごつき、みなを見た。だがすぐにシンジロウに目を戻した。シンジロウはつい自信たっぷりの笑顔を浮かべ、うなずいてやっていた。それでケンイチが言うとおりにすると分かっていたからだったが、そんな風に誘導するのは良くないことだとまたもや心の中で詫びた。

「うん、そう言うなら……それでいいよ」

「いいね。それでやろうか」ノブオが言った。

「あー、ほっとした」ミツエが勢い込んでテーブルを叩いた。「早くやっちゃおうよ。メイクしなきゃなんだから。あと喉渇いてきちゃった」

「ドリンクの自販機が一階にありますよ。ではみなさん、十人での無記名投票です。それでよろしいでしょうか?」

九人が口々に同意の言葉を告げた。

「では、少々お待ち下さい」

サトシが言ったが、それほど待つことはなかった。サトシが席を立ち、並んだベッドを避けながら壁際に寄せられたパーティションの方へ歩み寄った。

パーティション脇の壁に大きなホワイトボードがあった。サトシが動かすまでは、ほとんどパーティションの一部のように見えていたしろものだ。そのホワイトボードの下部フレームに、何本かの水性ペン、インクを消すイレーザーが一つ、小さく切った紙の束、何本ものボールペンがあった。

サトシがみなに紙とボールペンを配った。

「ではみなさん、これに賛成か反対かを書いて下さい。書いた紙は折りたたんで僕にお渡し下さい。集計は僕がいたします。あ、ケンイチさん、シンジロウさん、どうぞ席にお座り下さい」

ケンイチとシンジロウが席に戻った。

各人が記入する間、サトシは律儀に立ったままだった。

「何から何まで任せてしまって悪いね」

ノブオが最初に折りたたんだ紙を渡して言った。

「いえ、別に苦ではありませんから」

サトシがあっさり言い、書いた者たちから紙片を受け取り、タカヒロとアンリの背後の、やや離れた場所にあるホワイトボードのそばに立った。

「僕が書こうか」

シンジロウが立ち上がった。

「ありがとうございます。では読み上げますので、このペンでボードに書いて下さい」

「分かった」

シンジロウは青色のペンを取り、それでホワイトボードの左端の上部に『賛成』『反対』と書いた。

「では読み上げます」

サトシが紙を一つずつ開いて読み、そのたびにシンジロウが『正』という字を一画ずつ書いていった。

「賛成、賛成、賛成、賛成、十一番……おっと、番号は書かなくていいんですよ。失礼しました。順番を変えます。はい……賛成、賛成」

「十人ならそれで過半数ね」

アンリが言った。

「今は全員一致が原則ですので、さらに読み上げますね」

サトシが断りを入れてまた開いていった。

「賛成、賛成、賛成――」

そして最後の紙を開き、ホワイトボードを見た。

今しも二つの『正』が上下に並ぼうとしているところへ、サトシが言った。

「反対」

シンジロウは、『反対』の下に横線を書いた。

がたん、と音を立ててセイゴが立ち上がった。

「煙草吸ってくるわ。一階だっけ?」

「はい。ロビーの道路側の方に喫煙所があります」

「五分くらいで戻るわ」

セイゴが部屋を出て行った。

その途端、ミツエがかしましい声を上げた。

「なにそれ！　もう、なんなの？　誰が反対したの？　ねえ言いなよ！　言いなってば！」

「無記名投票よ」アンリがたしなめた。

「じゃあ言わなくていいから、出て行きなよ！　みんな賛成してんのに！　こんなんで中止になったらどうすんの？」

「中止かどうかを決めたのではありませんよ。三十分ほどお話しするだけです。今は一時ちょっと過ぎですから、一時半までですね」

サトシが宥めたが、ミツエはおさまらない様子だった。むっつりとした顔で宙を睨み、涙を目に浮かべながら、ここにいるはずの反対者に向かって言った。

「死んじゃえばいいのに」

ノブオが噴き出し、笑い声を上げた。

「同感だね。みんなそのためにここにいるんだから」

誰も笑わなかった。

二　9対3

十番の少年ことセイゴは集いの場となった部屋から通路へ出ると、さっそく煙草をくわえて火をつけた。大人のように堂々とした振る舞いだ。大きな体格をしており、日に焼けた無表情な顔つきのせいで、少年というより若い男といった方がしっくりくる。

煙をまとわせて、ぺたぺたとサンダルの音を響かせて螺旋階段を上がり、喫煙所を探した。左手にカウンターや事務室があり、右手にベンチが列をなすロビーがある。ロビーの道路側というのがどちらを指しているのかいまいちわからなかったが、何のことはなく、空っぽの売店の脇の壁に、トイレと喫煙所を示すマークが矢印と一緒に並んでいるのが見えた。その壁には院内の案内図もあり、その案内図の前に通路があって、その通路の奥に喫煙所があることを示しているのだった。

ひとまず案内図の方へ歩みつつ、呟きがこぼれた。

「——殺しか」

とたんに、母親が見つけてきた何番目かの男の顔がよぎった。

日本人の男ではなかった。コスタリカ人だと母親は言った。お金を稼ぎに日本に来ているのだと。確かに、幼い頃に蒸発した父親に似て、金のためなら何でもやりそうな男だった。セイゴの何倍も体格がよく、愛想笑いが顔に張り付いたような男だが、いつもその目の奥で危険な光がともっているのをセイゴは見逃さなかった。

お前、やばいよ。そのコスタリカ人の男の甥であるという同年代の少年が、あるときセイゴに教えてくれた。お前の母親と付き合ってるあいつ、昔からやばいことしてる。ファミリーの中でも、ものすごく危ない男。お前を金に替える気かもしれない。お前の命を。

なんだそりゃ。セイゴは笑った。

少年は笑わずにこう言った。あいつがお前の母親にホケンキンの話をしてるのを聞いた。逃げた方がいいんじゃないか。

馬鹿言うな。セイゴは笑い返したが、内心では意外でも何でもないと思っている自分に気づいていた。母親がどんな風に男の言いなりになるか、うんざりするほどわかっていた。

その夜、泥酔した母親の財布を調べたところ保険会社の営業マンの名刺が出てきた。ついで母親の携帯電話を盗み見た。いちいち暗証番号を設定するような母親ではなかったから起動させれば見ることができた。通話履歴から名刺に記された電話番号に何度もかけているのがわかった。

お前を金に替える気だ。頭の中で何度もその言葉がよみがえったが、その事実を確かめることを心が拒否していた。そのせいでセイゴはずっと何もしなかった。母親に問いただすこともせず、他の可能性もあると自分に言い聞かせた。

だがやがて得も言われぬ感情が芽生え、母親が不在のとき、狭いアパートの部屋を引っかき回してそれを見つけた。息子である自分にかけられた生命保険の保険証書。契約からひと月以上経っていた。まるでタイマーをセットした時限爆弾を見つけたような気分だった。そんなものは見たこともないが、その喩えが頭から離れなくなった。

書類には自分が金に替えられるのにふさわしい時期がしっかり書かれていた。一年。契約からそれだけ経てば自殺でも保険金が支払われるようになるのだ。

逆に、その期間内であれば、自分の命が金になることはない。いざというときの親の貯金箱として生かされていたことにはならないのだ。

「殺しじゃ困るな」

セイゴはまた呟き、自動ドアの脇にある公衆電話とその向かいにある空っぽの売店のそばで、いったん立ち止まった。

煙草を盛大にふかしながら案内図を眺めた。玄関の自動ドアは長方形の建物の、下部にある長い辺の左寄りにあった。反対側の辺に事務室がある。案内図にはないが、そこにセイゴたちが入ってきた裏口のドアがあるのだ。

建物の右半分は大きなコの字型の通路になっており、右下の角の辺りに喫煙所があった。セイゴはぐるっと逆時計回りに案内図を見ていった。右上に四階から下りてきたエレベーターがあり、左上に自分たちが入ってきた裏口と受付カウンターがあり、左下にロビーがある。

右半分のコの字の内側の四角い空間には、内診室、栄養相談所、小児科、エコー室、自動販売機、トイレ……などが記されている。通路沿いにはさらにたくさんの部屋があったが、セイゴが用があるのは一カ所だけだったので、それ以上、細かく見る気はなかった。

コの字の左下から通路を進んで喫煙所へ向かった。右側に窓が並んで明るい日差しが入り込んできているが塀があるので外の道路は見えなかった。煙草のマークがプリントされた曇りガラスのスライド式ドアを開くと、中にはパイプ椅子が三つとテーブル状の大きな電動式吸煙器があった。テーブルにアルミの灰皿が幾つか積んであり、吸煙器のそばには業者が置いたらしい、真新しい防火バケツが置かれている。元は見舞い客のための設備だったのだろう。吸煙器は、導入した当時は最新の高価な品だったのだろうが、今はいかにも旧式というか昭和という感じで、作動はしておらず、見るとコンセントが抜かれていた。

部屋に入り、バケツの蓋を開いた。綺麗な水が入っている。そして煙草の吸い殻が一つ、水面に浮かんでいた。セイゴはちょっとそれを見つめた。どうやらこの集いにはもう一人、吸うやつがいるらしい。

蓋を床に置き、バケツの取っ手をつかんで持ち上げた。一方の手で煙草の灰をそこら辺の床に落とすと、それをくわえて部屋を出た。

そこで人に出くわした。

「ああ、おわかりになったんですね。喫煙所」

一番の少年ことサトシだった。初めて集いの場に現れたときと変わらず、慇懃《いんぎん》で事務的な物腰だった。みなに何かを説明しているときも、二人きりで話しているときも、まったく口調が変わらない。まるでレジ越しにコンビニの店員と話しているようだった。

セイゴは空いた手で口から煙草を取り、じろりとサトシを見下ろした。

「逃げちまうと思ったか？」

サトシが小さく首をかしげた。

「もしそうだとしても誰にも止める権利はありません。ただ、集いの目的を達成するまでは、通報などはしないで欲しいと思っています」

よどみなく返され、セイゴの方が何と言っていいかわからなくなった。金髪の女子高生がわめいていたが、確かにこの少年の弁は大したものだ。

だが信用すべきかどうかは別の話だ。この少年は何につけ答えを用意しすぎている、という気がしていた。

「逃げもしねえし、通報もしねえよ」セイゴは肩をすくめてバケツを掲げてみせた。「こいつを持ってきゃ、部屋の外で吸えるだろ？」

「はい。地下の給湯室のそばにベンチがあります。そのベンチを移動して、仮の喫煙所にしようと思っています」

サトシが言って、きびすを返す。

「ベンチはいらねえだろ」相手の後を追いながらセイゴが言った。「あの黒服の七番にうるせえこと言われなきゃ、どんな場所でもいい」

「いえいえ。なるべく居心地良くして下さい。他の方も吸われるかもしれませんし」

階段を下りながらサトシが言った。

セイゴはあまり真剣にその言葉を受け止めなかった。サイトの管理者であり、この集いの準備を全て担っている少年からすれば当然のことなのだろうと考えていた。

この慇懃な少年がどんな動機で行動しているかセイゴには想像もつかなかった。ネット上で知り合う人々の中には、ときおりひどく甲斐甲斐しく働こうとする者がいるものだ。ボランティア精神を発揮し、誰かの役に立つことが喜びとなる人種だ。セイゴには理解できない連中で、どちらかといえば、うさんくさいと感じてしまう。セイゴの目には、サトシはその典型に見えた。

地下の通路に戻り、部屋の入り口の辺りでバケツを置いて、煙草の灰をバケツの水に落とした。

サトシが言葉通り、通路の向こうにあるベンチを引きずってきた。

セイゴは手も貸さず、サトシが率先して働く様子を傍観している。

集いの部屋からは、しきりにわめき声が聞こえてくる。

三番の、いかれた格好をした少女の声だ。「もう誰が反対したの⁉」と部屋にいる者たちを延々と責め立てており、何人かが彼女を宥めようとしているようだったが、蟬のようにやかましい少女の金切り声はやみそうもなかった。

「うるせえ女だな」

ぼそっとセイゴが言った。サトシが共感を示すかと思ったが、聞きそこなったというように首をかしげると、まったく別のことを口にした。

「失礼ですが、その煙草はなんという商品名ですか?」

「別に失礼じゃねえよ。ラキストだ。——って、知らねえか。ラッキーストライクってんだ。ほら」

セイゴが胸ポケットから煙草の箱を出してみせる。サトシはそれをしげしげと見て、うなずいた。

「ありがとうございます。それでは吸い口に緑色の線が入った煙草は、なんというんですか?」

「緑色?」

「はい」

「いろいろあるだろ。緑ならメンソール系じゃねえか?」

「メンソールという商品名なのですか?」

「いや。いろんな銘柄で出てるやつで、薄荷《はっか》みてえな味がする煙草のことだ。どっちかってえと女が吸うもんだって思われてる。実際はどうだか知らんけどよ」

「ははあ。なるほど」

セイゴはポケットに箱を戻し、そこでふと相手の妙な眼差しに気づいた。何かを探っているような様子だった。吸い終わった煙草をバケツに放り込み、そこにすでに浮かんでいるものを見て、ようやくセイゴは合点した。

「これか」

セイゴがバケツの中の、自分のものではない吸い殻を指さした。サトシが目を丸くし、今初めてそれに気づいたというような様子で、二つの吸い殻を見比べた。

「他にも吸うやつがいるんだな？　そいつが誰かわからねえから、ベンチをわざわざ運んでやって、来るのを待ってんのか？」

サトシが顔を上げたが、そこで妙な間が空いた。セイゴは返事を促すために顔をしかめてみせた。サトシの表情に変化はなかった。いまいち何を考えているのかわからない不思議なガキだ、と一つしか年が違わないはずなのにセイゴは思った。

「そうかもしれない、と思いまして」ややあってサトシが言った。

「あん？」

「この病院の敷地に、まさにこの……メンソールの煙草の吸い殻があったんです。皆さんが使った裏口の近くにベンチがありますが、その足下の辺りに落ちていました。昨日まではなかったものです。ここにいらっしゃるどなたかのものかもしれません」

それがどんな意味を持つのかセイゴには見当もつかないが、興味をひかれた。

つまり、この慇懃な管理者である少年の知らないところで敷地をうろついていた誰かがいる。そうなると、そいつはサトシが来る前からこの病院にいたにもかかわらず、サトシの後で数字を手に取ったことになる。「1」の番号を持っているのがサトシなのだから。

セイゴは開いたドアから中の面々を見やった。もう一服しようか迷ったが手を下ろし、にやりとサトシに笑みを向けた。

「もしそいつがヤニ中毒なら、俺みたいに、そのうち我慢できずに吸うだろうな」

「はあ」

サトシが曖昧にうなずいた。わざわざ喫煙所を設けて相手をおびき出すようなまねをしておきながら、あまり期待していないような顔だ。

「この集いとは関係のないどなたかのものかもしれませんけれど」

呟くようにサトシが付け加えた。集いの管理者としては当然その方が余計な気を回さずに済んで楽なのだろう。誰も知らないと言い張る十三人目が、すでにベッドに横たわっているような状態ではなおさらだ。

セイゴはどっちでもいいという気分で肩をすくめ、部屋に戻った。

たちまち三番のミツエのわめき声が耳を打った。

「ねえ、なんで反対したの⁉ 言ってよ！ ていうか嫌なら出て行きなよ！」

ミツエが指さしているのは、八番のタカヒロだ。いまだにペットボトルを両手でいじくり回しながら、理不尽な言いがかりをどうしていいかわからない様子で、困惑と苛立ちで顔を赤くし、必死に言い返そうとしている。

「な、な、なんで、ぼ、ぼ、僕なの⁉ ち、ち、違うのに！」

「おかしな薬の話をしたりとかさ！ エレベーターがどうだとかさ！ わけわかんないこと言って話の邪魔したじゃん！」

「だ、だ、だって！ ほ、ほ、本当なんだよ！」

「まあまあ」九番のノブオが二人を落ち着かせようとしきりに宥めている。「ねえ、怒鳴ったってしょうがないよ。名前は伏せて投票するって、みんな納得してやったことでしょ」

だがミツエはかえってますます金切り声を発している。

「そんなの関係ないじゃん！　反対する人がいるなんて思わないでしょ、普通さあ！」

セイゴとサトシがそれぞれの席に戻った。その場にいる十人のうち三人がセイゴに目を向けてきた。最初におかしいと言い出した二番のケンイチ、十三人目のゼロ番が自殺ではなく他殺ではないかという疑いを表明した五番のシンジロウ、そして何であろうと集いの目的を果たすべきだという態度を崩さない七番のアンリだった。

どうやらその三人は、誰が反対票を投じたかうすうす見当がついているらしいとセイゴは感じた。みなを見回し、ちょっとおもしろがって訊いた。

「なんだ？　誰が反対したかで揉めてんのか？」

右隣でノブオが坊主頭をかいた。

「うん……。まあ、本当は揉めちゃいけないんだけどね。無記名投票なんだから」

「こんな、わけわかんないことになるんなら投票とかしなかったし。もう……喉渇いたし」

ミツエがぶつぶつ言ったが、だいぶ声が小さくなっていた。金切り声がやんで、大半の者がほっとしたような表情を浮かべた。

「一階にドリンクの自販機がありますよ」サトシがやんわり勧めた。「何か買って来ましょうか？」

「あの人が反対したこと白状するまで動かない」ミツエがむっつりと八番のタカヒロをにらむ。

「なんで言わないわけ?」

「な、な、なんで、ぼ、ぼ、僕なの?」タカヒロが泣きそうな顔でペットボトルを両手で揉むようにした。

「俺だよ。反対したのは」あっさりとセイゴが言った。

全員の目が彼を向いた。ひょろひょろしたタカヒロではなく、いかにもごつい体軀のセイゴに告白されてミツエが目をぱちぱちさせた。

「えー、なんでー?」左隣にいる十一番のマイが素っ頓狂な声を上げた。「さっきは反対してなかったじゃーん」

「殺しは困るんだよ」

低い声でぼそりと告げた。その場にいる全員をあえて威圧するような言い方だった。脅しつけて不安にさせた後で安心させる、というのがセイゴがこれまでの生活で身につけた、最も話を進めやすくするやり方だった。

果たしてみなが黙った。セイゴは〝くだらないまねをしやがったら許さねえぞ〟というメッセージをこめて、一人一人の目を見返した。

一番のサトシは穏やかな表情を崩さない。二番のケンイチは急に目が合ってびっくりしたように身を引いた。三番のミツエも同様だった。四番のリョウコと名乗るマスクをしたまま黙っている少女は、さっと目を伏せた。五番のシンジロウは逆にしげしげと見つめ返してきた。六番のメイコは目を向けられる前に顔を背けて七番のアンリを頼るように見た。

アンリと目が合うと、何か言ってきそうになったので、すぐ目を離した。このうるさい女とやり合うのは後でいい。

八番のタカヒロと九番のノブオは、自分たちは何もしていないと釈明するような顔で身を引いている。セイゴがなぜ急に威圧するのか訳が知りたいという顔だ。左を向くと十一番のマイがきょとんとした表情を返してきた。こいつは何もわかっちゃいない。さらにその向こうの十二番のユキはすぐさま顔を伏せている。こいつも四番と同じでまったく喋ろうとしない。面倒ごとが起こったときはとにかく黙って逃げるタイプだろう。

「三十分ばかり話すんだったよな」セイゴが変わらず低い声で不機嫌な調子をつくりながら時計を見上げた。一時をだいぶ過ぎている。それからまたみなを見回しながら言った。「なんで殺しは困るか、ちょっとばかり教えてやるとだ。俺が自殺以外の理由で死んじまうと、俺を金に替えたがってる阿呆に、保険金が入っちまうんだよ」

ぴくっと反応したのは六番のメイコだった。

先ほどセイゴを怖がって顔を背けたが、今度は上目遣いでのぞき込むようにしてくる。どうやらこの少女も保険金がらみで死にたいらしいと見当がついた。

「お金に替えたがってる……」五番のシンジロウが思案げに呟いた。「それはつまり保険金殺人の被害者にされそうってことかな?」

「そんなようなもんだ」

「え、どういうこと?」二番のケンイチがぎょっとした顔になる。こいつはどうも五番が話すと安心して自分も話し出すらしかった。「それ、警察とか行ったの?」

「でけえお世話だ馬鹿野郎」

セイゴが獰猛《どうもう》な声を放つと、ケンイチが目を白黒させて黙った。別に癇に障ったわけでもなんでもなかった。単に話を逸らされないためと、有無を言わさぬ状況を作りたいがための態度だった。

「そんなまねすりゃ逆に何されっかわかんねえっていう生活をしてるんでな」セイゴが、にやっと笑みを浮かべてアンリを見やった。「お前らからすりゃ、ひどいもんだろうが、俺には普通なんだよ」

アンリはいささかも臆さず、それで？　というように小さく肩をすくめてみせた。

「だからってわけでもねえが、俺がそいつを殺したことにする分には、構わねえよ」

その言葉をみなが理解するまで間を置いた。できればここで煙草に火をつけて間を作りたかったが、相手はどいつもこいつもまっとうな子どもらばかりなので我慢してやることにした。

しーんと部屋が静まりかえった。ややあって、シンジロウが言った。

「もう少し説明してくれるかな？」

「一番のこいつに預けてる俺の遺書を、書き直すってことだ。この俺が、そこで寝てるやつを殺《や》ったことにする。自殺するついでにな。よくあるだろ。別に恨みも何もねえが、むしゃくしゃして名前も知らねえやつをぶん殴ったら、相手が頭か何かをぶつけて、うっかり死んじまったとか」

「そういう死に方には見えないけど……」ケンイチがおそるおそる言った。

「たとえばの話だ。細けえことは書かなきゃいいんだよ。大人が勝手に理屈をつけるだろうからよ。その代わり、本当にこいつを殺したやつは、正直に俺に言いな」

みながまた黙った。セイゴは一人一人を見比べながら続けた。

「そうでなきゃ全員、ここで死にたい理由を、俺に聞かせろ。そうすりゃ、隠していても、ぴんとくるだろうからな。殺したやつが死にたい理由なんて、どうせ殺したことに関係があるだろうしよ。ここでなくてもいい。一人ずつ部屋の外で、煙草でも吸いながら聞くさ」

とっさに誰も返事をしなかった。もちろん、自分が殺したのだと名乗りを上げる者もいない。

セイゴは、黙って立ち上がり、再び通路に出ようか考えた。そうすれば一人ずつセイゴに懺悔《ざんげ》する流れが出来るだろうと期待したのだが、それを遮る者がいた。

「強引ね」

七番のアンリがため息混じりに言った。

なんとなく予期していたとおりだった。やっぱりこいつが邪魔しやがった。セイゴは苛々しながら黒服の少女をにらんだ。

「こうしてても、らちが明かねえだろ。どうせ死んだ後で誰かに遺書を見られるんだ。ここで喋って何が悪い」

「第一に、あなたの提案に反対だからよ。もし、ゼロ番の本当の死亡時に、あなたにアリバイがあったと警察が証明してしまったら意味がないわ」

「なら殺したやつが詳しく俺に話せばいい」

「第二に、私たちが、大きな選択をしてここに来た理由には、それぞれのプライバシーが関わっているわ。それをなぜあなたに話さねばならないの?」

「俺がひっかぶるって言ってんだろ。なんだ? 話せないようなことなのか?」

「私は自分がここに来た理由を、みんなに聞かせても構わない。でも、そうしたくはないという人もいるでしょうね。そもそも、プライバシーの尊重はこの集いのルールでもあるはず。だからこそ一番のサトシくんは、参加者の遺書を全員に公開していないのよ」

「なら、この一番のやつが全部ひっかぶりゃいいってのか？」

全員が思わずといった感じでサトシを見た。サトシはちょっと首をかしげて言った。

「それは困ることになりますね。まあ、すでに自殺幇助《ほうじょ》や教唆《きょうさ》をしているわけですが、さらに僕が殺人を犯したとなると、この集いそのものの意味が変わってしまいます。それこそ、僕がセイゴさんを殺したことになりかねませんが、それでもいいですか？」

「いいわけねえだろ」

「では、私が背負っても構わないわ」

アンリが敢然と言った。どこまでもしゃしゃり出てくる彼女にセイゴは猛烈に腹が立った。

「それだって一緒だろうが。お前が俺を殺したことになりかねねえだろ」

「そうではないことを遺書に明記すればいいのよ」

「俺がやったってことにするっつってんだろ、この野郎」ふりではなく本当に不機嫌な声がこぼれだした。「それともなんだ、本当にあいつを殺ったのはお前だってのか？」

「本当、短絡的ね」アンリのまたとない冷ややかな笑みが返ってきた。「だいたい、あなたみたいな人に罪を告白したい人なんている？」

「ああ？」

「あなたが、言ったとおりにするという保証なんてどこにあるの？　どうせみなのプライバシーを暴いて良い気になりたいだけでしょう。自分が殺人の罪を着てあげるなんて言葉を、誰が信じるのかしら？　話を聞いた後、結局はその人を責め立てて、追い出す気はないとどうしてわかるの？」

その場にいる半数近くの者たちが互いに顔を見合わせた。さすがにそこまでセイゴを疑っていた者はいないのだろう。だがこれでアンリの言葉にそそのかされ、喋らずに済む理屈をみなが共有してしまったわけだった。

この女もこの女で、いちいち答えを用意しているか、その場でひねり出せるタイプで、つまるところセイゴが苦手とする相手だ。どこかでぶつかるとは思っていたが、予想をはるかに超えて苛々させられたものの、さらなる反論をとっさに思いつけなかった。

「いつでも告白できるという点は、悪くないと思うよ」

シンジロウがさりげなく割り込んだ。セイゴとアンリの両方に微笑みかけ、罪をかぶりたいならどっちだっていいじゃない、という第三者の立場を他の面々に見せつけながら続けた。

「誰も、ゼロ番の子について誰かを責め質したいわけじゃないんだ。不審な点を調べて、すっきり説明ができれば、実行に反対する人はいなくなる。そうでしょ？　よければ、これまでわかったことを整理して、さらに何がわからないか調べてみたいんだけど、どうかな？　もちろん、告白したくなれば、いつでもそうすればいい。告白を聞いてくれるどころか身代わりになってくれるという人が二人もいるしね。なんなら、サトシ君に話すこともできる。不測の事態が起きたときは管理者に説明するのがこの集いのルールだし」

みなが自然と落ち着いたことにセイゴは驚かされた。先ほどからのシンジロウの仲裁は、とにかく上手いの一言だ。シンジロウが話し出すととたんに場が一つの方向へ流れていく。こいつはどんな修羅場を経験してきたのだろう。ついそんな風に考えていた。

「それでは決を採りますか？」

黙り込む面々に、サトシがやんわりと訊いた。こちらは仲裁というより、あくまで事務的に場の流れを進めることに徹している様子だ。どんな揉め事が起ころうと、まるで動じた様子がない。これもこれで異様なまでの腹の据わり方だ。

「どんな風に決を採るの？」

ケンイチが聞き返した。

「シンジロウさんのご提案について多数決はどうでしょう」サトシがそう言いつつ、セイゴをちらりと見やった。「セイゴさんにお話しをしてもよいと思われる方は、ご自由にそうするべきだと思います。もちろんアンリさんにお話ししたい方も。それでセイゴさんやアンリさんが納得されたところで、今度は全員一致を条件に、実行か議論かの決を――」

「やだもう、またぁ⁉　決ばっかりで話進まないじゃん！　もう勝手にやってなよ！　あたしすっごく喉渇いてんの！」

ミツエが我慢できないというようにわめき散らした。

「話し合うことはすでに決定したのだから、残り時間で何をしようと構わないんじゃないかしら」アンリが数字のない時計を見上げた。「あと十五分ほどで何かわかるとも思えないけれど」

「ではシンジロウさんのご提案通り、不審な点を調べる、ということで、よろしいでしょうか？」

サトシがみなを見回した。誰も反対しなかった。

シンジロウが微笑んで立ち上がった。

「それじゃ、まずは飲み物を買いに行こうか」

三　車椅子

十二人がぞろぞろと螺旋階段で一階に上がった。空っぽの売店の横を通り過ぎ、通路を進んだところにある自販機に集まり、めいめいドリンクを買った。

中には飲みたくて買っているというより、みなに付き合ってそうしている者もいるようだった。きっと、あの集いの部屋で、眠れる少年と二人きりになるのが不安でついてきたのだろう。結果、十二人の少年少女が列をなして自販機に群がるという光景になっていた。

タカヒロも、すっかり生ぬるくなったコーラを一方の手に持ちながら、新たに冷たいスポーツドリンクを買った。

コーラは捨てなかった。なんとなく持っていると落ち着くようになっていた。

赤ん坊のおしゃぶりのように、そのつど何かが手放せなくなる自分の癖をタカヒロは自覚していた。あるときなどお気に入りのハンカチを洗濯もせず、ひと月もふた月もずっと手放さずに持ち歩いていたこともあった。もしそのハンカチがなくなったらと思うと不安に襲われるので、同じものを幾つも買って机の引き出しにしまっておいた。しかししばらくすると執着の対象はよそへ移り、気づけばそのハンカチがどんな柄であったかも思い出せなくなるのだった。

どうやら自分は今、幼い頃に渇望した甘い飲み物に安心を求めているらしい。ぼうっとしがちな頭の隅でそんなことを考えたが実感はなかった。いったい自分が何を求めているのかわからなくなって久しかった。それが手に入れば再びぐっすり眠れるはずだという切なる願いもどこかへ消えてしまっていた。きっと希望そのものが、自分の中からすっかりなくなってしまったのだ。あるのはその場の安心を求める心だけだ。そしてこの集いこそ、最後の安心を与えてくれる場であるべきなのだ。

そんな風に思考を行ったり来たりさせていると、ふいに声をかけられた。

「ねえ、タカヒロくん。それって、ここで買ったの？」

シンジロウだった。手に紙とボールペンを持っている。先ほど投票に使ったのと同じ紙だろう。小さな紙片を何枚も重ねたものに、なにやら細々と書き込んであった。

「こ、こ、これは、い、い、今……」タカヒロは冷たい方のドリンクを掲げたが、シンジロウの視線がもう一方に向けられているのに気づいた。「あ、こ、こっちのは、ち、ちょっと前に、こ、ここで、か、買ったよ」

「この病院に入ったとき？」

「う、うん」

「実は、集いの部屋に行く前に、あのロビーのところで誰かが自販機でドリンクを買う音を聞いたんだ。それって君かな」

「ぼ、ぼ……僕？　ど、どうかな。よ、よく、わ、わかんない。た、たぶん、そ、そうかも……」

予想外の質問だったこともあり、どうにも頭が回らなかった。どうしてそんな質問をされるのかという疑問を抱いたが、どう口に出していいかわからない。きっと何か理由があるのだろうと思うと、余計に聞きづらかった。なんでそんなこともわからないのかと聞き返されるのが怖かった。

「何時頃のことかわかるかな？」

「え、え、えっと……」ぼんやり周囲に目を向けた。自分は何をしているのだろう。時計を探しているのだと遅れて気づいたが、どこにもなかった。今の時間を確かめてもなんにもならないのだが周囲に時計がないせいで途方に暮れてしまった。早く何か言わねばと思うが言葉が出てこない。「う、う、うーん……」

「来てすぐのことかな？」シンジロウが訊き方を変えた。

「う、うん」

「金庫から番号は取った後？」

「お、お、屋上に、い、行ったよ。そ、空が、見たくて。な、なんとなく」ようやくきちんと答えることができてほっとした。「エ、エレベーターが、来なくて。よ、四階で、と、止まってて。か、階段で、い、行った」

「誰かに会った？」

「あ、あの二人に……九番と、十番が、き、来たよ。さ、三人で、エ、エレベーターで、下りた。そ、それで、き、金庫から、す、数字を取って、み、みんないる部屋に、い、行った。ふ、二人以外に、あ、会ってない」

「ノブオくんと、セイゴくんだね」

「う、うん」よく名前がすらすら出てくるものだとタカヒロは感心した。そこでふと何か引っかかるものを覚えた。だがそれが何であるかということよりも、何かよくわからないことが気になって、またぞろ言葉が喉の奥でつっかえてしまうという嫌な予感に襲われていた。

「ありがとう。参考になったよ」

だがシンジロウはそれで会話を切り上げた。タカヒロはほっとした。そもそもシンジロウと話すことにあまりストレスを感じないことに気づいた。なんというかシンジロウは、上手に喋れない人と話すことに慣れているようだった。タカヒロのことをむやみに見つめたりせず、かといって無視しているというのでもなく、通路の先にあるエレベーター・ホールの方や、近くにあるトイレを見たりして、何かを紙に書き付けている。

タカヒロはシンジロウの行動を眺めながら、先ほど何が引っかかったのかが気になってきた。なんだろう。首をひねりながら無意識にシンジロウを見つめていた。シンジロウが何を調べているのかが気になっていたし、さっきの質問の意図がわからなかった。

そばには他に、二番のケンイチと名乗った少年がいた。ミネラルウォーターのペットボトルに口をつけている。壁際に、集いの部屋にあった車椅子がたたまれて置かれていた。どうやら彼が持ってきたらしい。

タカヒロの頭の中で、二人が何をしているにせよ邪魔にならないようにすべきだという考えが浮かんだ。それでちょっと後ずさった。かと思うとその背後で喫煙所のドアが開き、振り返るとくわえ煙草のセイゴが顔を出してタカヒロを見ていた。

「お前、吸うのか?」

いやに鋭い目で見つめられ、タカヒロはぎくっと身をこわばらせた。瞬間的に言葉が出てこなくなったが、かろうじて首を横に振ることはできていた。

「そっか」

セイゴは興味を失ったようにタカヒロから離れ、シンジロウへ歩み寄った。

「何を書いてんだ?」

「これまで話に出た不審な点と、みんなが来た順番」シンジロウがトランプでもするみたいに書き込みがされた小さな紙片を広げてみせる。「必ずしも番号順にここに来たわけじゃないみたいだから聞いて回ってるんだ」

「外に煙草の吸い殻があったってよ。一番のやつが言ってたぜ」

「君のじゃなくて?」

「そうらしい。一番のやつに聞けよ」

「うん。なるほど。それで君は、他に煙草を吸う人が来ないか、そこで待ってるわけだ」

シンジロウがにっこり笑って言った。

セイゴが訳知り顔でうなずく一方で、ケンイチがきょとんとした顔になるのをタカヒロはぼんやり眺めた。シンジロウが何ごとかを話し、ケンイチとセイゴがうなずき返す。彼らが話をしていることはわかるが、何の話か頭が認識できなくなっていく。

タカヒロは白昼夢でも見ているような気分で三人を見ていた。実行ではなく議論を選んだ三人。彼らのそばにいる自分がタカヒロには不思議だった。彼ら三人はいかにも常日頃から少数派でいることに慣れているような感じがした。自販機のそばにいる人たちのほうが数が多いのに平気でその輪から外れて、こんなところにいるのだ。

みんなと違うというだけでストレスを感じる自分とは大違いだった。本当なら距離を取ってしかるべき者たちのはずだ。なのに、なぜ自分はシンジロウについてきたのだろう。議論などごめんだった。先ほど三番の少女に、お前が反対者だろうとしつこく言われたときも、まともに反論できず、違うとしか言えなかった。

だが頭の端っこの方で何かが引っかかり続けている。どうやら自分は、そのことについて話したいらしい。だがいったい何を話そうというのだろう。

頭がぼうっとして思考がまとまらない。いつも服用している睡眠薬や精神安定剤のせいだ。ここに来るときも飲んできてしまった。母親が不安がって医者に言われた以上の薬を飲ませるから、余計に飲むことが習慣化していた。そもそも、ここには眠りに来たのだから問題ないはずだった。なのになんでこんなことになっているんだろう。

幼い頃から普通に振る舞うことが望みだった。不眠に襲われるようになってからずっとそう願ってきた。学校でぼんやりしないこと。友達と普通に喋れるようになること。体育の授業中に自分が何をしているかわからなくなり、一人だけ棒立ちになって動けなくなるといった状態から逃がれたかった。教師やクラスメイトから心配されたり、あるいは女子から気味悪がられたりするのはもう嫌だった。

なのに薬を飲めば飲むほど同じ状態が続いた。どんどん悪くなっていくのが自分でもわかった。自分がどんな状態か言葉にして説明することさえ困難になっていった。

早く眠りたい。二度と目覚めないほど深く。

だが何かが引っかかっている。この病院に来て、自販機で買ったコーラをちびちびやりながら階段を上っていったことが思い出される。

「……じゃ、吸い殻についてはサトシ君にも確認してからにしよう。いいかな?」

ふいにシンジロウがこちらを振り返り、タカヒロははっとした。

いつの間にか自分も会話に参加していることになっていたらしい。何について念を押されたのかさっぱりわからず、聞き返そうとしたところで、また別の声に遮られた。

「何を話しているの?」

坊主頭の少年がペットボトルを手に歩み寄ってきた。他方の手で眼鏡を取って軽く袖で拭き、また顔にかけてタカヒロら四人を見た。タカヒロが四階で出くわした一人。九番の少年ノブオだ。

「みんなで話すべきことを整理しているんだ」

シンジロウが言った。タカヒロがぼんやりしている間に、その紙片の書き込みが増えているようだった。

三人が何を話していたかはまったく思い出せない。いよいよ頭が働かなくなってきていた。先ほどから何かが引っかかり続けていることが影響しているようだった。頭がそっちに集中しようとするせいで、会話の意味を理解するのに大いに手間取った。

「車椅子を持ってきたってことは、それを使って検証してみる気?」ノブオが興味深そうに訊いた。

「順番にね。それと、発言の内容を確かめたいんだ。みんなでね」そう言ってシンジロウが通路の奥へ顔を向けた。

ノブオや他の二人の少年もそちらを見た。だいぶ遅れてタカヒロがそちらをぼんやり眺めた。

通路の壁に沿って幾つも部屋があった。男子トイレと女子トイレがあり、その向こうにエレベーター・ホールや、階段があった。先ほど地下からあがってきた螺旋階段ではなく、タカヒロが屋上まで上っていった、位置的には集いの部屋と反対側にある階段だ。

「ああ、なるほど。あのミツエって子が言ってた靴のこともあるしね」

ノブオが合点したようにうなずいた。それからタカヒロを見やった。

「君も、議論すべき方に傾いてるのかな?」

急に話を振られてタカヒロは戸惑った。

「え、え……。べ、別に、ち、ちょっと、き、き、気になるけど」

「へえ。気になるって? 何が?」

ノブオが意外そうにタカヒロを見つめてくる。シンジロウやケンイチやセイゴも、タカヒロに目を向けた。

「な、な、何が……?」

タカヒロはぼうっとした調子で聞き返した。なんでこの人は急に僕と話そうとしているんだろう。シンジロウくんと話せばいいのに、なんで僕なんだろう。理由を考えようとしたが頭が上手く働いてくれない。思わずあくびが出そうになった。

「ああ、なんとなく気になるってことかな」

ノブオが言い直した。タカヒロの様子を観察し、意図を汲んでやろうとする親切そうな眼差しだ。よく教師や数少ない友人たちからそういう目で見られることがあった。彼らはたいてい勝手に納得し、タカヒロが何か言おうとする前に、こういうことか、とタカヒロの代わりに彼が陥っている状態を説明してくれようとするのだ。

そしてその説明はだいたい合っていることが多かった。少なくとも合っているような気にさせられた。このときもノブオが言ったことは間違っていない気がした。何となく気になるのだ。だが、何が？

「ねえ、私たちはいつ部屋に戻るべきかしら？」通路に声が響いた。院内放送でも始まったかと思うような、よく通る声だ。「時間がどんどん過ぎていくわよ」

シンジロウたちが自販機のある方を向くと、アンリが他の面々を従えるようにして立っていた。何につけアンリに従う気でいるらしい六番のメイコのみならず、他の四人の女子も、アンリのそばでグループを作るような感じで立っている。ちょっと離れたところにサトシがいるが、彼を除けば全員女子で、まるで男子と女子に分かれて対立しているような構図だなとタカヒロはぼんやり思った。

「せっかく部屋を出たんだから、ついでにみんなで何カ所か見て回ってから、部屋に戻るのはどうかな」シンジロウが微笑んで言った。

「最初からそうさせる気で、飲み物を買いに行こうと提案したんでしょう？」アンリがずけずけとした調子で指摘した。「あの部屋で座ったままだったら私や何人かが反対していたでしょうね。しょうがないわ。馬鹿馬鹿しいけれど、付き合うわよ」

そうなんだ、とタカヒロは素直に感心した。三番のミツエを宥めることだけが目的ではなかったのだ。シンジロウという少年は、そういった知恵を働かせることができるらしい。いつでも頭の中に分厚い雲がたれ込めているような自分とは大違いだった。

シンジロウは否定も肯定もせず肩をすくめている。「じゃあ、さっそく始めよう」

アンリが冷ややかな顔つきで腕組みした。「どこから？」

「みんなの手が最初に触れたはずの場所から」

シンジロウが車椅子に手を伸ばしたが、ケンイチが先に、たたまれたそれを持ち上げた。

「僕が運ぶよ」

ケンイチが言った。最初の反対者として、シンジロウの役に立とうとしているのだろう。あるいは自分たちの味方を増やすためのアピールだろうか。タカヒロはどちらでも良いという気分で、ケンイチが慣れない様子で車椅子を抱え、シンジロウがこう持つといいよと指示をするのを見守った。

「ありがとう、ケンイチくん。じゃ行こう」

シンジロウが自販機の方へ歩み出した。ケンイチが車椅子を両手で持って後を追った。セイゴが灰皿に煙草を捨てて二人に続いた。ノブオがシンジロウの背と車椅子の間で目を行ったり来たりさせながら歩き出す。タカヒロはぼうっと見送りそうになり、慌てて彼らを追って、少女たちとサトシの脇を通った。ついで少女たちとサトシが彼らの後についてきた。

シンジロウを先頭に、全員が一階ロビーのカウンターへ向かった。

数字が入っていた金庫が置いてある場所だ。シンジロウは、開いたままのカウンターのスイングドアを押し開いて通り、真っ直ぐ事務室へ入っていった。そして電子ロックがついた裏口のドアの前に立つと、振り返って全員が事務室に入るのを待った。

「集いのルールに従う限り、僕たちは全員、このドアから入ったことになる」シンジロウが裏口のドアを指さした。「みんな、サトシ君から送られた暗証番号を入力してこのドアを開き、カウンターの金庫から数字を取った。ゼロ番が車椅子に乗って来たと仮定して、彼が僕たちと同じようにできたか試してみたいと思う」

みなに注目されながら、すらすら話せるシンジロウに、タカヒロは感心した。誰からも反対意見はなかった。

「ドアを開けても問題ないかな？」

シンジロウがサトシに訊いた。

「はい。セキュリティは問題ありません」

サトシが歩み寄り、ロックを解除してドアを開いた。

開いたドアの外から微風が吹き込み、いっときその場にいる全員が神妙な顔つきになった。こんな事態にならず、粛々と集いの目的を果たしていたら、二度とふれるはずのなかった外気だった。いわば集いに参加する上で背後に捨ててきたものだ。それに思いがけず再びふれたことで、みなそれぞれ戸惑いや哀切な思いや、あるいはさらなる決心を抱いたようだった。

シンジロウが外に出て深呼吸をした。せっかくの機会だからもう少し外の空気を味わっておこうという態度だ。

ケンイチが車椅子を運び出すのに合わせて、自然とセイゴも、そしてタカヒロも外へ出て砂利が敷かれた小道に立った。さらにサトシ、マイが続いた。残りの六人は室内にとどまり、流れ込んでくる空気に目を細めたりしている。

少女たちの後ろの方で、マスクをした少女が、顔を覆う布をつまんで持ち上げ、空気を吸っているのにタカヒロは気づいた。マスクをしているのは花粉症か何かのアレルギーのせいだろうと勝手に思っていたので、ちょっと意外だったが深くは考えなかった。マスクをした少女の名前も——彼女はリョウコと名乗ったのだが——タカヒロはうろ覚えだった。ただ、彼女の顔になぜか見覚えがあるような気がしたのだが、それも思い出せなかった。もっとよく見ようと思ったが、すぐにまたマスクがかけられていた。それどころかタカヒロの視線に気づいたらしく、すっとタカヒロから見えない場所に移動されてしまった。

タカヒロは困惑と居心地の悪さを覚えた。自分のどろっと濁った目を気味悪がられたのだと思い、嫌な気分になった。

車椅子を慣れた手つきで開いたシンジロウが、おや、と声を上げた。

「見て。これがシートの間にあった」

外にいる者たちがのぞき込んだ。入り口からアンリとノブオとメイコが見た。その後ろでリョウコとユキが隙間からちらちら覗き見るようにしている。

シンジロウが指し示したのは、腰に巻いて装着する、ポリエステル製の黒い小振りなウエストバッグだった。それが二つにたたまれた座席のシートの間に挟まっていた。

シンジロウが手に取ったとき、すでにウエストバッグのジッパーが開いていた。中は空っぽだった。シンジロウが車椅子のシートの上で逆さにして振ると、中から銀色に光る小さな何かのかけらが舞い落ちた。

「包装シートの一部だね。ゼロ番のそばに置いてあった薬のものと一緒だ」

「やっぱりこの車椅子で来たんだ」ケンイチが言った。「薬も自分で用意してきたんだね」

「この車椅子で彼を運んだ誰かさんが持ってきた、という考え方も出来るよ」

「どちらにせよ」アンリが口を挟んだ。「何か問題があるようには思えないわね」

「それはまだわからないけどね」

シンジロウはウエストバッグをシートに置いた。ズボンのポケットから携帯電話を取り出すと、ウエストバッグと銀色のかけらが同時に写るように写真を撮った。

それから、かけらをつまみ上げ、再びウエストバッグの中に入れてジッパーを閉めた。ウエストバッグを車椅子の後ろのハンドル部分にかけると、ケンイチに携帯電話を差し出した。

「僕が車椅子に乗って検証するから、指示したところを撮影してもらえるかな」

「あ……うん、わかった」ケンイチがためらいがちに携帯電話を受け取った。人の携帯電話を操作することに抵抗を覚えているようだったが口には出さなかった。

「そこまですんの？」ミツエが目を丸くした。「なんか警察みたい」

「現場検証のまねごとね」アンリがますます冷ややかになって言った。「混乱の種を増やそうとしているように思えるけど」

「どれがパズルのピースかまだわからないし、後で議論になったとき役に立つかもしれないからね」

シンジロウは野次を気にする風もなく、ゆっくりと座り心地を試すように車椅子に乗った。駆動輪に手をかけたが、そのまま動かさず、フットプレートに足を乗せて体をもぞもぞさせている。

「高さと幅が三十八センチのタイプだね。ゼロ番の子の体にはちょうどいい大きさだと思う。足のところがちょっと窮屈だけど、それ以外に違和感はないな。ケンイチくん、僕と車椅子とドアが同時に写るように撮ってくれる？」

「わかった」

ケンイチが言われたとおり撮影した。シンジロウは車椅子の駆動輪を操作してドアに向き合った。

「この車椅子は、ドアの幅よりも小さいから通過することができる。問題は、裏口であるということだ。ドアと地面の間に段差があるでしょ。ここも撮ってくれるかな」

「うん」

撮影される箇所をみなが順番にのぞき込んだ。地面とドアの下部の間は、確かに十センチほど離れていた。雨天時に水がドアの隙間から屋内に入らないようにするためだろう。もともとはそれほど高低差はなかったようだ。ドア下の壁に、地面があったことを示す汚れがついていた。雨などで土が流され、ドアの位置が少しずつ高くなっていったのだ。

シンジロウの言葉通り、いかにも裏口のドアだった。バリアフリーとはとても言えない造りだ。

「あの子が自力でここを通れたかどうか、試してみよう」

シンジロウが曲げていた肘を伸ばすようにして駆動輪を動かそうとした。だがすぐには動かず、シンジロウが力を込めるとようやく車椅子が動いたが真っ直ぐ進まず、右へよれるようになってバランスを崩しそうになった。

「変ですね」

傍らでサトシが言った。彼を除き、シンジロウがそのように動かしたのだろうと思ったらしく、誰も何も言わなかった。

シンジロウが車椅子から降り、右側のフットプレートとキャスターをのぞき込んだ。

「ケンイチ君、ここを撮って」

携帯電話の撮影音が鳴った。

「転倒でもしたのかな。キャスターの角度が歪んでしまっているんだ。足の位置も左右で微妙に違ってたからおかしいなと思ってたんだ」

シンジロウがそう言っていったん車椅子をたたんで横にし、前輪のキャスターに手をかけ、左右へひねりながら両方の位置を整えた。ついでフットプレートの高さを調節した。タカヒロが大いに感心するほど慣れた手つきだ。

「これでたぶん、大丈夫だと思う」

再び車椅子に座り、駆動輪を動かした。車椅子のキャスターがドア下部にぶつかった。もう少しで乗り越えそうだが、車輪の径が足らないのは明らかだった。

「ケンイチくん、ここも撮ってくれる？」

シンジロウが車輪と段差を指さし、ケンイチが何も言わずにすぐに撮影した。

「前進だと無理だね」シンジロウが断定した。

「なら後ろ向きですかね」そう口にしたのはサトシだった。

「だね」

シンジロウが同意し、駆動輪を逆に回してすっと車椅子を後退させた。ついで、左右の駆動輪をそれぞれ逆に回すようにしながら巧みに操作し、くるりと前後の向きを変えた。

「上手だねー」マイがあっけらかんとした声を上げた。「乗ったことあんの？　車椅子」

「必要になったときのために教習を受けたんだ」シンジロウがにこやかに言う。「免許ももらったよ」

マイが目を丸くした。「免許いんの、それ？」

「特別にもらったんだ」シンジロウが笑った。「折り紙に僕の名前を書いてくれてね。もう亡くなったけど。麻痺を患った七歳の男の子だった」

そうなんだ、とマイが小さな声で呟いた。気まずそうな顔になる者もいたが、サトシなどはいかにも病気の話に慣れているように表情を変えずにいる。

「じゃ、後ろ向きでやってみよう」

シンジロウが駆動輪を後転させ、背からドアへ向かっていった。二度、三度と段差で跳ね返されたが、シンジロウはやめなかった。最後には助走をつけ、思い切り両手に力を込めて駆動輪を回すと、がたん、と大きな音を立てて車椅子が事務室に飛び込むようにして入った。その様子を見ていたアンリやノブオや他の面々がぱっと左右に散った。

タカヒロは、そんな方法があったのかと大いに驚いた。室内の面々も唖然としている。

「ちょっと乱暴だったけど、入れないことはないね」

シンジロウが言った。うんうんとうなずいているのはサトシくらいのもので、他の誰も同意の声を上げなかった。

「ケンイチくん、ドア枠が全部見えるように僕を撮ってくれるかな」

びっくりしたような顔のままのケンイチが、屋内に入った車椅子を撮影した。

「なんだ、入れたのか」

ぼそっとした声がした。セイゴだ。見ると、やや離れたところからこちらへ歩いてくる途中だった。どうやらシンジロウが車椅子で中に入ろうと悪戦苦闘しているとき、いつの間にかどこかへ行っていたらしい。

「な、な、何してたの？」

「こいつを撮ってた」

セイゴが自分の携帯電話の画面をちらりとタカヒロに見せた。どこかのベンチと、地面に落ちた煙草の吸い殻が写っている。吸い殻は二つあった。

「アメスピだな。アメリカン・スピリットのメンソールってやつだ。バケツの中にあったやつとぴったり同じだぜ。吸ったのが男か女かは微妙だが、俺なら女に賭ける。ほら、吸い口んとこにリップクリームみてえのがついてるだろ。どう見ても女っぽいぜ」

なんだろう、これは。タカヒロは首をかしげた。

「さっき話したろ」セイゴが唸るように小声で言った。「誰にも言うんじゃねえぞ」

はたと思い出した。そういえば吸い殻についてシンジロウが何か言っていた。だがどんな意味があるかはさっぱりわからない。ただセイゴの迫力に負けて、慌ててうなずいていた。

セイゴは呆れたように鼻を鳴らし、携帯電話を短パンのポケットにつっこんだ。

シンジロウの声が聞こえてきた。

「じゃ、次に行こう。カウンターだ」

外にいた者たちがドアへ歩み寄った。かと思うとマイが足を止め、茂みの方を指さした。

「あのさー。あれって別にいーわけ？」

中に入ろうとしていた者たちが足を止めて振り返った。マイが指さすものを見て首をかしげる。

ケンイチが、あっ、と大きな声を上げた。

「どうしたの？」

シンジロウが歩いて外へ出て、マイが指さすものを見た。

「今度は何？」

アンリがうんざりした様子で歩み出た。シンジロウとアンリにつられて、結局、屋内にいた全員が出てくることになった。

「帽子とマスクだ」

ケンイチが言った。地面に落ちた黒いキャップ帽だ。鍔がみなの方を向いており、まるで誰かが地面の中から十二人全員を見返しているようだった。花壇にはマスクが落ちており、いかにも誰かがその二つを身につけ、そして遺棄したのだと告げているようだった。

「マイが来るとき、あそこに落ちてたんだけどさー。別になんも関係ないかな？　でもほら、いちおー言っとこーかなーと思って。どーかなぁ？　別にどーでもいーかなぁ？」

やたら間延びするマイの声を遮るようにして、ケンイチが訊いた。

「ここに落ちてたの？」

「そーだよ」

「あれ、僕も見たよ。ここじゃなくて。二階の……カウンターっていうのかな。その上に置いてあったんだ」

「なに言ってんの？」マイがきょとんとなった。「マイ、何もやってないよ？　最初からあそこにあったし」

「いや――」

何か言いかけたケンイチを、今度はシンジロウが遮った。

「じゃあ誰かが移動させたのかな。僕らがここに集まってきていた頃、この建物の中にいた誰かが」

「へえ」セイゴがみなを見回し、一人に目をとめて言った。「帽子とマスクをしたやつならそこにいるけどな」

ドアのそばにいた少女が身をすくめた。四番のリョウコだ。いっとき、みなの視線が彼女に集中した。彼女が帽子の下の綺麗に整えられた眉をひそめた。

「私は知りません」

マスク越しだが、はっきりとみなに聞こえる声で否定した。

「私も二階に行きましたが、私が見たときはカウンターには何もありませんでした。あと、二番の彼が二階の十字型の窓の前に座っているのも見ました。何か考え事をしているようでしたので声をかけませんでしたけど」

リョウコに真っ直ぐ見つめ返され、セイゴが片眉を上げげた。少女がおどおどすると予想していたのだろう。だが意外にもきっぱりと否定され、それ以上追及することができなくなっていた。

「それと――」リョウコがさらに何か言おうとしたが、そこで言葉が途切れた。セイゴから顔を背け、ぴしりとした調子で言った。「それだけです」

アンリとはまた違う、自分に関わるなというような、有無を言わせぬきつい口調だ。

「確かに、窓の前にいたけど……」ケンイチが困惑したように言った。「その後ろを通ったんでしょ。そのとき、帽子とマスクを取っていったんじゃ……」

「見る限り、彼女はもう自分用のものを二つとも持っているね」シンジロウが穏やかに遮り、地面に落ちている方の帽子とマスクを指さした。「ケンイチくん、撮影してくれる?」

ケンイチが言われた通りにした。それからシンジロウが二つの品に歩み寄って手に取り、みなの前に戻ってきて掲げた。

「一応、訊こうかな。誰かこれを知っている人はいる?」

誰も答えなかった。

「あー、なに? やっぱ関係なかった? あはは」

マイが笑った。シンジロウもにっこり笑みを返した。

「まだわからないよ。これも、パズルのピースの一つかもしれない。そうでないかもしれない。さて、それじゃ検証の続きをしよう」

シンジロウが屋内に戻り、帽子とマスクを車椅子の片方のハンドルにかけ、座面に腰を下ろした。その背後でウエストバッグと帽子とマスクがぶらぶら揺れている。まるで車椅子に乗っておかしな品を集めて回っているかのようだ。

全員が屋内に入り、サトシがドアを閉めてロックをかけた。

その音に、みながいっとき振り返った。再び外界と断絶されたことを告げる音だった。

四　スニーカー

自分たち自身を閉じこめる音を聞いて、タカヒロは奇妙なことに、ほっとしていた。辛いことばかりの外界に戻りたくないと思っていることを改めて自覚したのだった。

この場にいる大半が、きっと似たような心持ちだろう。みな、それぞれの大きな選択のために集ったのであり、うろたえたり嘆いたりする者はいなかった。そんな状態はとっくに通り越していた。あるいは、もしかすると集団の力がそうさせているのかもしれない。十二人も同じ目的で集まれば、今さら嫌だとは言えないものだ。

それが良いことか悪いことか、タカヒロにはわからなかった。

はっきりしているのは、早く眠りたいという偽らざる願いだけだ。一刻も早く安らかな眠りにつきたい。その願いを思い返すだに、今していることが馬鹿馬鹿しくなってくる。車椅子がなんだというんだろう。帽子とマスクがどうしたっていうんだろう。何の意味も見いだせない。何もかもどうでもいい。

だがしかし自分もまた何かが脳裏に引っかかっているのではないか。なんだかわからないものが頭の片隅で棘《とげ》のように刺さったまま抜けずにいる。どうして引っかかるのかもわからない。ますますぼんやりする頭を振りながら、力が入りきらない足を引きずるようにして、みなとともに、車椅子を操りカウンターの内へ出るシンジロウを追っていた。

「金庫にはかろうじて手が届くね」

シンジロウがカウンターから蓋が開いたままの金庫を取り、また元の位置に置いた。ケンイチがその様子を撮影した。

問題なく次の検証に移ろうとしたところで、障害が発生した。カウンターのスイングドアの部分を通過しようとして、車輪がつっかえたのだ。

「幅が足らない」ケンイチが驚いた顔で言った。「これ、通れないよ」

「ははあ」シンジロウがカウンターの下の方をのぞき込んだ。キャスターがぶつかる位置に、ひっかき傷のようなものがついている。スイングドアにも何かが強くぶつかったような跡が残っていた。

「ケンイチくん、ここを撮影して」シンジロウがそれらの痕跡を指さした。

「通ろうとして、ぶつけたのかな?」ケンイチも撮影しながらカウンター下部の傷の意味をすぐに察したようだった。

「無理やり通ろうとしたんだ。そのせいでキャスターが歪んだと考えるとしっくりくるね。つまりここで車椅子そのものが使いものにならなくなった」

そう言いながらシンジロウが車椅子を後退させ、事務室に戻って奥の薬局に続くドアに手をかけたが鍵がかかっていて開かなかった。ドアにはワイヤー入りのガラスの窓がついており、そこから中が——がらんとした部屋と空っぽの薬品棚とロビーへ出るドアが——見えた。

「この部屋にはいけない。部屋の中の、あのドアも鍵がかかっているのかな?」

「はい」とサトシがカウンターから出て、壁際を進み、ロビー側のドアに手をかけて言った。

「こちらのドアもふさがっています」

カウンターの内側でシンジロウがひとりごちた。「考えられるのは、ここから這って行ったってことかな」

だが言葉通りにはせず、シンジロウは車椅子から立ち上がると、ロビーへ歩いていった。ベンチの上に置いてある道具を——モップを——指さし、それをケンイチが画像に収めてから手に取った。

「さて、これが届くかどうかだな」

そこで初めてシンジロウは床に腹這いになると、モップの柄の方を宙へ突き上げた。おそらく車椅子に乗った状態であれば届いただろう。だが這ったままでは、どれだけ上体をそらして距離を稼ごうとしても、あと数センチというところで棒の先端が届かないのだった。

みなが見守る中、シンジロウはモップを杖にして立ち上がり、おもむろに告げた。

「ごらんの通り、このモップを使っても自動ドアは開けない。車椅子に乗った誰かが一人で入れる場所じゃない。つまり、少なくとも誰かもう一人がゼロ番の子を助けない限り、彼が集いの場で眠っていることはあり得ない」

誰も何も言わず、そばにいる者同士でちらちら目線を交わしたりした。

アンリだけは微動だにせず腕を組み、シンジロウが薬局側のカウンターに戻り、車椅子の背もたれの隙間にモップを差し込むのを見守っている。

シンジロウは何も言わず、車椅子の座面を少し持ち上げ、すっとたたむと、カウンターの隙間を通過させた。そしてロビーの側で再び車椅子を開くと、モップを手に取り、その上に座ったのだった。

「まだ何かする気？」アンリが腕組みしたままシンジロウの前に立ちはだかった。「車椅子だけじゃここには入れない。誰かがゼロ番の彼をつれてきた。その誰かは私たちと一緒に集いに参加している。そのことに問題があると感じているのは、あなたたちだけなのよ」

「その誰かが捨てたり、使ったり、あるいは置き忘れてしまったものを回収するのも良いんじゃないかな」シンジロウは車椅子に座ったまま、高い位置にあるアンリの顔をにこやかに見上げた。「警察も助かるだろうし。何より、ゼロ番の子にとって大事なものをそばに置いてあげるのって、今いる僕らにしかできないことだよ」

「大事なものですって？」アンリが疑わしげに、車椅子にかけられたウエストバッグ、帽子、マスク、そしてシンジロウが持つモップを見やった。

「そう、とても大事なもの。歩けなくなったとしても、そうそう捨てられないもの」

そう言いながらシンジロウがフットプレートの上で両足を上げたり下げたりした。

「ああ――」アンリがうなずいた。「そうね。その点については同意するわ」みなを見回し、少女たちの一人に視線を向けた。「ミツエさん、いいかしら」

「え？」ミツエがぽかんとした様子で振り返った。ロビーの窓に映る自分の顔を見ながら、自前のウェットティッシュで流れ落ちたメイクを拭き取っているところだった。

「あなたが見つけたものについて教えてちょうだい」

「あたしが？　何？　何の話？」ミツエはますますぽかんとしていたが、ふとシンジロウが両足を上下に動かし続けているのを見て、やっと合点したようだった。「ああ、それ？　何？　あたし取ってくるって言ったのに、いらないって言ったじゃん」

「いらないわけじゃないよ」シンジロウが肩をすくめた。「後で一つずつ調べてみようって言ったんだ」

「今から取って来いっての？」

「どこで見たか教えてちょうだい」アンリが質した。「みなで見に行きましょう」

「そこのトイレだけど。あのさあ、あたしまだメイクしてないのに。トイレ使っちゃダメなの？何？　みんなでぞろぞろ来るわけ？」

「そこにある品を確かめるだけですよ」サトシがやんわり宥めた。「この検証が終わったら、お時間を設けましょう。地下の集いの部屋の近くにもトイレがあります」

「もう、さっさと終わらせてよね！」ミツエが憤然と言って、自動ドアの近くにある売店の方から通路へ向かった。

みなで自販機のある所へ行ったのと同じ経路だった。コの字型の通路の左下から入り、右下から上へ向かうところの左手に女子トイレがあった。男子トイレはその先にある。

「ほら、ここ」

ミツエが言って女子トイレを指さした。

「近くにあって、すぐ入れる方を選んだってことかな」

シンジロウがひとりごちながら車椅子でミツエの脇を通り、ドアを開けた。

「ちょっと！　女子トイレだよ⁉」ミツエが金切り声を上げてサトシを振り返った。「男子が入っていいわけ？」

「まあまあ。検証のためですから」サトシが開いたドアの向こうを指さした。「ミツエさんがごらんになったのは、あれのことですか」

ミツエは納得できないというようにぶすっとした顔でトイレの中を見た。大きくうなずき、それからあごをしゃくった。「そう、あれ」

個室トイレが四つ並んでおり、その最も奥の個室のすぐ前に、スニーカーが一つ、転がっている。

「バッシュか」セイゴがのぞき込み、しげしげと眺めた。「高価そうだな」

シンジロウが車椅子を操作してトイレに入った。ミツエがきっとなったが構わずスニーカーのそばに行き、ケンイチに声をかけて撮影するよう言った。ケンイチはミツエの視線に肩をすくめながら入り、スニーカーを撮影した。

左足のスニーカーだった。サトシ、セイゴ、アンリが入ってきた。他の面々もドアの向こうからそれを見ていた。

「一度も使ってねえって感じだ」セイゴがぼそっと言った。「もう片方はどこだ?」

中に入った者たちで右足の方を探したがどこにもなかった。代わりに、アンリが別のものを見咎めた。

「ミツエさん、これ、あなたのかしら?」

洗面台の一角を指さして言った。

サトシ、ケンイチ、シンジロウ、セイゴが振り返り、まじまじとそれを見た。

二本の煙草の吸い殻が、綺麗に並べられていた。

セイゴがくんくんと臭いをかいだ。「ここで吸ってやがったのか」

みなの視線を浴びてミツエが首をすくめた。「あたしのっていうか……あたしの、とっても大事な人が好きだったの」その目に大粒の涙が浮かんでいる。「だから、その人のために……。あたしが、その人のところへ行く前に……」

「火災の原因を作るようなまねは、ここではやめてちょうだい」アンリが呆れ顔でため息まじりに言った。「それと、その人に、こんな毒の塊とは縁を切るよう言ってあげるべきだったわね」

その言葉にミツエは少なからずショックを受けたようだがヒステリックに叫ぶことはせず、うつむいてすすり泣くだけだった。

「そっかー、思い出の煙草なんだー」マイがあっけらかんとミツエの肩に手を触れ、よしよしと慰めた。「あたし吸わないけどさ、好きな人のならちょっと吸ってみたいって思うこと、あるしねー」

ミツエがぐずぐずと、その通りだとか、自分は本当は吸わないのだとか口にするのをよそに、シンジロウがケンイチを促して吸い殻を撮影させた。

「マルメンだ」セイゴがシンジロウを見やって言った。「マルボロのメンソールだよ。フィルターのロゴを見りゃわかる」

タカヒロは首をかしげた。先ほどセイゴに画像を見せられたときは、確か違う煙草の名前を言っていた。ベンチのそばに捨てられた吸い殻の画像だ。その煙草の吸い口には緑色のラインがプリントされていたことは覚えていた。

タカヒロは身を乗り出して洗面所の方を見た。そこにある吸い殻には確かに、さっきの煙草にはなかったロゴがプリントされているうえ、吸い口にだけ茶色っぽい色がついていた。

シンジロウは、ペーパータオルを一枚抜くと、それで吸い殻を包むようにしてたたんだ。それからスニーカーを拾い、車椅子に乗って外へ出てきた。膝の上に、左足のスニーカーと、ペーパータオルで包んだ吸い殻を乗せている。

みなが道を空けてやった。シンジロウが車椅子を操作しながら言った。

「それじゃ、次が最後かな」

アンリが訝《いぶか》しげな顔つきになる。

「残りの靴の場所に心当たりがあるってことかしら?」

「そうかもしれないし、そうでないかもしれない」シンジロウが微笑み、タカヒロのそばに近寄って見上げた。「お待たせしたね。君とセイゴ君、そしてノブオ君が見たものを、みんなで見に行こうか」

「エレベーター?」タカヒロは思わず車椅子を見た。「でも——」

「さすがに階段は上れないからね。エレベーターで四階に行こう」

言いつつシンジロウは早くも車椅子を通路の奥へと向けて移動を始めている。

モップと携帯電話を持ったケンイチが従い、その二人に、みながついてゆく。

全員が積極的に移動しているわけではないので、大半の歩みはもたもたしていた。

「あの——」か細い声がした。「もう、一時半、過ぎてますけど……。なんで、こんなこと……。必要なんでしょうか……」

少女の声だ。タカヒロはとっさに誰が喋ったかわからず、そちらを見た。ノブオやセイゴも振り返っていた。だが三人とも、少女たちが固まるようにして歩いているせいで、すぐには判別できず視線をさまよわせた。

「必要なのは全員一致の同意ね」アンリが真っ直ぐ通路の先を見ながら言った。「こうしないと同意できないという人がいるだけよ。馬鹿らしいけど、やらせてあげましょ。すぐに終わるわ」

そのそばには相変わらず六番のメイコが張り付くようにしていたので、てっきり彼女に言ったのかと思ったが違った。メイコの視線は別の少女に向けられていた。

小柄な少女が、何かを諦めたようにうつむいて歩いている。その頭が小さく上下に動き、はい、とまたか細い声がした。

十二番の少女だ。ユキと名乗ったが、タカヒロはその名前を覚えていないどころか存在すらほとんど忘れていた。目立たないというより、何とか人目につかないようにしているような少女だった。最初に名乗って以来、まったく発言していない。そのせいで声を判別できなかったのだが、改めて聞くとまるで何かに怯えているような調子だった。

「あのちっこいの、やけにびびってねえか?」セイゴも同じように感じたらしく、ぼそっと言った。

「無理もないよ」ノブオが声を潜めて言った。「シンジロウ君が、ゼロ番の子のこと、殺人だって言ったからね。この十二人の中に、人殺しがいると思って怖がってるんじゃないかな」

「俺たちも自分で自分を殺すんだけどな」

先の議論で言ったことをセイゴが繰り返したが、少女の反応の方が常識的なのだと納得せざるを得ない調子だった。

タカヒロはそのことについて考えようとしたが、やはり頭が上手く働いてくれなかった。安らかな眠りをようやく手に入れることが出来るはずの場に、あの少年の命を奪った誰かがいる。自分で自分に裁きを下す。それが良いことか悪いことかなんて、わかるはずがない。タカヒロはかぶりを振って、もやもやした気分を振り払おうとした。するとまたぞろ、何かが引っかかっているような感覚に襲われた。こめかみがずきずき疼いた。エレベーターが近づくにつれてその感覚がさらに強くなった。

いったい何だというのだろう。早く眠りたい。何もかも忘れて眠りにつきたい。そう思ったところで、エレベーター・ホールに足を踏み入れていた。

コの字型の通路の、右上に位置する区画だ。処置室が並ぶ対面の通路の奥まったところにエレベーターがあるため、タカヒロが来た通路からは、すぐにそこがエレベーター・ホールだとはわからない。

エレベーターは三つで、南側の壁に小型のものが二つ並んでいる。小型といっても、車椅子などを載せるためか、ずいぶん広い。その向かいの壁には担架どころかベッドごと人を載せられそうな大きなエレベーターがあった。階段はその大きなエレベーターの側にあり、地下と上階へ続いている。

サトシが大きな方のエレベーターのボタンを押した。十二人全員がいっぺんに乗れるようにとのことだろう。

エレベーターはどれも一階に位置していた。ドアがすぐに開き、シンジロウが乗り込もうとした。自然とサトシや大半が続くかたちになったところへ、素っ頓狂な声が響いた。

「あれ、みんなそっち乗んの？」

マイだ。小さな方のエレベーターのボタンを押したようだった。その背後で小型のエレベーターの片方が開いていた。

「こちらなら全員で乗れますから」サトシが言った。

「あー、そっか」マイが大きなエレベーターの方に歩み寄った。

「あっ——」サトシが驚きの声を上げた。

その場にいる大半が、遅れて同様の声をこぼした。その中に、怯えたような小さな悲鳴が混じるのをタカヒロは聞いた。十二番の少女だ。まるでゼロ番の少年を殺した張本人が突如として現れたかのように身をすくめている。

「ドアを閉じないで！」シンジロウが膝の上に乗せたものを手に取り、素早く車椅子から立ち上がった。

「え？」マイがびっくりして棒立ちになった。「だってそっち乗るんでしょ——」

マイの頭越しにセイゴがさっと手を伸ばし、閉じかけた小さな方のエレベーターのドアに手を当てた。ドアの安全装置が作動し、また開かれた。セイゴが中に入り、開く方のボタンを押した。ついでシンジロウが入った。全員がエレベーターに注目していた。その床に落ちているものに。

右足のスニーカーだった。

シンジロウがそれを拾い、先ほど見つけた方と見比べた。子細に見るまでもなく、対をなす品であることは一目瞭然だった。

「やっぱり心当たりがあったってわけね？」アンリがじっとシンジロウを見つめながら言った。

これまでのような冷笑や挑発とは違った。何かを推し量るような調子だ。

「かもしれないって言ったけどね」シンジロウはむしろ驚いた顔で二つのスニーカーを見比べている。学校のテストで自分の解答に間違いを発見したような、かといって咄嗟に正答が思いつかないような戸惑いのいろがあらわれていた。「これは……どうして、こんなところにあるんだろう」

「それで？　そこで考え事をしたいのかしら？」

「ああ——いや、ごめん」シンジロウがエレベーターから出た。「じゃ、予定通り四階に行こう」

セイゴもエレベーターを出た。閉じるドアを見ながら、険しい顔で呟いた。「マジかよ。なんでここなんだ？」

タカヒロは首をかしげた。

「みなさん、乗ってください」

サトシが大きな方のエレベーターの中から言った。シンジロウが車椅子に乗って入っていった。みなが後に続いた。上昇するエレベーターの中では誰もが無言だった。

セイゴがじろりとノブオを見た。ノブオが眼鏡の奥で目を見開き、肩をすくめてみせる。その二人の仕草で、やっとタカヒロも思い出していた。

金庫から番号を取る前に、自分とノブオとセイゴが乗って降りたエレベーターだ。その中にスニーカーがあったのだ。

突然、タカヒロは肌が粟立つのを覚えた。眠れる少年のものであろう靴の存在に気づかずにエレベーターに乗ったというのだろうか。そうは思えなかった。では、どういうことか。

自分たちが降りた後で、誰かが靴を放り込んだ。そう考えねばつじつまが合わない。だがいったい誰が？

殺人。

その言葉が急に現実味を帯びてタカヒロの心をざわめかせた。人殺しがいる。十二人の中に。このエレベーターの中に。自分のすぐそばに。あの少年を殺した誰かがいる。

怖がって当然だ。急激にパニックの念がこみ上げてきて、もう少しでここから出してくれと叫びそうになったところでエレベーターのドアが開いた。

ドアのそばにいた者たちが早足で外へ出た。ミツエやマイだ。十二番の少女であるユキもその一人だった。ケンイチもそうだ。両手でモップの柄を握りしめている。きっとタカヒロと同じ思いに駆られたのだろう。タカヒロのそばにいるセイゴも目つきが鋭くなっていた。

変わらないのはアンリと、思案げな顔で車椅子を操作するシンジロウ、そして最後にエレベーターを降りたサトシだった。

「ははあ」サトシがエレベーター・ホールの一角を見やった。キャスター付きの椅子が二つと、消火器が置かれている。「これでエレベーターを止めていたわけですね？」

「ああ」セイゴが言った。「その三つが、エレベーターのドアに嚙ませてあった」

「これって――」と意外そうに椅子を指さしたのは、六番の少女メイコだ。みなではなくアンリを振り返って言った。「下にあった椅子ですよね」

「そうね」アンリが二つの椅子に歩み寄り、顎に右手を当て、その肘をもう一方の手で支えて思案するポーズになった。彼女が邪魔になって後ろにいる者たちからは見えにくくなったが、そのことに頓着した様子はなかった。「よく似ているようね」

「受付カウンターに、これと同じ椅子があります」サトシが言った。「僕がこの建物に入ったときもあったと思いますが……先ほどは車椅子に気をとられて確認しませんでした。下に持って行って見比べてみましょうか」

「そうした方が良さそうだね」とシンジロウ。「さっき車椅子でロビーに出ようとしたとき、これと同じ椅子を二つ見た。下に二つ、ここに二つだ」

それからシンジロウが車椅子から立ち上がり、階段へ歩み寄って見上げた。屋上のドアが開きっぱなしになっており、外気だけでなく明るい光が差し込んでいる。

「サトシ君、あのドアは君が開けたの？」

「いえ」サトシがシンジロウのそばに来て言った。「どなたかが開けたようですね」

「鍵はかかってなかったの？」

「病院が経営されていたときは施錠していました。工事の都合か何かで、鍵をかけていなかったのでしょう」

「タカヒロ君は階段を上がって、ここに来たんだね？」

「う、うん。エ、エ、エレベーターの音が、き、聞こえて……」

そう返したとたん、頭の中で何かがかちりと音を立てたような感じがした。先ほどからもやもやと引っかかっていたものが急に心に迫った。無意識に右手のコーラのペットボトルを体に押しつけていた。もう少しで言葉にできそうな気がした。シンジロウがさらに何か言ってくれればもっとはっきりすると思った。だが、シンジロウはそれ以上は何も聞かず、階段を上がっていってしまった。

「いったいどこまで行く気かしら」アンリが小馬鹿にしたように呟きながらシンジロウの後を追った。

ついでケンイチ、セイゴ、サトシ、ノブオが階段を上った。タカヒロが続き、その場に取り残される不安に駆られた様子で、結局、全員がずるずると何かに引きずられるようにして階段を上り、開いたドアをくぐっていた。

一階で遮断されたはずの外気とはまた違う空気に出くわした。

微風ではなく、はっきりとした風を感じた。広々とした屋上に明るい日差しが降り注いでいる。周囲に高い建物はほとんどない。街並が見渡せるそこは、一階の敷地とは画然と違った。ここからどこにも行くことができない。どこにも戻ることができない。あるのは空しかない。青く澄み渡る空が、ここの終点だった。

もし、この屋上で穏やかに死ぬすべがあるなら——密室にガスを充満させるのではなく、開けた場所でも何か方法があるなら——この集いに本当にふさわしい場所は、ここなのではないだろうかと思わされた。

屋上、良いよね。

唐突にその言葉が、タカヒロの頭の中で浮かび上がった。青空と街並みを見渡しながら、何かに打たれたように体を強ばらせ、自然と次の言葉が浮かび上がるのを固唾《かたず》をのんで待ちかまえた。

けっこう広いし。

最初にこの病院に入ったときは屋上の光が眩しすぎて外にいられなかった。だが今、こうして青空の下に出たせいか、はっきりと思い出すことができた。

先ほどから引っかかり続けていたものが何であるか、ようやくわかった。

それどころか、いきなり目まぐるしい思考に襲われていた。そんなことは何年もなかった。もしかすると生まれて初めてかもしれなかった。こんな風に頭が働くなんて。そうして全ての思考が同じ結論を示し、タカヒロを導くというよりどこかへ押し出すようだった。

そうなのだ。そうとしか考えられない。

その少年の名前がすっと頭に浮かんだ。思い出そうとしてもたつくこともなかった。

タカヒロは慌ててみなを見回し、先ほど浮かび上がった言葉の主を探した。やや離れたところで、坊主頭の少年が自動ドアがある方角の柵に手を当て、地上を見ている。

「ノブオくん」

タカヒロが呼んだ。自分でもちょっと驚くほど大きな声が出ていた。そして何より驚くべきことに、声をつっかえさせずに相手の名前を呼んでいた。

ノブオが目を丸くして振り返った。彼だけではなく、みながタカヒロを見た。

ほんの一瞬、言葉が詰まって出てこなくなってしまう不安に駆られた。だがいつもと違い、それは引っかかり続けていた分だけ力をためていたかのように、思い切り彼の口から飛び出していた。

「き、君が、あの子を殺したの？」

第三章　テスト

一　屋上

九番の少年ことノブオは、ちょっと困ったような笑みを浮かべ、相手に向かってぱちぱち目をしばたたかせてみせた。言っている意味が分からない、と無言で伝えるために。

そうしてノブオはあえてたっぷり間を置き、八番の少年ことタカヒロが緊張で目を見開いている様子を眺めながら聞き返した。

「えっと、ごめん。今、なんて言ったの？」

タカヒロが意表を突かれたような顔で口ごもった。先ほどいきなりノブオを名指ししたものの、勢いでそうしてしまったせいで言った当人が狼狽《うろた》えている様子が丸わかりだった。

「き……き、君が、あ、あ、あの子を……こ、こ、殺したの？」

それでもタカヒロは声というか心を振り絞るようにして、先ほどの言葉を繰り返した。

ノブオはちょっと感心した。タカヒロと最初に会ったときの印象は、寝ながら歩き回っているような人物というものだった。その言動以前に、反応や思考自体がのろくさく、寝不足の子どものように感情的で、見ていて哀れを催すほどだった。

意外にスマートなんだな、とノブオは評価を改めた。きっと本来は頭の回転が速い少年なのだろう。だがどうやら何かのせいで生来の特質を自分自身の中に埋没させてしまったのだ。先ほど睡眠薬自殺をはかろうとしたと言っていたから、その手の薬を常用しているのかもしれない。あるいはそうせざるを得ない生活環境とか、ろくでもない親の存在とか、自分自身の思いこみとかがあるのだろうか。

なんであれ、愚鈍を絵に描いたような顔つきをしていた少年が、何がきっかけとなったものやら今しっかりとノブオに意識を集中させていた。なかなか厄介な話題をぶち上げた上に、ちょっとやそっとではその話題を引っ込めそうになかった。

「うーん、どうしてそうなるかな」

ノブオは首をかしげ、困惑と呆れ顔を半々にしたような笑みを浮かべてそこら辺の宙に目を向けた。本気で反論する気もなく、どこか面白がっている、というような態度だ。

その方が変に正面切って違うと叫ぶより、よっぽど効果があることをノブオは知っていた。質問そのものの価値を疑う態度。おかしな質問をした相手の理性や正気や頭の出来を疑いたいところだが、かといって馬鹿にしたいわけじゃないので、それなりに気を遣わねばならないことに困ってしまっている、という優越的な雰囲気をまとおうとしていた。

タカヒロだけでなく周囲にいる他の十人の子どもたちにもそれが伝わるよう、坊主頭を撫でてみせたりもした。父親のバリカンを使って自分で髪を刈ったのだが、頭皮と生えかけの髪の感触に強い違和感を覚えていた。

本当は、ここで眼鏡のフレームの真ん中を指で押し上げながら顔を伏せてしまいたいところだった。自分の目を相手から隠そうとする動作。気づけば新たな癖となってしまった行為。

そういう癖を悟られてはならないという意識から、眼鏡の蔓をつまんで鼻当ての位置を調整した。質問から逃げようとはしておらず、むしろ興味を持って相手を見ている、という点を強調するつもりで。

だがかえって眼鏡のかけ心地の悪さを急に実感した。鼻当ての位置がしっかり定まっていないせいでずれやすくなっているのだ。フレームもこめかみの辺りが窮屈だった。中学生だった頃に使っていた眼鏡だった。もう頭や顔の形そのものが昔とは違うのだ。眼鏡は中学で卒業して、高校生になってからはずっとコンタクト・レンズを装着するようになっていた。

にもかかわらずあるときから自分の視線を誰かに悟られてはならないという危機感から、再び眼鏡をかけるようになった。目は口ほどにものを言うらしいからだ。

実際その通りだと思った。とある高校の生徒が事故死したというニュースを見たり聞いたりするたび、冷静な態度を保ってきたのとは裏腹に、自分の目つきが尋常ではなくなりつつある気がした。

それで自分の目を隠したり、おかしな目つきになる言い訳として、再び眼鏡をかけるようになったのだが、効果のほどは不明だった。できれば古いホラー映画の怪物みたいにホッケーマスクでもして暮らしたかったが、それではかえって注目を浴びてしまうだろうと真面目に考えた。ときに、目つきや表情を読まれることを恐れるあまり、卑屈なほど愛想の良い、にこやかな笑みを浮かべる自分を自覚して不安になることがあった。

「それで、君はどう答えて欲しいのかな、タカヒロくん？」

今また自分で自分を不安にさせる愛想笑いをしながら、ノブオは慎重に、少しばかりずるい聞き返し方をした。

「え？　ど、どう……って？」

タカヒロは質問で返されたことに狼狽し、両手のペットボトルを胸に抱いて二つとも押し揉むようにしている。三番の少女ことミツエに、反対票を投じただろうと言いがかりをつけられたときとまったく同じ反応だ。残りの十人はそれぞれタカヒロとノブオを興味深そうに見守っている。

「つまり、どっちの答えを僕が言えば君は満足するのかな？」ノブオは自分のペースを保つために相手を混乱させることに、やや後ろめたさを覚えながら言った。「なぜ、僕があのゼロ番の子を殺したなんて君が思ったたか、まずは聞きたいところだけどね。その前に、イエスかノーかで答えて欲しいみたいだから、訊いてるんだ。僕がやった、と言えば君は納得するかな？　それとも僕はやっていない、と主張した方がいいのかな？」

「なんだそりゃ」十番の少年ことセイゴが口を挟んだ。「なんで質問した方に、答えを決めさせんだよ」

「どっちの証拠も僕は提示できないからね。僕が殺しました、と答えたとするじゃない。そうしたらさ、じゃあやった証拠を出せ、と言われそうだから」

ノブオは、ちらりと五番の少年ことシンジロウを見た。

シンジロウは駐車場側の柵に手を当てて地上を眺めていたが、今はこちらを振り返って、ノブオとタカヒロを同時に見るようにして立っている。ゼロ番の少年が眠っていたのを、殺人だと言い切ったのは彼なのだ。そしてみなをこの屋上に連れてきた。結果、タカヒロの口から厄介な質問が飛び出した。こう言っては悪いが、タカヒロはどうでも良かった。シンジロウがこのやり取りにどう加わってくるかが気になっていた。

だがシンジロウは黙ったままこちらを眺めているだけで、代わりにセイゴがさらに食いついてきた。

「証拠なんかどうでもいいだろ。やったんなら、やったって言やいいじゃねえか」

「そうだな……」

ノブオはみなを見回しながら、また頭を撫でた。自分の頭とは思えないような感触だった。やったんなら、やったって言えよ。

まさにそうしたくなる欲求を強く感じて、つい眼鏡の位置を調整する振りをしながら手で自分の目を隠した。

自分がかつて愛用していたこの眼鏡が、少なくともある種の抑制になっているのは事実だった。何もかも告白したくなる自分を閉じこめておくための錠前の役目だった。

自分はある事実を秘め隠して生きている。ノブオは、その事実にいつまで自分が耐えられるかわからなかった。誰かに喋ってしまうかもしれないし、つい匿名のつもりでネットのどこかに書き込んでしまうかもしれない。

自分が特定される危険を冒して、本当は何が起こったかを詳細に書きつづってしまいたくなる欲求は、驚くほど強かった。気力を失う一方の自分の中で、その欲求だけが日増しに強くなっていくのだ。まるで自分の養分を吸い尽くそうとする目に見えない寄生虫が体の中に住み着いたようだった。何もかも告白したがる自分を止めることに全力を振り絞っているせいで、日常生活を送ることにすら耐え難い疲労を感じるようになっていた。

解決方法を見つけようとあがいたがどうしようもなかった。自分を罰するようなことも沢山してみた。坊主頭になることもその一つだった。だが何にもならなかった。ひと昔前の丸刈り頭の中学生みたいになった自分が鏡の中にいるだけだった。髪の次は何を切り落とすことになるのかと思うと、怖くなってそれ以上鏡を見ていられなくなった。

だが今この瞬間、そうした疲労をあまり感じなくなっている自分にノブオは気づいた。タカヒロの唐突で妙に鋭い質問を、なんとかかわそうと緊張しているわけではなかった。むしろ穏やかな心持ちで、タカヒロや残りの十人と話したいと思っていた。

おかしなことだが自然と納得することができた。何しろここは集いの場なのだ。先ほどまでタカヒロの顔に『早く何もかも忘れて楽になりたい』と書いてあったように、安らぎの場を求めてここに来たのだから。

十二人全員が。

きっとあの十三人目の少年もふくめて。

その点で、自分たちはかつてなく互いに信頼し合える相手といるのだ。

そう思ったとたん、いっそこの眼鏡を外してしまおうかという考えがわいた。その上で永遠の眠りにつけるとしたら、それは大変喜ばしいことなのではないだろうか。

むしろその方が話が早いかも知れない。シンジロウが、殺人という言葉を口にしてから今に至るまで、誰もこの集いから去ろうとはしていないのだから。ただすっきりとした気分で実行したいというだけで。

しかしもし、タカヒロが持ち出したこの話題で、嫌忌の念を抱く者が出るとしたら。

この中に、人殺しがいるかもしれないということに。

そして実際、いるのだという事実に。

十二番の少女ことユキなどは、屋上に向かうとき、ずいぶん怯えた様子でいたものだった。エレベーターの中では誰もが無言だった。信頼し合うべき人生最後の同席者であった十二人が、疑心暗鬼に駆られつつあるのが嫌だった。ましてや、そのせいで自分がこの集いから閉め出されたり、はたまた集い自体が中止になってしまうといった事態は絶対に避けたかった。

そう。この集いを中止にしたくない。ここに来てこんなに安らかに——眼鏡を外してしまおうかなんてことまで思えるほどの気持ちに——なることができたのだから。

そうした考えがすとんと腑に落ちた。自分が何をすべきか、はっきり分かった。

みなを安心させてあげよう。

丁寧に話すことで納得してもらおう。どうしても納得してもらえなそうな点は、黙っていよう。地下の集いの部屋を出る前にセイゴが提案したことと似て非なる考え方だった。自分がやったことにするから、やった人間は告白しろ、というのではない。自分がやったことを理解してもらうために、告白するのだ。

この十一人なら、きっと分かってくれる。この上ない楽観とともに、再びみなを見回してノブオは言った。

「うん、僕がやったんだ」

みないっそうノブオを注視した。怪訝そうな表情の者もいたが、早くも真に受けている者たちが少なくとも四人いた。この話題を切り出した、緊張の面持ちのタカヒロ。ぎょっとしたようにノブオを見る三番の少女ミツエ。ぽかんとした顔になった十一番の少女マイ。ますます怯えたように顔を青ざめさせる十二番の少女ユキだ。

四番の少女リョウコは、一向に帽子とマスクを取ろうとしないせいでいまいち表情が読めないが、急に反論してくることはなさそうだった。むしろノブオが本当のことを言っていようがいまいが無関心であるという気がした。

六番の少女メイコも、判断は周囲に任せるタイプだろうから問題ない。

七番の少女アンリについてもあまり心配していなかった。彼女は一貫して、この集いの目的を果たすべきだという強い意思を示している。それは最初から変わってはいない。

それで、説得すべき相手は四人だということが分かった。

最初に疑義を表明した二番の少年ケンイチ。率先してこの事態を推理しようとするシンジロウ。みなの死にたがる動機を告白させたがるセイゴ。

そして、この集いの管理人こと一番の少年サトシだ。ひたすら中立的な態度を保ち続けているせいで、おそらくこの場で最年少であろう少年の考えが、さっぱり読めなかった。

ノブオは、まずそのサトシに向き直り、みながあとあと自分に共感しやすくなるよう、シンジロウに倣って穏やかに言った。

「ねえ、サトシくん。一つ提案があるんだけど、いいかな」

「はい。なんでしょうか」

「もうとっくに三十分経ったでしょ。改めて決を採るべきだと思うんだ。もっと話すかどうかを」

「賛成ね」

アンリがここぞとばかりに口を挟んできた。ノブオは意外とも思わず、アンリが喋るに任せた。

「集いの部屋に戻りましょう。いつまでもここにいたって仕方ないわ。集めるべきものは、みんな集め終えたわけだし。そうでしょう?」

とアンリがシンジロウを振り返った。

「今、可能な限りはね」

シンジロウが微笑んで含みのある言い方をした。そう簡単に同意する気はなさそうだったが、かといって何か反論する気はないという様子で肩をすくめて言った。

「それじゃ、みんなで戻ろうか」

「先に行っててくれ」

セイゴがポケットから煙草を取り出すなり、アンリが険しい顔で腕を組んだ。

「ここで喫煙する気?」

「嫌ならさっさと行けよ」

「きちんと後始末はするんでしょうね」

「なんだって?」

「火災の危険があるものを、この建物の上に平気で捨てる気?」

一階のトイレに吸い殻を置きっぱなしにしたミツエが気まずそうな顔になった。

「柵の外に投げ捨てりゃいいか?」

セイゴが不敵な笑みを浮かべた。アンリの表情が燃え上がるような怒りに染まった。

「冗談じゃないわ。エレベーターの前の吸い殻もあなたよね。あんなものを通路に捨てるなんて。

後で必ず捨ってちょうだい」

「どうせ作り替える建物だろうが」

「だから、あなたがゴミ捨て場にしていいって言うの？　私達全員が眠る場所よ。少しは敬意を払ったらどうかしら」

「まあまあ」サトシが変わらず平板な調子で仲裁に入った。「ここでは下から誰かに見られる恐れがありますから。喫煙所に戻った方が良いかと思います」

「誰が見るってんだ」セイゴが怒りで意地を張るように言った。

「あのさー」やたら間延びした声が彼らを遮った。十一番の少女マイだ。だらんとした格好で屋上の柵にもたれ、駐車場がある方の地上を指さしていた。「なんかさー、トラックとか来てんだけどさー。あれってー、誰か中に入ってくんのかなー」

その最後の言葉に、みながぎくりとなっていた。サトシが目を丸くし、マイがいる側の柵へ足早に歩み寄った。残りの十人がその後を追い、柵の間から地上を見た。

駐車場に軽トラックが停まっていた。封鎖していたロープがゲートの隅に束ねられて置かれている。軽トラックの荷台には何も積まれておらず、そばで作業着を着て書類の束を手にした二人の男が向かい合って何か話している。

「なんでさっき見たときに気づかなかったんだろう」シンジロウが自問し、そして自答した。「そうか。ベンチのところにいたんだ——木が邪魔でここからだとベンチが見えないんだ」

「ちょっと、みんな、見つかるわ」

アンリが鋭く叱咤するように言った。まずノブオがぱっと柵から下がった。そして九人が一斉に柵から離れ、外から見えない場所を探すようにして屋上の中央へ寄り集まっていった。みな膝を曲げて頭を低くした変な姿勢のままだ。サトシ一人だけが、同じように身を低めた姿勢で柵の前から動かなかった。

「サ、ト、シ、く、ん？」

アンリが語気を強めて呼んだ。ようやくサトシが後ろ向きでそろそろと柵から下がり、みなを振り返った。

「業者の方たちですね。工事の看板に何か書き込んでいました。工期か何か修正しに来たんでしょう」

「今日は工事は無いんだよね？」

シンジロウが声を潜めて尋ねた。

「そのはずです」

「入ってきたらどうする？」

最も体が大きいセイゴが、ほとんど四つん這いになって訊いた。

「地下に集めたベッドを見られない限り大丈夫でしょう」

「それと煙草の煙なんかも」

アンリが付け加えた。セイゴがむかむかした様子で舌打ちし、アンリにきっと睨まれた。

「あなたのせいで集いが滅茶苦茶になったらどう責任を取ってくれるのかしら」

「中で吸えばいいんだろうが」

セイゴが手にしたままだった煙草の箱をポケットに戻した。

「吸い殻も拾ってちょうだい」

アンリが執念深い口調で言った。セイゴは低く唸るような声を漏らしただけで何も言わなかった。

そうするうちにエンジン音が下方から響いてきた。サトシがするすると身を低めたまま柵に近づき地上を覗き込んだ。

「出て行きますね」

十一人が恐る恐るまた柵に近づいて地上を見た。駐車場の入り口には再びロープがかけられており、軽トラックが道路に出て走り去っていった。

「みなさん、そろそろ中に入りましょう」

サトシが言った。みな姿勢を低めたまま、早足になって屋内に戻った。サトシが屋上のドアを閉めた。十二人が階段を下り、車椅子が置きっぱなしの通路に戻った。

「みんな、ちょっといいかしら」

アンリが出し抜けに言った。

全員が振り返った。エレベーターの方へ向かいかけたノブオも足を止めてアンリを見ながら、集いの場に戻ってからにすれば良いのに、と思った。今しがたの出来事で動揺した者もいるだろう。急に怖くなったかもしれなかった。早いところ元の場所に戻ってみなを安心させ、実行へと向かわせるべきなのに。

「なんでしょう、アンリさん」

サトシが促した。

「私からも二つ提案があるの」

「はい。どうぞ、おっしゃって下さい」

「まず、戻る前に少し自由時間を取ってはどうかしら。自動販売機で何かを買ったり、何かを探して建物をうろうろしたりするのは、その時間で終わらせるの。後は、もう地下の階から上には出ない。そう決めてはどう？　地下階にもトイレはあるし、不便ではないでしょう？」

「外にいる誰かに見られないように、ということかな？」

シンジロウが言って、再び車椅子に腰を下ろした。

「ええ、そうよ。これ以上、大勢でうろうろするべきじゃないわ」

みな、めいめいそばにいる相手の顔を見合った。

ノブオはタカヒロの視線を感じながら、誰とも目を合わさなかった。絶好の提案をしてくれたアンリにも目を向けないよう注意しながら、おもむろに手を挙げた。

「僕は賛成だな」

そう言って、ちらりとシンジロウにだけ視線を向けた。

車椅子に乗ったシンジロウが、にっこり笑って手を挙げた。

「良いんじゃないかな。その時間で、ついでに戸締まりを確認しよう。自動ドアをもう一度、見ておきたいな」

ノブオの予想通り、シンジロウにつられてケンイチやセイゴも賛意を示して挙手すると、さらにつられてタカヒロも手を挙げた。サトシを除く残り全員がそれに倣った。

サトシがみなを見渡し、ポケットから携帯電話を取り出して時間を見た。

「全員賛成ですね。手をおろして下さってけっこうですよ。今は一時四十二分です。二時に集いの場に集合するということでいかがでしょうか？」

誰も反対しなかった。サトシがアンリを振り返った。

「ではアンリさん、二つ目のご提案をどうぞ」

「ありがとう。もう一つは、ちゃんと準備を進めましょう、ということよ。決を採って話し続けることに反対はしない。でも時間が経てば経つほど、実行の前に誰かに見つかる可能性は高くなるわ。せめて時間を短縮するために、話し合うことを決めるたび、一つずつ実行の準備をしていくの。どうかしら？」

ノブオは内心ひそかに感謝した。アンリは、誰かに見つかるかもしれないという今しがたのみなの動揺を落ちつかせるのではなく、最大限に利用しているのだった。余計な証拠探しをやめさせ、実行へ向かわせるために。いったん自由行動にするのも良い考えだった。それはおのずと、去りたい者は去れという暗黙のメッセージになるだろう。ひるがえって、もし去らなかったら、それはあなたの意思なのだから今さら集いの目的に反対するなという命令にもなる。

しかもそうして再び集まるということには、多少なりとも、全員の心を最初の状態に戻す効果があるに違いなかった。自由意思で集いの場に赴いた最初の状態に。サトシが現れ、ケンイチが闇雲にあのゼロ番の存在にこだわり始める前の、実行に何のためらいもなく賛成していたときの心持ちそのものとまではいかなくても、人によってはかなり近い状態になるのではないか。それは、これからノブオが話すことになることがらをみなに受け入れてもらう上でもありがたかった。

また率先して手を挙げたかったが、しいて我慢した。自分とアンリの二人が、みなを誘導しているように思われるのは得策ではないからだ。あまりこの場でアンリに近寄りすぎては、ケンイチやセイゴを感情的にしてしまうかもしれないし、余計な疑いを起こさせるのは避けたかった。

「反対する理由はなさそうだ」シンジロウが両手で車椅子の車輪を動かし、くるりとサトシを振り返った。「どうしようか。これも挙手で決める？」

サトシが何か答える前に、アンリが遮った。

「全員が手を挙げる必要はないでしょう。反対する人が、ここで手を挙げればいいんじゃないかしら」

「ではみなさん」サトシがアンリの提案を受けて言った。「自由時間を設けること、採決で話し合いを決めるたびに準備を進めること、これらに反対の方はいますか？」

シンジロウがまた車椅子の向きを変えてみなを見やった。シンジロウが手を挙げないのを見て、ノブオとサトシを除く三人の少年の誰も手を挙げなかった。

少女たちも誰も手を挙げない。それよりも大半が、さっさと自由行動に移りたがっていた。

「ねー、あたし後でトイレ寄ってっていーい？」マイが通路の向こうに見えるトイレの表示板の方を指さした。

「はい、もちろんです」サトシが律儀に答える。

「時間ばっか過ぎてさ。なんかお腹空いてきちゃったし。ねえコンビニとか行っちゃダメ？」ミツエがぶつぶつ文句を言って外を指さし、みなを呆れさせた。

「くれぐれも外に出ることは控えるべきね」アンリがぴしりと断言した。

「だいたい目立ち過ぎだ」セイゴがミツエのゴスロリ衣裳をじろじろ見た。

むっと目をそらすミツエの傍らで、マイがあっけらかんと提案した。

「じゃ、なんかデリバリーしよーか」

セイゴが噛みつきそうな顔になった。「人呼んでどうすんだ、馬鹿」

サトシがやんわりとした調子で間に入った。「まあまあ。自由行動とはいえ、アンリさんがおっしゃるとおり、外に出ることは控えた方が良いでしょう。外から見られるような場所に行くこともお控え下さい」

だがミツエは諦めず、サトシに向かって訴えた。「お腹空いたままなんて嫌だからね。そんなの、みじめでしょ。こんなに時間かかるなんて思ってなかったんだから」

「一階にスナックや軽食などの自動販売機があります。そこで買えるものを召し上がって頂くのが良いと思います」

ミツエが不満そうに鼻を鳴らした。「フルーツとかないの？　そんなの食べたら太っちゃう」

ノブオはうっかり噴き出しそうになった。自分だけでなく、みなが苦笑するやら呆れるやら、返す言葉に困った様子でミツエを見ている。

「もう心配する必要ねえだろ」セイゴが言った。決して暗い調子ではなかった。むしろ、とびきりおかしな冗談を聞いたというような笑いがこもっていた。

「わかんないじゃん、そんなの」ミツエがぶすっとなった。

「食べ物については後でご相談しましょう。みなさん、アンリさんからの二つのご提案に賛成するということでよろしいですね？」

みな口々に賛成の意を示した。

「では、ご自由になさって下さい。十四時に集合です。誰かに見られないよう注意して下さいね」

十二人がゆっくりとばらばらになっていった。何人かで固まる者もいれば、一人で移動する者もいた。エレベーターに乗る者、階段で下りる者、トイレに行く者、どうするべきか思案する者、みな一つの目的を共有しながら、別々に行動した。

ノブオは四階のトイレに向かった。一緒に来る者はいなかった。タカヒロも話し合いの前に問いただしに来る気はなさそうだった。

洗面所の鏡で自分の顔を見ながら自動販売機で買ったドリンクを飲み干した。用を足し、手を洗った。眼鏡をとり、顔を洗った。ハンカチで顔を拭うと、眼鏡と一緒に胸ポケットに入れた。

鼻についた眼鏡の跡を指で軽く揉んだ。眼鏡を外したままの顔を鏡で見て、とても自然な、これが自分の顔なのだという気持ちになった。すっきりとした気分を味わいながら、これから自分が話すであろうことを頭の中で整理しようとした。

上手く整理できなかった。だがどんな風に切り出せばいいかは分かっていた。

僕がここに来た理由はね。

人を殺したからなんだ。

ノブオは心の中でそう呟き、トイレから出て、階段へ戻った。

そして右足を踏み出したとき、急に背後で気配を感じた。咄嗟に振り返ろうとしたが間に合わなかった。いきなり背中を突き飛ばされて前のめりの姿勢で宙に投げ出され、そのまま階段を転げ落ちていった。

二　6対5（不明1）

二時五分前に、四番の少女ことリョウコはエレベーターで地下に戻った。靴が落ちていた小さい方のではなく、もう一つある同型のエレベーターを使った。乗ったのはみながいなくなってしばらくしてからで、乗るときも誰も周囲にいないことを確認していた。

何か後ろめたいことがあるわけではなかった。なるべく人目を避けて移動するのが彼女の幼い頃からの日常であり義務でもあったのだ。いつも誰かに顔を見られただけで、ちょっとした騒ぎになりかねなかった。自分がそこにいることが不特定多数の人々にばれないよう気をつけて生活しなければならず、まるで犯罪者のようだと思って陰鬱になることもしばしばだった。

彼女が属する世界では、それはむしろ晴れがましいことであり、獲得した地位の証明でもあった。少なくとも母にとってはそうだった。娘が世間に注目されることが彼女の人生の勝利であり幸福の礎《いしずえ》だと、それこそ周囲にはばかることなく明言した。

だがそれはいわば架空の娘だった。母と業界の大人たちと世間が創り上げた、もう一人の自分なのだ。その人物は彼女の本名とは違う名で呼ばれ、映画やテレビドラマやラジオの中で華々しく活躍し、世間に話題を提供するという目的のためにだけ行動する一個の機械だった。ある種の仮面に過ぎなかったその別人格はやがて母も自分も予期せぬほど成長し、いつしか彼女自身よりも大きな存在となっていた。

そしてリョウコ自身はといえば、あとからあとから際限なく押し寄せる仕事に心を脅かされ、自分がそもそもどんな将来を夢見ていたかも分からなくなりながら、母が用意する階段を上り続け憔悴《しょうすい》してゆく哀れな奴隷だった。

その彼女が、自販機で買ったドリンクとカロリーメイトを手に、地下への階段を下りながら考えていたのは、いつこの帽子とマスクを外そうか、ということだった。あの仕切り魔の少女であるアンリの提案によれば、もうこの階段を下りれば二度と地上に戻ることはないのだ。もしこの集いで顔を合わせた面々が、速やかに実行を選んでいたら、そんなことは考えなかっただろう。帽子とマスクを取るのは、ベッドに横たわって眠る直前でよかった。あるいは最後までそれらを着用したままでいるのも自分らしいと思っていた。なんとなれば、そうして顔を隠しているときの方が、本来の自分なのだから。

だがあの集いの部屋に入ってからもう二時間が経とうとしていた。そしてその僅か二時間で、自分の中で何かが劇的な変化を見せようとしているのを感じていた。あのゼロ番の少年を巡って、延々と一部の者たちが議論を続けるうち、ここに集った面々に素顔をさらしてから眠るのも良いかもしれないと思うようになってきているのだ。

それは驚くべき変化で、この集いに参加して良かったと本心から思えてくる。彼女にとって、これまでの議論で明らかになったことは、あのゼロ番の少年についてではなく、ここに集った子どもたちが本気で世間に背を向けて、彼ら自身の安らぎを求めて来たのだということだった。

冷静そのものの人物も、ヒステリックな人物も、傲岸な態度をとる人物もいた。みな、ひどく生々しかった。彼らの言動は、リョウコがこれまでに見てきた数多くの下らない台本に比べて、これが真実だと思わせてくれるものだった。

この場でなら、もう自分は顔を隠さずにいられるのではないか。彼らなら、自分の決意を肯定してくれるのではないか。そういう期待がわいていた。本来の自分に戻るには、虚飾の自分ごと全てを葬るしかないという決意を。

集いの部屋に戻ると、ほぼ全員が揃っていた。自分が最後だろうと思っていたから、全員ではないことにちょっと意外な感じを受けながら席に着いた。

テーブルの一端ではサトシがちょこんと座り、リラックスというより無感情そのものといった顔つきをしている。リョウコがいるテーブルでは、まずこの集いで最初に疑義を呈したケンイチが自動販売機で買ったらしいポテトチップスを食べていた。その隣では、ひたすら実行を求めるミツエが、これまたプリッツやスコーンといった菓子をむさぼっている。柔らかな態度でありながら鋭く推理するシンジロウがいて、従順を絵に描いたような様子のメイコがいる。こちら側の席は、誰も欠けていない。

サトシと向かい合うようにしてアンリがもう一端に座っており、その左隣にタカヒロがいた。そしてその隣は、三つも席が空いていて、端には今にも消えそうな、というより音もなく消えたがっているようなユキがうつむいて座っている。

サトシの背後には相変わらず眠れる少年が横たわっていて、ぴくりとも動かない。明らかに生命が失われてしまったという感じのその少年が背後にいるというのに、サトシの表情は終始一貫して平板で、驚くほど事務的だった。

テーブルには、シンジロウが提案した院内巡りで得られた様々な品が並んでいた。

自動ドアを開くために使われたと思しきモップ。車椅子の間に挟まっていたウエストバッグ。そのバッグの中にあった、薬品の包装シートらしいものの一部。マスクと帽子。左右の靴。それがさも証拠品だとでもいうように全員の目に見える場所にあった。

シンジロウが乗っていた車椅子は元の位置に置かれていたが、たたまれてはいなかった。さらにその車椅子の横に、四階でエレベーターを止めていたというキャスター付きの椅子二つと消火器が置かれている。

おそらくシンジロウとその協調者たちが並べたのであろう品々を、みな無言で眺めていた。こうして並べられたのを見て、改めて何かを話すべきか、それともそうした品々を無視して実行すべきかどうかを考える時間なのだった。

「二時になるわね」

テーブルの上の靴に目を向けていたアンリが、壁の時計を見上げて言った。数字を全て外されているが時刻を見て取ることに支障はなかった。

サトシが背後を振り返り、壁に掛けられたその時計を見やった。それからアンリに顔を向けてうなずいた。

「集合時間ですが、遅れている方々もいらっしゃるようですね」

アンリが肩をすくめた。

「もしかするとこの集いに参加するのをやめて、出て行ったのかもしれないわ」

メイコがきょとんとした顔になった。

「それって、困りませんか？　もし通報とかされたら……」

「やめてよ、そんなの！」とたんにミツエが口の中のプリッツのかけらを噴き出しそうな勢いでまくしたてた。「こんなんで中止とか、あたしやだから！　通報とか止めなきゃじゃん！」

「そうしたことについては信じるしかありません――」

サトシが宥めかけたとき、螺旋階段に近い出入り口に、ひょいとマイが現れた。

「あ、遅刻した？　ごめーん。なんか、四階に良い感じのカフェあんじゃん。あたし、あーいうところでバイトしたかったなーって思ってさ。そんで中見てたら遅くなっちゃった」

さして悪いとも思っていない調子で問われもしないことを言いながら、だらんと着席した。

「そうですか」近くにいるサトシが律儀に相づちを打った。「あそこはあけっぱなしですからね。お楽しみ頂けて良かったです」

「あー、うん。ありがと」

「いえいえ」

「カフェのドアは閉めないの？」

出し抜けにシンジロウが訊いた。

サトシがそちらを振り返ってうなずいた。

「はい。というより、スライド式のドアがついていたんですが、工事の関係で取り外されているんです」

「ははあ。ほとんどの部屋が、鍵がかかっていて入れないようだけど、他に入れる場所はあるかな？」

「もともとドアに鍵がないトイレや給湯室や喫煙所を除けば、入れる部屋は無いと思います。施工主がセキュリティにうるさいそうで。とはいえ警備室の金庫から鍵を取り出せばどこにでも入れますが」

「なるほどね」

シンジロウが何かに納得したようにうなずく。隣にいるリョウコは、ちらりとシンジロウの横顔を見た。何を考えているのかは分からなかったが、この少年の穏やかで説得力のある物言いは聞いていて心地よかった。この人は相手の出で立ちや振る舞いで態度を変えない。サトシの平板な中立的態度とも違う。きっと驚くほど寛容な精神の持ち主なのだ。この集いの目的を憂い無く果たすためだという彼の態度にも安心していられた。

この後、またあの帽子とマスクについて——自分のではなくテーブルに並べられた方のそれら二つについて——議論されるかもしれない。その可能性は大いにあるように思われた。そうなれば自然と、再び自分のこの出で立ちが注目されるだろう。そのときは、この帽子とマスクを取ってやろう。この場にいる者たちと本当の意味で目的を共有したかった。自分が誰であるかを知ってもらった上で受け入れてもらいたがっていることをリョウコは自覚した。ある種の期待感がそうさせたのだろう。隣にいる少年なら、おかしな先入観を持つことなく、仮面を脱いでここに来た、本来のリョウコ自身として扱ってくれる気がしていた。

「遅れたか。すまねーな」

ぼそっと低い声がしてセイゴがぬっと現れた。いかにも柄の悪い感じで両手を短パンのポケットに突っ込み、肩をいからせるようにして席に着き、行儀悪く両足を投げ出した。

その威圧するような態度は、リョウコからすればそれこそ子どもっぽいように感じられた。先ほど帽子とマスクの件で詰問されたせいもあるだろうが、彼を好ましい人物とは思えなかった。乱暴で子どもじみた理屈でもって主導権を握ろうとする、大人げない大人たちをずいぶんたくさん見てきたから、そういう連想も刺激されて余計に不快だった。

とはいえ、彼にも彼の事情があり、意思があってこの集いに来ているのだから、こちらも受け入れるべきだろう。その点はシンジロウを見習わねばならない。それに何より、リョウコが顔をあらわにしたときセイゴの態度がどう変わるか見てやろうという本来の自分の考え方とは裏腹な思いもあった。自分にとってはもう何の価値もない仮面だったが、相手を動揺させる上では強烈な効果を発揮してくれるという期待があった。

「投票しようって提案したやつが来てねーな」

セイゴが着席し、隣の空席を親指でさしてみせた。

「決を採る方法が投票とは決めていないわ。それで、ちゃんと吸い殻は拾ってきたのかしら?」

アンリが腕組みしてセイゴを見据えた。ほとんど敵視しているような態度だ。

「ああ、心配すんな」

セイゴがぶっきらぼうに返し、それからなぜかシンジロウに向かって、かすかな笑みを浮かべてみせた。シンジロウはその笑みに応じることもなく、サトシの方を向いて言った。

「二時になったね。ちょっと予想外だけど、もしかするとノブオくんは来ないのかもしれない」

「ちょっと見てみます」サトシが立ち上がって近くにある出入り口から顔を出し、通路の左右を見た。「いませんね。探してきましょう」

「待って」アンリが組んでいた両手をほどき、勢いよく立って言った。「決めたはずよ。もうこの階から出ないって。それと、私が自由時間を提案したのは、こういうことになる可能性もあるって思ったからよ」

「そりゃどういうこった？」

今度はセイゴが腕を組み、座ったままふんぞり返ってしかめつらでアンリを見た。

「これが九番の自由意思と大きな選択よ」アンリはセイゴを無視してみなを見渡した。「九番は八番に指摘され、自分の口から、ゼロ番を連れてきたことを告白したわ。その上で自分が咎《とが》められるであろう話し合いの場を自ら提案した。そんな彼に、もう一度、選択肢を与えてあげたかったのよ。必ずしも、何もかも告白する必要はないと。なぜなら彼が選択したことに意味があるんだから」

「えっ、なんで？　ちょっと意味がわかんないんだけど」ミツエが相変わらずスナックをかじりながらわめいた。「それ、わざとあの人を逃がしたってこと？」

「ええ、そうよ」

「なるほど、そうだったんですね」メイコが感心したようにうなずいた。

「え……」ユキがここに来て初めて顔を上げて不安そうにか細い声をこぼした。「通報とかされたら……困ります」

「あ、そーなの？」マイが素っ頓狂な声を出した。「あの子、逃げちゃったんだ。へー」

「や、や、やっぱり、さ、さっき話しておけば……」タカヒロが不安でどうしようもないというようにもぞもぞとドリンクのボトルをいじり回しながら言った。「も、もし、け、警察とか来たら……」

「なぜ？　通報すればまず真っ先に彼自身が疑われるのに？　九番は人知れず、ゼロ番の子が眠る場所を用意したかっただけなのよ。そもそも、この集いに関係ない人だったんじゃないかしら」

「それはなぜですか？」サトシが目を丸くした。「ノブオさんは、この集いのことをよくご理解されていたと思いますが」

「あのゼロ番に頼まれてここに連れてきたとしたら？　そしてゼロ番と一緒に彼も眠るつもりだったとしたら？」

「なんで逃げたんだよ」

セイゴが唸《うな》るように言った。

「去ったのよ。これ以上、この集いを停滞させないために。自分が邪魔にならないように。自分がやったと告白した時点で、九番は自分がここで一緒に眠ることを諦めたんでしょう。もしかすると別の場所で実行することにしたのかも」

「なんでそう決めつけるのさ！」ケンイチがもう我慢できないという調子でわめいた。「建物のどこかで困ってるかもしれないじゃない。転んだりとかしてさ」

「その可能性はあるね」

シンジロウがにっこりして言った。とたんにみなが彼に注目した。リョウコもそうしながら、この少年が異様に上手く発言のタイミングをつかむことに改めて驚いていた。

「ここに集まると決めたとき、僕らのほとんどが、全員集合すると考えていたんだ。アンリさんはそうではなかったかもしれないけど、ちょっと落ち着かない気分になるのは仕方ないことじゃないかな」

「ではどうするべきだというのかしら。みなで探して回るっていうの？」

「この建物に最も詳しい人に任せればいいと思う。サトシくんにね。最初にここに来たときもサトシくんは他に誰かいないか見て回ってくれていたんだし。僕らが闇雲に探すよりよっぽど早く確認できると思うよ」

「その場合、念入りに探す必要はないと思います」サトシが言った。「ノブオさんが建物のどこかに隠れているということは無いと思いますから。各階の通路とトイレを見るだけでしたら、急げば十分ほどで戻れると思います」

「時間の無駄だと思うけど」アンリが肩をすくめて腰を下ろした。「でも全員が納得することが大切だというのは認めるわ。じゃあ一番の彼に見て回ってもらう間、準備を進めるのはどうかしら」

「賛成だね」

間髪入れずにシンジロウが同意した。またまたリョウコはそのタイミングの良さに感心した。アンリの態度に反発を覚えているらしい少年たちもそれで発言の機会を失った。

「今のアンリさんのご提案に反対の方はいらっしゃいますか？」

誰もいなかった。

「あの、準備って……何をするんですか？」

メイコがアンリとシンジロウに半々に視線を向けて言った。どちらに従っているのが最も安心できるだろうと値踏みしているのがリョウコには分かった。強気に場を仕切る者と、的確に場に影響を与える者。どちらにつくか悩むだけで、自分は決して矢面に立たない。この中で最もずるがしこい存在だとリョウコは思った。状況次第ですぐに相手を裏切るとはなから決めているのだ。そういう人間も、リョウコにとっては見慣れたものだった。リョウコがいた世界では大半の人間が該当するといってよかった。

「テ、テープで、す、隙間、ふ、ふさぐんでしょ」ぼそぼそとタカヒロが言った。「ガ、ガスが、も、漏れないように。サ、サトシくんが、は、入れなくなるよ」

「違うわ。部屋を密閉する前に、第一の準備をしましょう」アンリが言った。「もうとっくにやっておかなくてはいけなかったことよ」

「なんだっけ」

ケンイチが出入り口のそばにいるサトシを見やった。

「みなさんの携帯電話の電源を切るか、オフラインにしていただいた上で、一カ所に集めておきます」

サトシが自分の席に戻り、椅子の下に手を伸ばした。そこに置かれていた透明なプラスチックの箱を取り、テーブルに置いた。箱の蓋には『通信機器』と油性マジックで書いてあった。サトシが蓋を開き、中に入っていた何本ものサインペンと名札用のシールの束を出して並べた。

「端末の位置情報で誰かがここに来るのを防ぐためと、僕たちの持ち物を調べなくてはいけなくなる警察の方々の手間を省くためです。みなさんの携帯電話や他の端末がありましたら、全てこのシールを貼り、ご自分の数字を書いて、この箱に入れて下さい」

「そっかー。携帯とかで居場所わかっちゃうかもしんないもんねー」

マイが感心したようにうなずいた。みなが何となく怪訝《けげん》そうにマイを見た。彼女はこの集いのルールを綺麗さっぱり忘れているというより、そもそも何一つ確認していないようだった。リョウコにはそんな人間がこの集いにいるのは奇妙なことのように思えた。そしてそれ以上に何か引っかかるものを覚えたが、それが何かは判然としなかった。

「では、みなさんにこれをお任せして、僕は建物の中を見てきます。よろしいでしょうか」

「僕は問題ないと思うけどね」

シンジロウがみなを見た。自分の態度をはっきりさせ、その上でみなの反応を待つというのはつくづく賢い態度だとリョウコは思った。分かっていてもなかなかできないものだ。つい人を従わせたくなるものなのに、シンジロウには常に一歩下がって相手に譲るようなところがあり、それがかえって場を促す力につながるのだ。

「さっそく始めましょう。ペンとシールを回して下さるかしら」

アンリが言った。サトシの両隣に位置するケンイチとユキが、ちらりと互いを見たものの動こうとはしなかった。どちらがそうすればいいのか咄嗟に判断がつかないまま、お見合いしてしまっていた。

「時計回りに配ろうか」シンジロウがそつなくフォローした。「じゃ、サトシくん。君も転んだりしないよう気をつけてね」

「はい。では失礼します」

サトシが通路へ出て行った。ペンとシールが配られ、黙々と作業が行われた。リョウコは自分の携帯電話にシールを貼って『4』と書き、箱が回ってくるのを待った。ここに来た時点で、電源はとっくに切っていた。山のような着信があるに決まっていたが見る気もなかった。位置情報による追跡など誰にもさせる気はなかった。携帯電話の電源を切った時点で自由になったと感じたものだが、回ってきた箱に入れたとき、本当にそれまでいた世界とのつながりが消えたのだという実感を味わった。予期せぬショックと心細さを覚えたが、動揺するほどではなかった。むしろ後から清々する気持ちがわいてきて、自分の決意は正しかったのだと信じることができた。

十人が番号を記した携帯電話を箱に入れた。それも時計回りに行われたので、最後に十二番のユキが箱をサトシの席に置いた。

それから間もなくサトシが現れた。

「ノブオさんは、どこにもいませんでした」

アンリが大きくうなずいた。

「じゃあ、改めて決を採りましょう」

サトシが席に戻って言った。

「これからまた三十分ほど、話し合うかどうか決めたいと思います。全員一致を原則といたします。方法は、挙手と投票と、どちらがよろしいでしょうか？」

シンジロウがひょいと手を挙げて言った。

「話すべきだと思う人は挙手する、でいいんじゃないかな」

つられたようにケンイチが手を挙げた。ついでセイゴとタカヒロが倣った。さらに意外なことに、メイコが手を挙げていた。

アンリがまじまじと隣のメイコを見つめた。

「あの、これって、九番の人が犯人だっていう話ですよね？」メイコがシンジロウの方に顔を向けて言い、ちらりとアンリの方も見た。「その話が済めば、もう話したりとか、しなくていいんですよね？」

ふうん。リョウコは心の中で冷たく呟いた。きっとアンリもそうだろう。このコウモリは意外にすばしこい。自分の態度を変えることに何の疑問も持たず、より良い相手の側につく。かといって彼女を責める気もなかった。そういう人間がこの場にいるということを許容してやればいい。要は、無視していればいいのだ。

「手をおろして下さい」サトシが言った。「五人の方が、話し合いを続けることを望んでおられます。今は二時十五分ちょっと前ですね。いろいろと準備もありましたので、四十五分までお話しするのはいかがでしょう」

「良いんじゃないかな」

シンジロウが微笑み、それ以上は何も言わなかった。

そのせいで、誰が発言するか待機状態になった。シンジロウが意図して黙っているのがリョウコには分かった。先ほどメイコが極端なことを口にしたが、それについても何も言わない。

やがてセイゴが、空席となった九番の椅子越しにタカヒロを見た。

「なんであいつがやったたって思った？　説明しろよ」

タカヒロがぎくっとなって手のボトルを握りしめた。やたらと焦った様子でみなを見回し、口をぱくぱくさせた。まったくもって間抜けな姿をさらす少年に、ついリョウコは同情ではなく苛立ちを覚えた。〝男子は幼稚で乱暴〟という思い込みが強く働いているせいでもあり、そのカテゴリーに当てはまらないシンジロウが隣にいてくれて大いに助かったと思っていた。

「ノブオくんが何かしたりするのを見たの?」シンジロウが優しい調子で助け船を出した。

「う……う、ううん、違うよ。そ、そうじゃなくて。か、彼が、ぼ、僕に言ったんだ。ぼ、僕が四階に、い、いるときだよ」

「俺があいつと一緒に階段を上ってってたときか」

「う、うん。そ、そう。そ、それで、そのあと、お、屋上は良いよねって、言ったんだ。ひ、広いしって。ね? ね? そ、そうでしょ?」

「そんな気もすんな。それがどうした――」

セイゴが唐突に口をつぐんだ。

リョウコがちらりと見ると、シンジロウが微笑みを浮かべたまま目を見開いていた。まるでパズルの解き方がわかった子どものような、やけにきらきらした目だとリョウコは思った。

遅れてアンリが、さもありなんというように大きくうなずいた。

ケンイチがはっとなった。「あ、そっか、エレベーターが――」

タカヒロが勢い込んでうなずき返す。「そ、そ、そうそう。ね? そうでしょ?」

ミツエが怪訝そうに眉をしかめた。「なに? ちょっと説明してよ」

マイがぽかんと口をあけた。「えー、なに? 全然わかんないんだけど?」

メイコも咄嗟に意味が分からないようだったが、ふと目を丸くした。「そうですよ。エレベーターがあんなだったのに、九番は、屋上にいたってことですよね」

ユキは会話自体に関心がなさそうで、うつむき加減にみなの反応を窺っている。

サトシはどこまでも中立的であろうとしているがゆえに、どちらかといえばユキに近い態度でみなの様子を見守っていた。

タカヒロは何度も何度もうなずき、なんとか全員にわかってもらおうと汗をかきながら言った。

「だ、だ、だって、お、おかしいでしょ？　エ、エレベーターが、止められててさ。ぼ、僕より前に、お、屋上にいたんだ。そ、それって、エ、エレベーターを止めたの、ノ、ノブオくんだって、ことじゃない？」

「なるほど、タカヒロくんの言うことは納得できるね」シンジロウが微笑みながらうなずいた。

タカヒロがしっかり自分の考えを述べられたことを称えているようでもあった。「もちろんノブオくんが以前にこの病院に来たことがあって、そのとき屋上に出た可能性もある。あるいはタカヒロくんのように階段でのぼりおりしたのでエレベーターの異常に気がつかなかったのかもしれない。もしくは、エレベーターで下に戻った後で、誰かがエレベーターを止めた可能性もある」

シンジロウがそう言ってセイゴを見やった。「でも、ノブオくんはなぜもう一度、屋上へ行こうとしてたのかな？　セイゴくんは彼と階段で会ったんだっけ？」

「一階で、誰かいねえか探してたんだよ。地下に行く前に一服つけたかったしな」

「それで屋内で喫煙を？」アンリが軽蔑したように口を挟む。

「まあな」セイゴは一向に気にした様子もなく続けた。「で、そしたら一階の、奥の方の階段のところに、あいつがいたんだ。どこ行くんだって訊いたら、誰かいないか探してるだけだって言ってたな。なんで階段使うんだ、エレベーターは使えねえのかって訊いたら、ちっとも降りてこないんだとか言ってた。ああ……ちょっと待て。そうだあいつ、会ったときからハンカチを持ってた」

「そ、そうそう、あ、汗を拭いてた」タカヒロがせわしくうなずいた。

「エレベーターを止めて急いで階段を下りてきたところだったのかしらね」アンリが思案する様子で顎に手を当てた。「そう……それで、八番が階段を上がっていくのを見て、止めるため追いかけようとしたら、そこに十番が現れてしまったのではないかしら」

「でも、それって、なんのため？」ぼんやりとケンイチが疑問を口にした。「なんで四階に行かせたくなかったの？」

「四階でエレベーターを止める理由があった。もしかするとゼロ番を四階に隠していたら……ノブオくんがそうした可能性がある」シンジロウが呟くように口にした。

「う、う、うん。そ、それで——そ、それだけじゃなくて、ほら、こ、この靴が、あったじゃない。エ、エレベーターの中に」タカヒロがテーブルの上の靴を指さした。「ぼ、僕たち、あ、あのエレベーターで、お、下りたんだ。さ、三人でさ。く、靴があった、エレベーターで」

「そうなんだ。それなんだよ。靴なんか落ちてなかったぜ。俺らが入ったときはよ」セイゴが腕組みして記憶を探るように宙を睨んだ。「確かになかった。俺らが出た後で誰が入れたんだ？」

「ノ、ノブオくんだよ、ぜ、絶対。ほ、ほら、て、手に、こう、持ってたんだよ」

「なんだって？」

「こ、こ、これで、か、隠してたんだ。こ、これ——この上着で」

タカヒロが今度は隣の空席を指さした。その椅子にかけられたままのノブオの上着を。

「あっ……」セイゴが腕をほどき、ふんぞり返っていた姿勢から、がばっと起き上がってその上着を見た。「そうだ。あいつ、腕にこの上着をかけてやがった」

「そ、そう、そうそう。こ、こう、腕を横にしてさ。う、上着で、く、靴を持ってる手を、こう、隠してたんだよ。そ、それで、エレベーターから、お、降りるとき、ぼ、僕たちに気づかれないよう、お、置いてったんだ。ね？　ほら、き、きっとそうでしょ？」

「なるほどな」セイゴが感心したようにタカヒロを見た。「やっと分かったぜ」

「あなたたちが降りた後で、別の誰かがエレベーターに入れたという可能性もあるわ」アンリが先ほどのシンジロウのように付け加えながらも、納得できるというようにうなずいた。「でも、あなたたちが手にした番号が八番から十番であることを考えると、そうすることができたのは単純に考えると、十一番と十二番の二人ということになるわね」

「え？　あたし？」マイが呆気にとられた顔になる。「あたし知らないよ、こんな靴」

「別に疑っているわけではないわ」

アンリが言った。他の面々もマイを疑おうとはしていないようだった。自然とみなの視線がユキに集中した。

「あの……私、知りません」ユキが肩をすぼめて消え入りそうな声を出した。「何も……してません」

「ま、こいつだろうよ」セイゴが隣にいる者の肩を叩くように、椅子にかけられた上着を掌でぽんと叩いた。

「うん。その可能性がとても高そうだね」それまでじっと考え込む様子だったシンジロウも、ややあって同意した。

「でも、なんで片方の靴だけなんだろう」ケンイチがさらに疑問を口にした。「左の方の靴はトイレにあったし。そもそも、なんで靴を隠さないといけなかったの?」

「きっとゼロ番の彼を運んでる最中になくしたんだろうね」シンジロウがちらりとサトシの背後で眠る少年に目を向けて言った。「みんながここに揃う前に、ちょっと試しに彼に靴を履かせてみたんだ。サイズはまあまあ合ってた。でも、彼の足はひどく痩せていたから、ぶかぶかだった。靴も新品だったし。きっと、また歩けるようになるという希望を込めて買ったとか、誰かが励まして贈ったかしたんじゃないかな」

「そうなんですね。脱げたわけですね」メイコがうんうんとうなずいた。結論が近づいていると感じてようやく会話に参加したようだった。「運んでいるうちに靴が脱げて、どこかに行ってしまったことに気づいて、慌てて探したんじゃないでしょうか」

「だから汗をかいていた、と」アンリが続けた。「左の靴を見つけて、ひとまず女子トイレに放り込んで隠した。けれども三番に見つかった。右の靴を見つけたところに、十番と遭遇して捨てるに捨てられなくなった。そういうことかしら」

「その考え自体は間違ってなさそうだね」シンジロウが微笑んだ。「なぜエレベーターを止めたのか、考える必要はあるけど」

「誰にも見られないよう、彼を運ぶためよ。そう考えているんでしょう?」アンリがゼロ番の少年が眠るベッドを指さし、シンジロウの内心を見抜くように言った。「きっと四階に彼を置いていた。それから地下に彼を運んだ。そういうことだと考えているわけね」

シンジロウは答えず、微笑んで肩をすくめてみせただけだった。

「なんですぐここに来ないの?」ケンイチが疑問を返した。「わざわざあちこち移動させないで、すぐあのベッドに寝かせればいいのに」

「答えは簡単よ」アンリがシンジロウを、ついでサトシを見やった。「そうでしょう？」

「鍵がかかってたんだ。そうだね？」と続けてシンジロウもサトシに訊いた。

「はい。集合時間の一時間ほど前に、この部屋の鍵をあけました。それから建物の中を見て回ったんです」

「へー、鍵かけてたんだ。なんで？」マイが訊きつつ、ふと沢山のベッドを見回して自答した。

「あ、そっか。そーだよね。これ、関係ない人に見られたら困るもんね」

「まあ、そうですね」サトシがうなずいた。「それと、そもそも施工主は工事が本格化するまで全室施錠が原則のようでしたので」

「ノブオくんはサトシくんより前に来てたってこと？」ケンイチが言った。「それで鍵が開くのを待ってなきゃいけなくて、それまで四階にゼロ番を隠して、人が来にくいようにエレベーターを止めてた……ってことでいいの？」

「そう説明することは可能かな」シンジロウが言った。「どうやってゼロ番の彼を四階まで運び、それからまた地下までおろしたのか、という疑問は生じるけどね。何しろ車椅子のキャスターは歪んでいたんだ。まあ、その点についてはだいたい答えは出ているんだろうけどね」

「え、なんですか？」メイコが一刻も早く結論を出してくれというように遠慮会釈なしに訊いた。

「それ、早く言って下さい」

リョウコは反射的にちょっと肩をすくめた。メイコは話し合いに参加すると決めておきながら、シンジロウたちに完全に依存しているのだ。そのくせ嵩にかかって結論を促しているのだから失礼な話だった。少なくともリョウコにとっては不愉快な態度だった。

　だがシンジロウは嫌そうな顔をするでもなく、にっこり笑って、車椅子のそばに置かれた二つのキャスター付きの椅子を指さした。

「あの椅子を使ったんじゃないかな」シンジロウがそう言った。みながその意味を理解するため間を置いてから、穏やかに続けた。「二つ並べたあの椅子に、ゼロ番の子を横たえて、移動したんだ。サトシくんが見たときは四つあったから、その後でね。たぶんなんとか女子トイレまでゼロ番を運んだ後、他に方法はないか必死に探したんだ。それに、車椅子のフットレストに足を乗せているのに靴が脱げるというのは不自然だけど、あれに乗せていたなら靴が脱げてもおかしくない」

「なるほど」メイコが感心したようにうなずいた。「そうだったんですね」

「でもあの椅子でエレベーターを止めたんだよね」ケンイチが釈然としない顔で言った。「どうやって地下まで運んだの？」

「担いで運んだんだろ」セイゴが簡単そうに言った。「階段を使ってな。俺と会ったときはもう運び終えてたんだろうな」

「で、で、できるかな……」タカヒロがノブオの体格を思い出そうとするようにセイゴと椅子を見比べて呟いた。「ち、ちょっと大変そう」

「あ、違います。あれと同じ椅子が、カウンターの中にもう二つあるじゃないですか？」メイコが急に閃《ひらめ》いたように言った。「私とアンリさんで片付けたんですけれども、きっと四つ使ったんです。それで二つはエレベーターを止めるのに使って、もう二つで運んだんですよ。それで、運んだ後で椅子をカウンターのところに戻したんです。そういうことでしょう?」

リョウコはまた肩をすくめそうになった。急に議論に参加しておきながら、自分が解決したとばかりに笑顔を浮かべているメイコから目をそらした。あまり不快になっても仕方ない。ああいう人もいるのだから。そう言い聞かせた。

「四つ全て使ったかは疑問があるけどね。それと、エレベーターについてもまだ疑問が残ってる」シンジロウが言った。「ゼロ番の子を運んだ後でも、エレベーターを止め続ける必要があったのはなぜか。四階から担いで運んだと考えれば説明できるけど、タカヒロくんの言うとおり、ちょっと難しそうだね」

「そうか?」セイゴがみなを見回して首をかしげた。「まあ……そうかもしんねえな。言っとくが俺はやってねえからな」

「誰もあなたを疑っていないわ」アンリが冷たく言った。「エレベーターを止め続けたのは、ゼロ番を無事に運び終えた後、自分は四階に隠れていようとしたのじゃないかしら。何しろ一人多くなってしまうのだから。他の人間と遭遇したこと自体、誤算だったのよ」

「確かにね」シンジロウがうなずいた。「あるいは誰かもう一人、四階に——というか、屋上にいたんじゃないかな。たぶんその人が、マスクと帽子を捨てるタイミングを決めたんだ」

出し抜けにその話題が出て、思わずリョウコはシンジロウに顔を向けた。

シンジロウはリョウコの方を見なかった。代わりに多くの者がリョウコを見ていた。この場で顔を隠し続けているゆいいつの少女を。

「誰かもう一人って……ノブオくん以外の誰かってこと?」

ケンイチがびっくりした顔でシンジロウとリョウコを交互に見た。

「うん。というのも、屋上に出て思ったんだ。ここからなら下が見えるぞってね。つまり、誰がいつ入ってきたか監視できるぞって。そもそも、サトシくんが来て、ここの鍵をあけて、それから僕らがここに集うまでの間に、誰にも出くわさずにゼロ番の子を運ぶなんて、ちょっと難しいんじゃないかと思うんだ。でも別の誰かと協力し合えば、だいぶ楽になる。誰かが入ってきたってことを携帯電話で教えてもらうだけでも助かるしね」

「そうかもしれないわね」アンリが言葉では同意しつつも、まったく賛同していない調子で言った。「でも協力者がいたと思わせるようなものは何もないわ」

「一つあるかな。このマスクと帽子だよ。ケンイチくんが言うには、最初これらは二階にあった。でもリョウコさんが言うには、なくなっていた。そしてマイさんが言うには、裏口のそばに落ちていた」

「単に、いったん脱いで置いておいたものを、疑われないよう外に捨てたってことじゃないの？」

「なぜ外なのかな？」シンジロウがにこやかに尋ね返した。「誰かに見られるかもしれないのに。わざわざみんなが入ってくる場所の近くに捨てるなんて不自然じゃないかな」

「見られても構わないと思ったのじゃないかしら」

「そうかもしれない。でもそうじゃない場合、見られることはないと確信して捨てたんだ」

「でも、あたし見たよ」マイが言った。「本当だよ。あそこにあったの見たんだから。あたしがなんかしたわけじゃないから」

「マイさんが建物に入る前にどこにいたか、ちょっと当ててみようか」

「え？」

「ベンチに座ってたんじゃないかな。ハナミズキが植えられている場所」

マイが目を丸くした。

「なに？　見てたの？」

みなが驚いた顔になった。シンジロウが笑ってかぶりを振った。

「見てたんじゃなくて、そうじゃないかなと思ったんだ。さっき屋上で気づいたことなんだけどね。上から見るとちょうど木の陰になってベンチに座っている人が隠れてしまうんだ」

「そ、そ、そうなんだ」タカヒロが興奮したように言った。「う、上から見て、も、もう誰も来ないって、お、思って、だ、だから外に、捨てたんだ」

「二人いる必要はないわね」今度はアンリがかぶりを振った。「上から見ていた誰かが、もう誰も来ないと判断して捨てればよかったのだから」

「なんで誰も来ないってわかるんだよ」セイゴが混乱したように唸った。「くそ、ごちゃごちゃしてわかんなくなってきたぜ」

「数えてたんだ。人数を。そうだとしたら、ずっと上から見ていたことになる」

「え……」ケンイチがきょとんとなった。「でも、一人外にいたじゃない」

「そーだよ」マイがうんうんとうなずいた。「あたしいたよ」

「ちゃんと数えてなかったということですよね」メイコがさらに結論を急がせるような調子になって言った。「あと一人いるのに間違えたとか。誰も入ってこないから、もう来ないって思ったとか」

「まあ、十二人全員が集まるかどうかもわからなかったから、その可能性はあるね」シンジロウが穏やかにみなを見回して言った。「でも、もしそうじゃなかったら、十二人全員が揃ったと確信して、マスクと帽子を捨てたか、捨てて良いともう一人に伝えたことになる」

「え？　なに？　どういうことなの？」ミツエが苛々と誰かれ構わず嚙みつくような調子で言った。「わかんないってば！　わかりにくい言い方しないで、ちゃんと説明してよ！」

「ゼロ番の存在を知っていた人間は、少なくとも二人いたんじゃないかって思うんだ」シンジロウが穏やかに説明した。「一人は彼をここに運んだ誰かで、彼が十三人目だと知っていた。そしてもう一人は、彼と彼を運んだ人を入れて十二人だと思っていた。だからマイさんが見えなかった状態で、十二人揃ったと判断した。なぜ協力したかはわからない。でも協力者がいて、その人は何も知らなかったと考えると、マスクと帽子があそこにあったことが上手く説明できる気がするんだ。もしかすると、ノブオくんがその協力者だったのかもしれない。彼はゼロ番を運んだ誰かに対してとても肯定的だったからね。あとで事情を知って、受け入れたのかも。なんであれ、彼を運んだ人も、彼を運ぶことに協力した人も、サトシくんより前に来ていたことは確かだと思う。十二人全員が揃うまでずっと来た人数を数えていたのなら」

「サトちゃん一番じゃん」マイが勝手に愛称を作って呼んだ。「てゆーことは、最初に中に入ったんでしょ」

「番号が来た順番とは限らないわ」アンリが硬い声で言った。なぜ今そこまで理解できていないのかとやや苛立つ声音だ。「一番より早く来た人はいるのかと、ここで訊く気？　もしいたとしても、今みたいな話のあとで、正直に答えるとは限らないわ」

「一人、確かなやつがいるぜ」

セイゴが急に立ち上がった。胸ポケットをまさぐって何かを取り出すと、身を乗り出してテーブルの上にそれを置いた。

真正面にいる少女――リョウコの目の前に。

吸い口に緑のラインが入った、煙草の吸い殻だった。

「ここには俺以外にも吸うやつがいて、そいつは例のベンチで一服つけたらしい。一番のサトシが来る前にな。まあ、すぐ外に灰皿置いてんのに吸いにこねえってことは、俺ほどヤニ中毒じゃねえんだろうよ。ただ、この部屋に戻ったらもう出ねえって話になったから、きっと最後にもう一本くらい吸いたがんじゃねえかと思ってな。で、吸いそうなやつを、気づかれねえよう見てた。そしたら、屋上に戻って吸い始めたやつがいた。で、そいつが落としてったものを、こうして拾ってきたってわけだ」

あまりのことに凍り付いたようになるリョウコに向かって、セイゴが勝ち誇ったように言い放った。それから、アンリに向かって、ふてぶてしい笑みを浮かべてみせた。

「どうだ？　ちゃんと拾って来てやったぜ」

三　マスクと帽子

三番の少女ミツエは、思わず心の中でほっと胸をなで下ろした。

セイゴという、図体がでかくて口調も行動も乱暴な少年が、いきなり身を乗り出してテーブルに煙草の吸い殻を置いてみせたとき、ミツエはまたもやこの自分が咎められるのだと勘違いし、ぎくっと身を強ばらせたのだった。一階の女子トイレで愛しい彼が生前好んでいた煙草を、お香のように焚いていたことを、あのきつい性格をした七番の少女アンリに難詰されたせいで自分のものだと思ってしまったのだ。

しかしセイゴが見据えているのが自分ではなく隣の少女だと分かると、ミツエは安心と興味からその四番の少女リョウコを見つめた。

一向にマスクと帽子を外そうとしない奇異な少女だった。ミツエは最初、病気だろうかと思い、感染《うつ》るものだったら嫌だなと思っていた。だがリョウコが咳一つしないので、どうやら顔を隠したいだけらしいと踏んでいたが、それはそれで面倒な気もした。隠したくなるような傷とか火傷の跡とかがマスクの下にあった場合、それをうっかり見てしまったときにどういう態度を取ればいいか分からず困ってしまうからだ。正直なところ他人がどんな面相だろうと知ったことではなかったが、席が隣になってしまったからには多少の礼儀として同情するふりくらいはしないといけないだろう、と考えていた。

ミツエのそんな内心をよそに、リョウコにはいささかも同情を求める様子はなかった。それどころか、セイゴが吸い殻をテーブルに置いた直後こそ凝然としたものの、すぐに気を取り直したように背筋を伸ばし、逆に聞き返していた。

「これがなんなんですか?」

その毅然とした態度にミツエは驚いた。マスク越しとは思えぬ、ぴりっと通る声で、いちいち絡んでくるセイゴを不快だとみなす響きがあった。逆ギレという感じではなかった。一階の裏口で車椅子の実験をしていたときと同じで、何も後ろめたいことはないと態度で証明しようとするようだった。

セイゴはリョウコを見ていなかった。眉をひそめるアンリや、他の面々の反応を見るため顔を左右に動かしていたのだ。

リョウコが口を開いたことでセイゴが周囲の観察をやめ、椅子に腰を下ろした。ふんぞり返るようにして手と足を組み、改めてリョウコに視線を定めた。

「これが何か、今言ったろ。一番のサトシよりも先に、お前がこの病院にいたっていう証拠だ」

「それがなんなんですか?」

リョウコがほとんど同じ文句を口にした。

「周りにいるやつらに訊いてみろよ」セイゴが顎をしゃくった。「お前の隣にいるやつとかに。俺より上手く説明してくれるだろ」

ミツエはまたもや自分のことかと勘違いした。

「ええっ?　なんで?　なに言ってんの?」

思わず声を上げてみなを見回したが、妙にしらけた空気になるのに気づいた。

「お前じゃねえ」セイゴが唸った。「そっちの、五番のシンジロウだ」

ミツエはその乱暴な物言いにむっとなって何か言い返してやろうと思ったが、シンジロウがやんわりと口を挟んだ。

「もちろんミツエさんにも発言の権利はあると思うよ。一階で左側の靴を発見するときに協力してもらったしね。そのとき見た煙草の吸い殻は、これとは違うように思えるけど」

「そうよ。これじゃないもん」ミツエは途端に気をよくして言った。シンジロウの口調は好ましかったし、何より全員の名前をすっかり覚えていることに感心していた。

「じゃ、リョウコさんのもので間違いないかな」シンジロウが相手を変えて穏やかに質した。

「裏口に向かう方にある、庭のベンチのそばにも同じものが二つ落ちてたのを、サトシくんが見たんだ」

「私のものです」

リョウコがすんなり答えた。

ひるんだ風もなくシンジロウを一瞥《いちべつ》し、ジーンズのポケットからボックス型の煙草の箱と、細長いライターを取り出すとテーブルに置いた。箱の蓋を開いて、中身を見せた。

煙草はぴったり四本なくなっていた。リョウコが残りの煙草のうち一本を、半分ほど引き出した。吸い口に緑色のラインが入っているのを見せるためだ。テーブルに置かれた吸い殻とそっくり同じだった。

それからリョウコが、みなを見渡すように顔をテーブルの中央辺りに向けて続けた。

「この建物に入る前に外のベンチに座って、この中のものを一本吸いました。そのあと、建物に入って地下に降りましたが、そのときはまだここのドアの鍵は開いていませんでした。決められた時間より早く来ていることは分かっていました。私が……いろいろと抜け出してここに来るには、その時間しかなかったからです。それで、またベンチに戻って、しばらく座っていました」

「また中に入る前に、もう一本吸ったのかな?」

シンジロウが訊いた。リョウコが僅かに横を向いてうなずいてみせた。

「ええ。また入ってからは、ロビーで案内図を見たり、一階を見て回ったりしていました。ひまつぶしに。そうするうち、裏口のドアが開く音が聞こえたので、いったん隠れたんです。たまたま一階の喫煙所に近いところにいたので、その中に入って。そことトイレは、鍵がかかっていないことは分かっていましたから。そこでしばらく——」

「なんで隠れたんだ?」

セイゴが遮って訊いた。リョウコが当然でしょ、というように肩をすくめた。

「この集いに関係がある人かどうか分からなかったからです。みなさんが本当に集まるのか、確信が持てませんでしたし。それで、もうしばらく待っていようって思ったんです」

「一服つけたのか?」とセイゴ。

「ええ、そうです」リョウコが心なし冷ややかに答えた。

「それで、また地下に行ったのかな」シンジロウがやんわり促した。

「いいえ。集いと関係ない人に見つからないよう、じっと待ってました。そうしている間、何度か裏口の方から音がしました。何人かが時間をおいて入ってきたことが分かりました。集いに来た人かどうか確かめるために喫煙所から出て金庫から数字を……この四番を取って、また通路を戻ると、一人がトイレに入るのが見えました。こちらの——ミツエさんが」

「あたしのこと?」

ミツエは今度こそ自分が呼ばれたことを目で周囲に確かめるようにしながら隣の少女を見た。

「ええ。一階の女子トイレに入りましたよね」

「うん、そうよ。ちゃんとメイクとか出来てるか見たかったたし。いろいろ準備したかったから。それで──」

「そんで煙草に火をつけたりしてたってんだろ」セイゴが、そんなことはもう知っているというように口を挟んだ。

「大事な準備だったんだもん」ミツエはぶすっと言い返した。

「僕が二番でしょ」ケンイチが唐突に呟いた。「で、リョウコさんが四番てことは、ミツエさんよりも後に数字を取ったんだ」

この少年は当たり前のことをなんでわざわざ口にするんだろう、とミツエはうっとうしい気分になった。そもそもケンイチが最初にこの延々と無駄話が続く事態を招いたわけで、ミツエとしては彼が何か言うたびに、もう黙っててよ、と泣きわめきたい気分にさせられるのだ。

「確かにケンイチくんの言う通りだね」

シンジロウがケンイチの言葉を受けてにっこり微笑んだ。ケンイチが何か言い出すたびにシンジロウが面白そうに笑みを浮かべることにミツエは気づいた。ケンイチの余計な茶々入れに苦笑しているのだろう。ミツエにはそうとしか考えられなかった。

シンジロウも議論を続行させているという点ではケンイチと同罪のはずだが、ケンイチと違って、シンジロウの話し方にはミツエの気分を静めてくれるものがあった。自分勝手に言いたいことを口にするのではなく、こちらの言うことに耳を傾けてくれるからだ。

「つまりリョウコさんは、ミツエさんが出てくるまで待ってたってことかな?」

「いいえ。二階に行きました」

「うん。そういえば、リョウコさんも二階に行ったんだったね」

シンジロウがまたもや微笑んでうなずいた。その言い方にミツエはちょっと引っかかるものを覚えた。まるでリョウコが正しく答えるかどうか確かめるために、あえて質問したような感じだったからだ。

「そうです」リョウコも同じことを感じたのか、シンジロウの方にやや体を向けながら早口になって言った。「あなたが車椅子でいろいろやったあと、話した通りです。私も二階に行きました。カウンターを見ましたが、二番のあの人が――ケンイチさんが見たというマスクと帽子はありませんでした。ケンイチさんには声をかけず、二階のトイレに入りました。そこにしばらくいたとき――」

「なんでわざわざ二階に行くんだよ」セイゴがまたもや遮った。

「一人になりたかったからです」リョウコがまた肩をすくめた。「それと――これはさっき言っていませんが、そこで物音を聞きました。誰かが倒れるような――」

「あっ――」だしぬけにケンイチが調子っ外れの声を上げた。「それ、僕も聞いた。そうそう。誰かが転んだみたいな――」

「もう！　今はあんたが話すとこじゃないじゃん！」ミツエは我慢できずにケンイチを睨みつけた。「なんでいちいち余計なこと言うわけ？」

「まあまあ、ミツエさん」シンジロウがすぐに仲裁に入った。「二人の証言が一致するのは良いことだよ。リョウコさんの言っていることが正しいことになるからね。それで、その音の正体は何だったのかな？」

「私にはわかりませんでした」リョウコが言ってケンイチの方を見やった。「ケンイチさんに訊いて下さい」

「それは……僕もわからないよ」ケンイチが困ったように身を縮めた。「なんか、後ろの方で音がしたんだ。それで振り返ったけど、なんにも見えなかった」

「誰か、走るのを見ませんでしたか？」

「え？　誰も見なかったけど……」

「私は見ました。トイレのドアをちょっと開けて、外の様子を見たんです。そうしたら誰かが目の前を走り過ぎました。足音もなく。一瞬だったので誰かは分かりませんが、黒っぽい服を着ていたように思います」

大半の目がアンリに向けられた。黒ずくめといっていい出で立ちをしていたからだ。

「私じゃないわ」

アンリが素っ気なく言った。

みなが黒っぽい服を着ている相手を確かめるように目を向け合ったが、少しでも黒っぽく見えるとなると大半が該当しそうだった。

ケンイチとシンジロウのジャケットも、タカヒロの上着も、メイコやマイのブレザーも、ユキの薄手のカーディガンもそうだった。それこそリョウコの濃いグレーのカーディガンですら同様で、明らかに違うと言えるのは、サトシのワイシャツ、ミツエのピンクのゴシック風ワンピース、セイゴの派手なTシャツと白いボタン付きシャツ、さもなければ姿を消したノブオの、椅子にかけられたままのクリーム色のジャケットしかなかった。

「とにかく誰かが走り去ったのは間違いないんだね?」シンジロウが話の先を促すように訊いた。

「ええ」

「でも足音はしなかったんだ」

「靴を脱いでいたんだと思います」

「なんでだろう」

「理由は分かりません」

「そいつに見つかっちまうと思ったからじゃねえか」セイゴが、ケンイチに向かって顎をしゃくってみせながら言った。「うっかり転ぶか、なんか落とすかしちまったんで、びびって逃げたって感じがすんな」

「うん。そうだね」シンジロウが同意した。「転んでしまったのか。それとも、運ぼうとしていた眠れる誰かを、うっかり落としてしまったのかも」

その言葉にみながはっとなった。ミツエもシンジロウを見て、それから思わずサトシの背後で音もなく横たわっている少年に目をやっていた。

「でも、なんで二階に?」

とケンイチがまたもや誰に向けてか分からない疑問を口にしてミツエを苛々させた。まったくこの人は、自分が何か言えば必ず誰かが答えてくれるとでも思っているのだろうか?

果たして誰も答えられず沈黙が降りかけたところで、やはりシンジロウが微笑んで口を開いた。

「なんだかゼロ番は、だんだん上の階に連れて行かれたように思えるね。まず一階の女子トイレでこの靴が見つかった」

そう言ってテーブルの上のスニーカーのうち、左足の方を指さした。

「もう片方の靴はエレベーターにあった。それをノブオくんが本当に置いたんだとすると、きっとあちこち探し回ってようやく拾ったんじゃないかな」

シンジロウが靴に目を向けると、みなが同じようにそれを見た。と思ったら、ミツエは他の少年たちが――ケンイチ、セイゴ、タカヒロが――それぞれ少女たちの方を見ていることに気づいた。ケンイチはマイとユキを。セイゴはミツエとリョウコを。そしてタカヒロはアンリとメイコを。それぞれ向かい合ったり隣だったりと目を向けやすい相手を。三人とも、シンジロウの言葉に、少女たちがどんな反応を示すか見ているようだった。

「ゼロ番と九番にしか分からないことよ」アンリがさらりと流した。「もう尋ねることもできないけれどね。それで、この靴がどうしたのかしら？」

「ちょっと不自然に思えてね。そんなに大事な靴が、バラバラに落ちてるなんて。ゼロ番をここに運んだ人は――そうすることに協力した誰かは――メイコさんの言うとおり、どこかにある靴を探していたのかもしれない。大急ぎで。僕らがみんな集まる前に。でも、あちこち移動させているうちに分からなくなってしまったのかもしれない」

「へー、そうなんだー」マイが半分飽きたような気の抜けた声を出した。「この靴って、あの子のだったんだー」

「ずっとそう言ってんだろ」セイゴが呆れたように唸った。

「今話していることって、いなくなった九番についてですよね？」メイコが急に口を出してきた。どういう風に話が進もうとしているのか分からず困惑している様子だ。「つまり、九番が靴をエレベーターに残したんだし、ゼロ番の子を運ぼうとして別の靴をトイレに落としたんですよね。あとほかにも、靴をなくして探したり、転んだり走ったりしてたってことでしょう？」

メイコの主張は、いかにも強引で適当に並べ立てているだけといった感じだが、それで結論が早まるならミツエは大歓迎だった。

「黒い服にゃ見えねえな」とセイゴが隣の席にかけっぱなしのジャケットを指さした。

「一瞬だったら分からないじゃないですか」メイコがやけに強硬な調子で言った。さっさと話し合いを終わらせようという気持ちが伝わってくるようだった。

ミツエは大いにメイコに共感し、自分も声を上げて抗議した。「そうよ。いつまでそんな訳分かんないこと喋ってなきゃいけないわけ？」

「あと十分もないわね」アンリがサトシの背後の、数字を外された時計を見上げた。「十四時四十五分まで話す約束よ。そこでまた決を採ることになるんでしょうけれど。で？　結局、何が分かったの？　この集いの場で三人もの人が、未成年であるにもかかわらず煙草を吸った。そして他の者がどう思うかも考えずに、吸い殻を放置した。それだけかしら？」

ミツエはその言葉で思わず首をすくめたが、リョウコはまったく悪びれずに真っ直ぐ宙を見つめていた。セイゴがふてぶてしく鼻で笑うのとは違って、リョウコはきわめて堂々としており、ミツエからすると頼もしいことこの上ない凜然たる姿だ。

「集いに参加する上での最後の儀式については、特に禁止事項はなかったね」シンジロウがやんわりと呟くように言った。

「そうね。それはいいとして、そろそろこの話の結論が聞きたいわ」

「じゃ、整理してみようか」

シンジロウが両肘をついてテーブルに身を乗り出した。自然とみなの視線がシンジロウに集まった。

「さっきも言ったとおり、分かったのは誰かがゼロ番を移動させ続けていたってことかな。まず裏口を通ってカウンターの内側まで来た。でも車椅子じゃカウンターは通り抜けられない。無理に出ようとして車椅子の車輪に不具合が生じてしまった。それで、入る場所を変えようとして自動ドアのスイッチを入れた。でも何か理由があって、外を回ることができなかった。もしかするとリョウコさんが来たからかもしれない。それでキャスター付きの椅子を使ってか、あるいはそのときはまだゼロ番を担ぐかして、ひとまずカウンターを抜け出た。この集いの部屋の鍵はまだそのとき閉まっていたから地下には運べなかった。それでゼロ番の子は一階の女子トイレに運ばれた。車椅子かキャスター付きの椅子に乗せていたと思う。でもそこだと人が来るかもしれない。実際、ミツエさんが入ったしね。それで二階に運んだ。いったんリョウコさんが建物から出たときにね。そのときはエレベーターを使ったんだと思う。それで二階に連れて来た。でもそこにケンイチくんやリョウコさんが来た。サトシくんも見回っている。とうとう四階に運ぶしかなかった。そこでエレベーターを止めて、人が来にくいようにした。地下のドアが開いたのを確認すると、急いで――車椅子やキャスター付きの椅子とは別の、何らかの方法で――ゼロ番を地下に移動させた。薬の包装シートと、ペットボトルをあのサイドテーブルに置いた。車椅子はウエストバッグごとたたんであそこに置いた」

「それ、私です」

だしぬけにリョウコが言った。

シンジロウが肘をテーブルから上げて身を引き、椅子の背もたれに背を預けてリョウコを見やった。みながリョウコを見ていた。

「二階のトイレから出たあとのことを聞いてなかったね」シンジロウが言った。

「ええ。なんとなく、誰かが走っていった方に向かったんです。倒れたような音も聞こえましたし。気になって。それで通路に沿って、エレベーターがある方へ行きました。そこから階段を下りようとしたら、あれがあったんです。たたまれていない状態で」

リョウコが車椅子を指さした。

「降りる方の階段に向けられていました。シートには、今テーブルにある、あの空のウエストバッグが乗っていたんです。まるで誰かが車椅子から立ち上がって、階段を下りていったみたいに」

シンジロウが思案げに腕組みした。「階段……エレベーターの側のだね」

「ええ。この集いに来た誰かは、車椅子が必要な体なんだと思いました。エレベーターを見たら動いていないみたいでしたし。きっと頑張って階段で下りていったんだろうって、そう思って、車椅子をたたんで地下まで運んだんです。どうためばいいのか分かりませんでしたが、いろいろ操作しているうちに分かりました」

「二階にあったものを、わざわざ地下に?」シンジロウがすぐ隣で首をかしげた。「どうしてそう考えたの?」

「まずあれに不具合が生じていることに気づいたんです」リョウコが車椅子を指さして言った。

「先ほどシンジロウさんが修理したようですが、私にはできませんでした。車椅子に乗っていた人もそうだったと考えたんです。きっと車椅子に乗ってここに来た誰かが、集いの参加者を探してエレベーターで二階まで来て、でもそこで車椅子に支障をきたしてしまったと」

「そのとき車椅子の状態は——」シンジロウがポケットを探り、それから携帯電話が入った箱を見た。

撮影した画像を見せようとしていることがわかり、リョウコがうなずいた。「ええ、さっき裏口であなたが乗ろうとしたときと同じ状態でした。つまり、車輪が曲がっていたんです」

「なるほど」シンジロウがうなずいた。「誰かが転んだような物音も聞いたわけだしね。それと、車椅子がおかしな状態になっていることとを結びつけて考えたわけだ」

「そうです。だから困っているかもしれないと思い、車椅子を運んだんです。車椅子の前の車輪が歪んでいるだけなら、誰かが後ろでハンドルを持てば、後ろの車輪だけで移動できると考えまして。それで、地下に降りて、この集いの部屋に入って電気をつけたら、ゼロ番の彼が、そのベッドにいました」

「ここに来たの?」ケンイチが目を丸くした。「僕が最初だと思ってたけど……」

「私は車椅子をそこに置いて、それからまた一階に行きました」

「な、なんで、そ、そのままいなかったの?」それまでぼんやり黙ったままだったタカヒロが、きょとんとした顔で訊いた。「な、なんか、怪しくない?」

「ああ」セイゴがうなずいてリョウコを見た。「何から何まで怪しいな」

「単に一人でいたくなかったからです」リョウコがすかさず言い返した。それくらい分かって当然ではないかというような調子だ。「だって、あんな……あの状態の人と、じっと待ってろっていうんですか。一番のベッドにいましたし、私はてっきり管理人の方が、真っ先に実行したのかと思ったんです。それで他の……まだ実行していない人たちが来るのを待とうと思って、また喫煙所に戻ったんです」

「うん、なるほど。気持ちはよく分かるよ」シンジロウが率先してリョウコの言葉を肯定した。「そもそもこの部屋に入った順番も、番号と食い違っているわけだし。ちなみに僕はケンイチくんの後に来たんだ。入室順では二番目になるけど、この通り、僕の番号は『5』だ。それで、ケンイチくんは物音を聞いた後、どうしたの？」

「えっと……。僕も、誰かいないかちょっと探しながら、ここに来たよ。リョウコさんとは別の階段からだけど」

「ロビー側の、あの螺旋階段だね」

「うん。誰かが転んだのなら階段かなと思ったし。一階に誰かいないかちょっと見てから、地下に行ったんだ」

「それが結論かしら」アンリが狙い澄ましたタイミングでそれ以上の会話を阻んだ。「結局、大したことが分かったわけではなさそうね。なんであれ、もう時間よ。気が済むまでお話しできたかしら？」

「いや、まだだろ」セイゴが組んでいた腕をほどいて再び身を乗り出し、真っ直ぐリョウコを見据えて言った。「なんでずっとマスクなんかしてるんだ？」

「問題ありますか？」リョウコが背をぴんと伸ばして返した。徹頭徹尾、後ろめたいことなどまったくないといった態度だ。

「何の問題があるんだって逆に訊いてんだけどな」セイゴがやれやれというように頭をかいた。

「むしり取ってやろうってんじゃねえよ。そっちの話も、まあ、納得出来そうだしな。ただ、俺たちにつらを隠す理由が分かんねえだけだ。なんか訳があるってんなら、別に――」

「顔を隠すことが習慣だっただけです。みなさんには見せてもいいと思っていました」

そう言ってリョウコがマスクに手をかけた。

ミツエは固唾《かたず》をのんで見守った。全員がリョウコを注視していた。多くの者がミツエと同様、顔を隠したがることから傷やひどい痣《あざ》とかそういったものを想像したらしく、努めて表情を変えないよう顔を強ばらせていた。

だがリョウコがマスクを外し、ついでに帽子を取り、頭の上で束ねて丸めていた意外なほど長い髪を下ろすや、みんなが揃いも揃って呆気にとられたようにぽかんと大口をあけた。その顔は傷一つないどころか、くすみもなく、端麗というほかなかった。帽子を取って初めて、それが彼女にとっては一回り大きめの、髪をすっかり隠してしまうためのものであることが分かった。帽子を外した途端、彼女の頭部が一回り小さくなったように見えた。

ミツエは生まれてこの方、そのような頭身の、そのような美貌を間近で見たことはなかった。にもかかわらず、ミツエはその顔を知っていた。シンジロウもセイゴも目をまん丸にしていた。誰もかれもが彼女を知っていた。

「リ、リ、リコちゃん?」ケンイチが仰天してその名を口にした。「テレビとか映画とかに出てるあの――」

「リョウコです」きっぱりと顔をさらけ出した少女が言った。「リ、リコなんて人はここにはいません。それは私が仕事をしているときの、作られた存在です。この集いにみなさんと参加しているのが本当の私です。私は私でいようとしたからこそ、ここにいるんです」

その瞬間、ミツエの中の何かが本格的に音を立てて弾けた。ずるずると無駄話を続けようとする者たちへの苛立ちなど比ではなかった。自分の心の全てが、にわかに声となって放たれたようだった。

「絶対に駄目！」

ミツエの口からほとばしった金切り声に、全員がびくっとなった。すぐ隣にいたケンイチなど驚きのあまり腰を浮かし、逆隣にいたリョウコもちょっとのけぞったほどだった。シンジロウがますますぽかんとなった。ミツエも自分自身の叫びに驚いていたが、むしろそれこそここに自分がいる理由であるという動かしがたい確信に突き動かされていた。

「駄目って――」

リョウコが何か言おうとするのを一方の手を突き出して遮った。他方の手で肩がけにしたポシェットを大急ぎで開こうとしたが上手くジッパーが開かなかった。結局、両手でそれを開き、出来る限り素早く写真の束を引っ張り出すと、それをテーブルに並べていった。

自殺と報道された愛しい人の生写真の数々――ミツエが持てる限りの時間と金銭と精力を注ぎ込んだ若いタレントの輝かしい姿だった。

「あなたは生きてなきゃいけないの！」先ほどにも倍する金切り声がミツエの口から放たれた。「あたしみたいな人をこれ以上増やさないで！　沢山の人があなたの後を追っちゃう！」

みなが黙った。

今度はリョウコが目をまん丸にしてまじまじとミツエを見た。かと思うと、おもむろにテーブルに並べられた写真を見てゆき、眉間に皺を寄せた。刃物で刻み入れたような深い皺だった。それから険しい目つきになってミツエに目を戻した。

「馬鹿じゃないの」

リョウコが吐き捨てるように言った。

四　5対6

いったいいつになったら、この騒ぎが終わるのだろう。

十二番の少女ことユキは、じっと嵐が過ぎるのを待つ小動物さながらに身をすくめ、顔を伏せ、口をつぐんで待ち続けた。

テーブルのあちら側では、ミツエとリョウコの熾烈な言い争いが勃発しており、シンジロウやアンリやサトシがなんとか宥めようとしていた。お陰で、延々と続くこの話し合いは収拾に向かうどころか、いまや新たに決を採ることさえままならない状態に陥っている。

ユキはともすると鮮明に脳裏に浮かび上がる余計なものを——ひきずられていく少年のやせ細った足を——頭から追い出すために、心の中で二つのフレーズを呪文のように何度も何度も繰り返した。

私は何も知らない。

私は何も見ていない。

幸いなことに誰も、ユキに証言を求めたりはしなかった。

しばしば話し合いの主導権を握るシンジロウとアンリも、テーブルの端で息を殺している彼女に注目している様子はない。

大丈夫。ユキは自分に言い聞かせた。きっとこのまま時間が過ぎれば騒ぎも終わって何もかも静かになり、後には永遠の沈黙が残るだけになる。

この集いが実行に移りさえすれば、ユキが心に秘めることがらはもう誰にも伝わることはない。ある日突然、お前は何か知っているんじゃないか、あの悲惨な事故が起こった本当の原因について心当たりがあるんじゃないか——そう問い質されるかもしれないという不安に怯え続けなくてよくなるのだ。

「あなたしかいないんだよ!」ミツエが涙をぼろぼろこぼしながらわめいた。「何万人とか何十万人とかっていう中からあなたが選ばれて、他にあなたに代われる人なんていないんだよ!」

「私の代わりは幾らでもいます!」リョウコがものすごい声量と気迫で言い放った。「私は作り物の顔を捨てるためにここに来ました! 私が私になるために! あなたに邪魔されるいわれはありません!」

「みんなに夢とか愛とか届ける役目を捨てないで!」

「これ以上、私に下らない幻想を押しつけないで!」

どちらも一歩も引かず、さしものシンジロウやアンリでさえ和解を促す糸口すら見つからないようだった。マスクを取らせた当のセイゴはといえば、あんぐり大口を開けてリョウコの顔に目が釘付けになっており、無責任を絵に描いたように硬直している。

ケンイチやタカヒロに至ってはお話にならなかった。止めるどころか、リョウコが何か言い放つたび、さすがはあの大女優の娘で、子供の頃から天才扱いされていた、あの……などと感心したように、ぼそぼそ呟くばかりだった。

ユキと同じ心境でいるらしいのはメイコで、うんざりしたような顔を天井辺りの宙に向け、両手で耳を塞いだりして騒ぎに対する不快感を表明している。ミツエとリョウコが感情を爆発させ終え、疲れて落ち着くのを待っているのだ。ややあからさま過ぎる態度ではあるが、おおむねユキと目指す方向は一緒だった。

さっさと結論を出させようとする点では、アンリが最も能動的だ。しかし結果としてシンジロウや他の少年たちを止められなかったし、何より波風を立てすぎるきらいがあった。煙草のことであんな風にセイゴやミツエを難詰する必要なんてないし、ましてやセイゴと言い合いをすることに何の意味もない。アンリにはシンジロウのような協調性が決定的に足らず、支配的で攻撃的で、みなを実行へ誘導しようとする態度が強すぎて、かえって反発を招いてしまっているのだ。

期待したのにな、とユキは口の中で呟いた。アンリのリーダーシップなら場を進めてくれると思ったのに。結局、あえて話し合いに参加して結論を早めようとしたメイコの判断の方が正しいのだ。ノブオという少年が犯人であると意見が一致しさえすればよかったのだから。

「ねーねー、あの子ってさー、やっぱ有名人じゃない？」マイが何テンポも遅れた素っ頓狂な質問を口にして左右にいるユキやセイゴやサトシの方に身を乗り出した。「なんかあたし、見たことあるんだよねー」

「しょっちゅうテレビに出てんだろ」セイゴが唸り声を漏らした。「マジかよ……超びびったぜ」

「あー、やっぱー？」マイがユキの方を振り返った。「ね、知ってた？　やっぱリコちゃんでしょ？　すぐ分かった？」

「はい……」ユキは小さくうなずいた。それ以上この少女と会話をしたいと思わなかった。

「やっぱそーなんだあ」マイが感心し、ユキの向こうにいるサトシに視線を移した。「ねえねえサトちゃん、なんでリコちゃんみたいな人がここにいんの？　サトちゃん有名人の知り合いとかいたりすんの？」

「別に僕の知り合いではありません」サトシが相変わらず平板な調子で答えた。なんにでも律儀に答え、その必要がないときは黙り、驚くことはあっても誰かに感情をぶつけるといったことは一切しない少年だった。「僕は、この集いに参加する意思を持たれた方からのメッセージを受け取っただけです。どのような立場の方であろうと、みなさんが同意した集いのルールに従って対応させていただくだけです」

「へー。でもさ、てことはサトちゃんがリコちゃんのメッセージ受け取ったんでしょ」

「ええ。たった今そう言いました」

「すっごいじゃん。有名人から来たんだよー。びっくりしたでしょ？」

「いえ。遺書の内容などは基本的に僕は見ません。プライバシーを尊重するためです。僕には彼女がどういった方か分かりませんでした」

「じゃ、今びっくりしてんだ」

「ええ、まあ。それなりに」

まるでかみ合わない会話を交わす二人の間で、ユキはただひたすら可能な限り気配を殺して座っている。

そうしながら、やはり最もよく分からないのはこの人だと改めて思った。

サトシは、ひたすら事務的で、気は利くものの、まったくみなを導かない。ただ守るべきルールがあることを示すだけだ。それを守らせようと躍起になることもない。話し合いがしたいという人がいるからさせているだけで、話し合いの内容に興味を持っているのか怪しいものだった。言ってみれば、この少年もまた、自分やメイコの同類なのだ。流れに身を任せるタイプ。ユキはそう断定した。ただこの場の結論が出ればいい。それがどんなものであれ実行に移れるならそれでいいのだ。その過程で自分の主義主張を誰かに分かってもらおうなんて思いもしない。ミツエやリョウコが大声で自分の話をする様子も、歩道から車道の喧噪を見ているような気分でいるに違いなかった。

同類。管理人であり一番の少年であるこのサトシは、分かる。

だが、すぐ隣にいるマイという少女だけは分からなかった。

彼女はまったくといっていいほど場に話を合わせない。ユキには理解できないタイミングで突然おかしなことを言い出す。そしてなぜか、ユキのような少女にとって、それだけはやめて欲しいというような、議論があらぬ方向に進んでしまう材料を見つけ出すばかりか、さらにはそれを、なんとなくみなにとって無視できぬものにしてしまうのだった。

あのマスクと帽子も。

エレベーターの中の靴も。

どちらもマイが余計なことをしなければ見つかることはなかったのだ。靴が左側しかなければ、ただそこに落ちていた物として扱われた可能性が高かった。ここは見た目は綺麗だが実際は工事前の廃墟なのだ。何が落ちていても不思議ではない。だが靴が両方とも見つかったからこそ、それが無視できないものであるように、みなが思ってしまったのだ。

そしてそのマイの言動は今、予想以上に強くユキの心に効果を及ぼそうとしていた。

四階のカフェ。

中を見た——マイはそう言った。最後の自由時間。この集いの部屋に再び集合する前に立ち寄ったのだと。

ユキが身を隠していた四階の女子トイレの前を通って、エレベーターの反対側に向かったところにあるカフェ。裸足の少年が最終的に運ばれて行ったのは、きっと——

「何か聞こえませんか」

ふいにメイコが言った。両耳を押さえていた手がいつの間にか下ろされており、何かを探すように螺旋階段に近い方の開いたままのドアを振り返った。

ぴたりと喧噪がやんだ。

みなが動きを止めていた。ミツエとリョウコが互いに顔を向け合ったまま黙り込んでいた。

アンリが、声を低めてささやくように言った。

「電話だわ」

集いの部屋に沈黙が降りて何もかもが凍りついたようになり、そうして一つの音だけがどこからか届いてくるのだった。

ルルル、ルルル、ルルル——と歌うような電話の着信音。

音の響きからすると、受付カウンターで電話が鳴っているように思われた。電話の音は無人のロビーに盛大に反響し、単調だがこの上ない存在感を伴って空気を震わせ、彼らがいる地下の集いの部屋にまで届いてきていた。

ふっと電話の音がやんだ。沈黙だけが続いた。やがて十一人それぞれが強ばらせていた身をゆっくりと緩め、怖々と息を吐いた。サトシですら警戒するように腰を浮かせていたが、ふうっと息をこぼしながら椅子に座り直した。

「なんで電話が鳴るんだよ」

セイゴがサトシに向かってぼそぼそと低い声で訊いた。

「分かりません」サトシがかぶりを振った。「間違い電話の可能性が高いと思います」

「僕たちの誰かが鳴らしたわけでもなさそうだね」シンジロウが呟いた。「携帯電話はみんなオフにして箱に入れたし。そうしていないのはサトシくんとノブオくんだけかな」

「電話をかける理由なんてなさそうだけど」ケンイチが自信なさそうに言った。

「ここに誰か来ちゃうんじゃないですか?」メイコがもう我慢ならないというように大きな声を上げた。その場にいる全員を均等に脅すような調子だった。「関係ないことばっかり話してて見つかるなんて最悪じゃないですか? もうやめましょうよ。いつまでもこうしていたって仕方ないじゃないですか?」

ミツエがむすっとそっぽを向いた。リョウコもきつい目つきのままミツエから顔を背けた。誰もはっきり口にはしなかったがメイコに賛同する空気が流れた。ユキは誰とも目を合わさないようテーブルを見つめた。今しがたの電話の音のせいで心臓がドクドク鳴り出していた。自然と肩が上下するような息の仕方になったが、みな同じような状態だったので目立つことはなかった。そうしながら、メイコが場を進めてくれたことに感謝していた。

「もう時間が過ぎてるわ」アンリがサトシを見て促した。「四十五分までと決めていたでしょう。とっくに決を採っているべきだったわね」

「だってしょうがないでしょ！」

ミツエが涙でぐしゃぐしゃになった顔をアンリに向けた。

「私たち全員、テストに合格して、ここにいるの」アンリがこれまで以上に有無を言わせぬ調子で告げた。「サトシくんが用意した、この集いに参加すべき人間であるかどうかを振り分けるテストに。あなたもリョウコさんも、同じテストを受けて来たの。サトシくんがいう大きな選択のために。誰にも止める権利はないわ。そうでしょう？」

ミツエは答えず、渋面を下に向けて黙ってしまった。

リョウコはそれこそ他人事のようにきつく宙を睨みつけている。

「あのテストって、やっぱ大事だったんだー」マイがまたぞろ話を脇道に引っ張るようなことを言い出した。「超めんどかったけど、頑張って全部答えて良かったー」

「そうね」アンリがうなずいた。ほとんど黙殺に等しい返事だった。それからサトシに目を向けて言った。「決を採る前に提案があるわ」

「なんでしょう、アンリさん」

「前回とほぼ同じよ。話し合うにしても準備を進めましょう。そして、みなが納得しやすいよう、制限時間を設けるの。もともと正解が出るような話じゃないでしょう？　メイコさんの言うとおり、ずっと話し続けることになるわ」

「どう制限を設けるといいかな」シンジロウが半ば賛同するように呟いたが、その実ユキからすれば、素早くアンリを牽制したような印象だった。

「一人三十分ずつ持ち時間があったということにするのはどうかしら。話したい人が増えれば話せるし、増えなければ話す必要はないわ」

「確かに一人ずつ増えてきたね」シンジロウがその点にだけ同意した。「ケンイチくん、僕、セイゴくん、タカヒロくん、メイコさん。一人三十分だとすると二時間半は使い終わって、自由時間と今ちょっと過ぎた時間、そしてこれから行う準備の時間も入れて、ちょうど三時から次の話し合いが始まるってわけだ」

「それじゃもう話せねえだろ」セイゴが呆れた。

「話したい人に、自分の持ち時間を提供してもいいことにするのよ。話すことがないとしてもね。最大でも五時間半で話し終えることになるわ。もちろん準備の時間も必要だし自由時間も設けたから実際はもっと遅くなる可能性もあるけれど。でもいつ終わるか分からないまま話し続けるよりずっといいでしょう？」

「ノブオくんが戻れば最大で六時間になるね」

「戻ればの話ね」アンリが肩をすくめた。「戻ったら戻ったで、話が早いかもしれないけれど」

「逃げちゃったんですよ？」メイコが口を挟んだ。「もう戻って来ないですよ。だって犯人だったんですから」

「うん。もし万一、戻ってきたらの話さ。まあノブオくんの件は今は置いておこう。アンリさんの提案だと、時間の提供を拒否することもできるわけだ。早く話を終わらせたい人は」

「そうよ。先に言っておくけど、私は拒否しない。次の三十分をご提供してもいいわ」

シンジロウはその提案については何も言わず、目の前に置かれた『5』の形をした金属を指先でつついた。それから、にっこり笑ってうなずいた。

「時計の数字を一人ずつもらったことに意味が出てきたね。僕はその提案に賛成するよ」

その言葉でほとんど決まったようなものだとユキは思った。シンジロウとアンリが同時に賛成する限り誰も反対しそうになかった。この二人を同時に相手にして何か反論することができる者などここにはいないだろう。

ケンイチが不安そうにシンジロウを見たがなんの意見も表明しなかった。タカヒロも同様だった。セイゴが警戒するように喉を鳴らしたが何も言わなかった。サトシはそもそもどんな提案にも反対しようとしないし今回もそうなりそうだった。

ミツエもリョウコも互いに違う方を見て黙りこくっていた。メイコだけがちょっとアンリの方を見やって、そんな余計なこと提案しなくていいのにという目つきになったが、何も言わなかった。そしてユキは何も言う気がなく、ただ隣で首を左右にかしげているマイの言動だけが不安だった——提案の意味をそもそも理解していない様子だったが、そのくせ何か余計なことを言うのではないかとユキを不安がらせるのだった。

だがマイが何かしでかす前に、サトシが声を上げて話を進めてくれた。

「では、アンリさんのご提案に賛成の方は、挙手して下さい」

みな次々に手を挙げた。マイだけきょろきょろ見回していて一拍遅れたが、周囲に倣って挙手した。

「はい。全員賛成ですね。手をおろして下さい。それでは、改めて話し合いを続けるかどうか、決を採りたいと思います。話し合いに賛成の方は手を挙げて下さい」

シンジロウが手を挙げた。ケンイチ、タカヒロ、セイゴ、メイコが続いた。そしてミツエがふいに顔を上げると、妙に力のこもった様子で高々と右手を挙げた。

「あたしの持ち時間を使って」ミツエが涙で潤んだ目を尖らせて言った。「それで誰かあたしを納得させて。でなければ、この人を止めて」

「そんな議題ではなかったと思いますが」リョウコが深々と溜息をつき、頭痛がするというように額に手を当てた。

「はい。六人の方が挙手なさいました」サトシがあっさりミツエの言葉を受け流して言った。「手をおろして下さい。それではもう三十分、お話を続けましょう」

「本当に、あなたの時間を提供するということでいいのかしら、ミツエさん？」

アンリが確認した。ミツエは目を合わさずに大きくうなずくと、ハンカチを取り出し、音を立てて鼻をかんだ。

「では、アンリさんのご提案通り、準備をいたしましょう」

サトシが席から立ち、テーブルの下にかがみ込んで手を伸ばした。そこにあった段ボール箱を引きずり出すと、テーブルの上に置いて蓋を開いた。

箱の中身をサトシが取り出して並べていった。何巻もの梱包用布テープと濃いシルバーの防水テープ。文具用のハサミが幾つか。ビニールで包まれた黒い棒状のものは練炭の束だった。それから着火用の器具。そして練炭を入れるための鉢を四つ重ねたもの。この場にいる者たち全員が等しく一酸化炭素中毒になるための道具だった。

そして最後に、人を眠りに導く錠剤が入った銀色の包装シートの束を置くと、空になった段ボール箱を再びテーブルの下に滑り込ませた。

「このテープで隙間を塞ぎます。天井の換気口と、二つのドア、そして壁の上部にある小窓です。全て塞いでしまうと話し合いの最中に酸欠になる恐れがありますので、こちらの僕の近くにある方のドアはあけっぱなしにしておきたいと思います。それと、念のため火災報知機のスイッチも切っておきたいと思います。いかがでしょうか?」

誰も反対しなかった。サトシがうなずいた。

「全て僕がやるつもりでしたが、みなさんにもご協力いただいてよろしいでしょうか」

みなが立ち上がって手伝った。

サトシが鉢と練炭の用意をした。背の高いセイゴが率先して椅子を運んでその上に乗った。まず火災報知機のスイッチを切った。それから換気口の下に椅子を移動し、残りの少年たちが自然とテープを切って渡した。少女たちはロビー側のドアへ集まった。ドアを閉め、手分けしてテープを貼り、きっちりと隙間を塞いでいった。

ユキは少女たちの輪からぎりぎり外れないところで、少年たちのぼそぼそとした話し声に耳を澄ませた。そういう声を聞き取るのは得意だった。いつしか得意になったのだ。自分が心に秘めていることを誰かがかぎつけていないか、誰かが自分に疑いを持っていないか、常に不安に怯え、神経を張り詰めてきたからだった。

「靴のことで誰か反応したか?」

セイゴがささやくように訊いていた。少年たちはみな分からなかったと答えていた。やはり観察しているのだ。ユキはテープを切って少女たちに渡しながら確信した。少年たちはシンジロウを筆頭に、とことん犯人捜しをするつもりなのだ。あるいは重要な証言が可能な者を。引きずられていく少年の足を見て、怯えるしかないユキのような存在を。

「こっちは終わったぜ。なんか手伝うか」

セイゴが近づいてきた。アンリがドアの上の方を塞いでくれと言った。ユキは少年たちの顔を誰も見ないよう、ただ手に持ったテープに視線を集中させた。誰かと目が合うだけで厄介なことになるのではないかと怖かった。

ほどなくして作業が終わった。残ったテープが集められてテーブルに置かれた。

そのときにはサトシがみなの席を囲むようにして四方に練炭を入れた鉢を置き終えていた。

「偉いよねー、サトちゃん。このベッドとか荷物とか、全部一人で運んだんでしょ?」

マイがベッドや鉢を見て、それが死をもたらすものであるということなどすっかり忘れたように笑って言った。

「はい」サトシが特に偉ぶるでもなく機械のような平板さでうなずいた。「それが管理人としての役目ですから」

「どーやってベッドとか運んだの?」

「見ての通り病院用の車輪つきベッドですから。一人でも運べますよ」

「へー。しっかりしてるよねー。それで十四歳だもんねー」

「はあ」

サトシがうなずくのと首をかしげるのと半々という感じで顔を動かし、自分の席の方へ戻った。みなそれぞれの席へ歩み寄った。だが誰もすぐには席に着かなかった。なんとなく自然と、一カ所だけまだ塞がれていないドアの方を見ていた。ユキには、そこにしか出口がないということが、この上なく強調されて見えた。裏口のドアを閉めたときや屋上に出たとき以上に、ここにいる全員が、もうどこにも行くことはないのだと確認し合うようだった。

「それでは話し合いを再開いたしましょう」

サトシが席に座った。開いたままのドアから全員が目を離した。そして自分が座るべき場所に腰を下ろした。

「それじゃ、ミツエさんからもらった大事な時間を使わせてもらうとするね」シンジロウが言った。「いいかな?」

ミツエがこっくりうなずいてみせた。

「三時半までよ。くれぐれも時間を無駄にしないでちょうだい」アンリが時計を見上げて言った。それからゆったりと構えながらシンジロウを見やった。「それで、何を話すのかしら?」

「結論を確かめるだけですよね?」メイコがみなを見回した。「九番の人が犯人で、逃げちゃったって」

「え、そーなの?」マイがきょとんとなった。「ノブちゃんが犯人だったの? ていうか、なんの犯人?」

「ゼロ番を死なせて、あそこのベッドに運んだ人だってことです」メイコがなんとしてでも一人残らず納得させようとするように語気を荒げた。「だって九番は自分で認めたんですよ。そうですよね？」

すぐに賛同する者はいなかった。ユキもさすがにメイコの強引さに不安を覚えた。ちっとも論理的ではなく、思いつきを並べ立てているだけなのだ。メイコの焦りがそうさせているのだろうか。電話の音が鳴り響いた後だから無理もないとはいえ、彼女の焦りのせいで結局また場が混乱するのではと心配になった。

そんなユキの心配を察したわけではないだろうが、シンジロウがやんわり後を引き受けるように言った。

「ノブオくんが協力した可能性はとても高いと思う。彼は何かを話そうとしていた様子だったしね。ただもし僕が考えたとおり誰かが屋上にいて、集う人を十二まで数えた上でマスクと帽子を外に捨てたとすれば、その人は十三人いることを知らなかったことになる。それがノブオくんだった場合、ゼロ番の子を連れてきたのはまた別の人になるかな」

「じゃあその人が誰か分かればいいんですね」メイコがますます性急になって言った。「それで、九番の人が犯人か共犯者か、どっちかだということも間違いないんですよね」

「可能性は高いね」シンジロウがあくまで断定を避けて言った。

「もう一人、関係したやつがいるってんだろ」セイゴが言った。「だったら試しに、さっき俺が言った通りにしてみるのはどうだ？　一人ずつここに来た理由を話すんだよ。別に俺一人じゃなくて、みんなの前で話しゃいい。何か分かるかもしれねえし、分かんねえかもしれねえ。ま、お互い分かり合うってのもいいんじゃねえのか。これからみんなで、この世からおさらばしようってんだしよ」

「分かり合うとは限りませんけれど」リョウコがすっぱり何かを切り捨てるような調子で言った。「私はもう話しました。これ以上、疑われるようなことは何もありません」

「あたしも話したし！」ミツエが言った。「かわいそうな人のところへ行くの！　あたしが行ってあげなきゃいけないの！　でもこの人だけは駄目、絶対！　ねえ誰かこの人を止めてよ！」

「どうしてそんなことを言われなければいけないんですか。あなたに何の権利があるんです」

「だって……！」

「分かった分かった。続きはあの世でやってくれ」セイゴがぞんざいに二人を黙らせた。「まだ何も喋ってないやつがいるから、そっちから訊くさ」

「意味があるとは思えないわね」アンリが冷ややかに述べた。「何度も言うけれど私たちはテストに合格したの。打ち明け話に時間を割いてどうなるというの？　かえってさっきみたいに混乱するんじゃないかしら」

「やってみなきゃ分かんねえだろ」

「それはもうちょっと後でどうかな」シンジロウがセイゴにちらっと窺うような目を向けた。「肝心なのは、みんながここに来た順番なんだ。いろいろな順番が食い違っているはずだからね。それらをはっきり比べれば、そもそもゼロ番に協力するのが無理だった人を選別できると思う」

「みんなが病院に来た順番ってこと？」ケンイチが質した。

「そう。敷地に入ったときの順番。到着順だね。それから建物に入ったときの順番。入館順だ。

マイさんのように庭にいた人もいるから、ここでもう食い違ってくる。そして、みんなが数字を取った順番。これは席順そのものだね。最後に、この部屋に現れた入室順。この四つを整理した上で矛盾がないか確かめたいんだ。どうかな?」

「いいぜ」セイゴがうなずいた。「それで三十分経ったら、七番のあいつの時間をもらって、俺が全員の話を聞くさ」

アンリは何も言わず小馬鹿にしたように肩をすくめただけだった。

シンジロウが立ち上がり、ホワイトボードを指さした。無記名投票のときに使ったままの状態だった。

「サトシくん、あれをまた使っていいかな?」

「はい。お手伝いします」サトシも立ち上がって一緒にホワイトボードに歩み寄った。投票時の書き込みは消さず、サトシが留め金を外してくるりとボードを回転させた。表面が裏になり、真っ白の裏面が表になった。

シンジロウがハンチング帽の鍔を上げ、ペンで手早く縦線を三つ引いてボードを四分割し、上の方に、「到着」「入館」「数字」「入室」と書き込んだ。

「敬称略で書かせてもらうね」

シンジロウが穏やかな調子でみなを振り返った。誰も文句は言わなかった。

「けーしょーりゃく?」マイが大声で聞き返した。

「くん付けやさん付けをしないで名前を書かせてもらうってこと」シンジロウが質問を予期していたように答えた。

「あー。うん。その方が書くのめんどくさくないもんね」

「そういうこと」シンジロウがにっこり笑ってボードと向き合った。数字の方は誰に尋ねるまでもなく、さらさらと名前が書かれていった。

『数字　1サトシ　2ケンイチ　3ミツエ　4リョウコ　5シンジロウ　6メイコ　7アンリ　8タカヒロ　9ノブオ　10セイゴ　11マイ　12ユキ』

一度も振り返ることもなく、一分とかからず書き終えたことにみなが感心し、部屋の外でシンジロウがメモを取っていたことを思い出していた。そのメモの内容がすっかりシンジロウの頭に入っているのだということがわかった。

同様の速さで、シンジロウが入室の欄も書き込んでいった。

『入室　1ケンイチ　2シンジロウ　3アンリ　4メイコ　5ノブオ　6タカヒロ　7セイゴ　8ミツエ　9リョウコ　10マイ　11ユキ　12サトシ』

「さて、どうかな」シンジロウが振り返った。「何人か一緒に来た人たちもいるけど、部屋に入ってきた順番はこうだったと思う。間違いないかな？」

「……合ってると思う」ケンイチがじっとボードを見つめながら言った。「確か、その順番だよ」

「そのようね」アンリが腕を組んで同意した。「私の記憶とも一致するわ」

シンジロウがうなずいた。ここからが本番だというように、ペンの尻でこつこつボードを叩いた。

「それじゃ、到着順だ。まずサトシくんは何時頃ここに来たの？」

「十一時です」サトシが即答した。「予定通りの到着で、真っ直ぐ建物に入りました。入った後、時間を確認しましたから間違いありません。そこで、配電盤のスイッチが一部オンになっていたのを発見しまして。誰か先に来たか、関係ない人が来てしまったか確認する必要がありました。それでこの部屋の鍵を開けた後、建物の中を一階から順に見て回っていたんです。ちなみにそのとき、あのキャスター付きの椅子はカウンターの内側にありました」

「なるほど。リョウコさんは？」

「ベンチに座ったのは九時半頃です。しばらく座っていました。十時には建物に入っていたと思います」

「それからまた出たんだよね？」

「ええ。入って地下に降りて、ドアが閉まっているのを見て、外に出ました。二十分くらい……たぶん十時半には、また中に入って歩き回りました。サトシさんが来たときは喫煙所の中にいたと思います」

「キャスター付きの椅子については？」

「四つともカウンターの内側に並んでいたと思います。カウンターの外側にバラバラに置かれていたら、かえって覚えていたと思いますから」

「ありがとう。ケンイチくんは何時に来たか覚えてる？」

「えっと……十一時ちょっと過ぎ。五分とか十分とかかな」

「サトシくんのすぐ後だったわけだね。到着して、すぐ入館した？」

「うん」

「金庫から数字を取ったのは、入館してすぐ？」

「うん、そうだよ。それから二階に行ったよ。あ、その椅子だけど、カウンターの中にあったと思う」

「ありがとう。ミツエさんは？」

「あんまり覚えてないよそんなの。椅子がどこにあったとかさ」

「到着した時間はどうだろう？」

「着いたの、十一時から十二時の間とかでしょたぶん」

「到着してすぐ建物に入って、数字を取った？」

「そうよ。おトイレの鏡の前に数字を置いたもの。この『3』のやつ」

「ありがとう。ではリョウコさんが『4』を取ったのは何時くらいかな？」

「そうですね……十一時を過ぎていたはずです」

「サトシくんの後は、けっこう固まってるね。僕も十一時に着こうと思ってたけどちょっと遅れたんだ。それじゃ、メイコさんの到着は何時頃かな？」

「十一時四十五分頃でした。集合時間の十二時より十五分前には着こうと思ってたので。建物の前で……本当にここかどうか悩んでたんですが、アンリさんに声をかけられて、一緒に中に入りました」

「アンリさんは？」

「メイコさんの後ね。彼女がいるのが見えたから、集いの人かどうか確かめるために声をかけたのよ。それから彼女と一緒にすぐ中に入ったわ」

「ありがとう。タカヒロくんは何時頃に来たの？」

「う、うーん……十一時頃だと思うけど……」タカヒロが言いかけて大あくびをした。「ご、ごめん、薬のせいで、眠気が……」だが最初の頃に比べて明らかにはっきりした喋り方になっていたし、声がつっかえることも驚くほど少なくなっていた。「た、ただ、サトシくんもケンイチくんも、見なかった。い、椅子は……覚えてないや。カウンターの金庫は、ひ、開いたけど、数字を取る前に、ち、ちょっと屋上に行こうと思った。ま、まだけっこう数字が残ってて、時間あると思ったし。あ、あと自販機でコーラを買って――」そう口にした途端、いつまでもペットボトルを両手に握り続けていることに気づいたらしく、二つともテーブルに置いた。「えっと、そ、それで、よ、四階にいたら、ノブオくんと、セイゴくんが、上ってきたんだ」

シンジロウがそのタカヒロの様子をしげしげ見つめながらうなずいた。

「なるほど。そのとき残ってた数字は覚えてる?」

「え、えっと、た、確か、三番だったかな。い、一番がなかったのは、覚えてる。たぶん、二番も」

「そうか。おそらくケンイチくんのすぐ後だったんだね。じゃ、セイゴくんは?」

「あー……どうだったっけな。ここの庭に入って、すぐドアくぐっただろ。椅子は覚えてねえな。一階をうろついてたら割とすぐノブオのやつと階段で会った。エレベーターが動かねえってんで、とりあえず見に行って、四階でタカヒロに会った。ああ。一階で一服つけて四階で吸い終わったから、階段上がってた時間は五分かそこらだろ。十分もかかってねえな」

「タカヒロくんはしばらく屋上や四階にいたんだよね。逆算すると、セイゴくんの到着はタカヒロくんの後っていう感じだけど。金庫は開けてみた?」

「あ、そっか。それで順番が分かるもんな。開けたぜ。タカヒロと同じで三番だったはずだ。それ見て、時間があるって俺も思ったたし、少なくとも二人来てるなって考えたんだ。てことは俺が来たのはサトシとケンイチとタカヒロの後で、ミツエの前、四番が喫煙所にいるときじゃねえか？　そうだろ？」

「ちょっと、なんで呼び捨てなわけ？」ミツエがきっとなった。「あたしの時間で喋ってるんでしょ？　もうちょっと気を遣ったっていいんじゃないの？」

「私だけ番号ですか」リョウコが心外だというように指摘した。「名前はリョウコです。最初に名乗りましたが、ご記憶にありませんか」

「分かった分かった、俺が悪かった」セイゴが辟易したように手を振ってシンジロウに後は任せるというようにうなずきかけた。「まあ、そんな感じだ」

「ありがとう。だいぶはっきりしてきたね。マイさんは？」

「え？　えーと、病院着いてからー、あたしもベンチ座ったんだよね。誰か来ないかなーと思って。でも誰も来ないしさー、ちょっと周りを歩いてみて、そんでまたベンチに座ったんだー。それからー、えーと、マスクとか帽子とかみっけて、中に入ったよ」

「庭に入った時間は分かるかな？」

「んー、どーだろ。中に入って、金庫の数字取って、すぐここに来たもん。十二時とか？」

「それよりは前だね。十二時にはみんなここにいたから。でも少なくとも、マイさんが金庫を開いたときは十番までなくなってたわけだ。どれくらいの時間、外を歩いてたか分かる？」

「んーと、一周したよ。ぐるっと。普通に歩きながらだからー……どんくらいだと思う？」

「どうだろう。五分から十分の間ってところかな」

「そーだねー、そんな早く歩いてなかったし、そんくらいかなー」

「時計回りに？　それとも逆」

「時計？　あ、あれねー。右とか左とかに回るやつね。えーと——どっちがどっちだっけ」

「裏口の方から回った？　それとも自動ドアがある方から？」

「あ、入ったドアの方」

「逆時計回りか。メイコさんやアンリさんは見なかった？」

「ううん。いなかったよ」

「ベンチには二度座ったんだ。それぞれ、どれくらい座ってたか分かる？」

「うーん、わかんない。ぼーっとしてたってゆーか、考え事してたし」

「そっか。メイコさんやアンリさんが建物に入る前に、マイさんが裏口の前を通った。その逆だと三人が会ってる可能性が高い。それにマイさんは庭を一周したり、二度もベンチに座っているから、メイコさんの後に来た場合、入室が十二時を過ぎていただろうね。状況から考えると、マイさんがメイコさんより先に来たんだ。そしてメイコさん、アンリさん、タカヒロくん、ノブオくん、セイゴくんがそれぞれ数字を取った後、中に入ったんだね」

「んー、そーかも。歩いてるときはさー、マスクとか帽子とか、落ちてなかったんだよね。入ろうとしたときにあったんだ」

「なるほど」シンジロウが深くうなずいた。「ありがとう。それじゃ最後にユキさんは？」

来た——ユキは緊張で胃の底がひやりとするのを覚えた。

「病院に来たら、真っ直ぐ中に入って金庫の中の数字を取りました」

私は何も知らない。

何も見ていない。

心の中でそう繰り返し、テーブルをじっと見つめながら感情を押し殺して言った。

「他に誰もいませんでした」思わず手が震えそうになったが最後までやりおおせるはずだと自分に言い聞かせた。「番号は十二番でした」

「ユキさんが最後に来たわけだ」

相手を見ずに、こくんとうなずいた。この会話自体に興味がないし、さっさと実行したいと思っているように見えていることを祈った。実際、そう思っていることに偽りはなかった。

「よし。それじゃ、整理してみよう」

シンジロウがホワイトボードに向き直り、みなが大いに驚くほどさらさらと手を止めることなく空白に書き込んでいった。そばにいるサトシが手伝う必要もなかった。

『到着　1（ノブオ）　2リョウコ（9時半）　3サトシ（11時）　4ケンイチ　5タカヒロ　6セイゴ　7ミツエ　8シンジロウ　9マイ　10メイコ（11時45分頃）　11アンリ　12ユキ』

『入館　1（ノブオ）　2リョウコ（10時／10時半）　3サトシ（11時）　4ケンイチ　5タカヒロ　6セイゴ　7ミツエ　8シンジロウ　9メイコ　10アンリ　11マイ　12ユキ』

『数字　1サトシ　2ケンイチ　3ミツエ　4リョウコ　5シンジロウ　6メイコ　7アンリ　8タカヒロ　9ノブオ　10セイゴ　11マイ　12ユキ』
『入室　1ケンイチ　2シンジロウ　3アンリ　4メイコ　5ノブオ　6タカヒロ　7セイゴ　8ミツエ　9リョウコ　10マイ　11ユキ　12サトシ』

シンジロウはサトシと一緒にそれらの情報をしばらく眺めていた。みなもそうした。何かが判明しそうな、そうではないような微妙な雰囲気だった。

ユキは、あくまで無関心であると全身で主張するためにテーブルを見ていようと努めた。沈黙があまりに長いので、つい何度か上目で見たが誰とも目を合わせずに済んだ。お陰でシンジロウがおもむろに口を開いたときも、なんの反応も示さずにいられた。

「誰かが嘘をついてるね」

たちまち部屋の空気がぴりっと緊張した。シンジロウがボードに背を向けて自分の席に戻り、遅れてサトシもそうした。

「どれが嘘なんだ？」セイゴが斜め後ろにあるボードとシンジロウの方を交互に振り返りながら訊いた。

「分からない」シンジロウが腕組みして言った。その目はボードに向けられたままだ。「でもこれを見る限り、ゼロ番を運び入れて移動させたのは、到着がサトシくんより早いノブオくんとリョウコさんということになる」

「私は関係ありません！」リョウコがきつく眉をひそめた。「彼の名前すら知りませんし。自分以外のことを考える余裕なんてありませんでした」

「うん。てことは誰かが嘘をついてることになる。リョウコさんの言うとおりなら九時半から十一時の間は誰も来なかった。でもそのときもうゼロ番は屋内にいた。もしサトシくんが到着した後でゼロ番の子を運び入れたなら、そのときこの部屋のドアは開いていたから、人目を避けるために四階まで移動させる必要なんてなかった。ノブオくんと、彼が協力した誰かは、リョウコさんより前に来ていないとつじつまが合わない」

「で、残り九人のうち自分以外の八人を疑っているってわけね」アンリが肩をすくめた。「申し訳ないけど私はあなたやサトシくんがゼロ番を運んだ可能性だってあると思ってるわ」

「はあ」サトシが首をかしげた。「僕がやったとするとベッドが足らないのは不自然ではありませんか？　僕が用意したんですから」

「そうでしょうね。あなたの言うことが本当でも構わないし、嘘でも構わない。嘘だった場合、どんな事情があるかも私は関知しない。リョウコさんについても同じよ。重要なのは、ここに集ったという事実なのだもの」

「だから、誰が嘘をついてるか分かればいいんですよね?」メイコがもどかしげに声を上げた。

「みんなで、怪しいと思う人の名前を言えばいいんじゃないですか?」

「それに、あなたもふくまれるのよ」アンリが付言した。

メイコが傷ついたような顔をした。まさか自分が疑われるなんて想像もしていなかったというようだ。

「どうすればいいか、シンジロウさんの意見を聞きましょう」アンリがメイコの様子など眼中にもない感じでシンジロウを見た。

「今のところは、ひとまずお手上げだね」シンジロウがさらりと告げた。「ここでセイゴくんにバトンタッチしたいけど、アンリさんは賛同してくれるかな?」

「冗談じゃないわね」

「なんなら決を採ってもらおうぜ」セイゴがにやりとしてみせた。「だいたい、なんでそんなに喋りたくねえんだ?」

「ある人にとっては正当な理由でも、別の人にとっては反対すべき理由である可能性があるからよ。そのことがはからずも今しがた証明されたばかりでしょう? そして、そういった個々の意見の相違を超越した、大きな選択のためにこの集いがあるのよ。無記名投票と同じように、それこそこの集いのルールでしょう? 私たちは、何百項目もある心理テストに回答して合格した者同士なのよ。その点が何より大事なのではないかしら」

「十三人目がいるってのはルールになかったぜ」

「ゼロ番を連れてきた誰かも、テストに合格したということよ。そうでしょう?」

ユキは心の中でうなずいた。できれば彼女を応援したかったが、上手くやれる自信はなかった。メイコに強く期待したが、アンリの主張に乗ろうとする様子はなさそうだった。誰かに便乗するのがメイコの性格だとユキは見抜いていたが、その対象はいつの間にかアンリではなくなっていたのだ。それはアンリ自身の過失でもある。メイコをきちんと味方につけておくべきなのに、今もむしろメイコの反感を買うような喋り方をしたのだった。

メイコもメイコでやや問題がある少女だった。メイコの今の攻撃対象は、ノブオだった。不在の人間を貶《おとし》めることに、いささかの躊躇もない。思った以上に怖い性格だ。もし彼女がユキを対象にしようものなら、あの手この手で言いがかりをつけられるだろう。真実などメイコのような人間からすればどうでもいいのだ。邪魔者とみなされれば、この集いから追い出されてしまうかもしれない。

早く誰かアンリに賛同して欲しかった。何を喋らねばならないかなどどうでもいい。自分がみなの前で喋るという事態そのものから可能な限り遠ざかりたかった。誰かが少年をひきずっていたなどと話す気はなかったが、そうしなければならなくなるきっかけがどこにあるか知れなかった。

「そーだよねー」

ふいに賛同の声が上がった。よりにもよってユキが最も不安を抱く少女の声が。

「四択ばっかで楽かなーと思ったけど、けっこう大変だったよねー、あのテスト。ダウンロードも時間かかったしさー。答えとかクリックするだけで、二時間くらいかかっちゃったもんね」

最悪だ。

ユキは思わず目を閉じた。

みなが呆気にとられた顔でマイを振り返った。

電話が鳴り響いたときとは異なる沈黙が降りた。じっと息を殺すのではなく、みな揃って絶句していた。はからずもユキの不安が的中したことを示す沈黙だった。

ああ、神様。

ユキは祈るのではなく、深い恨みを込めて心の中で呟いた。

なんでですか。なんでこんな人が、今この場にいなければならないんですか。

「あれっ……？　あたし、なんか余計なこと言っちゃったかな。ごめんね。あはは」

「僕は、丸一日かかったよ」シンジロウが言った。厳《おごそ》かとさえいえる口調だった。「それを、マイさんは二時間で回答したっていうの？」

「あはは。そっか。そーだよね。あはは」

なんとも素っ頓狂な声でマイが笑った。もはや笑ってごまかせるような雰囲気ではなかったが、そのせいでむしろマイの方もかえって笑うことをやめられなくなっているようだった。その箍《たが》の外れたような笑い声とともに、ユキが恐れていたとおり、ついにこの集いの大前提を——ここで全員が精神的な支柱としていたものを——ものの見事に打ち砕く言葉がマイの口から放たれていった。

「あたしさー、全部1にチェック入れたんだよねー。ネットで映画とか観ながらさー。もー、手が痛くなっちった。あはは。だって、あれ、適当に答えとけばいいやつでしょ？　そうじゃないの？　あれ？　なんか違うのかなー。あははははは」

第四章　告白

一　4対7

十一番の少女ことマイにとって、思わず尊敬の念を抱いてしまう人というのは、それこそテレビ番組の数ほどいるが——番組ごとに何人もいるのが常だが——ほぼ一つの特徴で言い表すことができた。すなわち、人に影響を与えることができる人だ。

というのも自分は常に影響を受ける側にいるのであり、自分の言動も出で立ちも基本的に誰かの模倣であることに安心を覚えるたちだった。何しろその方が気楽なのだから。

人に影響を与える側にいるのは、学校の人気者や、学業の成績が良い子たちや、テレビの向こう側から語りかけてくる何でも知っている顔をした人々なのだ。いつからそう考えるようになったか、まったく覚えていないが、マイは自分がそうした人々の一員にはなれないのだと考えていた。そうなるには何かと頑張らねばならず、頑張った分だけ誉められるどころか、もっと要求されるという大変な目に遭わねばならない。学校でマイが尊敬する子たちも、テレビに出てくるアイドルもタレントもスポーツ選手も、みんな頑張り続けている。彼らはまるで芝生に水をやるように、自分たちの頑張りを示すことで大多数のその他大勢に、知恵や元気や笑顔や流行のポイントや、なんやかやを与えているのだ。

人に影響を与えるというのは頑張りの結果であり、そういう人ほど永遠に頑張ることをやめないのだと素朴に信じていた。とてもマイにはできないし、そんな立場になることなど想像もつかない。ずっとそうだったし、ここで最期の時を迎えるときもそれは変わらないと思っていた。自分は他の十一人に倣って、決して一人ぼっちでもなく、自分の意思という重たいものと向き合うこともなく、首尾良くこの世を去るのだと。

そんなわけで、にわかに集いの場が騒然となったとき、マイは自分がその事態を引き起こしたのだということがさっぱり理解できなかった。ここに集った者たちにとっての大前提を、木っ端微塵にしかねない言葉を放ったのだということが。

「えっ⁉ なに⁉ それってどういうこと⁉」二番の少年ケンイチが目をまん丸にし、自分だけが驚いているのではないことを確かめるように周囲を見ながらわめいた。「それ、おかしいでしょ⁉ ねえ⁉ そうでしょ⁉」

「おいおい……マジか？」十番の少年セイゴも、マイの隣で目を白黒させ、まるで怒ろうか笑おうか迷っているというような複雑な表情をみせている。「この俺だって真面目にやったってのに……マジかよ」

「なに？ 意味ないの⁉」三番の少女ミツエが甲高い声を上げながらケンイチと同様に左右を見渡した。「あのテストって、ちゃんとしたやつじゃないの⁉ 意味なかったの⁉」

「全部1って……」四番の少女リョウコが何かに手ひどく裏切られたというような悔しげな声を放った。「なんなんですか、それ。そんなこと許されるんですか」

「う、嘘でしょ？」ずっとぼんやりしていた八番の少年タカヒロまでもが、今度こそ本当に眠気も覚めたというように声を上げている。「あ……そ、それとも、一人ずつ違うの？　み、みんな同じテストじゃないの？」

「つまり、どういうことですか？」六番の少女メイコが、まるで誰かの責任を問い質すようにその場にいる者たちを見回した。「この集いに、いちゃいけない人がいるってことじゃないんですか？」

「落ち着いてちょうだい」七番の少女アンリまでもが、なんとか騒ぎを押さえ込もうとするように声を上げている。「こんな風に言い合ってもなんにもならないわ」

半数以上が騒いでおり、残りはそれとは対照的にじっと無言だった。

常に柔和な態度で議論を促してきたはずの五番の少年シンジロウは、先ほどマイに質問をしたのを最後に口をつぐみ、とんでもなく難解な何かに直面したというように眉間に皺を寄せて宙を見つめている。

十二番の少女ユキはもとから口数が極端に少なく、うつむきがちだったが、これまで以上に顔を伏せており、今にも長テーブルに突っ伏しそうだ。

一番の少年サトシは、場が騒然としようが議論が白熱しようが、まったく表情を変えず淡々と見守り続けてきていたが、さすがにこの騒ぎには困惑したのか、ちらりとマイの方を見た。

マイはきょとんとサトシを見つめ返した。なんでみんなこんな風に騒いでるんだろうね、という素直な疑問の念が顔に出ていた。自分はシンジロウの質問に素直に答えただけなのに。

その内心が自然と伝わったのか、サトシが小さく溜息をついて視線をマイからそらした。かと思うとメイコが、サトシに目を向けながら大きく声を張り上げた。

「これって管理者の責任ですよね？」

途端に、ケンイチも隣のサトシの方を向いて質《ただ》した。

「あのテストって、サトシくんが用意したんだよね？」

セイゴも身を乗り出してサトシを見つつ、太い親指でマイを指して訊いた。

「どうなってんだよ。こいつだけ違うテストだったのか？」

「なに、そうなの？」とミツエ。

「そうなんですか？」とリョウコ。

「ど、ど、どうなの、サトシくん？」とタカヒロ。

急にサトシがみんなから質問責めにされ始めたことにマイはびっくりした。サトシはずっと、みんなのためにいろいろやってくれているのに。サトシが可哀想だとみなに言いたくなったが、自分の発言が発端だとは思いもしなかった。

「みんな落ち着いて——」

宥めようとするアンリを遮って、サトシが言った。

「テストの内容は、みなさん同じです。マイさんだけ違うということは、ありません」

とことん事務的な調子だった。堂々と返答するのではなく、単に訊かれたことに答えただけといったサトシの態度に、逆に質問した者たちのほうが鼻白んだようになった。

「じゃあ、全部1を選ぶのが正解だったってこと？」

ケンイチがさらに訊いた。質問することをやめないのがこの少年の特徴であり、マイは素直に感心していた。こういう人物はときどき学校にもいて、いつも先生から気に入られるか嫌がられるか紙一重のところをふらふらしているという印象だったが、少なくともマイはケンイチに好感を抱いていた。自分もどちらかというと質問が多いほうだからだ。そもそもマイが好感を抱かない人物というのは滅多におらず、本人には自覚がないが、結局は無知ゆえにこそ、この場にいる者たちの中で最も公平で、分け隔て無く接することができた。

「どういった回答が正解である、ということはありません」サトシが言った。弁明や言い訳をするような調子はまったくなかった。「テストの回答をもとに、その人の精神状態や心理的傾向を推測するためのものですから」

「す、推測？　そ、それだけ？」タカヒロが呆気にとられたように聞き返した。

「安楽死を認めるかどうか判定するためのテストですよね？」リョウコが強い調子で訊いた。そうではないとは言わせないといった訊き方だ。

「もちろん、そのための質問もふくまれていますよ」サトシがいささかも変わらぬ口調で答えた。

「他にも、性格診断や精神科での問診などもふくまれています。同じ目的のものでも、ヨーロッパやアメリカで使われているものは日本のものとは違いますので、ひととおり入れています。みなさんの回答は遺書と一緒に遺されますので、見る人が見れば、みなさんがどのような精神状態であったか分かると思います。ですが僕は専門家ではありませんので、みなさんの回答から何かが判断できるわけではありません」

　場が静まりかえった。多くの者が、サトシの言葉にショックを受けている様子だった。タカヒロやセイゴは唖然となって大口を開いている。ケンイチやリョウコは、どう受け止めるべきか心底迷っているようだった。ミツエやメイコは、今サトシが言ったことを心から閉め出して聞かなかったことにしようというように、目の焦点をどこにも合わさず内にこもる顔つきになっていた。

変わらないのはサトシをはじめとして、何ごとか考え込んでいるシンジロウ、ひとまず場が静まったので自分も口をつぐんだアンリ、じっとうつむいているユキ、そしてマイだった。

みなが黙った後、いまいちぴんときていないマイだけがサトシの言葉にいささかも動揺を見せず、あっけらかんと訊いた。

「でもあのテストってさー、あれでしょ、マークシートでしょ？　点数とか、機械で分かるんじゃないの？」

「データですので診断は自動的にできますね」サトシが律儀に答えた。「わかるのは、今その人の、どのような傾向が顕著かということです。そこからさらに分析したり、何かを判断したりといったことは、僕にはできません」

「へー。じゃあ、あたしのテスト、どんなだったの？　全部1だったじゃん」

「僕がチェックしたのは、全ての質問に回答したかどうかです。みなさんのプライバシーにも関わりますし、診断は行っていません。回答データはみなさんの遺書と一緒に保存されていて、この集いが無事に実行された後でしか見られないようになっています」

「ふーん。でもチェックしたんだー。みんなの分を見るの大変だよねー」

「はあ」

そこで、黙っていたシンジロウがふいに口を開いた。

「なるほど。回答したかどうかを見たんだね」

サトシがシンジロウを見てうなずいた。

「はい。そうです」

「それがある意味、あのテストの目的だったわけだ。何百個もの質問の全てに回答するだけの根気と意思があるかどうか、試すのが」

「そうですね。繰り返しになりますが、それ以上のことは僕にはできませんから」

「確かにね」シンジロウがちょっと苦笑するように言った。眉間の皺もいつの間にか消えており、もとの柔和な表情に戻っていた。「考えてみればその通りだ。サトシくんが僕らを合格させたわけじゃない。誰かに認めてもらわないといけないような気がしていたけど、これは自分の選択なんだ」

「そうね」すかさず、という感じでアンリが同意した。「私たちは意思を持って、テストに回答したわ。何百という質問に。少なくとも一つ残らず答えたという点では、誠実にね。この場に集う資格を問う上で、私たちにはそれ以上のすべはないのよ。サトシさんの言うとおり、専門家ではないのだから。そういう結論でよろしいかしら?」

いきなり場をまとめにかかるアンリに、マイは到底ついていけなかった。とはいえ彼女みたいに頭の良さそうな子がそう言うなら、そうなんだろうとあっさり納得しかけた。

だが隣にいるセイゴが、たちまち噛みつくような調子で異議を唱えた。

「ちょっと待てよ。話してたのはそれとは違うだろうが」

「何かしら? ああ……、ここに来たみなの動機を、あなた個人の興味で聞き出したいという話でしたっけ?」

「俺の興味で聞こうってんじゃねえよ」セイゴがむかっとした顔で否定した。「もともと、どこのどいつに、どんな事情があるかなんざ知ったことじゃねえ。ただ、あのゼロ番を連れてきたやつが、なんとなくわかるかもしれねえだろ」

「ふうん、なんとなく」アンリが珍しい言葉でも口にするかのように、ゆっくりと繰り返した。

「まあ、なんて合理的なんでしょうね。感心するわ」

セイゴが大きく息を吸うのがマイには分かった。思い切り怒鳴ろうとしたのだろうが、そこへ穏やかに──そのくせ恐ろしいほど的確に──シンジロウが口を挟んだ。

「まずは決を採ろう。もう三時半になる」

シンジロウが壁の時計を指さしながら、セイゴに軽くうなずきかけていた。なんだかスポーツやバラエティの番組で、チームメイト同士が、落ち着いていこう、と一方が他方を宥めるような感じだなとマイは思った。そしてその連想に思わず首をかしげた。ということは、シンジロウとセイゴは、アンリや誰かと、何かを争っているというのだろうか？　変なの。この場にいる全員が一つの目的で集ったわけだから、そんな必要ないのに──と今になってそんな疑問を抱いてしまうのも、マイらしさの一つといえた。

「そうですね。それでは挙手でいかがでしょうか？」

サトシが淡々と場を進めにかかった。さっきのテストの話はどうなったんだろうとマイは疑問に思った。サトシが喋り始めると、それこそ時計が時間を刻むようにどんどん何かが進んでいくような気にさせられる。自分みたいな人間は追いつくだけで大変だ。ここは、ちょっと待ってと言うべきだろうかと考えているところへ、別の者が声を上げた。

「ねえちょっと、テストのことはもういいの？」

ミツエだった。マイの内心を代弁してくれているかのように困惑しきった顔だ。

「そう、そうだよ」ケンイチが慌てて参加した。「全部答えたからいいって、本当にそれでいいの?」

「今さらいいも悪いもないでしょう?」アンリが宥めるというより、呆れたように返して二人をむっとさせた。「あれはサトシさんにできた最善の方法であって、それ以上のすべを求めることはできないのよ」

「確かにそうですね……」メイコが宙に漂わせていた目をようやく目の前の現実に戻して言った。「それで私の意思が変わるわけでもありませんし……」

「で、でもさあ」タカヒロがくたびれたように言った。「や、やっぱちょっと、がっかりするよ。い、意味ないなんて。あ、あんなに頑張って、答えたのに」

あからさまに文句を言われてもサトシの表情はちっとも変わらず、代わりにシンジロウが言い添えた。

「でも全ての質問に答えたことで、この集いに参加しようという意思を示せたわけだから、まるっきり無意味ってわけでもないんじゃないかな」

「それも話すことに加えりゃいいだろ」セイゴが乱暴に言った。「さっさとやろうぜ。手を挙げて決めるんだろ」

「採決に反対はしないけど、誰の時間を使うのか聞いておきたいわ」アンリがずけずけと口を挟んだ。「無制限に話し合うわけではないと、さっき決めたはずよ。すでに六人の時間を使ったということを忘れないでちょうだい」

「じゃ、お前だ」セイゴが隣にいるマイを見て――体格が全然違うので、ほとんど見下ろすようにして――決めつけた。

「え？　なんで？」マイは眉をひそめた。「あたし、なんも話すこととかないよ？」

「お前が全部1にしたなんて言い出したから時間食ったんだ。その分の時間をよこしたって構わねえだろ」

「そんなの大したことないじゃーん」マイはきっぱりと言い切った。「別にあたしのせいとかじゃないでしょー？」

「お前なあ」

「まー、別にいーけどさー。あとでやっぱ返してってなったらどーすんの？　返してくれんの？」

「お前、何も話すことないって言ったろ、今」

「まあまあ」

とシンジロウが仲裁しようとしたところへ、さっと手を挙げた人物がいた。

「私の時間を使って下さい」

四番のリョウコだった。大半の者がどこか気を遣うように彼女を見やった。マスクと帽子の下から現れた「有名人リコ」の顔を正面から見たり、彼女と目を合わせたりすることに妙な気後れを感じるのだろう。まったく気にせず彼女と見つめ合えるのは、サトシとマイくらいのものだった。

みなの注目を集めると、リョウコが手を下ろしていった。

「そちらのセイゴさんがおっしゃる、みなさんがここに来た理由については、私も興味があります。結果的に、私とセイゴさん、そしてこちらのミツエさんだけ、みなさんにお話ししていますし。不公平というわけではないのですが、できればみなさんと、ちゃんとお互いの理由を認め合った上で、実行したいと私は思っています」

アンリとはまた違う、優等生そのものといった隙がなく反論しづらい主張だ。

セイゴとケンイチ、そしてリョウコの隣にいるシンジロウが、頼もしい味方を得たというように目を見交わした。

そこへ、ここぞとばかりにミツエが言葉を差し込んできた。

「そうよ。この人を説得するっていうことも、お話に入れてちょうだいよ」

リョウコが溜息混じりにミツエを振り返った。

「私は認め合いたいと言っているんです。私を否定するのはやめて下さい。私に恨みでもあるんですか?」

「とんでもないわ!」ミツエがさも傷ついたというように甲高い声を上げた。「あなたのこと尊敬してるし、称えてるのよ! どうしてわかってくれないの?」

「あなたのことは大体わかります」リョウコが、何やらマイにはよくわからない諦念に満ちた声音をこぼした。「よくわかってるんです。私たちが——私のいた業界が、あなたたちをそういう風にさせているってことは」

「え、なんか悪いなー。リコちゃんの時間使っちゃうのー?」

マイは話の流れはさておき、その点については理解ができたので、そう声を上げた。

「リョウコです」

きっと目尻を尖らせる彼女の様子が、怒るというだけでなく、なんだか悲しげでもあったので、マイは慌ててうなずいた。

「あ、ごめん、ごめん。あたし、テレビとかで見たほうの名前ばっか覚えちゃってて。リョウコちゃんていうんだね、本当の名前。あたし知らなかったなー。ごめんね」

「俺も知らなかったっつの」ぼそっとセイゴが呟いた。

「別に謝って欲しいわけじゃありません」リョウコがやや表情を和らげて言った。「本名は公表していませんから。ネットでは出ているみたいですけど、オフィシャルではありませんし。ただ、ここでは本来の私の名前で呼んで欲しいんです」

「うんうん。じゃ、リョウコちゃんの時間はリョウコちゃんが使っていーよ。あたしの時間を使うから」

「いえ、私がそうしたいだけですから。私の時間でみなさんのお話を聞きたいと思います」

「じゃ、こうしたらどうだろう」シンジロウがさりげなく割って入った。「二人の時間を順番に使う。つまり今から一時間、提供された時間があるということにする。三十分ごとに話し合いを続けるかどうか採決することは変わらない。どうかな?」

「いいんじゃねえか?」セイゴが率先して同意した。「三十分後に、どっちかが、やっぱりやめたって言い出してもいいんだしな」

「反対はしないけど……、紛糾すればあっという間ね」アンリが肩をすくめた。「そうならないことを祈るわ」

「では、私と——マイさんの時間を使って、お話をするか決めて下さい」

リョウコがみなへ言った。マイは名前で呼んでもらえて嬉しい気持ちになり、確かに名前は大事だと素直に納得させられた。リコがテレビでの彼女の名前。リョウコが今いる彼女の名前。間違えないようにしよう。リコ、リョウコ、リコ、リョウコ……あれ、どっちだっけ——とマイが心の中で呟いているうちに、また別の話題が出されていた。

「話し合うなら準備を進めるべきだと思います」

メイコが、どうして誰も言い出さないのかと全員を咎めるような調子で言った。

「準備って……」ケンイチが周囲を見回した。

「換気口も塞いだし」タカヒロがぼんやり天井を見上げた。

「サトシくん、次の準備は何かな？」シンジロウが訊いた。

「ほぼ完了していますね。通信機器を集めて電源を切りましたし。練炭の準備もできていますし。あとは、あのドアを塞ぐことと、みなさんがそれぞれ用意を整えてベッドに入ることでしょうか」

「寝ながら話すってのもな」セイゴが真面目な顔で腕組みした。「こういう大事な話は、そいつの顔を見て聞くもんだしよ。まあ、寝たいやつがいるなら、いいぜ。俺はここで座って聞いてっからよ」

「さ、さっきまでだったら、ぼ、僕、真っ先にそうしてたかも」タカヒロが首をねじって自分の背後にあるベッドを見た。「で、でも、話が終わってからでいいや。な、なんだか、目が覚めてきたし」

確かに、とマイは思った。最初に彼を見たときは〝なにこの子、ゾンビみたい〟と正直な感想を抱いたものだったが、今はその口調も顔つきも、なんというか、ようやく〝目が覚めた〟という感じになっていた。薬のせいであくびが出るとか言っていたから、その効き目がだんだん消えてきているのだろう。

「じゃあ、あのドアを閉めて塞ぎましょう。あのドアを」

メイコが焦《じ》れたように言った。よほど落ち着かないのか、いつの間にか彼女の体が貧乏揺すりを始めていることにマイは気づいた。

なんでそんなに焦《あせ》ってるんだろう。マイは首をかしげた。まるで誰かが出て行かないようにしようとしているみたいだと思った。あるいは誰かが入ってこないように。

あ、そうか。そういえば病院に電話がかかってきたりしたんだっけ――マイはそのことを急に思い出した。外の人間に見つかったらまずいことになる。だから、ドアを閉めようとしているのだ。

だがしかし――ドアを閉めるなんて、いつそんな話になったんだろう？　リョウコの名前を頭の中で唱えることに一生懸命だったせいで、また話についていけなくなっていた。

「あのドアを塞いだら、空気が悪くなるんじゃないかな……」ケンイチが言った。これまでなんとなくの気分を口にし続けてきた彼にしては、みなが納得できる、わりとまっとうな反論だった。

「あたし最後にメイク直ししたいし。お手洗い行きたくなるかもでしょ」ミツエもそう言って反対した。

「いつ人が来るかわからないんですよ」メイコの貧乏揺すりが激しくなった。「こんなところ見つかったら最悪じゃないですか。もう、なんでこんなに時間がかかるんですか」

「こうしたらどうだろう？」シンジロウがにっこり笑って言った。「マイさんやリョウコさんの他に誰かが時間を提供したときは、まずドアを塞ぐかどうか決める。どうかな？」

「わかりました」メイコが即座に答えた。「それで全員が納得するなら、そうします」

マイは、メイコの貧乏揺すりがたちまち穏やかになっていくのを見て、シンちゃんてやっぱすごいなあ、と感心した。一方では、隣のセイゴがにやりとしたり、アンリが小さくかぶりを振ったりしているのも気になった。

先ほど疑問に思った、チームメイトうんぬんでいえば、まるでセイゴとシンジロウのチームが一点稼ぎ、アンリのチームが失点したというようだ。うっかり失点したのはメイコだろうか。何かをシンジロウにまんまと取られたのだ。

時間かな。マイはなんとなくそう理解した。メイコが何に焦れているのかわからないが、その感情を利用して、さらに他の誰かが時間を提供することを前提にするような空気を作ったのだ。考えてみれば、他に誰も時間を提供する人がいないのであれば、いつドアを塞いでもいいはずだった。

人より時間がかかるだけで、マイのものごとを理解する能力そのものに問題があるわけではなかった。ただマイがそこまで理解したときには、気づけば半数が手を挙げていた。

それでは挙手による採決を行いたいと思います――というサトシの声が、かなり遅れて頭に届いた。ああ、決を採るんだ、と理解したときにはもうそれは終わっていた。

「ケンイチさん、ミツエさん、リョウコさん、シンジロウさん、メイコさん、タカヒロさん、セイゴさん――七人の方が話し合いの続行を望んでおられます。三十分後の四時には、また同様に採決を行いたいと思います。それでは、お話を続けて下さい」

「よし——」セイゴが深く椅子に座ってみなを見回した。「それじゃ全員で、話すっていうより、話を聞くとしようぜ」

二　動機

何の話だっけ。マイは首をかしげた。というか七人が話したいと思ってるって言ってたけど、誰と誰のことだったろう。

「あなたが順番を決めるのかしら？」アンリが訊いた。答えを聞く前から、そんな権利はないのだと言いたげだった。

「それでもいいけどよ」負けじとセイゴがにやりとした。「順繰りでいいんじゃねえか。俺の席から、ぐるっと一周すりゃいいだろ。な、タカヒロ」

「ぼ、僕？」タカヒロがきょとんとなった。「な、何をするの？」

「俺はもう話しただろ。俺の隣にいるやつから話すんだよ」セイゴがぐるっと指で宙に円を描いた。「で、戻ってくりゃいいだろ」

「え？」そこでマイがセイゴの言葉を受け取った。それまで、七人とは誰のことだろうと思い、きょろきょろしていたのだ。「隣ってことはー、あたしからってこと？　あたしが話すの？」

マイは、すっかりそういうことだろうと思ったが、しかめっつらのセイゴに遮られた。

「違うだろ。お前は最後だ」

「えー、なんで?」

「どちらからでもいいと思うけどね」シンジロウがやんわり言った。「逆時計回りに――セイゴくんから見て右から進むと、入室順と似た感じになるのが面白いね。ミツエさんとリョウコさんを除けばだけど。ほら」

シンジロウが指さすので、みながホワイトボードを振り返った。確かに入室の順番は、

『入室　1ケンイチ　2シンジロウ　3アンリ　4メイコ　5ノブオ　6タカヒロ　7セイゴ　8ミツエ　9リョウコ　10マイ　11ユキ　12サトシ』

と書かれている。

「七番のセイゴくんからさかのぼっていくと、タカヒロくん、ノブオくんは欠席で、メイコさんとアンリさんは一緒に来て、僕、ケンイチくん。そこで後から来た人につなげると、サトシくん、ユキさん、最後はマイさん。ミツエさんとリョウコさんはもうお話ししてもらったから除外すると、座っている順番の逆回りになる。ただの偶然だけど、面白いんじゃないかな」

「へえ。本当だ」ケンイチが感心したように言った。

「と、取った数字は、ばらばらなのに」タカヒロが首をかしげた。「な、なんで、こうなったんだろう?」

「本当にただの偶然ね」アンリが肩をすくめた。「なんだっていいわ。早く始めましょう」

シンジロウとアンリが互いの意見を認めた場合、ほぼその通りにことが進むということはマイもなんとなく感じていた。このときもそうなるだろうと思ったので、さっぱり理屈はわからないが、言うとおりにするということを示すためにうなずいた。

「じゃー、あたしが最後で、タカちゃんが最初ってことだよね」

セイゴが反射的にマイへ何か言おうとしたが、珍しく何も間違っていなかったので、ちょっとまごついたようになりつつタカヒロのほうを見た。

「それじゃ、お前からだ。頼むぜ、タカヒロ」

「う、うん」タカヒロが何を頼まれたんだろうと不思議に思うような顔でみなを見回した。「ぼ、僕は……なんだろう、ただ眠りたいだけなんだ。も、もうずっと、寝ながら、起きてるみたいな、いっつも、頭の中がめちゃめちゃになったまま、い、生きてるような感じ。あ、あの……わかるかな」

シンジロウやアンリが小さくうなずいた。マイも思わずうなずいていた。共感するというより、タカヒロを初めて見て以来、その挙動は見るからに彼の言葉そのもの——寝ながら起きているというか、死んだように生きているような有様だったからだ。

「と、とっても、疲れててさ。起きてるときも、何もできないんだよ。ぼうっとしちゃって。そ、そのくせ、きちんと眠れないんだ。きちんと眠れたことなんて、もう何年も、ないんじゃないかな。あ、頭も、どんどんおかしくなっていくし。ある日、僕はこのまま、死んでいくんだなって、お、思ったんだ。そ、それならせめて、きちんと眠りながら、死にたいと思ってさ。そ、それで何度か失敗したんだ。そのせいで、母親から、もっと強い薬を飲まされるようになっちゃった。そ、それを飲んでると、もう頭の中が、溶けて、ぐじゃぐじゃになるような感じに、なるんだ。早く、どうにかしないと、もっと、ひどくなると思って、必死になって……で、サトシくんの、サ、サイトを見つけて、こ、ここに来たんだ」

「なんで、そんなになってまで薬を飲んでんだ?」セイゴが訊いた。

「え……」タカヒロが聞き返した。質問の意味がわからないようだった。「な、なんで?」

「病気かなんかで飲んでんのか?」

「え、えっと……う、うん。は、母親は、そう言ってる。病気だって」

「何の病気だ? ああ……言いたくなきゃ、別に言わなくていいぜ。病気してるようには見えねえからよ」

「え、ええと、ほら、か、癇癪とか、起こすじゃない。こ、子どもがさ。わがままとか、言ったり。ぼ、僕なんか、床に寝転がって、騒いだりしたらしいんだ。さ、三歳とか、四歳とか、そ、そんな歳の頃に」

「あるな。十五になってもやるやつはいるな」

「そ、そうそう。ね? そういう病気」

「なんだって?」

「だ、だから、ほら、か、癇癪とか。い、苛々したり、親に、逆らったりするじゃない。そ、そういう、病気なんだって」

大半が神妙にタカヒロの話を聞いていたが、何かおかしいというように眉をひそめた。マイもそうだった。まったく無反応だったのはサトシやユキくらいだろう。

「お前それ、本当に病気か?」セイゴがまじまじとタカヒロを見て訊いた。「薬を飲んで治さなきゃいけねえくらい……なんだ、暴れたり叫んだりするのか?」

「う、うん。そういう感じ」

タカヒロはうなずいた。マイが見る限り、彼にしては、ずいぶん堂々とした態度だった。まともに話せていること、それどころか大勢の前で喋っていられることで、大いに自信を抱くことができているという感じがした。

「た、たとえばさ……母親が言うには、子どもの頃、僕、どこかの遊園地で、お、おしっこしたいって、大声で、泣きわめいたんだって。の、乗り物に乗るために、並んでたときに。母親が、我慢しなさいって言っても、ぜ、全然聞かなかったみたい。ものすごい勢いで、わめき続けたから、結局、トイレに連れてかないと、いけなくなったって。だから、ほら、病気なんじゃないかな」

誰もうなずかなかった。多くの者がタカヒロを見つめ、この少年が口にすることがらを、どう解釈すべきか迷っているようだった。

マイは、彼の話を聞いているうちに、どっちが病気なんだっけ、と混乱してしまった。タカヒロのほうなのか、タカヒロが服従し続けなければならなかった母親のほうなのか。タカヒロが言うには彼のほうが病気らしいので、きっとそうなんだろうと思った。

だがセイゴはそう受け取らなかったようだった。

「馬鹿じゃねえのか。そりゃ病気でもなんでもねえだろ」

その怒りのこもった声音に、タカヒロがぎょっとなって身を引いた。セイゴがなぜ怒り出したのか――そもそも、なんのために怒るのか――さっぱり理解できない様子で周りを見回し、助けを求めた。

「母親の言いなりになって薬漬けにされてるだけじゃねえのか？　もし母親がお前に保険金かけ

て殺そうとしたら、黙ってそうされんのか？」

「な、な、なに？　な、な、な、なんのこと？」タカヒロがますます困惑し、大いに言葉をつっかえさせながら、助けを求めるようにみなを見た。

「セイゴくん」シンジロウがやや声を大きくして呼んだ。「タカヒロくんは、タカヒロくんの話をしているだけだよ。セイゴくんの話をしているんじゃないよ」

「んなこた、わかってる――」

「あらあら、もう紛糾するの？」アンリが腕組みして、さも呆れたように背もたれに身を預けた。「好きにやってちょうだい。次は私の番だけど、その前に時間を全て使ってしまうかもしれないわね」

セイゴがタカヒロから目をそらし、大きく息を吐いた。火でも吐くような感じだった。そのセイゴの顔をシンジロウがじっと見つめ、落ち着くようようなずきかけている。

「悪かったよ」セイゴが言った。「邪魔しちまった。もう何も言わねえ。続けてくれ」

「あ、あの……」タカヒロが身を縮こまらせてシンジロウのほうを見た。「そ、それだけ、なんだけど……ほ、他に、何を話せばいいの？」

「十分だと思うよ」シンジロウが相手を安心させるように微笑んだ。「話してくれて、ありがとう」

タカヒロが助かったというように、こくこくうなずいた。それから、テーブルの端に座るアンリのほうをちらりと見た。

「最初に言っておきますけど、私は決して、誰の選択も否定しないわ」アンリがみなを見回して言った。「否定する人には逆に訊きたいわ。どんな理由があれば、こうした選択が肯定されるのかしらって。重要なのは、選んだという事実なのよ。そしてここでもっと重要なのは、全員がそれぞれ異なる理由を持ちながら、一つの選択をしたということよ」

「お前の話じゃなかったのか」セイゴがむっつりとした顔で言った。「何のご託を聞かせようってんだ？」

「これが、私の話なのよ」アンリが、さも物わかりの悪い相手に、丁寧に説明してやっているのだというように返した。「私がここに来た理由は、誰もが自由に大きな選択をすることができる社会にするためよ。どんな人であっても、どんな年齢であっても、この命にまつわる大きな選択をすべきなのよ。そうした選択を、自分自身で決定できるかできないかが、幸福な社会であるかどうかの一番の条件なの」

「自殺できるのが幸せだってのか？」セイゴが顔をしかめた。

「そういう乱暴な言葉は、いつだって誰かから選択を奪う人が使うものよ。そうすべきではない、それは正しくない、まっとうに生きるべきだ――そんな勝手な価値観で抑圧される限り、幸福にはなれない。私は、大きな選択を全て肯定するわ。安楽死も、中絶も、これから私たちが実行しようとしていることも、何もかもを。それらを肯定しないことが人間としての真実であり美徳であるかのような言い方をする人もいるけれど、結局のところ、ただ単に、どれも今の社会にとって都合が悪いというだけのことなのよ。だったら、私たちが社会を変える力の一つになればいい。ここでこうして、誰からも無理強いされず、自由意思で大きな選択を成し遂げる人間が十二人もいるのよ。さっきまでは十三人だったけれど、今はこうしてもとの数字にもどった。そのことも何かの導きでしょうね。私たちは決して、悪いことをするわけじゃない。正当な主張のため、個人の幸福のため、意思を持つ一人の人間として、ここで選択し、実行する。たとえ今の社会がそうは受け取らなかったとしても、私たちがここでしたことがきっかけで、他の場所でもきっと同じようなことが起こって、いずれ社会を変えることになる。それが私の目的よ。何か異論はある？」

誰もうなずかなかったし、言い返したりもしなかった。

マイにはちっとも理解が追いつかなかったが、それでも聞いていて嫌だなとか、怖いなといったことは感じなかった。ただ代わりに、アンリがなぜここにいるのか——社会をどうにかするとまで言い放つ彼女個人の動機がなんなのか——最初の時よりもっとわからなくなっていた。

「つまり、それ以外の理由はないってことかな」シンジロウが珍しく、相手の本心を探るような目でじっと見つめながら質した。

「何かなければ駄目かしら？」アンリがにっこり微笑んだ。シンジロウと違い、自分を理解しない相手を拒絶するような笑みだ。

「なんだって、そんなに世の中を恨んでんだ？」セイゴが訊いた。

「恨んでいるわけではないわ」物わかりが悪い人はこれだから、と言いたげだった。「人を不幸にしている原因が、社会のあり方そのものにあるわけだから、変えるべきだと言っているの。そして私たちの存在と選択が、社会を変える力になると言っているの」

「あー……」セイゴが苦虫を噛み潰したような顔になりながら、シンジロウや他の面々に向かって、さじを投げた。「だとよ」

大半はアンリの演説めいた話にぽかんとなっていたが、なんであれ二つのことは、マイを含めて全員に強く伝わっていた。一つは、アンリが絶対に自分の言い分を曲げないであろうこと。そしてもう一つは、みなが互いの言い分を理解し合おうが、そうできまいが、どうでもいいとアンリが本気で思っているということだった。みなそれぞれにどんな理由があろうと全員がここで実行しさえすれば、少なくともアンリの目的は達せられるらしかった。

「なるほどね」シンジロウがさも感銘を受けたというようにうなずいてみせた。「何もかも認めるというのは、僕らにとっても安心できることだと思うよ。アンリさんのお話はこれで十分じゃないかな、セイゴくん。次はメイコさんの番だと思うけど」

「そうだな」セイゴが、シンジロウに従うように同意した。「そうしてくれ」

「だそうよ」アンリが、右手にいるメイコを促した。どこか冷ややかな、お好きにどうぞ、というような態度だ。

「はい」メイコが、アンリのほうを見もせずうなずいた。「私は特に、社会のこととかは考えていません。単に私がそうしたいから、ここに来ました」

マイの感覚では、アンリとメイコは当初、わりと仲良く場を進めようとしていたはずだが、いつの間にか歯車が嚙み合わなくなっている感じだった。今は仲が良いどころか、いつセイゴとアンリのように、あるいはミツエとリョウコのように、二人で言い争いを始めてもおかしくない雰囲気を醸し出している。

いったいいつからそうなったのだろうとマイは不思議に思いながら、メイコの話に耳を傾けた。

「私には保険金がかけられています」メイコが微笑んで告げた。自分が偉いことをしたと自負している子が、生徒の前で先生にそのことを報告しているときのような顔だ。「生命保険です。あ、自分でかけたものですよ。母親が勝手にかけたっていう十番の人とは違います。あと私の場合、契約からもう一年以上が過ぎていますので自殺でも保険金が支払われるんです。契約内容は何度も確認しましたから間違いありません。遺書には適当に自殺の理由を書きましたが、これが私の本心です。私は、私にできる一番のことをしたくて、そうしました」

これまた、みなが黙ってしまった。メイコが告げたことはさておき、評価されて当然だというその態度のせいだった。それが本当に偉いことなのかどうか、少なくともマイには判断がつかなかった。

「自分でか？」セイゴが訊いた。

「はい。そう言いましたよ」メイコが質問を予期していたというように返した。「未成年なので保護者の同意が必要でしたけど、あんなのは保険会社から父の会社に電話させたり、ちょっと書類を用意したりするだけで何とでもなりますから。あ、保険料も自分で払いましたよ。父がくれるお小遣いじゃなくて、バイト代で払ったんです。お小遣い程度じゃ払えませんから。というか、今は。以前は多かったんです、お小遣い」

「保険金は親父とか家族に入るのか？」

「はい」晴れやかな笑顔で答えた。「父の会社の経営がとっても厳しいらしいので。はっきり言って倒産寸前なんですよ。だから絶対にもらってくれると思います」

「親の会社のためだというんですか」

ふいにリョウコが呟いた。メイコの話をぼんやり聞いていたマイが、はっとするほど冷ややかな声音だった。

「え？　何ですか？」メイコがたちまち傷ついたような様子をみせた。「何か言いたいことでもあるんですか？」

シンジロウが、他にも攻撃的な者が現れたことに意表を突かれた顔でリョウコを振り返った。

「お母様はどうされているんですか？」リョウコが、努めて平静にしようとしているようだが、どうにも刺々《とげとげ》しさを隠せぬ調子で訊いた。

「私が小さかった頃に別れました。父に追い出されたんですよ。父はそう言ってました」そこでメイコが何とも言えない笑みを浮かべた。嘲りと被害者意識が妙な具合に混じり合った、自分はそうはならないぞ、というような表情だった。「そのあと母代わりの人が来ましたけど、その人も追い出されました」

そこでシンジロウが口を挟もうとしたが、その気配を察したようにリョウコが口早に言い放った。

「あなたも出て行くべきでしょうね」

メイコの目が見開かれた。大きく息を吸い、「今の聞いた？」というようにみなを見回し、リョウコを除く全員が自分の味方なのだぞといった感じでわめいた。

「なんでそんなこと言うんですか？　私は私にできる一番のことをするんです」

「そうだね──」

シンジロウがひとまずメイコに同意するような素振りをみせたその背後で、リョウコがさらに詰問した。

「あなたのお父様が、あなたにお金を遺して死んでくれと言ったんですか？　会社の経営のために犠牲になれと？」

アンリが小さく肩をすくめ、「それ見たことか」という視線をセイゴとシンジロウに順番に送った。

「馬鹿なこと言わないで下さい！」メイコが大粒の涙を目に溜めながら叫んだ。「父ではありません。私が決めたんです。父に、私を忘れさせないために」

「忘れる？　あなたは実の娘なんですよね？」

「そうですよ。当たり前じゃないですか」

「ならなぜ忘れるなんて言うんですか？」

「そうじゃないんです！　父はただ、母の代わりの代わりを連れてきただけです！」

「最低」

リョウコが吐き捨てるように呟いた。マイどころかシンジロウですらびっくりするほど、冷たい棘のこもった声音だった。

「今度はその女性が居ついて、あなたが追い出されそうになったということですか？」

いきなりそんな結論にたどり着いてしまうリョウコに、マイは呆気にとられた。

とたんに、メイコが顔を青ざめさせ、せっかく目に溜めた涙もどこかへ消えてしまうほどの恨みの形相になった。どうやらリョウコが図星をついたらしいとわかり、マイだけでなくサトシもふくめ、みんな驚いていた。

「そんな風に親に支配されて、人生を左右されるだけでなく自分から捧げるなんて――」

リョウコが追い打ちをかけようとするのを、さすがにシンジロウが止めようとした。だがその前にメイコ自身が遮って言った。

「違いますよ。何言ってるんですか。私が父を左右するんですよ」

打って変わって嘲るような口調になっていた。顔には薄ら笑いが浮かんでいる。怒りで青ざめた顔色と相まって幽霊のようで、マイは思わずひやりとさせられた。両隣にいるシンジロウとアンリがそろって目を剝くほど、この少女の怖い性根がすっかり顔を出すようだった。

メイコがささやくような、それでいて耳に障るざらざらした声で言った。

「私は追い出せたって、お金は追い出せないじゃないですか。だって必要なんですから。新しく連れてきた人がちょっとくらいお金持ちだからって使わずにいられるお金じゃないですよ。でもそれ、私っていう娘にかけられた生命保険のお金なんです。ね？　わかりますよね？　この集いは、絶対にニュースになりますよ。私の遺書だってありますし。会社の人たちも、私が死んで入ってきたお金だってわかりながらお給料を受け取るんです。父はどんな顔して会社の人たちやお得意様と会うんでしょうね。新しく連れてきた人とだって、そんなに上手くはいかないですよ。死んだ娘のお金で生活してる人だって、ご近所の噂になりますから」

「もういいです」リョウコが、うんざりしたようにメイコから目を背けた。「訊いた私が悪かったです」

「何を謝ってるんですか？」メイコが不思議そうな、もとの被害者然とした調子に戻って言った。「謝らないといけないことを私にしたってことですよね？」

「お話はもう十分じゃないかしら」アンリが、リョウコに負けず劣らず辟易した様子で口を挟んだ。「メイコさんがここに来た理由もわかったし。リョウコさんが謝ったのは、認め合うと言ったのに、否定的なことを言ってしまったからでしょう?」「ええ」リョウコがちらりとアンリやメイコを見やり、すぐにまた宙に目を向けた。「すみませんでした」

「だから何言ってるんですか? 何か聞きたいんでしたら、もっと話しますよ?」メイコがむしろ勢いを増して言った。

リョウコは何も返さなかった。気まずい空気になったが、二人の間にいるシンジロウは慌てることなく、ゆっくりと身を乗り出し、彼独特の場を和ませる穏やかな調子で言った。

「もう質問はなさそうだね」そうして異論がないことを確かめるようにみなを見回した。誰も発言しなかった。「じゃあ、僕の番かな。この僕の頭を見て、察した人もいると思う。これは治療の副作用で髪が抜けてしまったんだ。もうずっと、学校に行くよりも、病院にいるほうが長い生活を送ってる。今日はずいぶん調子が良いけど、ここ何カ月か、悪いときのほうが多くなってきた。この先、もっと悪くなるんだ。良くなるってことは、たぶんもうない。病名は言わないでいいかな。僕にとってあまり意味があるものじゃないから」

たちまち同情と共感に満ちた空気が場に満ちた。憐れみというより、なぜか安心させられるような空気だ。それはシンジロウが備えた、優しさのおかげだろうとマイは思った。シンジロウは自分をちっとも可哀想だと思っていないのだ。メイコとは――あるいはリョウコとは、その点でひどく対照的だった。もしかするとシンジロウのそばには、もっと可哀想で、思わず励ましてあげたくなるような、懸命に生きようとした人たちがいっぱいいたのだろうか。そんな風にマイは想像した。

「末期であるということなら、苦痛もひどいのでしょうね」アンリが気後れせず訊いた。淡々としてはいるが、この少女にしては珍しく相手を気遣っているという印象だった。「もうずいぶん話し続けているけど、大丈夫なの?」

「調子が良いからね」シンジロウがにっこり笑って言った。「それに、いわゆる末期と呼ばれる状態になるのはこれからなんだ。そうなると、僕にとって大事なことができなくなる。ただ動けなくなるだけじゃなくて、考えることが難しくなるんだ。症状が出るせいだったり、苦痛のせいだったりしてね。あるいは、苦痛を止めるための、あれやこれやのせいで。どんどん思考が乱れて、まとまらなくなっていく。それがいつまで続くかはわからない。僕の生命力次第かな。回復のない下り坂を延々と下っていくんだ。ここに来たのは、言ってみれば、贅沢がしたいと思ったからだよ。せめて考えることができるうちに、自分の意思で眠りにつきたい。この国じゃまず安楽死は認めてもらえないし、うちの両親からして絶対に許してくれない。別に両親と仲が悪いわけじゃないよ。二人ともすごく良い親だと思ってるし、感謝してる。でもこれは、僕の命なんだ。僕が終わりを決めたい。そういう贅沢をするために、僕はここに来たんだ」

シンジロウがいったん口を閉じ、黙って聞いているみなを見回した。それからセイゴに向かって訊いた。

「これでいいかな?」

セイゴもみなを見て、うなずいた。

「十分だろ。今、薬とか飲んでんのか?」

「ここに来る前にね。今は大丈夫。本当に珍しいくらい調子が良いんだ」

「まあ、なんか辛いときは言えよ。なんもできねえかもしんねえけど」

「ありがとう。じゃ、次の人の話を聞かせて欲しいな」

「私はもうお話ししました」リョウコが言った。「ミツエさんは何かお話ししますか?」

「え?」ミツエがきょとんとなり、目の前に並べた生写真を手で示した。「この人とかあたしのことで訊きたいことある?」

誰もいなかった。セイゴが、ミツエの隣にいるケンイチに向かって顎をしゃくった。

「ケンイチ、お前の番だぜ」

「うん。僕は……」

「いじめとかか?」

「えっ?」ケンイチが目を丸くした。「なんでわかったの?」

「見てりゃ、なんとなくな」セイゴが顎の下を太い指でぽりぽり掻いた。「担任のセンコーか、クラブの上のやつか、クラスのやつか?」

「あの……最初は、先生だと思う。僕のこと、最初からなんか、嫌ってる感じだったから」

「やっぱそっかー」マイはつい口に出して言った。「気に入られるときは、気に入られると思うんだよねー、ケンちゃんみたいな人さー。でも嫌われちゃったんだー」

「え……なんでそう思うの?」

「なんとなくさー、ケンちゃん見てると、わかんじゃん。あたしは嫌いじゃないけどなー」

「あ、そう……」

「それで？」セイゴが促した。「どんだけやられてたんだ？」

「二年くらい。学年が変わってもずっと続いて。いろいろあったし。あ、先生は辞めちゃったんだ。いじめの原因を作ったって、ＰＴＡで問題になったみたい。でも僕のほうは、なんていうか、他の先生や、上の学年の人にまで目をつけられて、もっとめちゃくちゃになっちゃった。まともに話してくれる人もいないし。もう疲れたんだ」

「親も頼りになんねーか？」

「うん。二人ともあんまり僕と話したがらないし。転校したいって言ったら、ものすごく怒られた」

「駄目だな、そりゃ」

「うん。なんか駄目だった」

「お前にちょっかい出すやつらに、俺が、なしつけてやってもいいんだがな」

「え？」

「もうそういうわけにゃ、いかねえか」

「うん……。もういいかな。すっきりして終わらせたいだけだから。なんか、せっかく集まったのに、こんな風になっちゃったけど……」

「俺もすっきりさせてえだけだ」セイゴが腕組みし、太い肩と肘で眠れるゼロ番のほうを示してみせた。「あれさえすっきりすりゃ、気分良く終わらせられる」

「うん、そう思う」ケンイチがそう言って周りを見回した。「僕は、こんな感じだけど」

「正直、言いたいことはあるけれど」アンリが言った。「あなたの環境について、それ以上、訊く気はないわ。他の方はどうかしら」

「ケンちゃんみたいなの、人気者になれるところもあると思うんだけどなー」マイはつくづくそう思うということを、そのまま口に出した。

「どうかな」ケンイチが苦笑した。「何もなければ……次の人、かな」

「なさそうだな」セイゴがうなずいて、サトシを見やった。「そっちの番だぜ」

全員が——ほぼうつむきっぱなしのユキもふくめて——サトシに注目していた。みながこの場に集ってからというもの、この少年は事務的に何かを説明するばかりで、自分自身のことを話すのは、これが初めてといっていいからだ。

「僕がサイトを開設して、こうして集いを準備するようになったきっかけについてお話ししますね」

サトシが、この内容で問題ないかというようにみなを見回した。誰も異論を口にしなかった。

「僕の父は自殺しました。場所はこの病院です」

「ここか?」セイゴが反射的に、という感じで部屋の床を指さして訊いた。

「いえ。一階の院長室ですね。院長だったんです、ここの。最期の頃は、鬱状態だったそうです。経営が悪くなったからそうなったのか、そうなったから経営が悪くなったのか、わからないそうです。家庭の状態も悪かったですね。年の離れた兄が医大に落ちて三浪が決まってしばらくして、母に刺されまして」

みながぎょっとなった。サトシの淡々とした話しぶりのせいで、マイは聞き間違えたかと思った。

「そりゃ、なんでだ？」セイゴが訊いた。

「さあ。母が言うには、一緒に連れて行ってあげないと可哀想だとか。それで寝ている兄のお腹を包丁で刺したそうです。どうも最初に死のうとしたのは母のようですね。精神状態が良くなかったんでしょう。騒ぎになりましたが、兄はどうにか死なずに親戚の家へ、母はまた別の親戚の家へ行きました。家には僕と父だけになりました。その父がある晩、帰ってこないので病院に連絡すると、院長室で死んでいるのが見つかったと言われまして。副院長が親戚の人で、その夜の内に家に来てくれて、父は事故死だという風に説明してくれました。ですが、警察から事情聴取された際に自殺だということがわかりました」

「サトちゃん、大変だったんだねー」マイはしみじみと同情して言った。「それなのに、みんなのために準備してくれたんだー。ありがとうね」

「こちらこそ、集いに参加して下さってありがとうございます」サトシが口調を変えず慇懃《いんぎん》に言い返した。「さて、そんなわけがありまして、どうやら僕は死というものにとりつかれてしまったのでしょうね。死にたくなるとはどういうことか、知りたくなりました。様々なことを調べているうちに、実際に行うことに心が引き寄せられるような感じがしました。それで、この集いを開くに至ったわけです。いかがでしょうか。これで説明になっていますか？」

「えっと……」ケンイチが恐る恐るといった感じで手を挙げた。「それで……なんで、そうしようとしたの？」

「そうしようとは、この集いのことですか？」

「うん。なんか……理由がわからないんだけど」

「僕にもわかりません。こうしないといけない気が強くしました。ですので、とりつかれてしまったのでしょう、という言い方になっているわけです」

「そうなんだ……」ケンイチが何やら圧倒されたように言った。

マイもそうだし、みなも同様だった。サトシの異様に淡々とした態度のせいか、誰よりも説得力があるというか、とにかく何かものすごいことを話されて、咄嗟に反応できないような感じにさせられるのだった。

「誰よりも、使命感と意思を持っていることは確かね」アンリが賞賛を込めて言った。「これだけの準備を整えたのだから。マイさんに倣って、みなで御礼を言うべきね。ありがとう、サトシさん」

「いえいえ。自分のためでもありますから」サトシが小さく頭を下げた。「それでは他に質問がなければ、次の方に進んでもよろしいでしょうか？」

誰も質問しなかった。ややあってシンジロウがうなずいた。「うん。いいんじゃないかな」

セイゴが、左側にいる二人の少女を見やった。「次は十二番だぜ」

「あの……」うつむいたままのユキが何かを言おうとして声を詰まらせ、そのまま消えてなくなるのではないかというほど縮こまった。

「ユキちんでしょー？」マイが勝手に愛称をつけて呼んだ。「シンちゃんみたいに名前覚えなよ。リョウコちゃんのことも番号で呼んでたしさー」

「わかった、俺が悪かった」セイゴが逆らわずに詫びた。「じゃ、話してくれ」

「あの……」ユキが生唾を飲み、顔がテーブルの面と平行になるほどうつむいたまま、ぼそぼそと言った。「私……後遺症があります。それで、来ました」

「後遺症？」シンジロウがやんわりと聞き直した。「それは、事故とかかな？」

ユキがちらりと顔を上げてシンジロウを見た。隣のマイから何か言われるのを警戒しているようでもあり、とにかく自分のことを理解してもらいたがっているようにも見えた。

「はい……交通事故です」

ユキがうなずき、ちょっと迷うような挙動をしつつ、左腕の袖をまくった。紫色に近い、変色した傷跡がのぞいた。まるで蛇がその腕の上をのたくっているような感じだった。

「こっちの手は、握力がほとんどありません」ユキが言った。それからすぐに袖を元に戻した。

「もう……楽になっていいはずですから。十分、苦しんだって思ったんです。私……たぶん、シンジロウさんと同じです。辛くて……こうする他に、考えることもできなくて。……私、それだけです」

ユキがまたうつむいた。誰も何も言わなかった。シンジロウも黙っていた。

「そっか」セイゴが言った。「話してくれてありがとよ」

ユキが小さくうなずき、もうこれ以上は何も聞いてくれるなというように、ますます顔を伏せるようにした。

セイゴが隣のマイに顔を向けた。

「じゃ、最後だな。お前の番だぜ」

「もー、あたしの名前覚えてんの？」

「マイだろ。お前で最後だ。なんだってここに来ることにしたんだ？」

「えっとねー」

説明を始める前に、マイは自分がひとしきり笑うだろうと思っていた。いつもの癖で。だが笑うことはできなかった。

笑い癖がいつからついたのかわからないが、それはマイにとって天性にも等しい気質となっていた。楽しいときはもちろん、辛いときや悲しい気分になったときもそうだった。笑いは防壁であり、自己治癒の力であり、人とつながり続けるためになくてはならないものでもある。それは楽しく生きる源としてマイの精神を常に鼓舞してくれたし、笑いを司る心の一部はむき出しとなって彼女が社会で過ごしやすいよう様々な役割を果たしてくれていた。友達になろうとするサインや、困ったときの煙幕になってくれた。

笑われながら笑うというまさに天然の道化の振る舞いであったが、マイがそこまで深く考えることはなかった。考えるよりも先に笑い飛ばした方が気分がいいし、複雑な思考を放棄することで、代わりにある種の目ざとさと耳ざとさを備えることができていた。とことん素直で、先入観とは無縁だった。ただしその素直さは、興味を引きそうなものだけ心に迫り、そうでないものはたとえ眼前に突きつけられても一向に視界に入らないという極端な気質としてもあらわれている。

そんなマイが、生まれて初めてといっていいほど、まったく笑えなくなってしまったときがあった。体の芯のどこからも笑いが起こらなかった。それは自分が感染した病気の、ある重大な特徴を知ったときのことだった。

もう治らないということを。

治すすべは存在しないということを。

まさかそんな病気がこの世に存在するとすら考えていなかった。いや、存在はするにしてもテレビやネットの中のことだと思っていた。治らない病気というもの自体、現実離れしたものを感じさせられた。自分がそんな病気に感染するなどとは想像もしていなかった。

「あたし、病気なんだー。なんか、うつされちゃったみたいでさー……友達から、ネットで知り合ったおじさんがいて、一緒に遊ぼうよって言われてさー」自分でも顔から表情が消えていくのがわかった。そのせいで周りにいる者たちの表情も変わっていくのがわかったが、どうしようもなかった。

「援交か？」セイゴが遠慮なく口にした。「なんかひでえのに当たったみてえだな」

大して反応がなかったのはサトシだけで、大半の者が目を白黒させたり、鼻白んだり、表情を変えまいとしてかえって顔を強ばらせたりしていた。

「うーん……それとは、ちょっと違うかなー。あたし、ほら、実はまだだしさー」

「おいおい、まだってこたねえだろ。じゃあ、何して遊んだんだよ」

「カラオケ行っただけだし」

「嘘つけ。ああ……いいぜ別に。言いたくねえなら言わなくていい」

「嘘じゃないってば。でもさー、いきなりベロチューとかされて、最悪だったんだよね。別に、そっちは初めてじゃないけどさ。あんましつこくって、友達も呆れちゃってたよ。それであたし、もー、怒って帰っちゃったの。でもね、そんで……何日かしてからなんだけど、すごいの出てきたの。唇のとこ。なんていうのかな、でっかいニキビみたいなの。びっくりしてネットで調べて、そんで、わかったんだ。うつされたって――」

「ちょっと待て」セイゴが片手を上げた。「聞くけどよ、本当にそれが理由なんだな？　お前、そのときうつされたかもしれねえ病気のせいで、ここに来たんだな？」

「うん」

「それ、なんて病気かわかるか？」

とたんにマイは悲しい気持ちに襲われた。不治の病気について知ったときのショックを思い出していた。それでますます自分から笑顔が失われるのを悟りながら、悄然とその病名を口にした。

「ヘルペス」

みなが黙りこくった。

これまでとまた違う沈黙だった。病院内で電話が鳴ったときとも、マイがテストの回答について口を滑らせたときとも違った。

まるでマイが、信じがたいほど失礼なことをしでかしたか、途方もない過ちを犯したかのようだ。まるで見るに堪えないものを見てしまった、という感じの沈黙だった。

がたん、と椅子を押しやる大きな音がした。

びっくりするマイと、いきなり立ち上がったシンジロウの目が合った。柔和なはずの少年が、なぜか大きく目をみはって、肩を震わせながらマイを見下ろしていた。

「ねえ、マイさん。それは、本気で言っているの？」

マイはむろんのこと、みなそろって、シンジロウの声に怒りがこもっていることに驚き、思わずといった感じで身を引いていた。常に穏やかで、怒るところなど誰も想像できないような少年であったが、そうであればあるほど、実際に怒りを見せたときの迫力はとてつもないものがあった。

「なんで？　そーだよ？」マイはわけがわからず聞き返した。「ねー、なんでそんなこと言うの？」

「そんなこと？　君こそ本当に、そんな、どうでもいい病気で、ここに来ているの？」

「どうでもいいって、そんなわけないじゃーん！　一生治らないんだよ？　お薬とか注射とか、何やっても治せないんだよ？」

「君は、自分の病気がなんだと思ってるんだい？」

「なによー、シンちゃん、他の病気の人と死にたくないってこと？」

「そうじゃない。僕は……」

「あたしのこと、汚くて嫌な病人だと思ってんだ。そーでしょ」

「違う！　僕は……、僕の病気は、君のその病気とは、全然、違うものなんだ……」

今度はマイのほうが底なしの怒りを爆発させていた。椅子を倒さんばかりにして立ち上がり、みなが呆然となるのをよそに、シンジロウに向かって叫んだ。

「あたしとシンちゃんの病気と、どー違うってゆーの⁉」

シンジロウが呆然となった。だらりと両手を下げ、いからせていた肩が、がっくりと落ちた。

「僕は……」

そう言いかけ、急に虚脱したようになって椅子に腰を下ろした。目は焦点が定まっておらず、口は何かを言おうとして半開きのまま固まってしまった。

あのシンジロウが真っ向から言い負かされ、反論することもできず、ただ絶句するしかない姿など、みながこの部屋で顔を合わせて以来、初めてのことだった。

三　3対8

メイコは、苛立ちのあまり自分が爆発寸前になっていることに気づき、なんとかしなければという強い思いに駆られていた。

シンジロウが虚脱したように座り込み、言い合いの相手であったマイが目に涙を溜めながら、ふくれっ面をして同じく座ると、集いの場には長々とした沈黙が降りた。

あのシンジロウを完膚無きまでに黙らせたという点で、メイコは少しばかりマイに感心したが、場の進行を大いに遅滞させるという点では当初から不快な気分を抱かせられていた。

しーんとした空気が、さらにメイコの苛立ちを煽《あお》った。足が自然と上下に動く。貧乏揺すり。嫌な癖だ。みっともない。なのにどうしても止められない。こんな風に誰も発言しなくなると、今にも誰かが部屋に入ってくるのではないかと気が気ではなくなる。

ここには馬鹿しかいないのだろうか？　なぜみんな、こんなにぐずぐずしていられるのだろう？　電話が鳴ったというのに。あれこそ警告なのだと理解しないなんて。どうかしている。この私が何度も指摘しているのに。このままでは集いの場がめちゃくちゃになるかもしれないというのに。まったくもって正気の沙汰とは思えない。

とにかく、あのドアを——いまだに開いたままのゆいいつの出入り口を——塞ぐべきだった。

一刻も早くそうせねばならない。邪魔者がいれば追い出すまでだ。父がそうしてきたように。母や母代わりの女性がそうされてきたように。自分も、そうするか、そうされるかだ。

「ごめん」シンジロウがうつむいたまま言った。「僕が邪魔しちゃったね。ごめんよ」

彼にしては珍しいことに誰とも目を合わせようとしなかった。何やらショックを受けて茫然自失のてい失のていだ。彼はもう使い物にならない――メイコは即座にそう判断した。だ。役立たずだ。彼なら早く結論を出してこの無意味な議論を終わらせてくれると思って荷担してやったのに、期待外れもいいところだった。

「あ、あのさ……誰か、病気の人と、死にたくないって人いる?」ぐずぐずの寝ぼけまなこの少年タカヒロが、だしぬけに口を開いた。「ほ、ほら、うつるから、嫌だとかさ」

その発言に大半の者が眉をひそめた。マイが傷つくのを通り越してびっくりしたような表情になった。とりわけデリカシーのない乱暴な態度ばかりの少年であるセイゴまでもが、呆気にとられたようにタカヒロを見た。

「なんてことを言うのかしら」アンリがすかさず厳しく咎める調子で言った。「病気だから何だというの? お互いに不快な気分になるために話し合っているわけではないのよ」

「えっ……。いや、違う、そんなんじゃないよ」みなの視線に気づいたタカヒロが慌てて両手で宙をかき回すようにしながら言った。「僕は、ただ、嫌じゃないんなら別にいいんじゃないってことを言いたかっただけで……。ほら、僕も病気だし。まあ、僕のは、人にうつったりしないと思うけど……」

「わざわざ言うことかよ」セイゴが不機嫌そうに遮った。「だいたいお前のは、病気かどうかも怪しいもんだろうが」

　タカヒロが首をすくめ、味方を探して視線をさまよわせたが、誰も彼の側につこうとはしなかった。みなが揉めそうなことを、よくまあ平然と口にできるものだとメイコは呆れたが、しかし今のタカヒロの発言に、一理あるとも思っていた。

　病気の人間と一緒にいるのは嫌だ――端的で良い主張だ。病人とは一緒に集いを実行したくない、うつされたくない、自分は綺麗なまま眠りたい、というのは説得力がある。人の感情といおうか、生理的嫌悪感に訴える主張であり、反論するのは簡単なようでいて難しい。差別はいけないとか、みんな仲良くすべきだといった下らない建前は、人間の正直な嫌悪感というものの前では、いつだって無力なのだから。

　悪くない。場合によっては使えるかも知れない。メイコは心の中の〝いざというときに取るべき手段のリスト〟に、〝病気の人間を追い出す〟という一事を加えた。深い意味はなかった。本当にそうするかどうかではなく、そういう思考をすると安心するのだ。備えあれば憂いなし。心の中で何人か厄介者たちを追い出すところを想像することで、貧乏揺すりが止まっていた。

　メイコは心の中でタカヒロに感謝した。彼は、ここに現れた当初は、ぐずぐずするだけのただのぼんくらだったが、ときとして便利な存在になることをメイコは知っていた。とりわけ、今は不在となった九番を、犯人だと指摘したことは大きい。あれは的確に場を進める発言だった。屋上でタカヒロがノブオを追い出してくれていればもっとよかったが、まあ結果的に同じことになったのだから文句はない。

「病気について話すことが目的だったかしら」アンリが馬鹿馬鹿しそうに呟き、みなを見回した。

「私たち、いったい何を話していたんだったかしらね」

最初にアンリと出くわしたときからそうだが、声の調子も態度も何から何までメイコの癇に障る喋り方だ。不快感を顔に出さないよう気をつけたが、危うくまた貧乏揺すりを再開するところだった。代わりに靴の中で足の爪先を、ぎゅっと丸めることで、不快な気分をやり過ごした。

「確か、この集いに参加した動機についてだったわね」誰も声を上げないのを見定めてから、アンリが同じ調子でまた呟いた。「それで？　誰かが誰かの動機を否定して、何度か言い争いが起こったようだけど、何か成果はあった？」

「あったんじゃねえか」議題の提案者であるセイゴがそう返し、ちらりと二人の少年を見た。シンジロウと、二番の少年ケンイチだ。

しかしシンジロウはぼんやりと宙に目を向けたまま自分の内側に入り込んでしまったような状態であり、ケンイチはこれまで同様、きょろきょろ周りを見回し、味方になってくれる者が現れるのを期待するだけで、具体的な提案には至れないようだった。

「私にはまったく無意味に思えたけれど。どんな成果があったのかしら」アンリが小馬鹿にしたような目をセイゴに向けた。

「お前一人だけだ」じろりとセイゴがアンリをにらみ返した。「妙な理屈だけで、まともな理由がないのはな」

「あらあら」アンリがさも困惑したように首を左右に振った。「私も、あなたに理解されないことはわかったわ。でも私は気にしないし、気にすべきだとも思わない。幾ら否定されても構わないし、そのことについて言い争う気もない。何度も言ってるけれど、どんな理由なら肯定されるべきで、どんな理由なら否定されるべきだといった議論は、この場では何の意味もないわ。そうでしょう？　私たちは、それぞれの意思でここに集った。最初にサトシくんが告げたように、私たち自身の命に関する大きな選択をするための行動よ。誰も強制されてここに来ていない。それ以上に重要なことがあるかしら？　いたずらにお互いを咎め合ってなんになるの？　それとも、動機についての議題を持ち出したのは、最初から私個人を攻撃したかったから、というわけなの？」

　メイコはすぐ隣で堂々と喋り続けるアンリに対して、もはや憎しみに等しいほどの苛立ちを覚えていた。この仕切り屋。そう罵ってやりたかったし、自分は賢いのだとわざわざひけらかすような口ぶりにもうんざりしていた。何より建前でみなをまとめ上げようという彼女の態度は、メイコとは真逆の考え方に満ちている。仲良しクラブ作りが好きで、出しゃばりで、嫌みったらしく大人ぶった少女だ。メイコにとっては嫌いになるなという方が難しいほどだった。

　ただこのとき、メイコはふとアンリに、苛立ち以上のものを感じていた。いたずらな長広舌の裏に隠された何かを垣間見た気がした。抽象的な物言いばかりで個人の生活がまったく見えてこない彼女の秘められた肉声がふいにこぼれ出てきたといおうか。なんであれセイゴの指摘が、これまでアンリという少女が醸し出していた違和感を的確な言葉にし、はっきりメイコに意識させてくれたのだった。

　妙な理屈だけで、まともな理由がない――まさにその通りだ。彼女だけ、終始わかったようなわからないような理屈で動機を語り続けている。個人的な動機がないのは彼女だけだ。動機がないのに、このような集いに参加するだろうか？　あるいは、動機はあるが話せないということだろうか？　もしそうなら、なぜ話せないのか？

簡単なことだ。彼女はきっと嘘をついている。何か黙っていることがある。話したくても話せないことがある。それが何であるかはさておき、どうやってつつけばいいかという点について、閃《ひらめ》くものを感じたのだった。

メイコは自分の刺々しい感情の矛先が、一挙にアンリ個人へ向くのを覚えた。いつもそうなのだが、感情のピントが合うとともにメイコは強い確信を抱いていた。

この確信というのは、いわば心が許可を与えることを意味した。誰かが自分にとって邪魔であり、しかもその人物の弱点に見当がつくやいなや、容赦なく、巧妙に、徹底的に、攻撃してやれ、と心が叫び始めるのだ。その誰かを自分がいる場所から追い出すことさえできればよく、そのために必要なことは、あらゆる労苦をいとわず、ためらいも後悔もなく実行してのける。自分にはそうすることができる。そういう確信を抱くのだった。

重要なのは段取りだ。人を追い出す上で必要なのは、計画通りに相手の心を誘導することだ。それこそ、メイコの父が常に取る手段だった。母たちを出て行かせるための最上の精神的圧迫。つまるところそれは相手が逃げ出すまでいびり続けるということだった。ちょっとしたことをつつき、疑い、咎め、問いただし、罪悪感を抱かせる。延々と申し開きをさせ、言い訳を述べさせ、みじめな気分にさせる。そしてついには、いたたまれなくなって去るしかなくなるよう仕向けるのだ。

よし。いざというときはそうしよう。そう心に決めたことでメイコはまた安心していた。貧乏揺すりもせずに済んだ。

「別に悪口なんか言ってないじゃない」ケンイチがいかにも効果のない反論を口にした。「みんなの話を聞いてるうちに、アンリさんの言ってたことで、なんか……変だなって思っただけでさ」

「私の動機があなたにとって変かどうか、少なくとも私は気にしない」アンリがあっさり一蹴してみせる。「それで？　私の動機について話すことが、次の議題なの？　リョウコさんとマイさんの時間を使って四時半まで話せることになっていたけど、途中で決を採ることもせず、もう二十分足らずになっていることに気づいているのかしら。これから何を話すのかはっきり決めないと、いつの間にか時間切れということになるわよ」

「まだ話を聞いただけだろ。なんてーか……考えねえとだ。十人以上の話を頭ん中でまとめてんだから。ちょっと待てよ」

セイゴが唸《うな》るように言った。これまでのような威圧感はなく、単に返答に窮しているのが傍目にも明らかだった。その目がちらちらシンジロウの方を向く。だがシンジロウは顔を上げもせず、すっかり内にこもっているようだった。

「成果はあったと言ったのはそちらよ」アンリがやれやれというように腕組みした。「お好きに考えてちょうだい。何の議題もないけれど、とにかく話したいというのであれば、そう言って決を採ればいいのではないかしら。何しろ話したい人たちが大勢いるみたいだから」

ケンイチとセイゴが何か言い返そうとする前に、四番の少女リョウコがすっと右手を挙げた。手の平を肩の高さに上げただけで、挙手して発言の許可を求めるのではなく、二人の少年の発言を妨げることを手振りで詫びる感じだった。

「私は、動機について何も言うことはありません」リョウコが、さして声を張り上げているとも思えないのに、きわめてよく通る声で言った。「ただ、これまで話し合ってきた中で、一つだけ気になっていることがあります。それは、この中の誰かが嘘をついているらしいという点です。あの、四つの順番について」

リョウコが、タカヒロとアンリの背後に置かれた、ホワイトボードを指さした。シンジロウが全員の到着、入館、数字、入室の順番を記したままになっており、今のところ修正は一つもなかった。

「あれがあのままの場合、私がゼロ番を運んだことになるとシンジロウさんは言いました。それは私にとって心外ですし、どなたかが遺書にそういったことを書き加える可能性があるのは困ります。私はゼロ番について何も知りません」

「ではあれを消しましょう。結局、何もわからなかったのだし――」

アンリが席を立とうとする気配を察して、リョウコがまたさっと手振りで止めた。議論の内容はさておき、人の出鼻を挫くという点でリョウコに勝てる者はいそうになかった。人が発言するタイミングというものを的確に読んで、機先を制してしまうのだ。

「いいえ。あれを消すということは、嘘をついた人を庇《かば》うことになります。私がその嘘を背負うかもしれないんです。私はそうはしたくありません。この集いに参加するからには……しかも十三人目まで連れてきたからには、何もかも正直に話して欲しいと思います。そうしてくれるなら、どんな動機であっても私は構いません」

メイコは心の中で舌打ちした。ふうん、何言ってるのかしら。先ほどメイコが自分の動機について正直に語ったところ、噛みついてきたのはリョウコその人ではないか。むかむかしたが、そこでまた急に心のピントが合うのを感じた。

　そうか。嘘つきを決めればいいのだ。そうしてその嘘つきを追い出してやればいいのだ。本当に嘘をついたかどうかはともかく。嘘つきにふさわしい誰かを選んでそうしてやればいい。十三人が十二人になり、それがまた減るだけの話だ。その方がきっと上手くまとまるに決まっている。実際にそうするかどうかはさておき、メイコはそう考えることで、むかむかする気分を和らげることに成功した。

「正直に話さないというのは、つまり私たちを信頼していないということです」リョウコが続けた。「それはとても残念ですし、この集いの正当性を損なうことだと思います。少なくとも私におかしな疑いがかかる状況は解消して欲しいと思っています」

「そうよ！」リョウコの右隣にいる、三番の少女ミツエが手を叩いて素っ頓狂な声を上げた。「それはよくないことだもの。それって、あなたがここで諦める、良い理由になるんじゃない？　別にあなたを疑ってるわけじゃないのよ。でも、そうなのよ。運命みたいなもの。あなたはやっぱり、ここで死んじゃ駄目な人なの」

「何を言ってるんですか」リョウコが頭痛でもするように顔に手を当てた。その手でミツエを視界から消そうと努力しているようだった。「私はここから出て行きません。だから話し合いを続けて、解消して欲しいと思っているんです」

「嫌ならやめればいいのよ」ミツエが金切り声を上げてみなを見回し、賛同を求めた。「ねえ、そうでしょ？　ここでやめたって、あたしたち誰も文句を言わないでしょ？」

「え、えっ、なに？」タカヒロが目をまん丸にした。「ち、中止した方がいいっていう話になってるの？　どうして？」

「えー、なんで？　やめんの？」ようやく涙が引いたらしいマイが、ミツエに負けず劣らず素っ頓狂な声を放った。「やだよー。あたし、何のために来たの？　もしかして、あたしのせいなの？」

「そんな……」それまでじっとうつむいて黙り続けてきた十二番の少女ユキまでもが顔を上げ、驚きで青ざめたようになりながら小さな声を発した。「違いますよね。私たち全員でやめるってことじゃないですよね」

「いったい何を言っているの？」アンリが全員を静まらせようと声を張り上げた。「誰にもこの集いを中止させる権利はないし、そんなことを話し合っていたわけではないわ。やめたいのなら出て行けばいい。誰も引き留めないわ。そうでしょう？」

「だって、この人を説得しないと！」ミツエがわめいた。「そのためにあたしの時間を提供したのに！」

ミツエの隣にいるケンイチが首をすくめ、セイゴも唸り声を発するだけで何も言わなかった。二人とも明らかにどう話し合いを主導したらいいかわからずにいるのだ。

「どなたか、こちらのミツエさんを説得して下さい」リョウコが諦めたように宙を見上げて言った。「なぜ私だけ出て行かないといけないんですか。とても不愉快です」

それはこっちのセリフだ。メイコは心の中で言ってやった。あんたが嘘つき呼ばわりされるのは良い気味だ。上手くいけば本当にそうしてやれるだろう。だが今はそれ以上に、全員に釘を刺さねばならないことがあった。

「話し合うかどうか決を採るんですよね?」メイコがみなに負けじと声を上げた。「もう時間がなくなりますよ? とにかく、話すかどうかを決めたらどうですか?」

「おうよ」セイゴがうなずき、サトシの方を見た。「じゃ、そうしようぜ――」

「その前に、一つ忘れていませんか?」メイコが遮った。質問口調だったが続けて自分が発言した。「あのドアを塞ぐんですよ? 忘れたんですか?」

「そうだっけ……」ケンイチが首をひねった。「別に開けたままでも……」

「そうじゃないですよね?」メイコが質問めいた調子で言った。気持ちが昂ぶると、なんでも質問口調になるのが彼女の癖でもあった。「あれを塞ぐことが大事なことだって、みなさん理解してますよね? だって誰かが入ってくるかもしれないんですよ?」

「誰が来るってんだよ?」セイゴが面倒くさそうに聞き返した。

「さっき電話が鳴ったじゃないですか?」メイコは苛立ちのあまり、左足が貧乏揺すりを始めるのを感じた。「外に業者の人も来てたのを忘れたんですか?」

「あんなドア、塞いでも入ろうと思えば入れるぜ。ぶち破ればいいんだからよ」

「そういう問題ではないですよね? 誰も入れさせないっていう意思を示すことなんですから。あれだと誰でも入って来られるじゃないですか?」

セイゴが馬のように下顎を左右に動かした。それが大事な話だったか思い出せないとでもいうようだ。かといって他に大事な話も持ち出せないという情けない反応だった。

ぼんくらどもめ。メイコは心の中で毒づいた。シンジロウがいなければすぐにこのざまだ。先ほどまでは、四時半を過ぎて新たに時間を提供する者が現れたらドアを塞ぐかどうか決めるという話だった。それをメイコが早めていることにも気づいていないのだ。

「逆に訊きますよ？　あのドアを塞ぎたくないという人はいるんですか？　いつか塞ぐドアを、ずっと開けっ放しにしていたい人って、怪しくないですか？　それってつまりゼロ番を置いて逃げたいってことでしょう？　だったら今すぐ出て行けばいいじゃないですか」

「ドアを塞ぐと話し合いがしにくくないかな……」ケンイチが自信のなさそうな調子で呟いた。

「空気がこもるし……」

「お、お手洗いに行きたくなるかも」タカヒロが同じような調子で追随した。

「だったら今行きましょうよ？　ねえ？」メイコは苛立ちを隠さず言った。「どうせもう時間を提供する人はいないんだから、準備をしないとじゃないですか？」

「自分の時間を使っていいって言ってたけどな」セイゴが、アンリに親指を向けた。

「意味のある議論が行われるなら、という条件つきよ」アンリが鼻を鳴らした。「ドアを塞ぐかどうか決めることに費やしても構わないけれど」

「残り時間を持ってる人は、三人しかいないじゃないですか。サトシさん、ユキさん、アンリさん。それでおしまいでしょう？　全部で一時間半ですよ？　ドアを塞ぐことに反対する理由ってなんですか？」

「あたし、今はお手洗い行きたくない」ミツエが深く考えた末に口にしているという調子で言った。「メイクもしなきゃだし」

「メイクなんて、ここでもできるじゃないですか？」メイコは返事を期待せずに言い捨て、最後の手段として、集いの管理者である一番の少年サトシに真っ直ぐ目を向けた。「管理人としてはどうなんですか？　ずっとここを開けてても安全だと断言できるんですか？」

「安全かどうかは判断できませんが」サトシが相変わらず平板な調子で言った。「ドアを閉めて鍵をかけることは可能ですよ。出たいという方がいましたら鍵を解錠することもできます。テープでドアの隙間を塞いでしまうと動かせなくなりますが、ひとまずドアを閉めることはできます」

「じゃあ、ドアを閉めることに反対の人は、挙手して下さい」メイコが、これまでサトシのものであった採決の主導権を奪って言った。「誰もいないならドアを閉めるということでいいんじゃないですか？」

誰も手を挙げなかった。そもそもメイコが挙手を促すことをよしとしているかどうかも怪しかった。怪訝そうな顔をする者たちが大半だったがメイコは気にせずうなずいた。

「ほら、誰もいないじゃないですか？　だったら今、ドアの鍵を閉めてもいいでしょう？」

「なるほど」サトシもうなずいた。「では、まず、話し合いを続けるかどうかの決を採ろうと思いますが、いかがでしょうか？」

「異論はないわ」アンリが薄い笑みを浮かべて言った。サトシがメイコからあっさり採決の主導権を取り返したことを笑っているのだ。

メイコはそのアンリの横顔を見て、またもや心のピントが合うのを感じた。先ほどよりもずっと強い感覚だった。シンジロウが使い物にならなくなった今、アンリを黙らせるか追い出すことができれば、場の主導権を握ることができるに違いなかった。

「時間もねえしな」セイゴが肩をすくめた。「さっさとやろうぜ」

「それでは、話し合いを続けたいという方は、挙手をお願いします」サトシが言った。

手を挙げたのは、ケンイチ、ミツエ、リョウコ、メイコ、タカヒロ、セイゴで、ちょっと遅れてシンジロウが手を挙げたことでケンイチもセイゴもほっとしたようだった。

かと思うと、何やら難しげな顔をしながらマイが手を挙げた。

「そーいえばさー、あたしも時間をてーきょーしたでしょ？」マイがそうに違いないという感じで声に力を込めて訊いた。「だったら、あたし今、こっち側なんだよね？」

「自分でそう思うんならそうだろうよ」

セイゴが手を挙げたまま片方の肩をすくめた。あまり嬉しくなさそうだった。すでに時間を提供し終えたマイが今さら会話に参加したところで状況に変化はないからだとメイコは察した。アンリも同感らしく、あらあら、と小馬鹿にしたように小さく呟いていた。

「ありがとうございます。手をおろして下さって結構です。八人の方が希望していますので、引き続きお話を続けたいと思います。ではその前に改めて、あのドアを閉めることに反対の方は挙手をお願いします。閉めるといっても、テープで塞ぐわけではなく、単に内側から鍵を締めるだけです」

サトシがきわめて自然に、先ほどメイコが行ったはずの決議を持ち出した。メイコは危うく眉をひそめかけたが表情を変えないよう努めた。誰も、先ほどメイコがその点についてすでに質したのだということを指摘せず、先ほどと同じように挙手する者もいなかった。

「誰もいらっしゃらないということで、よろしいですね。それでは、これからあのドアを閉めたいと思います」

サトシが立ち上がり、ドアへ向かうため、すぐ後ろのベッドに手をかけつつ体の向きを変えた。

一番のベッド——本来、サトシが使うはずのもので、ゼロ番の少年が眠っているベッドだ。そのベッドが揺れるかどうかしたものか、あるいはたまたまそのようなタイミングで起こっただけなのか、まったく唐突に、異音が起こった。
ぐぅーっぷ——という感じの、胃腸に溜まったガスが気管を逆流して喉を鳴らす音。
おくび、だった。
ただの音というにはひどく生々しく、声というにはあまりに不作法で無意識的な、長々としたげっぷの音を発したのだった。

四　ドア

それは集いの場に響き、全員の耳を打ち、先ほど鳴り響いた電話の音とは比較にならぬほどの、まるで何かが爆発したかのような衝撃をみなの心に及ぼした。どれほど下品だったかは問題ではなかった。衝撃の核心は、誰がそれを発したかということだった。

サトシがぴたりと動きを止め、ゆっくりと音の方を振り向いた。全員がそうしていた。

「嘘……」ケンイチがわなわな震えながらベッドを指さした。「今の、彼……だよね？」

「え？　なんなの？　どういうことなの？」ミツエがぎょっと身を引きながら金切り声を上げた。

「誰か他の人ではないですよね？」リョウコが顔を青ざめさせてみなを見回した。

「ね、ね、ねえ、も、もしかして、死んでないの？」タカヒロがむしろその方が恐ろしいというように身を縮こまらせた。

「マジかよ……」セイゴが立ち上がってベッドの方を見た。だが歩み寄りはせず、そうすべきか迷うように体を揺らしている。

「なになに？」マイが完全に一拍遅れて驚愕の声を上げた。「今のって、なに？　やっぱ、その子なの？　うわ、マジ？　なんで？　死んでるんじゃないの？　生きてんの？」

マイの隣では、ユキが見開いた目に恐怖をたたえ、貧血でも起こしたように蒼白になっている。サトシやケンイチと同じく、その少年のそばにいるせいか、ひときわ強く衝撃を受けているようだった。

「お……落ち着いて」アンリが両手を広げて言った。「とにかく、落ち着くべきよ」

だがかえって、みなが口々に驚き騒ぎ始めた。メイコもさすがに驚いていた。驚愕したといっていい。にもかかわらず――あるいはこれが天啓となったものか、これまでにも増して心のピントが合うのを感じていた。

病気の人間と一緒は嫌だ。邪魔者は追い出せばいい。この二つが急激に合致するのを覚えた。まさに閃きだった。実際にどうすべきかという段取りまでもが、はっきりと脳裏に浮かび上がっていた。

だしぬけにシンジロウが立ち上がり、ベッドの方へ歩み寄った。それでみなが黙った。

「可能性はあると思ってたんだ」

シンジロウが、サトシの方をちらりと見ながら言った。サトシはむしろびっくりしたように目を丸くした。シンジロウは口の両端をきつく結ぶように引き締め、眠れる少年の枕元に立つと、ベッドの頭側の柵に右手を置いて体を支えながら、片方の耳を寄せた。少年の口のすぐ上に、シンジロウの右耳があった。

シンジロウは目を閉じて、耳を澄ましている。全員がそのシンジロウの顔を見ていた。やがてシンジロウが目を開けて身を起こし、ベッドの柵に置いていた手を、眠れる少年の首に当てた。

「冷たい」シンジロウが言った。「でも、かすかに脈があるみたいだ。集中しないと感じられない程度だけど……息もしているように思う」

みな口をつぐみ、しーんとしてその言葉を聞いていた。

サトシがベッドの反対側に回った。耳を近づけることはしなかったが、シンジロウと同じように眠れる少年の首に手を当てた。しばらくそのままだったが、やがて首をかしげ、手を離した。

「かすかに感じるような気もしますが、はっきりとはわかりませんね」サトシがシンジロウを見た。「蘇生したということでしょうか?」

「わからないよ。僕は医者じゃないんだから」シンジロウにしては珍しく突き放すような言い方だった。「本当に、大量の睡眠薬を飲んで、副作用が出ずに眠ったのかもしれない。そして、何かの拍子に、体が今みたいな反応をした。でも蘇生したとは断言はできないよ」

「首と口元に、よく見ると痣みたいなものがありますね」サトシがシンジロウの投げやりな態度に構わず言った。「チューブでつながれていた跡のように見えます」

「僕にもそう見えるよ」

「薬を飲んで眠ってるってこと?」ケンイチが訊いた。「薬はトイレとかに流したんじゃなくて?」

「かもしれない」シンジロウがかぶりを振った。「そうじゃないかもしれない」

「おいおい、マジで生きてんのか？」セイゴがふーっと息を吐いた。「びびるぜ。ひっぱたきゃ目を覚ましたりすんのか？」

「ちょっとー、それ可哀想じゃーん」マイが真面目な顔で反論した。「寝てんだったら、ほうっといてあげなよー」

「お前、そういう問題じゃねえよ」

「あ、あんな量飲んだなら、普通、吐いてるよ」タカヒロが戦々恐々といった感じでかぶりを振った。「な、なんか……変だよ」

「死後の……何かの反応ではないんですか？」リョウコが困惑したように誰にともなく訊いた。

「死後に体内でガスが発生するんですよね？」

「そうなの⁉」ミツエがますますぎょっとなった。「あたし、やだ！　そんな風になんの？　みんなそうなるわけ⁉」

「なになに、腐っちゃうの？」常に反応がワンテンポずれるマイですら、このときは即座に声を上げていた。「やだよー、そんなの」

「長時間放置されなければ大丈夫ですね」サトシが真面目に言った。「僕たちの場合は、腐敗する前に発見されるはずですから」

「本当？　絶対に？」

「はい。明日には発見されているはずです」

「ねえ、本当に眠ってるだけなの？」ケンイチがなおもシンジロウに訊いた。

「死んでいないとしたら、そういう表現になるね」シンジロウが肩をすくめた。「他にどう言っていいかわからないよ」

「じゃあ、中止すべきじゃない？」

ケンイチがいきなりそう口にしたことで、みなが驚きをあらわにした。

「えー、やっぱそーなの？」真っ先にマイが不満そうな声を上げた。「せっかく集まったのにさー、これ、中止になんの？」

「そんな……」ユキが悲しげな声をこぼした。「そんなこと、ないですよね……」

セイゴが腕組みして唸った。タカヒロがおどおどとみなを見回す。リョウコとミツエが、ケンイチの発言に戸惑うように顔を見合わせた。サトシは目を丸くしただけでそれ以上の反応を示さず、シンジロウはじっと眠れる少年を見つめたまま再び自分の中に閉じこもってしまったようだった。

メイコは彼らの反応をしっかり見定めていた。そうしながら、提案を口にするタイミングをじっと推し量った。

「馬鹿なことを言わないでちょうだい」アンリが馬鹿馬鹿しそうに言った。口調は余裕たっぷりだが、目はそうさせてなるものかというように鋭くケンイチを見据えている。「なぜそんな結論になるのかしら。意味がわからないわ」

「だって生きてるんでしょ？」ケンイチが相変わらず味方を探してみなを見回した。「本当に来たくて来たのかわからないじゃない。無理やり連れてこられたのかもしれないし。もしそうだとしたら……僕たちが、あの子を殺すことになるんじゃないの？」

その言葉にミツエやリョウコが息をのんだ。ユキが何も聞きたくないという感じで青ざめた顔を伏せ、マイがぽかんとなった。セイゴが眉間にきつく皺を寄せ、タカヒロが首をかしげながら宙を見つめた。サトシは無反応。シンジロウも眠れる少年に目を向けたまま。

　動じず言葉を返したのはアンリだけだった。

「なぜ？」

「なぜって……だって、そうでしょ？　喋れないんだし。眠ってるんだし」

「眠っているとしか言いようがない状態だってシンジロウさんが言ったでしょう？　回復するようには見えないわ。だいたい、目覚めそうだと思っていたら、シンジロウさんもサトシさんも、とっくに何かしているのではなくて？」

「え……」ケンイチがベッドの方を振り返った。「そうなの？」

「そもそも何時間もこの状態ですからね」サトシがとことん平板な調子で言った。「今さらですが、蘇生を試みてみますか？」

「かえって彼をもてあそぶことにしかならないでしょうね」アンリが肩をすくめた。「私は反対よ。無理やり連れてこられたというのも疑問だし」

「どうしてさ？」

「単に殺したいだけなら、この集いに連れてくる必要はないでしょう？　しかも足の状態からして、彼は歩くことができないのよ。一緒に来るだけでも大変だわ」

「だったら、抵抗できなくてさ、連れてこられたのかもしれないじゃない」

「だったら、こんな風に大勢の目にさらす必要はないわね。ゼロ番がここに来たいと確信していなければ、しないことよ」

「でも自分がやったたって言ってたノブオくんはいなくなっちゃったじゃない……」ケンイチがはたと表情を変えた。「……あれ？　おかしくない？」

「そ、そ……そうだよ。変だよ、それ」タカヒロが身を乗り出して代わりに続けた。「ぼ、僕は彼に、殺したの？　って訊いたんだよ。そ、そうしたら、彼は、やったたって言った。で、でもさ……ゼロ番は、まだ死んでないんでしょ？　な、なんで、生きてるのに、殺したなんて言ったの？」

「生きていると言える状態じゃないってことでしょうね」アンリが左右にいる少年たちの言葉をまとめて手で払うような仕草をした。「言葉のあやよ。だいたい、ノブオさんが何をやったかというのも、はっきりしないわ」

「あいつが連れてきたってことだ」セイゴが重々しく断言した。「で、まんまと、ばっくれやがったわけだ。てめえが殺そうとしたやつを置いてな。ケンイチの言ったとおり、代わりに、俺らに殺させようってことじゃねえのか？」

「短絡的ね」ほとほと呆れ果てたという調子でアンリが言った。「私の解釈は逆よ。ノブオさんは、ゼロ番をこの病院に連れてきたんじゃない。あのベッドに運ぶのを手伝っただけなのよ。シンジロウさんが言っていたでしょう？　協力者がいるって。それがノブオさんだった」

「どういうこと？　なんでそう思うのさ？」すっかり混乱した様子でケンイチが訊いた。まるで置いてけぼりにされた子どものような顔だ。

「ノブオさんの言動から推測しただけよ。だって彼はずっと、ゼロ番を連れてきたであろう人物を受け入れると言っていたでしょう？　ゼロ番とともに眠る誰かの意思を尊重すると」

「じゃあなんで、やつだけ逃げちまったんだよ？」セイゴが怒りをにじませて嚙みついた。

「さあ？　ゼロ番を連れてきた人に遠慮したんじゃないかしら。あるいは私たち全員に。この集いに参加した私たちが目的を果たす上で、そうするのが一番良いと思ったのかもしれないわね。あえて自分を犯人にして、集いから除外されるのが。何しろタカヒロさんがあんな風に、ノブオさんを名指しで疑ってかかったわけだし」

「べ、別に……追い出したかったんじゃないよ」言い訳がましくタカヒロが抗弁した。「だって……僕、ノブオくんが、靴を持ってたとしか思えなかったし」

「あなたを咎めたいわけじゃないのよ」アンリが肩をすくめて、セイゴに目を移した。「あなただって似たような態度だったでしょう？　自分がやったことにするから告白しろなんて言ってたじゃない」

「今からでもそうしていいぜ」セイゴが言い返した。「なんでこんな真似したか、すっきり話すんならよ」

「その、すっきりするという考え方の違いよ。ノブオさんは自分が去ることで、みながすっきりすると考えた。あなたは自分がすっきりすることにいまだにこだわっている。私はとっくに何もかもすっきりしていて、この話し合いがもうすぐ時間切れになることに何の未練もない」

「なんで？」ケンイチが信じられないという顔でアンリを見つめた。「どうして、こんなんですっきりできるわけ？」

「私は誰の動機も否定しないし、誰が何をしたかも小さな選択だと思っているし、この集いの目的を果たすという大きな選択こそ、最も大切だと考えているからよ。もしすっきりするための時間が欲しいというのなら、ここで私の時間を提供してもいいわ。ただし何度も言うように、意味のある話し合いがなされるならね」

「なら提供して下さい」

　だしぬけにメイコが言った。アンリがはたと口をつぐんでメイコを見つめた。見るからに意表を突かれた様子のアンリと違い、メイコはしっかりと心のピントを彼女に合わせていた。そして、やはりこれが最善のタイミングなのだと悟った。

　狙いはアンリであり、彼女と全ての邪魔者を追い出すことであり、今がそうする上で最大のチャンスなのだという確信が湧いた。

　アンリは弁が立つ。時間があればあるほど彼女が優位になる。それを封じるためには、まず彼女自身の時間を費やした上で、彼女を追及すべきだった。その機会を待っていた。気配を殺して。今がそのときだった。

「これから私が話すことで、全てがすっきりするはずです。でも私は自分の時間を提供しましたから、代わりにアンリさんの時間を提供してもらえますか？」

「どんな話かまず聞きたいところね」

「もう時間がありませんから」メイコが時計を指さした。数字が外されているとはいえ、間もなく四時半になることは明らかだった。「時間を頂けたらお話しします」

　アンリが黙った。全員が口をつぐんでメイコとアンリを見ていた。自分の中に閉じこもっていたシンジロウや、うつむいてばかりのユキでさえそうしていた。

「いいわ」アンリが言った。「私の持ち時間である三十分間を、話し合いに提供します」

「ありがとうございます」メイコが微笑んだ。お前はこれで終わりだという確信に満ちた暗い笑みだった。その笑みをたっぷりとアンリに向け、そしてみなを見回し、言った。「すっきりしたいなら、この集いにふさわしくない人たちをここから出してしまえばいいんですよ。そうしてから、ドアの鍵を締めるんです。そうじゃないですか？」

「おいおい」セイゴが顔をしかめた。「誰の話をしてんだよ？」

「ゼロ番と、アンリさんですよ」

「ふうん」十分に予期していたというようにアンリが呟いた。「どうして私が出て行かないといけないのかしら」

「私、アンリさんのこと、ずっと怪しいと思っていたんです」あえてアンリと目を合わせず、みなに告白するていでメイコが言った。「最初に会ったのは、この病院の外でした。アンリさんは私に、この集いに参加する人間かどうか訊いたんです。私はなぜそんなことを訊くのか疑問でした」

「確かめたかったんじゃないのかな」ケンイチが茫洋とした調子で口にした。

「なんででしょうね」メイコはケンイチをほぼ無視して続けた。「私は確かうなずいたと記憶しています。いきなり声をかけられたのでちょっと驚いていて、なんだろうこの人って思ったから、話すことがためらわれたんですね。で、この建物で本当にいいのかと疑問を口にしました。だって、これからみんなで命を絶つために廃屋に集まったんですよ。こんなに綺麗な場所だなんて驚くじゃないですか。なのにアンリさんは、ここで良いんだというようなことを言いました。それだけじゃないんです。入り口はあっちだと私に指示したんです」

「建物の構造からして裏口の位置は明らかだったからよ」アンリが言った。

「私にはわかりませんでした」メイコが微笑んで受け流した。「しかも裏口のドアを開けるとき、アンリさんは暗証番号を確かめもしませんでした。私は自分のスマホで確かめようとしていたのに。まるでもう中に入ったことがあって、わざわざ外に出てきて、また入ろうとしているみたいでした」

「0001」アンリが肩をすくめた。「覚えていたらおかしい数字かしら」

「さらに金庫を開けたときのことです」メイコは淀みなく心の中の台本を読み上げていった。

「アンリさんは、わざわざ私に金庫を開けさせたんです。それまでも、しつこく私が集いに参加する人間か訊いていました。まるで中には入れたけど、自分で金庫を開ける自信がないみたいでした。代わりに私に開けさせようとするみたいだったんです」

「1212」アンリが苦笑気味に鼻を鳴らした。「これまた簡単な数字よ。だいたい金庫を開いたのは私よ」

「なんで私が開かなければいけないのかと訊くと、私の意思を確かめるとか言い始めたんです。私はまるでここにいたらいけないような気にさせられました。私が言うことを聞かずにいると、アンリさんが金庫を開いて、今度は私に数字を取らせたんです。自分が最初に開いたのに。おかしいですよね。結局、私は言うとおりにしました。それで私は六番になり、アンリさんは七番になりました」

アンリが溜息をついて腕組みして椅子の背もたれに身を預けた。勝手に喋り続けていればいいという態度だ。それこそまさにメイコの望むところだった。

「それからロビーに出ると、そこでアンリさんがまた変なことをしたんです。そこに、二つの椅子がありました。車輪がついた、あのエレベーターを止めていたのと同じ椅子です。なぜか二つともロビーに出るのに邪魔な場所にありました。するとアンリさんが、その椅子を片付けたんです。しかも私に手伝わせて」

「別にいいじゃねえか」セイゴが首をかしげた。「邪魔だったんだろ」

「実はその椅子、二つとも、カウンターを出たところにあったんです」メイコはこれが核心だという響きをたっぷりと声に込めて言った。「なのにアンリさんは、それをカウンターの内側に片付けたんですよ。まるで、そこに元からあったって知ってたみたいに。なんでそこに椅子を置くべきだとわかったんでしょう？　私にはわかりませんでした」

みながアンリを見た。アンリは何も言わず、肩をすくめもせず、黙ってメイコの話を聞いている。

「受付の椅子だって思ったんじゃないの？」ケンイチが言った。考えなしに口にしていることがメイコにはわかったが、それもまた望むところだった。

「なんでそう思ったんでしょうね？　さっきも言いましたけど私にはわからなかったんですよ？まるでもともとそこにあったとわかってたみたいじゃないですか？　しかも二つしかないんですよ？　あの大きなカウンターに二つだけなんて変でしょう？　おかしいなって思ったんですよ、私。なんでアンリさんは、あそこに椅子を置こうと決めたんだろうって」

「確かに定位置ですね」サトシがベッドのそばに立ったまま言った。「僕が見たときは、四つの同型の椅子があそこに置かれていました。常にそうなんです。受付カウンター用の椅子ですから」

「私にはそんなことわかりませんでしたよ？　最初にあった位置を知っていなければ、元の場所に片付けようなんて思わないんじゃないでしょうか？」

メイコはそこで、ちらりとアンリを見た。全員の目を彼女に向けさせるためだ。

アンリが小さく肩を動かした。〝続きをどうぞ〟という感じだった。小癪な態度だ。メイコはいっそう声を張り上げた。

「九番の人が急にいなくなったのも、私はアンリさんが怪しいと思いますよ？　話が途中だったのに、わざわざ自由時間を作るなんておかしいじゃないですか？　自由時間の間に、アンリさんが九番の人を追い出したか、逃がしたかしたんじゃないでしょうか？　ねえ、アンリさん？　九番の人に何をしたんですか？」

「ノブオさんね。名前を覚えていないみたいだけど」アンリが冷ややかな笑みを浮かべて言った。「彼がどうしたか私は知らないわ。あの自由時間の間、私はサトシさんやシンジロウさんたちと一緒にいたの。自動ドアをまた確認したり、証拠品を運ぶのを手伝ったりしていたわ。あなたこそ何をしていたの？」

「私はお手洗いに行ってすぐにこの集いの場に戻りましたよ？　直接、九番の人に会って何かしたんじゃなくて、スマホか何かでやり取りしたってことも考えられますよね」

「なんなら見てもいいわよ」アンリがサトシの席を指さした。「私の携帯電話は、みんなのものと一緒に箱の中にしまってあるから」

「なんでわざわざ自動ドアなんか気にしてたんですか？」メイコは矛先を変えた。とにかく徹底的に、闇雲に、相手の言葉をつつきまくることしか考えていなかった。実際にアンリの行動が疑わしいかどうかはさておき、なんとなく彼女は怪しいという印象をこの場にいる者たちに植え付けるのが目的だった。「私、アンリさんに声をかけられなければ、きっと自動ドアの方に行ってましたよ？　アンリさん、わざわざ私を裏口に誘導しましたよね？　知ってたんじゃないですか？　自動ドアが開いてたってこと。もしかしてアンリさんがあれを開けたんじゃないですか？」

「何のために？」

「なんで聞き返すんですか？　アンリさんがよく知ってるんじゃないですか？」

「私は知らないわ」

「何がですか？　自動ドアのことですか？　カウンターの椅子のことですか？　わざわざ私に裏口のドアを開けさせようとしたり、金庫を開かせようとしたりしたことですか？」

「あれもこれも一緒くたにして話すと、訳がわからなくなるわよ？」

　それこそまさにメイコの望むことだった。なし崩しになればなるほど、こういう口が達者で自分の賢さをひけらかすような人間は、墓穴を掘ることになるものだ。アンリが喋れば喋るほど、彼女の印象は悪くなる。これまでずっとそうだった。何が事実であるかなど、どうでもよかった。重要なのは印象だった。みんなが彼女のことを嫌い、嘘つきだとみなし、ここから追い出すことに賛同すればいいのだ。

「じゃあ説明して下さいよ？　アンリさんは私からすれば、何もかも怪しいんですよ？　みんなだってそう言ってるじゃないですか。アンリさんの言ってることは意味がわからない、おかしい、変だって」

「みんな、ねえ。それって誰かしら」アンリが呟きながら周囲を見回した。「あなた、どうやら意図的に論点を分散させているみたいだけど、それって自信がなくて幼稚な人間がすることじゃない？」

「なんですか、それ？」

「論破されるのが怖いから次々に言うことを変えるのよ」アンリがわざとらしく溜息をついた。

「重要なことだけ主張させてもらうわ。私は、この集いに参加した人たちの誰も、ここにいることを強制されるべきではないし、本人の意に反してこの場から追い出されるべきではないと思っている。ノブオさんが戻ってくることも心の中で期待している。ゼロ番と私を追い出せば、それだけでは済まなくなるかもしれない。次々に互いを追い出し合って、誰もいなくなるかもしれない。たとえば先ほどリョウコさんが言っていたけれど、シンジロウさんが書いたあの表に従えば、リョウコさんも怪しいということになる。だったらリョウコさんも追い出そうと考えるかもしれないでしょう？　どうかしら？」

あえて質問形で締めくくったところに、如実にアンリの皮肉があらわれていた。これでリョウコや他の人間も会話に引っ張り込まれる可能性が出た。盾にする気だ。メイコはそう受け取った。容易に個人攻撃を受けない。しぶとい。

事実、リョウコの話題が出た途端にミツエが声を上げていた。「あたし、追い出したいわけじゃないけど、この人が考え直してくれるんなら、それがいい」

「何がいいんですか」リョウコが呆れたように溜息をこぼした。「本当にやめて下さい。私はとても苦労してここに来たんです。出て行こうとは思いません」

「なに？　出てくって話なの？」マイまでもが大いにピントのずれたことを言い出した。「なんで？　さっきタカちゃんが言ったみたいなこと？　病気の人は出てかなくちゃいけないの？」

「そんな話してねえっての」セイゴが苦々しい調子で言った。「七番のあいつの話だろ」

「アンリちんでしょ？　名前覚えなよー」

「わかったわかった」

たちまちみなの視線がばらばらになり、アンリを弾劾する雰囲気が薄れていった。メイコはむろん、その程度で怯《ひる》んだりしなかったし、手をこまねくこともなかった。ただちに攻撃を再開した。

「話を逸らしているのは誰なんですか？　あなたの話をしているんですよ？　リョウコさんは関係ないでしょう？　嘘をついているから、怖くて言うことを変えるんですよね？」

「あなたがどんな人間かはわかっているわ」アンリが恐ろしく鋭く、冷え冷えとした声を発した。メイコが傷ついたふりをするまでもなく、相手の心をひと突きにし、ついでに切り裂くような鋭さだった。「短絡的、魔女狩り好き、被害者意識。あなたにはそれしかない。親の期待に応えられない怖さにいつも心を支配されている。母親が捨てられたとき自分でなくて良かったと思っている。父親に執着しているくせに、肝心の父親とはろくに会話もない。保険の契約の際、父親への確認もやりやすかった。娘に関することなのに何の連絡かすらあなたの父親には関心がなかったから。あなたはそんな親のもとで育ち、自分は輪の中にいるか、疎外されるか、その二つしかないと教育されてきた。とっくにあなたを愛することをやめた父親が、あなたに与えたものがそれよ。その下らない教えに従い、ゼロ番、私、リョウコさん、この三人を追い出したがっている。

まったくどうでもいいことよ。あなたの醜さは私には無価値なの。この集いの目的を果たすことが大事であって、あなたと言い争う必要もない。ただし、これだけは言っておくわ。私があなたに何をしたのであれ、あなたのためにしたのよ。全てね。あなたの意思を質しただけ。あなたが建物に入らず出ていっても私は追わなかった。何もかも放り出したいのなら一人でそうしなさい」

「今度は私の話ですか?」呆れた調子で言い返そうとしたが、喉が詰まった。気づけば視界が歪んでろくに相手の顔も見えなくなっていた。「なんでですか? これってあなたの話でしょう? アンリさん? おかしいでしょう? なんで私がそんなこと言われなくちゃいけないんですか? 私に出て行けなんて……あなたなんかに言われる筋合い、ないですよ?」

ぽたぽた涙がこぼれ落ちた。言い負かされてなるものかと自分を奮い立たせようとしたが駄目だった。まるで自分の足元だけ床が柔らかくなって、ぐにゃぐにゃした何かに呑み込まれていくような感じだった。

沈黙が降りたが、単にみな、何といっていいかわからず黙っているだけだった。これから誰かを追い出そうという緊迫した空気ではないし、もちろんメイコが主導権を握っているわけでもなかった。支配しているのはアンリだった。この上なく強権的で容赦がない雰囲気を発散し、メイコがやろうとしたことを、そのままやり返してみせたまでだと全身で告げていた。

「確かにね」

やがてやんわりとした声が起こった。シンジロウだった。メイコはその声音にふくまれる温かなものを求めて反射的に彼を見た。全員がそうしていた。いつの間にかシンジロウが自分の殻から出てきて、はっきりとこの場に顔を向けていた。

「ゼロ番の彼をこの部屋から出すということについては、僕もどこかで考えていたんだ。口にしないようにしていたけどね。そもそもゼロ番を連れてきた人は、この部屋がこんな風になっているとは思わなかったんだ。ベッドが十二個も並べられているなんてね。一人増えても困らないだろう、受け入れてくれるだろうと漠然と期待していたんだ」

「なんで追い出されたりしないって思ったのかな?」ケンイチがいかにもシンジロウの様子に安心しきった調子で訊いた。「勝手に一人増やすなんておかしいじゃない」

「勝手に一人が先に眠っていたら、追い出しにくいからね」シンジロウが一番のベッドの柵を軽く叩いてみせた。「物でもどかすみたいに部屋から出さないといけないんだから。ちょっと抵抗があるよね。実際、メイコさんが提案するまで、誰も彼を部屋から出してしまおうとは言わなかった」

「連れてきたやつを追い出すってのもな」セイゴが思案するように顎をかいた。「逆恨みされて通報されるかもしれねえしよ。結局、参加させることになるんじゃねえのか」

「そう。ゼロ番が、どうやら生きているらしいとわかった場合でも、〝じゃあ彼と彼を連れてきた人を外に出してしまおう〟と簡単には言えないのは、そこなんだ。アンリさんの言い方を借りれば、この集いの目的を果たすことが難しくなるかもしれないから」

「この集いの意義は、受け入れるということなのよ」アンリが口を挟んだ。「個人の事情や考え方の違いといったものを捨てて、全員で目的を果たす。大きな選択に従うというのは、そういうことだわ」

「ゼロ番の考えを聞くことができないのは残念だけどね」シンジロウがさらりと付け加えた。

「なんであれ、入念に計画した上で彼を連れてきたわけじゃないと思う。むしろここで起こったことは、ほとんどがアクシデントなんだ。そう考えると、しっくり来る。だからこそアンリさんは、メイコさんが集いの参加者かどうか、確かめる必要があった。そうじゃないかな？」

シンジロウが急にアンリに質問したことで、涙を拭うメイコをはじめ、みなが二人の間で視線を行ったり来たりさせた。シンジロウが一番のベッドのそばにいて、アンリがその反対側の七番の席に座っているのだから、長テーブルの端と端を交互に見るようなものだった。

「言っている意味がわからないけれど、実際、確かめようとはしたわ。万一、たまたま敷地に入ってきた人だったりしたら、それこそ、集いそのものが危うくなるもの」

「なるほどね。じゃ、ノブオくんはどうだった？　タカヒロくん、セイゴくん？」

「え？　どう……って？」タカヒロがびっくりしたように聞き返した。セイゴも怪訝そうに眉間に皺を寄せている。

「ノブオくんも、二人が集いの参加者かどうか確かめようとしたんじゃないかな。金庫を開けさせるとか、そういう感じで。アンリさんがメイコさんにしたみたいに」

「あ……、うん、そうそう」タカヒロが何度もうなずいた。「ひ、一人ずつ金庫を開いたんだ。番号を知っているってことは、つ、集いの参加者だっていう感じで」

「ああ、そういや、な」セイゴがそのときのことを思い出すように首をひねった。「俺もそうさせられたぜ。なんでわかったんだ？」

「当然の確認よ」アンリが腕組みしてシンジロウを見つめた。「それが何か？」

「やっとわかったんだ」シンジロウがにっこり微笑んだ。いかにも清々しい、すっきりとした表情だった。「どうしてもつじつまが合わなかった点が、ようやく解消できた。アンリさんとメイコさんの、今の会話でね」そう言ってホワイトボードの表を指さした。「みんなが来た本当の順番が、これではっきりした」

　メイコは呆気にとられて目を丸くした。ゼロ番を除く全員がそういう顔になったに違いなかった。使い物にならないと思っていたシンジロウが急に自分を取り戻したばかりか、何かを理解したのだ。それが自分にとって追い風になるとメイコは本能的に予感した。思わず期待の念が膨れあがった。

「それって、誰が嘘をついてるか、わかったってこと？」ケンイチが勢い込んで訊いた。

「えっ、なに？　本当？」ミツエがぱっと顔を明るくした。「誰？　誰なの？」

「本当ですか？」身を乗り出しつつも疑わしげなのはリョウコだった。「今の……会話で？」

　メイコは黙ってシンジロウを見つめ、アンリも口を閉ざし、タカヒロはぽかんと大口を開けてホワイトボードとシンジロウへ交互に目を向けている。

「俺にゃ、さっぱりだ」セイゴが何かを放り出すように両手をテーブルの上で広げた。「わかるように説明してくれよ」

「へー、シンちゃんわかったんだー。すごーい」マイがきょろきょろみなを見回した。「順番って、あれでしょー。最初に来た人とかが、わかったってことだよねー。でもさー、なんでわかったの？　てゆーか、どーいう順番？」

　マイの隣ではユキが話し合いを拒むようにうつむいたり、どうしても気になる様子でシンジロウの横顔を見たりということを繰り返している。

ベッドのそばではサトシがみなをぐるりと見回し、それからシンジロウに目を戻して発言を待った。自分の席に戻るタイミングを逸したというように突っ立ったままだった。

ひとしきり場がざわめいた。やがてみなが答えを求めて口をつぐみ、視線が集まるのを待ってから、シンジロウが言った。

「ゼロ番をこの部屋に運び込むと決めた人間は、思った通り二人いる。一人は主に屋内にいて、ゼロ番を運ぶ準備のためにせっせと動き回っていた。もう一人は、屋上にいて僕たちが来るのを見ていた。二人は携帯電話で連絡を取り合っていたはずだ。二人で状況を確認し合ったり、どうすべきか話し合ったりしていた。そのテーブルにあるものや、このキャスター付きの椅子や、車輪が歪んでいた車椅子など、とにかくこの部屋に集めた品が、そう教えてくれているんだ。でもおかしな点が幾つかあって、すんなり答えを出させてくれなかった。一つは、それが捨てられていた場所だよ」

シンジロウがテーブルの上のマスクと帽子を指さした。

「全員が屋内に入ったことを確認したからこそ、建物の外に捨てたと考えるべきなんだ。でも実際はマイさんが外にいて、建物に入る際に、マスクと帽子を見ている。その時点で屋内にはゼロ番をふくめて十二人いた。ということは、屋上で見ていた人物は、ゼロ番が十三人目であることを知らなかったことになる。それが一点目だ。次におかしいのは、それだった」

そう言って今度は、リョウコが捨てたという煙草の吸い殻を指さした。

「屋上から見ていた人間は、誰よりも早く来ていたはずなんだ。敷地に十二人現れたことを知っているんだから。煙草を吸っていたリョウコさんのことも見ていないとおかしい。リョウコさんが出たり入ったりしているのもわかっていたはずだ。でもセイゴくんがリョウコさんの前に吸い殻を置いたとき、みんなが驚いていた。知っていて驚くふりをしたという感じの人は、少なくとも僕が見る限りはいなかった。それが二点目だね。さらにわからないのは、あれが四階に置きっぱなしだったことだ」

シンジロウが背後を振り返り、車椅子のそばに並べられた、二つのキャスター付きの椅子を指さした。

「あの二つの椅子を使って、ゼロ番を運び、エレベーターに乗せて、最上階まで上がった。でもその後、椅子を二つともエレベーターを止めることに使ってしまった。では、どうやってゼロ番を再び地下まで運んだのか？　さっきまでその手段がわからなかった。それが三点目だ」

疑問だけで答えは口にしないまま、シンジロウがベッド脇の小テーブルに目を向けた。そこに薬の包装シートの束とペットボトルがある。そのうち、シンジロウはペットボトルを指さした。

「個人的な疑問は、これだった。僕が病院に入ってきたとき誰かが自販機を操作して音を立てたんだ。それで僕は音がした方へ向かった。でも誰もいなかった。自動ドアから自販機までの距離を考えると、きっと大急ぎで移動したんだろうね。このミネラルウォーターのペットボトルは、そのとき自販機から取り出された物だと思う。これと同じドリンクが自販機にあるのも確認したし、病院内に他にドリンクの容器は見つからなかった。ゴミ箱は空だった。自販機を開いて本数を確認できればより確実だけど、その必要もないと思う。屋内にいた誰かが、僕を自動ドアの前から移動させたくて、わざと自販機の音を立てたんだ。そしてその後、ペットボトルの中身を半分ほど飲むか捨てるかして、ここに置いて偽装の一環にした。タカヒロくんも自販機を利用しているけど、僕が来るより前のことだ。でも、なんのために僕を移動させたかったんだろう？」

くるりと振り返り、テーブルの上のモップを指さした。

「自動ドアが開いていることを隠す意味はない。にもかかわらず僕をそこから遠ざけた。理由がわからない。それが四点目だった。他にも、奇妙な点はあるよ。車椅子の車輪が歪んだまま放置されていたこと。車椅子の使い方がわからない人間がゼロ番を運んだらしいこと。靴があっちこっちに落ちていたこと。ケンイチくんとリョウコさんが聞いたという物音。リョウコさんが見たという人影。屋上にいたらしいノブオくん。いったい、どう考えたらつじつまが合うだろう？あのホワイトボードの表に、本当に偽りはあるんだろうか？　ゆいいつつじつまが合う考えは、リョウコさんが嘘をついていて、ノブオくんと協力し合っていたということだ」

「えっ？」リョウコが、それまでにない、大いに間の抜けた驚きの声を上げた。「ちょ、ちょっと待って下さい――」

「それだと、マスクと帽子のことも考えずに済む。だって身に着けているんだから、わざわざもうひと組を捨てたとは思われないだろうし、捨てたものを誰に見られたって構わない。煙草の件だって、ただ一人、驚かずに済むのは本人に決まってる。椅子を運んだり、ゼロ番を運ぶための別の手段を考えたりする時間も、リョウコさんにはたっぷりあった」

みなの視線がリョウコに集まっていた。

リョウコが目をみはってかぶりを振った。「やめて下さい！　私じゃありません！」

「二階にあったという車椅子を発見して、わざわざ地下に運んだのもリョウコさんだ。それ自体、不自然な行動だし、もちろんそのときあのペットボトルを置くこともできただろう。彼女が身を潜めていたという喫煙所と、靴の片方があった女子トイレは、すごく近い。そもそも男性が、女子トイレにゼロ番を運ぶだろうか？　ゼロ番を運んだ二人のうち少なくとも一人は女性だったんじゃないか？　とにかく、考えれば考えるほどリョウコさんが疑わしくなる」

そうだったのね。メイコは思わずそう口にしかけた。実際に声に出していたら、きっとたまらないほどの嬉しさがにじみ出ていたことだろう。

「違います！」リョウコが、ばしんとテーブルを両手で叩きながら立ち上がった。「私じゃありません！」

だがシンジロウは止まらなかった。

「セイゴくんの提案で、みんながここに来た動機を話す前に、僕がこう言ったのを覚えているかな。セイゴ君から逆時計回りに話して行くと、入室順とほぼ同じになるって。それっていうのはつまり、リョウコさんとミツエさんを除外したからなんだ。特に、数字と入室の順番が極端にずれているリョウコさんをね。建物を出たり入ったりしたのもリョウコさんだけだ。ここにいるみんなと、明らかにずれた行動をしているんだ」

「そんな——」リョウコが言葉を詰まらせ、どうしたら分かってもらえるのかと半ば失望しかけた顔でシンジロウを見つめている。「偶然です。違うんです——」

シンジロウは彼女とは目も合わさず、それまでサトシが座っていた場所に歩み寄ると、静かにテーブルの端に両手をつき、もう一方の端にいるアンリを真っ直ぐ見つめて言った。

「あなたもそう思ったんじゃないかな、アンリさん？　なんて上手い具合に、リョウコさんが隠れ蓑になってくれたんだろうって」

「え――?」と声をもらしたのはメイコだった。

リョウコがぽかんとなってアンリを振り返った。全員がアンリを見ていた。アンリは何の表情も浮かべず、黙ってシンジロウを見つめ返している。

「リョウコさんには僕たちにはない事情があって、人目につかないようにしなければならなかった。それがたまたま、隠れ蓑になったんだね」シンジロウが微笑んだ。「あなたが一番早く、ここに到着したんだ。リョウコさんよりも前に。ノブオくんがやって来るのを屋上から眺めていられるくらい余裕がある時間に到着していた。それが本当の順番だ。そうじゃないかな、アンリさん?」

アンリがすぐに答えることはなかった。うんともすんとも言わず、シンジロウがなぜそのような結論に辿り着けたのか、じっと考えているようだった。結局はその姿こそ、アンリがシンジロウの言葉を否定できないことを示しているようにメイコには見えた。みなもそうだろうと思った。

「あはっ!」喜びに満ちた笑い声がメイコの口から飛び出した。「ほらあ! やっぱりそうだったじゃないですか! ね? 私の言った通りですよ? この人とゼロ番をここから出しちゃえばいいんですよ。それでドアを閉めて、鍵をかけて、誰も入って来ないようにすれば、問題は全部解決するじゃないですか? ねえ、そうでしょう?」

「僕はそうは思わないな」

だしぬけに誰かが言った。少年の声だが、かといってシンジロウではなかった。ちょうどケンイチが背を向けている、今まさにメイコが閉じようと主張していた開きっぱなしのドアから、少年が入ってきたのだった。

ケンイチが真っ先に振り返り、ぎょっとなって腰を浮かした。

「ノブオくん？」

全員が弾かれたように振り向いたり身を起こしたりしてそちらを見た。そして口々に驚きの声を上げた。

「ど……どうしたの⁉」ケンイチが狼狽し、どうしていいか分からないというように両手を宙にさまよわせた。「その怪我、何があったの？」

「ちょっとね」ノブオが笑みを浮かべて曖昧に返した。顔の右半分が腫れ、額に血が止まったばかりといった感じの切り傷がある。右腕は白い布を三角形にして吊っており、シャツの襟と胸元には点々と血の染みが浮かび、レンズの割れた眼鏡が胸ポケットから覗いているといった有様だ。

メイコはみなと同じように振り返りながら、痛恨の思いが声や表情に出ないよう歯を食いしばった。だから早くドアを閉めねばならなかったのに。上手いこと追い出せたと思ったのに。今さら戻って来るなんて。とはいえ、ただちに最悪の状態になるというわけではなさそうだった。いきなりこちらの言い分を否定しながら現れたものの、ノブオには誰かを咎めようといった雰囲気はなかった。そのひどい姿に注目が集まることに苦笑しているだけだった。

「その腕は？　折れてるの？」シンジロウが訊いた。

「骨にひびが入ったくらいだと思う」ノブオがうっかり肩をすくめかけ、痛そうに顔をしかめた。

「応急処置はしたから動かさなければ大丈夫だね。小学校の防災訓練で習ったことが役に立つとは思わなかった。まあ、一人じゃ布を探すこともできなかったけどね。ありがとう、サトシくん。助かったよ」

今度はみなの注目がサトシに集まった。

「いえいえ、病院の備品の残りを持ってきただけですから。大した治療ができないままで、すいません」サトシがまったく態度を変えずに言った。

二人のやり取りに、納得したようにうなずいたのはシンジロウ、セイゴ、アンリだけで、他の面々はメイコもふくめ呆気にとられるばかりだった。

「どういうこと？」ケンイチが仰天してわめいた。「サトシくん、さっき、誰もいなかったって言ったじゃない。本当はノブオくんを見つけてたの？」

「はい。実はそうなんです」悪びれることなくサトシが答えた。「ノブオさんから、しばらく黙っていて欲しいと言われまして。理由は、ノブオさんからお話しいただいた方がいいかと思います」

「そうしてくれるかな？」シンジロウがサトシからノブオへ目を戻して訊いた。

「うん。その前に、ちょっといいかな」ノブオが無事な方の手でズボンのポケットをごそごそやり、携帯電話を取り出した。「実は両利きなんだ。小さい頃に左利きだったのを直させられたんだよ」訊かれてもいないことを呟きながら、左手だけで携帯電話を操作した。

「何をする気？」アンリがきっとなって咎めた。「誰かと連絡を取ろうというの？」

「そう。たぶん、ここにいる誰かとね」ノブオが笑い、携帯電話を持ったまま左手の人差し指を口に当て、〝静かに〟のポーズを取った。

みな静かにした。途端に、びーっ、びーっ、と別の携帯電話が振動する音が、その場にいる者たちの耳を打った。とりわけそれはメイコに落雷音のような衝撃をもたらした。音は、彼女の上着のポケットの中から響いていた。

メイコは今度こそ痛恨の思いに襲われ、宙を見つめたまま凍りついた。電源を切るべきだったとは思わなかった。かけ直されることなど考えてもいなかった。こんなの予想しろという方が無理ではないか。思わず誰かにそう訴えたくなった。

ノブオが携帯電話を掲げ、みなに見せつけるようにしながら切ボタンを押して発信を止めた。メイコの服の中の音も止まった。

「さっき病院に電話がかかってきたでしょ。受付の電話に着信履歴が残ってたよ。それで、履歴の番号にかけてみたんだ」ノブオが携帯電話をズボンのポケットに戻し、にこやかに微笑んで言った。「なんとなく君じゃないかと思ってたんだけど、やっぱりそうだった。ありがとう、メイコさん、僕を階段から突き落としてくれて」

第五章　最後の時間

一　3対9

アンリはすぐ隣でわなわなと震え出すメイコを見ても、良い気味だとも何とも思わず、ただ不快感と哀れさを感じるばかりだった。

アンリが先ほどメイコに対して断言したことは非の打ち所がない真実だ。メイコの精神の醜さは無価値だった。ひがみややっかみは一人前だが、それ以外の点は幼児のようで、わめき散らされたところで騒がしいと思うだけだし、あまりにひどいときは叱りつけるまでだ。

不快で哀れなのは、メイコがもっぱらこの集いを椅子取りゲームのようにとらえていることだった。自分がどこかに居座るには、誰かを追い出さねばならないと思いこんでいるのだ。それはメイコが自ら獲得した人生訓というようなものではなく、単に悲惨な家庭生活によって刻み込まれたものだろうと容易に想像がつく。だからこそ救いがない。奪い取ろうとすればするほど自他を貶《おとし》めることになるし、そもそもその椅子にどんな価値があるのかと問うたところでメイコには何を言われているのかもわからないだろう。親の行動原理を模倣しているだけで自分が何をしているのかも理解していない。見ていて不愉快なほど哀れだ。

とはいえ、それはそれだ。大した問題ではない。大きな選択の前では無視すべき些事だ。この集いが成り立つことこそ重要事であり、メイコのような人間は単に頭数でしかないとはいえ全員揃って実行するという点で、アンリは管理人かつ主催者であるサトシ以上に、誰も欠けて欲しくないと願っていた。だからこそ、眠れるゼロ番を守ってやると決めたのだ。自分の意思を表明できない彼のためにも、ここに揃うことになった十三人全員で集いの目的を果たすべきだった。

「なるほど」ややあってシンジロウが呟いた。「屋上からここに戻るとき、誰かがノブオくんを階段から突き落とした。ノブオくんはその誰かを特定するために、隠れていた」

「最初は単に、痛くて動けなかったんだけどね。あと、ちょっと気を失ってたと思う」ノブオが苦笑いして、壁際に置いてあるキャスター付きの椅子の一つに腰を下ろした。「はっと気づいたら誰もいなかった。慌てて這って逃げたけど、誰も追って来なかった。で、とにかく腕も顔も、あちこち痛くて、トイレの洗面所の水を流しっぱなしにして冷やしてたら、サトシくんが来てくれたんだ。みんな僕がいなくなって不思議がってたってサトシくんに言われてさ。だったら一番不思議がってない人間が僕を突き落としたことになるんじゃないかなって思って、様子を見ることに決めたんだ」

シンジロウがうなずいた。「そしてサトシくんの手を借りて応急処置をしたあと、一緒に地下に戻り、部屋の外で僕たちの会話を聞いていた。そして電話がかかってきたあと、一階の受付に行って着信履歴を見て、それからまた戻ってきた」

「それも、最初は単に隠れようとしただけなんだけどね。みんながドアを塞いだりし始めたら、姿を見られるかもしれないと思って、階段の方に行ったんだ。また電話がかかってきたらサトシくんはどうするつもりだろうって思いながらね。そこでふと、シンジロウくんが言ったことが気になってさ」

「なんて言ってたっけ」ケンイチが思い出そうとするようにむつかしげな顔をした。その場にいる大半の者が同様だった。

「確か、僕たちの誰かが電話をしたわけじゃなさそうだって言ったかな」シンジロウがさらりと口にした。

「そう。そのちょっとあとで、メイコさんが言ったことが気になったんだ。アンリさんが持ち時間について提案したときにね」

「ああ」シンジロウが思い出したようにうなずいた。「そういうことか」

「なに？　なんなの？」ミツエが困惑した顔でわめいた。「わかるように言ってよ！」

「シンジロウくんが、僕を入れれば六時間になるって言ったじゃない」ノブオが言った。「するとメイコさんがこんな風に言ったのが聞こえた。僕は逃げちゃって、もう戻って来ない。だって僕が犯人だからって。それでなんとなく、ぴんと来たんだ。さっきの電話は部屋の中の誰かが──僕が来ないと思っている人間がかけたんじゃないかなって」

「よくわかんねえぞ」セイゴが不機嫌そうに言った。「なんでそんなふうに思うんだよ」

「タイミングが良すぎたね」シンジロウがノブオの代わりに言った。「リョウコさんとミツエさんが言い合いをしていた最中だったし。何か聞こえると言い始めたのは、メイコさんだった」

「確かにそうでした」リョウコが同意した。「その後も、誰かが来るかもしれないとメイコさんはしきりに言っていました。私たちを脅して、話し合いを終わらせようとしていたんでしょうか。ノブオさんが来る前に実行してしまおうとして」

「そういうことなんじゃないかな」ノブオが言った。「というか、僕さえいなくなれば、すぐに実行できると思ったんだろうね。ただ、ちょっと中途半端だったな。結局、僕は死んでもいないし、逃げ出してもいないんだから」

「なにそれ⁉」ミツエがわめいた。「なんでそんな風に考えるの？　せっかくみんなで集まったのに追い出そうとするなんて信じらんない！」

さんざんミツエから出て行けと言われたケンイチとタカヒロが眉をひそめて顔を見合わせたが何も言わなかった。

メイコは表情を消してテーブルの天板の表面を見つめている。悄然としているようだが、それが擬態であることをアンリは察していた。いわば死んだふりだ。現実を遠ざけ、自分は悪くないに決まっていると己に言い聞かせ、何かのきっかけで咎められなくなる瞬間を待っているのだった。

「そもそも僕は、全部自分がやったことにしてもいいと思ってたし、態度でそう示してたつもりだったんだ」ノブオが言った。「タカヒロくんが、エレベーターに靴を置いたのは僕だって言ってたけど、それだって僕がここにいたら否定しなかったよ」

「や、やっぱり、そうだったの？」タカヒロが目をみはった。「ぼ、僕の考えが合ってたの？」

「さあ？」ノブオが面白がるような笑みを浮かべた。「シンジロウくんはどう思う？」

シンジロウがかぶりを振った。「それについては、あとにしていいかな。今は、ノブオくんをそんな目に遭わせた人物が、どうしてメイコさんだとわかるのか聞かせて欲しいんだ。僕には確証がないように思えるから」

「そうですよ！」メイコがにわかに息を吹き返して叫んだ。「私だっていう証拠なんか、何もないじゃないですか？」

「かまをかけたのよ」アンリは冷ややかに遮った。そのまま死んだふりをしていればいいのに、どうしてこの少女はこうも墓穴を掘るのだろうと呆れる思いだった。「単にあなたの反応を見たかっただけね」

「私、何も反応なんかしてませんよ？　ねえ？　そうですよね？」メイコが抗弁したが、白けたような空気が漂っただけで誰も賛同しなかった。

ノブオがシンジロウを見ながら、ほらね、というようにメイコの方へ顎をしゃくった。

「なるほど」シンジロウが納得したように言った。「僕も、メイコさんの態度がちょっとおかしいとは思ってたんだ。急いでドアを塞ぎたがるのはなんでだろうって。ノブオくんが隠れたのは正解だったたってことかな」

「なんですか、それ……なんなんですか……」メイコがかろうじて抗弁めいたことを口にしたが声は尻すぼみに消え、ゆいいつの味方を失ったというように、がっくり肩を落とした。

アンリは心の中で溜息をついた。そもそもシンジロウは誰の味方でもないのだと教えてやりたかった。彼の推理は個人的な興味によるものに過ぎないのだと。彼は考えることを楽しみ、答えを出すことに喜びを抱く。それだけなのだ。本当の味方は私なのだと、どうしてわからないのだろう。私だけがこの場にいる全員を等しく認め、どんな動機であろうと受け入れることができるし、誰よりもこの集いの意義を正しく理解しているというのに。

「え、てことはさっきの電話、メイちんだったたの？」マイが今さらびっくりしたように言った。

「でもさっき、みんなの電話、箱の中に入れたじゃん」

「もう一個持ってたんだろ」セイゴが呆れ顔で言った。

「あ、そーなの？」

「そーなんじゃねえの」セイゴが面倒くさそうに返し、それから親指でメイコを指さしつつ、ノブオに向かって言った。「で、どうすんだ？　さんざん追い出すだのなんだの言ってたやつが、面倒を起こしたってわけだろ？　今度は、この女を追い出すって話になんのか？」

「そのことだけど――」

ノブオが何か言いかけるのを、メイコが大声で遮った。

「だってその人が犯人じゃないですか！　自分がやったって言ってたでしょう？　あの邪魔なぜロ番を連れてきたんでしょう？　その人を追い出すべきじゃないですか！　そうでしょう？　なんで私が追い出されなきゃいけないんです？　そんなの、おかしいじゃないですか！」

アンリはそのしぶとさに深々と溜息をついていた。聞くに堪えないとはこのことだ。みなもそう感じている証拠に、誰もメイコに同意しなかった。これまでならシンジロウが穏やかにメイコを宥めるところだ。しかしシンジロウも何も言わない。腕組みして口をつぐみ、メイコの益体《やくたい》もない主張はさておき、ノブオが何を言うか待っているようだった。

「追い出すなんておかしいよね。せっかくこうして集まったのに」ノブオが言い聞かせるようにそう口にした。メイコが黙った。ノブオがゆっくりと後を続けた。「さっき、ありがとうとメイコさんに言ったのは本心からなんだ。変な話だけどね。君に感謝してるんだ。ああ、こんな感じだったんだなって思えたから。これぞ因果応報だぞってね。なんでかって言うと、僕も同じことをしたんだ。さっきみんながここに来た動機について話してたけど、僕のはケンイチくんのとよく似てるかな。いじめに遭ってね。僕の場合は、同級生の一人が中心になってた。僕は誰かが解決してくれるのを全然期待していなかった。いや、期待していたんだけど裏切られたのは同じかな。まあ、とにかく自分でどうにかするか、自分が死ぬかだと思った。で、僕は絶対に死にたくないと思ってね。だから殺したんだ。階段から突き飛ばして。メイコさんがやったみたいに。そいつが一人になるタイミングをずうっと毎日待ってたんだ。すぐには実行せず、絶対に僕がやったとわからない状況になるのを待ってた。やり方も何通りも考えたよ。毒を飲ませるなんてことも考えた。でも結局、事故だと思えるやり方が確実だし簡単なんだ」

　ノブオのいきなりの告白に動じなかったのは、アンリの見たところ、自分と、いささかも表情を変えないサトシだけだった。二人以外は、ぎょっとするか、ぞっとするか、といった風で、いずれにせよ驚きで言葉を失い、ノブオの話に聞き入っている。

「それでまあ、そいつを観察して、行動パターンを記録したりしてさ。我ながら一番良いタイミングでやったと思うよ。それも、ごくあっさりとね。で、誰にもばれなかった。単に事故で死んだってことになった。ちょうど学年が変わって、いじめもなくなった。でも本当の地獄はそれから始まった。僕があいつを殺したってことを誰も知らない。僕しか知らない。頭がおかしくなりそうだった。いつかばれるんじゃないかとか、うっかり口を滑らせちゃうんじゃないかってこと以上に、僕自身が、誰かに言いたくて言いたくて、たまらなかったんだ」そこで僅かに口をつぐみ、悲しげな笑みを浮かべた。「誰かに聞いて欲しかった。告白したかった。でもそんなことはできないって自分に言い聞かせ続けた。このままだと本当におかしくなると思ったよ。その前に死んでしまおうって思うくらいには辛かった。なのに今、すごく気が楽なんだ。あいつを殺してから一年以上経つけど、こんなのは初めてだよ。理由の一つは、この集いのことを知って参加できたってこと。立場は違うけど同じくらい苦しんでいるみんなと出会えてすごく嬉しかった。そしてもう一つは、まさに僕がやったことを、やり返されたってこと」そこでノブオがにっこりみなに笑いかけた。悲しげな影が消え、まさに本人が当初から口にしていた〝すっきり納得した〟顔だった。「僕の中で何かが変わったことがはっきりわかる。何かが吹っ切れたし、僕がこれからやるべきこともわかった。だから実は、こうして戻ってきたけど、黙ってここを出て行こうかなとも考えたんだ。追い出されるんじゃなくてね。死ぬのは、もういつでもできるから。この集いのお陰で。きっと一人でもできる。ただその前に、自首しようと思ったんだ。どうしてやったのか。どうやってやったのか。全部、告白してからにしようって」

「残念ね」アンリはさりげなく言葉を挟んだ。「とても残念だわ」

「心配しないで」ノブオが微笑んだ。その顔が安心しろと言っていた。この集いそのものを中止にさせる気はないのだと。「みんなより、ちょっと遅くなるだけだよ。ここを出ても、僕はこの集いの一員だと思ってる。ただ出て行く前に、みんなに御礼が言いたかったのと、シンジロウくんがどこまで推理できたのかが気になってね。話し合いが終わるまでは、ここにいさせて欲しいと思ってる。みんなさえよければ。どうかな?」

そう言ってノブオがみなを見回し、最後にサトシに目を向けた。

「ノブオさんの分の遺書や、メールデータなどは削除した方が良いですか?」逆にサトシが聞き返した。常に変わらぬ平板な口調だ。ノブオの告白をものともせず、すんなり受け入れているようだった。

ノブオがかぶりを振った。「僕がここにいたことを隠す気はないし、面倒だろうから、そのままでいいよ」またみなを見回した。「もうそろそろアンリさんの分の時間が終わるから、僕の持ち時間を提供したい。シンジロウくんの話の続きが聞きたくてね」

「うーん、そう来たか」珍しくシンジロウが苦笑した。こちらもノブオの告白に驚きつつも動揺したり怯えたりといった様子は見せなかった。「なんとなく、ノブオくんが姿を見せた理由は、メイコさんのこと以上に、アンリさんやゼロ番が集いから追い出されないようにするためだったって気がするよ」

ノブオが微笑んで首を横へ倒した。ご想像にお任せしますという感じだ。

シンジロウが組んでいた腕をほどいて時計を見上げた。午後五時になろうとしていた。シンジロウがうなずいてサトシを振り返った。「確かにもう時間だね。議題が提案されたということで、決を採るのはどうかな?」

「え、なんの話?」マイが素っ頓狂な声を上げた。「なに話してたんだっけ?」

「シンジロウがさっき話しかけてただろ」セイゴが呆れ顔で説明した。「誰がゼロ番を連れてきたかとか、おかしなことが幾つもありやがるとか、そういうことを」

「そうですよ!」うつむき意気消沈していたメイコがまたもや声を張り上げた。「そもそもアンリさんの話だったじゃないですか! 話を戻しましょうよ!」

多くの者が眉をひそめたが、メイコのその切り替えの速さにアンリはさして驚かなかった。そもそも自分の言動を首尾一貫させようという気もない人間なのだから、ころころ態度が変わって当然なのだ。

「私は、私への疑いが解消されればいいです」リョウコが言った。「ただ、誰かを追い出すという話はもうやめませんか。ここで誰かと一緒にいたくないなら、自分から出て行けばいいだけですから」

「あたしもそう思うけど」ミツエが言った。「でも、あなたが考え直してくれるなら、あたしがあなたにとって一緒にいたくない人になってもいいわ。あたしにはそれだけの覚悟があるのよ」

「そういうことをやめませんかと言ってるんです」リョウコが一語一語、言い聞かせるように語気を強めた。

「あー、あたしもシンちゃんの話、気になるなー」マイがワンテンポ遅れて言い出し、ひょいと手を挙げた。「あたし、シンちゃんの話が聞きたいでーす」

「では決を採りますね」サトシがマイに構わずあっさり言った。「話し合いを続けたいという方は、挙手をお願いします」

すでにそうしているマイをはじめ、ケンイチ、ミツエ、リョウコ、立ったままのシンジロウ、メイコ、タカヒロ、席には戻らずキャスター付きの椅子に座ったままのノブオ、そしてセイゴが手を挙げた。

「ありがとうございます。手を下ろして下さってけっこうです。九人の方が話し合いを望んでいます」そう言って、いかにも律儀な様子で背後の時計を振り返った。「五時を少し過ぎましたが、五時半までお話をするというのはいかがでしょうか?」

誰も反対しなかった。

みながシンジロウを見つつ、テーブルの反対側にいるアンリの様子をちらちらうかがっている。まるで卓球のラリーを見守る観客のようだった。いつの間にか——あるいは当初からそうであったかのように——テーブルの両側にいる二人の対決、という図式になっていた。

アンリはみなの視線には反応を示さず、徹頭徹尾、毅然とした態度を保って、シンジロウの発言を待った。

「それじゃあ、話を戻そうか」シンジロウが、彼らしいやんわりとした調子で言った。決して誰かを咎めようというのではなく、クイズの正解でも話そうとするようだ。

彼は誰の味方でもない。アンリはその考えをますます強めた。ただ優しげなだけで、この集いの理想を守ろうとしているわけではない。むしろ台無しにしてしまいかねなかった。なんとなればケンイチが中止を言い出したとき、シンジロウは即座に否定しなかった。今の彼の中には集いを否定する考えも存在するのだ。

アンリは残念に思いはしたが、まだ彼を変えることは可能であるとも思っていた。これからの話を通して、可能な限り、自分がシンジロウに、この集いの理想を思い起こさせ、理解させるのだ。彼さえ変えられれば全員が倣うだろう。決してこの集いそのものをぶちこわしにさせないために、なんとしてもそうすべきだった。

「僕が抱いた疑問は四点。外にマイさんがいたのに、マスクと帽子が捨てられたこと。屋上にいた人物が、リョウコさんの喫煙を知らなかったこと。ゼロ番を四階からここまで運んだ手段。そして僕を自動ドアから遠ざけた理由だ。このうち、運んだ手段については答えが目の前にあるのにずっと見落としていた」

シンジロウがちょっと笑って、ぽんぽんと一番のベッドの鉄柵を叩いた。

「これだよ。最も単純で、簡単な手段。ここにいる人なら誰にでもできる。何しろサトシくん一人で、ここのベッドを全て運んだんだからね。ゼロ番を運んだ人物は、この車輪つきのベッドを空のまま地下から移動させ、エレベーターで四階まで運んだ。そして四階にいたゼロ番を載せた。ドアが施錠されていない場所、つまりカフェで。ゼロ番をしばらく隠しておけて、あとでベッドを運び入れられる場所はあそこしかない。どう？　合ってるかな、ノブオくん」

ノブオが、そうかもね、という感じでまた首を左の方へ倒した。本当は肩をすぼめたいのだろうが腕が痛くてできないようだった。

「というわけで疑問の一つは解消できた」シンジロウが、正解だと告げられたかのように話を続けた。「残り三点は全てつながっている。つなげたのは、僕たちが入ってきた裏口の近くにあるベンチだ。リョウコさんとマイさんがいた場所が鍵だった。さっき話したとおり、屋上からだと、あのベンチが木の陰になってしまって見えないんだ。それでリョウコさんの喫煙がわからず、マイさんを見失った。メイコさんに集いの参加者か確認しなければならなくなったのは、マイさんで十二人だったのに、十三人目のメイコさんが来てしまったからだ」

「十三人目？」ケンイチが真っ先に疑問の声を上げつつホワイトボードを見た。「あの表だと最後は――」

「そう」シンジロウが微笑んでうなずき、ホワイトボードに記された名ではなく自分の話へみなの注意を向けさせた。「あの表では、マイさんは九番目。僕のすぐあとだね。メイコさんはさらにそのあとということになってる。重要なのは三人の順番だ。まず僕が建物に入った。そのあとマイさんが来て外のベンチに座ったけど、屋上からは見えない。僕がロビーをうろうろしているとき、メイコさんが敷地に入ってきた。僕を自動ドアの前から移動させたかったのは、誰かが自動ドアから外へ出たかったからだ。それが最もつじつまの合う考え方なんだ。自動ドアが開いていることを隠すには、もう遅かったんだから」

「なんのために外に出るんだ？」セイゴが訊いた。

「ずっとそれがわからなかった」シンジロウが右手の人差し指を、ハンチング帽の下のこめかみに当てた。「まず裏口を使わなかった理由を考えた。これはマイさんと出くわしたくなかったから、としか思えない」

「なんで？」マイがきょとんとなった。「あたしなんもしてないよ？」

「そう。マイさんに原因があるとは思えない」シンジロウがもう一方の人差し指を逆のこめかみに当て、大いに悩んでいるというようなポーズを取った。「考えられる理由は、自分が今来たばかりだと装うためだ。最初からここにいてみんなを見ていたのではなく、かなり遅れて来たことにして、ゼロ番を巡る一連の偽装とは無関係を装った。でもそれだけなら、単に遅れて金庫から数字を取って、地下に来ればいい。他にも何か理由があるはずだ」そこで両方の指を離して笑みを浮かべてメイコを見た。「その何かが、メイコさんのさっきのお話でわかった。要は、メイコさんが本当に集いの参加者かどうか確認しないといけなかったんだ。マイさんはベンチに座ったまま見えないし動かない。こっちも参加者かどうかわからない。もし裏口から出て、マイさんと顔を合わせると、マイさんがたまたま敷地に入り込んだ部外者だったら面倒なことになる。なんで廃病院から出てきたのか、不審に思われるからね。それで自動ドアから出て、まずメイコさんに声をかけた。集いの参加者だとわかり、二人で裏口に行った。そのときにはマイさんはいなくなっていた。ベンチから離れて、建物の外を歩いていたんだ。いなくなっていたことで、彼女は部外者だったのだとひとまず納得できた。予定通りこれで十二人。全員が揃った。そう思ったんじゃないかな。だからサトシくんがこの部屋に現れたときアンリさんも驚いた。ノブオくんがゼロ番についてサトシくんにいろいろと質問したのも、本当に全員が参加者であることや、それ以上に、この集いが一人を殺すためのものじゃないってことを確かめるためだった。そうでしょう、アンリさん?」

　そこで急にシンジロウがアンリに目を向けた。その程度の揺さぶりで、慌ててあげる筋合いはないとアンリは心の中で冷笑した。推理ごっこになど、いささかも興味がなかった。そうかもしれないね、というノブオの仕草を真似て、首を横に倒してみせた。

「それって、ずいぶん大急ぎですよね」リョウコが代わりに疑問を口にした。「エレベーターを止めた状態で、屋上から急いで下りてきて、自販機を操作して、シンジロウさんを移動させて、自動ドアから出てメイコさんに声をかけた……ということですか。見回っていたサトシさんにも気づかれずに……。それともサトシさんは見て見ぬふりを……?」

「いえ、僕は何も見ていません」サトシが言った。「ちょうどすれ違っていますね」

「自販機を操作したのは、そこにいるノブオくんじゃないかな。ちょうどゼロ番を載せたベッドを地下に運び終えたあとだった」シンジロウがにっこり笑って断言した。「そして最後のエレベーターを止めたのは、そのさらにあとだった。三つのうち小型のエレベーター二つはゼロ番を四階に運んだときに止めていた。屋上にいたアンリさんは、おそらくベッドを運ぶために動かした大きい方のエレベーターを使って下りてきた。ノブオくんは自販機で買った水を半分飲むか捨てるかしながら階段で地下に戻って、ここに置いた。そして地下からアンリさんが使ったエレベーターに乗って四階に上がり、乗っていた最後のエレベーターを止めた。その途中のどこかで右の靴を発見して手に持ったんだと思う。そしてその頃、タカヒロくんが階段を上がってきていた。階段を下りてきていたノブオくんは、タカヒロくんと出くわしそうになって、素早く隠れた。タカヒロくんは気づかず、ノブオくんとすれ違った。ノブオくんはそうして靴を手に持ったまま一階まで下りた。でもそこで屋内に入ってきたセイゴくんに出くわし、下りてきたばかりの階段をまた上がるはめになった」

「そ、そっか」タカヒロが急にわけがわかったという感じの声を上げた。「な、なんか変だと思ったんだ。あのさ、アンリさんが、エレベーターとノブオくんについて意見を言ったじゃない。ずいぶん具体的だなって思ったんだけどさ。それで、僕が上がっていくのを見て、ノブオくんが僕を止めるために追いかけたんじゃないかとも言ってたでしょ。階段を下りてきたら僕と出くわすし、僕を見て追いかけようとしたんだったら階段の途中でつかまってると思う。ぼ、僕、そんなに早く階段を上がらなかったし。かなり長く、屋上や四階でぼうっとしてたから」

「結局、どっちも事実だった」シンジロウがうなずいた。「エレベーターを止めて下りてきたし、君が階段を上がるのも見ていたんだ。ただ、追いかけるつもりはなかったんじゃないかな。偽装はもう十分だった。セイゴくんが来たとき、ノブオくんの仕事は終わっていたんだ。ただし、手に持ったままの靴を除いてね」

「そんで結局、エレベーターの中に置いたってんだろ?」セイゴがノブオのほうを見て笑みをこぼした。「全然わかんなかったぜ」

ノブオが笑みを返したが、否定も肯定もしなかった。

「あたしがトイレでメイクしてるとき、そんな風に、あっち行ったりこっち行ったりしてたわけ?」ミツエが呆れ顔になった。「なんでそんなことしないといけないの? 意味わかんない」

「確かによくわかりません」リョウコが珍しくミツエに同意した。「シンジロウさんのお話の通りだとすると、とてもおかしなことになりませんか? だって十三人目が現れたことで、参加者かどうかメイコさんに確認しなければならなくなったって……ゼロ番を連れてきた人なら、一人多いことは知ってるはずじゃないですか」

「そう。その通り」シンジロウが言った。「ゼロ番を移動させるには最低二人いないといけなかった。片方が移動を担当し、もう片方が人の出入りを監視する。じゃあどちらがゼロ番を連れてきたのだろう? 連れてきた人間が、引き続きゼロ番を移動させるのが自然だと思える。でもこの人物は、車椅子の操作を知らず、力任せにカウンターを通り抜けようとして車輪を歪ませてしまい、しかも車輪の直し方もわからなかった。ゼロ番は歩けないということを考えると、一緒にいる人間が車椅子に不慣れだなんて、不自然だ。じゃあ屋上で監視していた方だろうか? でもそれだと今話したことは全て成り立たなくなる。もっと何もかも成り立たなくなるのは、ゼロ番に意識があった場合だ」

シンジロウがそこでゼロ番を振り返った。みながつられて、眠れる少年が横たわるベッドを見た。

「ゼロ番がもしここに来たとき、喋ることができたとする。だったら車椅子の操作だって教えられるし、靴が脱げたことも教えられる。そもそも椅子で運ばれたり、ベッドに載せられて移動させられる必要もない。自分で車椅子を操作してエレベーターに乗れたはずだ。でもそうした痕跡がない。ゼロ番の意思を示すものが何もない。これってとてもおかしいことなんじゃないかな。どう思う、アンリさん？」

また急にシンジロウが振り返って、ベッドのほうを見ていたアンリと真っ直ぐ目を合わせた。アンリはつい肩をすくめてみせた。シンジロウが頑張ってこちらを揺さぶろうとしているのはつまるところ最後の答えがわからないということだ。

「なぜ私が答えなければいけないのかしら。これはあなたの話を聞く時間でしょう？」アンリは、あまり冷ややかにならないよう気をつけながら言った。シンジロウは気にしないだろうが、彼を聡明で優しく、頼れる人間だとみなす者たちが、わけもわからず彼の味方をしかねないからだ。

「私も、あなたのお話に興味があるの。きちんと最後まで聞かせて欲しいわ」

「期待に沿えるように頑張るよ。ただ、思ったより時間が足らないかもしれない」シンジロウがちらりと時計の針を見て、それからサトシとユキに向かって訊いた。「もしそのときは二人の時間を提供してもらってもいいかな？」

「はい。いいですよ」サトシが淡々とうなずいた。「ユキさんはいかがですか？」

「私……」ユキが怖々とシンジロウを見やり、うつむいた。「はい……。早く終わらせてくれたら……なんでもいいです」

「二人とも、ありがとう」シンジロウが微笑んで時計を見上げた。「じゃあ、五時半を過ぎたら、ユキさんの時間を提供してもらっているってことにしていいかな？」「それでいいです」

「はい……」ユキがいっそう身を縮こまらせながらうなずいた。

「どうやら時間は十分にあるようね」アンリは身を乗り出し、あえてシンジロウの目を自分に向けさせた。どうしたら彼にこの集いの理念をもう一度思い起こさせられるのだろうと思った。彼はケンイチが最初に疑念を呈したとき、すぐには賛同しなかった。あのときは集いの目的を果たすことを優先していたのだ。そのときの状態にどうしたら戻せるのだろうと考えながら、アンリは挑むように言った。「それで？　ゼロ番についてのあなたの疑問はわかったわ。どうぞ、続きを聞かせてちょうだい、シンジロウさん」

二　推理

「それじゃ、続けて話させてもらうね」シンジロウがみなを見渡し、ゆったりとした調子で話を再開した。「僕が思うに、ゼロ番には意識がなかった。たぶん、ここに連れてこられる前から、ずっとね。ノブオくんもアンリさんも、できれば代わりにゼロ番を連れてきた人の意思を確かめたかったんじゃないかな。でも、そこでまた問題があった。帽子とマスクで顔を隠した人物が立て続けに二人来たからだ。一人はリョウコさん。もう一人はゼロ番の車椅子を押して来た誰かだ。ちなみに、自分だけ顔を隠して、ゼロ番にマスクをさせなかったのは呼吸ができなくなる恐れがあるからだと思う。帽子をかぶらせなかったのは、床ずれが頭皮にあって、痛いかもしれないと思ったからじゃないかな。なんであれ、帽子とマスクをかぶっていた人物の片方は、どちらも外して置き去ってしまった。二階のカウンターにね。そのあと、おそらくノブオくんだと思うけど、帽子とマスクを見つけて持ち去り、建物の外に捨てた。そのときには、ゼロ番を連れてきた人が誰だかわからなくなっていた」

「えっ、なんで?」ケンイチが大げさな驚きの声を上げた。「だって、車椅子を押してきたんでしょ? なんでわからなくなるの? ゼロ番と一緒にいるのに?」

「そこが難しいところだったんだ」シンジロウがクイズを解いた子どものように得意げな顔をみせた。「僕の想像では、こういうことだったんじゃないかと思うんだ。まず、ゼロ番を乗せた車椅子を押してやって来た人物は、裏口で困ってしまった。段差があって、ちょっと力が必要だった。そしてそれをどうにかやりとげても、カウンターを通り抜けることができないことがわかった。そこで、自動ドアから入ることを思いついた。ゼロ番と車椅子を裏口の近くに残し、そのテーブルにあるモップを見つけると、それを使って……ちょっと苦労したけれど、なんとか自動ドアのスイッチを入れることに成功した。あとは車椅子を押して、ぐるりと建物の外を半周すればいい。それで簡単に中に入れる。しかしそこで問題が起こった。ゼロ番がいる場所に戻ったら、そこにアンリさんとノブオくんがいたんだ。思わずびっくりして隠れた。受付のそばにある、螺旋階段を上がってね。そこで二人の話を聞いて、彼らが屋上から下りてきたことを知った。大変だ。すっかり目論見が外れてしまった。ゼロ番をこっそり運び入れるつもりで集合時間よりずっと早く来たのに、もっと早く来てた人たちがいて、しかも屋上から見られていた。それで慌てて帽子とマスクを――自分を特徴付けるものを取り、カウンターに置いて、二人に見つからないよう隠れ続けた」

「なんで隠れたりするわけ？」ミツエがきょとんとなった。

「ゼロ番が十三人目、だからですよね……」言いつつリョウコが首をかしげた。「ゼロ番をこの部屋に連れてきて、〝先に実行した〟という風にしたかったのに、見つかってしまって慌てたんでしょうか」

「びっくりするよねー」マイがあっけらかんと口を挟んだ。「だって、死んでるみたいなんだよー？　マイだったら怖くなっちゃうよー」

「連れてきた方の話をしてるんだっつの」セイゴがすっかり自分の役割であるように説明してやった。「見つけた方の話じゃねえだろ」

「ううん、たぶんマイさんの言う通りだよ」シンジロウが言った。「アンリさんもノブオくんも、体が不自由な子が来たと思って屋上から下りてきたんだよ。移動を手伝うためにね。そうしたら、すでに実行したかのような子が車椅子に乗せられていたんだ。まるで放置されたような状態で。それで二人は話し合ったんだと思う。車椅子を押してきた人物は、二人がエレベーターに乗っている間に、さっさと逃げてしまったかもしれない。集いのことを知って、自分が参加するふりをして誰かを殺してここに置いたのかもしれない、とかね。二人にとって――そして僕たちにとっても重要なのは、このアクシデントのせいで集いが中止になりかねないということだ。きっとそのとき二人が話し合った内容には、アクシデントを排除するという案もふくまれていたんじゃないかな。ゼロ番と、彼を連れてきた人物を、集いから外してしまうべきかもってね。これについてはどう思う、ノブオくん？」

「まあ、そうだね。それが一番簡単だし。そのときは僕も、自分が追い出されそうになるなんて思ってもいなかったしね」ノブオが今度はあっさりシンジロウの質問に答えた。「何より中止になるのが怖かった。そんなとき、冷静なまま、絶対に集いを実行するという意思の持ち主がそばにいたらつい頼っちゃうもんだよ。それにしてもすごいね、シンジロウくんは。まるで見ていたように話すんだから」

「もし推測が外れていたら指摘してもらえると思ってるんだけどね」

ノブオは、腕が無事な方の肩をちょっと上げただけで、また口をつぐんだ。

「そっか」ケンイチがうなずいた。「車椅子を押してきた子は自分のせいで中止になるかもしれないと思って隠れたんだ」

「でも、なんで？」タカヒロが怪訝そうに首をかしげた。「そのまま隠れたりしてたら本当に中止になっちゃうかもしれないじゃない。出てきて言い訳したりしなかったのかな」

「なぜなら、その場に絶対に中止にはさせないという強い意思の持ち主がいたからだ」シンジロウがそこでまたアンリへ顔を向けた。「そうでしょう、アンリさん？」

「あなたの、想像に想像を重ねるお話を楽しく拝聴しているわ」アンリは微笑んでその追及をかわした。決定的な証拠は何もないのだ。シンジロウが推測を口にするしかないことだけが強みだった。シンジロウは、アンリ以外の誰かが、うっかり反応を示すのを待っているのだ。先ほどのメイコのように。そうさせてはならなかった。アンリは自分にシンジロウとみなの注意を引きつけるために言った。「どんどん続きを聞かせてちょうだい」それからシンジロウの背後へ——五時半になろうとしている時計の方へ顎をしゃくった。「できれば、せっかくノブオさんが提供した時間がなくなる前に聞き終えたいわ」

「そうだね。なんとか頑張ってみるよ。さて、僕の想像だと、二人の話を聞いていた人物は、そのまま隠れることに決めた。姿を現せば、集いから追い出されるかもしれないし、事情を説明してもそこでまた反対されるかもしれない。というのも、ノブオくんもアンリさんも、ゼロ番がすでに〝実行した〟という前提で話していたからだ。でも、本当の意味での実行はしていなかった。ゼロ番を連れてきた人物は、そのことを黙って、二人に任せることを選んだ。自分はとにかく、隠れて見つからないようにし続けた。サトシくんがこの部屋の鍵を開けるまで――そして、二人の偽装が終わるまで。みんなが集いの場に揃い、実行するという空気が作られるまで。ひたすら黙って、隠れて、気配を消すことが、ゼロ番を連れてきた人物の選択であり……もしかすると、もともとそういう性格だったのかもしれないね」

シンジロウがそこで言葉を切った。急に彼が黙ったせいで部屋が静かになった。

それが重々しい沈黙となり、圧迫となって彼が本当に喋らせようとしている相手に降りかかる前に、アンリはあえて、くすっと笑い声を立て、シンジロウの手を封じようと試みた。「あら、今度は心理分析？　みなのテストの結果を、あなたが診断する気かしら」

「それは僕にはできないよ」シンジロウが困ったように苦笑した。「きっとこうだろうと思うことを話すだけさ。ゼロ番の状態がちゃんとわかるわけでもない。おそらく植物状態で、呼吸はかろうじてできているってことくらいかな。ああなっても周りの会話を聞いてる人もいるけど、彼に意識はないと思う。少なくとも連れてきた人物はそう思っている。そうでないと彼を裏口に置いたまま放ってはおけなかっただろうしね。頭皮の床ずれを気にして帽子をかぶらせなかったのは、彼のことを大事に思ってるってことだよ。マスクをさせることで呼吸が止まることを恐れたのも、この後自分も同時に眠りたかったってことだしね。それだけの気遣いと、覚悟をもって、彼を連れてきた。それは、僕も尊重したい。追い出したいわけでも、咎めたいわけでもないんだ。でも、ケンイチくんの言う通りでもある。植物状態の人は、脳死した人とは違う。植物状態の人の生命維持装置を外して死なせれば殺人になる。もちろんこの集いのように、わざわざ死ぬ状態にすれば、僕たち全員で彼を殺したことになってしまう。そうなると、全員が自分の意思で死んだのか、それとも他にも誰か殺された人がいるのかと、あとで疑われることになるかもしれない」

「遺書があるのよ。テストの回答もね」アンリは鋭く反論した。とにかくシンジロウの目を自分に向けさせねばならなかった。彼に対抗できるのは自分だけだ。そうアンリは思っていた。少なくともゼロ番を連れてきた人物にできるとは思えなかった。「ゼロ番に意思を示す力がないとは限らないでしょう?　彼もまた死を望んでいる。そう確信しているからこそ、彼はここに連れてこられたのよ」

「今の言葉でわかったよ」だがシンジロウはアンリを見ていなかった。アンリが注意を引きつけようとしていることをシンジロウはとっくに悟っているのだ。彼はただ目の前の宙を見つめ、アンリではない相手に、その穏やかな声を聞かせていた。「やっぱりアンリさんは、ゼロ番がすでに実行したと思っていたんだ。生きてはいない。もし多少なりとも息があったとしても、すぐにそれもなくなる。そう判断した。これも咎めているわけじゃないよ。僕だって最初はそう思ったんだから。でもね、彼については、誰もそんな風に確信していないんだ。彼を連れて来た人もね。

さっきセイゴくんがみんなのお話を聞いたとき、彼女はこう言った。もう楽になっていいはずだって。僕と同じだとも言った。でもそれは違うんだよ。単に彼を楽にさせてあげたいと思っているだけで、楽になっていいじゃないかと彼が言ったわけじゃない。楽になっていいはずだっていうのは、彼を見守っている方の言葉だ。許可する側の言葉なんだ。僕みたいに自分の病気を理解して安楽死を望む人間は、楽になる権利があると主張することはあっても、楽になってもいいはずだと誰かに訴えたりはしない。許可を求める空しさを知っているからね。絶対に許可されないと知ってるんだ。それは我がままだってことを。誰かに生きていて欲しいと思われているのに、死を望むなんていけないことだと言われるんだから。楽になってもいいはずだっていうのは、そう言いたくても言えない、ひどい苦しさを知っている人の言葉じゃない」そこでシンジロウが、マイに目を向けた。「僕は……さっきマイさんに怒りをぶつけてしまったけど、本当のところ、最初に怒りを刺激された相手は、マイさんの前に告白した人だったんだ。あとで冷静になって、そうとわかった。マイさんの主張の仕方は、むしろ安楽死を最初に望んだときの僕によく似てた。まるで自分を見てるみたいで、それで感情をかき立てられちゃったんだと思うけど、そもそものきっかけはその前にあったんだ」

「え、あたしの話?」マイが急に名前を呼ばれてびっくりしたように目を丸くした。

「うん。ごめんね、マイさん」シンジロウが微笑んだ。「僕とあなたの病気は、何も違わない。まあ、病気としてはまったく違うけど――結局のところ、僕はマイさんと変わらないんだ」

「えっと。えーと」マイが戸惑ったように首を左右に倒した。「あ、そっか。シンちゃんの病気って、あたしと同じで治らないんだ」

「そう言ってたろうが」セイゴがこれまで以上に呆れ顔になった。「そんで？　お前の話はそれで全部なのか？」

「そうだね。そういうことになるかな」そこでまたシンジロウが言葉を切った。

今やみなの視線は、シンジロウが口にした彼女に向けられていた。ただひたすらうつむき、黙り込み、これまで同様、自分自身を消滅させようとするように気配を殺し続けている少女に。

「全て推測だということを忘れてはいけないわね。何一つ、確かにそうだと判明したことはないのよ」

アンリは半ば空しい気持ちでそう口にした。内心では驚嘆の念に打たれるとともに、みながシンジロウの言葉に納得するのを止められないと悟っていた。よりにもよってこんな少年が、この集いに参加するとは思ってもいなかった。いや、この世にいることすら今の今まで思いもよらなかった。おそらくずっと病床にいたからこそ芽生えた知性なのだろうと想像されるが、自分は直接見聞きすることができないものごとへの純粋な好奇心と、空想ではなくしっかりと筋道を立てて、ものごとのありようを正確にとらえようとする真の現実主義とでもいうべき態度が、こんな風に一つになって完璧なバランスを保っていられるというのは驚嘆に値することだ。途方もない推理力であり、それゆえにこそ彼が死病に冒されているという事実が強調されるようで、アンリの精神が日頃から退けてきたはずの切なさすら抱かせられそうだった。

それでもシンジロウの考えを変えさせねばならないというアンリの使命感が衰えることはなかった。むしろこのような少年ですら参加したという事実が、どれほどこの集いの価値を高めるかと考えると、なんとしてでも実行しなければならないという思いが新たに湧いてくるようだった。

「ずいぶん話させてもらったね。これ、ちょっともらっていいかな」シンジロウがミネラルウォーターのペットボトルを指さした。「喉が渇いちゃった」

「どうぞ。その薬が入ってたりはしないよ」ノブオが言った。とうとう、シンジロウの言葉を間接的に肯定する言葉を平然と口にするようになっていた。

「ありがとう」シンジロウがペットボトルを手に取り、蓋を開けてごくごく飲んだ。「君がこの半分を飲んだの？」

「給湯室があったから、そこの流しに捨てた。減ってないと変だし、全部なくなってるとかえって不自然に思えてね。だいたいこれくらいかなと思って置いたんだ」

「これだけじゃ、この薬は全部飲めないよ」

「僕もちょっとそう思ったけど、わからなかったんだ。一気に飲んだわけじゃなく、少しずつ飲んだんだろうって勝手に想像してさ」ノブオが肩をすくめかけ、またぞろ痛みで顔をしかめた。

「上手くやれると思ったんだ。自分のときはだいぶ上手くやったからね。やっぱり人の代わりにやるのは難しいな。ウエストバッグの中身を出して置いたけど、睡眠薬の知識なんかなかったからね」

「かといって他に偽装する手段はなかなかないね」シンジロウがすっかりペットボトルの中身を飲み干して言った。「服薬自殺は、確かにポピュラーだし」

「こういう集いなんだから、中には経験がある人も来るだろうって考えるべきだったね」ノブオが半ば自分ではなく、そのバッグをそもそも用意したであろう相手に言った。「お互い、失敗したね」

少女は答えなかった。みなが彼女を見ながら黙った。

「無理に喋らせようとするなんて、証拠がないと言っているようなものよ。全ては推測。そうでしょう?」アンリはあくまでシンジロウに向かって話し続けた。他の者はどうでもよかった。ノブオにも期待できない。彼はいち早く集いから去ろうとしているのだ。「あなたの話がそれで終わりなら、また決を採るべきじゃないかしら」

「確かに。もう時間だね」シンジロウがペットボトルを元の場所に置き、サトシがいる方へ歩み出し、そのままぐるりと回ってホワイトボードの方へ向かった。「結論として、僕の推測を、ここに書かせてもらうね」

そう言ってシンジロウがペンを取り、ホワイトボードにさらさらと書き加えていった。

『到着② 1アンリ 2ノブオ 3ユキ/ゼロ番 4リョウコ 5サトシ 6ケンイチ 7タカヒロ 8セイゴ 9ミツエ 10シンジロウ 11マイ 12メイコ』

「ノブオくんは告白することを選んだ」シンジロウがペンを置いて振り返った。「君はどうかな、ユキさん? できれば、僕の話で間違っているところがあれば、訂正してもらえないかな?」

三 時間

この集いの管理人であり主催者であるサトシは、沈黙の中でかすかな音を立てる時計を見上げた。五時半をとっくに過ぎている。今はもう、シンジロウが要求したとおり、ユキが提供した時間だった。ユキの時間なのだ。

シンジロウはいったいどの時点で、こうなるよう計算していたのだろう。あらかじめ多くの疑問に答えを出していなければできないことだ。サトシは何の表情も浮かべない顔の内側で——意図してそうしているのではなく、いつの間にか身についてしまった、我ながらちょっと不気味ですらある無表情さの裏側で、シンジロウの思考力と話しぶりに感心していた。実に学ぶところが多い。ぜひとも彼のような知性を備えたいものだと思いながら、躍起になって話をそらそうとするアンリの声を聞いていた。

「いいこと？　私もノブオさんも、シンジロウさんの一方的な言い分を、ただ黙って聞いていただけなのよ。何も確証はないし、答えが出たわけではない。なのに、ユキさんにそんな風に圧力をかけるような言い方で、自分の考えを押しつけようというのは感心できないわ」

「強引だったのは確かだ。不愉快だったらごめん」シンジロウがどこまでも落ち着いた様子で非を認めた。「他に方法がなくて、というのは言い訳かな。これが僕の性格なんだ。実は両親ともそろって警視庁の人間でね、その影響もあるんだと思う」

「マジかよ」セイゴが真っ先に反応した。「それでお前、よくここに来たな。子どもが事件起こしちゃ、親は困るだろ」

「まあ、親の影響もあるけど、反発心もあるんだよね」シンジロウがこめかみをかいた。「うちの両親が決して安楽死を認めてくれないのは、彼らの職業によるところが大きいんじゃないかと僕は思ってるから」

「それで？」アンリがめげずに詰問した。この期に及んでなおシンジロウの注意を自分に向けさせようとしているのだ。みながユキを追及することを防ぎ、うやむやにしようとするために。この集いの目的を果たすために。「あなたのご両親に倣って、あれだけの推測をまことしやかに語ったということろかしら？　おあいにく様だけど、ここではまだ警察が調べなければならないようなことは何一つ起こっていないのよ」

「そうだね。今ならまだ何も起こらなかったことにできる」シンジロウがそう言いつつ、ノブオを振り返った。「とはいえ、ノブオくんが怪我をしてしまったのは残念だよ」

サトシは思わずうなずいた。傍目にはシンジロウの言葉に同意しているように見えるだろうが、内心ではその話し方に感心していた。ノブオのいかにもひどい有様を、何かが起こった場合の具体例として示しているのだ。危害を加えることの具体例として。それは、すでに永眠しているように見えるゼロ番を、改めて本当に眠らせるということがどういうことかを端的にみなに知らしめる効果がある。そのことに気づいているのは自分とアンリだけだろうとサトシは思った。

「さっきも言ったけど、僕の場合はこれでいいんだ」ノブオが真顔になって言った。「この眼鏡が壊れたこともね。本当は捨てたいと思ってたから。残念なのは、こんな目に遭わないといけない自分になってしまったことだけど、それについてはあとで考えるよ。一人で、もうちょっと時間をかけてね」

「そうだね。どうしてこんなことになったのか……」シンジロウが呟くように言って、そこでゼロ番を振り返り、それからうつむくユキを見た。「どうしてなのかな？」

つくづく上手いものだ。サトシはシンジロウに感心しきりだった。こうしてまたユキにみなの注目を集めさせた。会話の流れを巧みに利用している。アンリが口を挟めないよう、意表を突く喋り方でもある。

　ユキが口を開きかけたが、声にならなかった。唇が震えている。サトシはユキの横顔を見ながら、彼女が落ち着いて話し始めるには時間がかかりそうだなと思った。シンジロウも同様に判断したらしく、しいて問い質そうとはしなかった。代わりに別のことを訊いた。

「彼は、ユキさんのご家族かな？」

　ユキがまた唇を震わせた。肩も震えている。涙が音もなく目頭から溢れ、頬をつたっていった。涙がぽつぽつとテーブルに落ちた。やがて、とうとうユキが言った。

「はい……」

「そうだったんだね」シンジロウが、ゆったりとした間を空けて言った。「お兄さんかな」

「はい……」

「ユキさんは、事故の後遺症で左腕に問題があるって言ってたよね。ここまでお兄さんを連れてくるのは、きっと大変だったろうね」

　ユキがぎゅっと目をつむった。涙が溢れた。ここに来るまでの二人だけの道のりを思い出させられたのだろう。いっそう震えながらユキがうなずいた。

「裏口の段差のところで、車椅子を押し上げようとして苦労したんじゃないかな。車椅子は、両手で扱うものだからね。片手じゃ難しかった。カウンターを通り抜けるために、お兄さんをいったん抱き起こして引きずることも難しい。もっと言えば、モップを使って自動ドアのスイッチを入れることだって片手じゃ大変だ。ずいぶん頑張ったね」

　ユキがすすり泣いた。アンリがきっとシンジロウを睨んだ。

「聞くに堪えない」アンリが言った。「あなたは別に、ユキさんに心から同情しているわけじゃないわ。告白させようとして、そんな風に喋りかけているだけよ。卑怯だわ」

「そう。理解したいだけなんだ」するりとシンジロウがかわして言った。「セイゴくんが言っていたようにね。すっきりしたい。ユキさんを咎める気はないよ」

「僕が聞いた物音は、誰のだったんだろう」ケンイチがいささかも空気を読まずに、自分の疑問を口にした。

サトシはそのケンイチの態度にも学ぶところはあると思った。話の流れを無視するという点ではケンイチとマイが群を抜いている。ケンイチは最初に疑義を呈し、マイは集いの前提を根底から覆した。大したものだ。サトシはどちらかというと周囲の様子に合わせる方だが、ケンイチは自分一人がずれていても気にならないのだろう。付和雷同を好む人々の輪から弾かれるばかりか、下手をすれば袋叩きに遭うタイプだ。マイが言うように人気者になる可能性もあるのに、そうはなれず、さんざんいじめられたのだと思うと気の毒になる。

「あー、んなことも言ってたな」セイゴが思い出したようにうなずいた。「確か、ゼロ番を椅子で運ぼうとして落っことしたんじゃなかったか？」

「それって、時間的に変じゃない？」タカヒロがホワイトボードを見た。「もうとっくに受付カウンターの内側から外に運び出してたんだよね」

これですっかりユキの話題から遠ざかってしまったが、シンジロウにはケンイチに腹を立てた様子はなかった。いつでも必要なときに話を戻せる自信があるのだろうし、みなが疑問を解消したがる様子を楽しんでもいるのだ。

シンジロウが言った。「ノブオくんは、いったん一階の女子トイレにゼロ番を隠した。そのあとトイレから出て、エレベーターで二階に連れて行ったんじゃないかな。で、そこでキャスター付きの椅子で運べばいいと指示された。急いで椅子を持ってきて、ゼロ番を乗せた。でも、うっかりゼロ番を落としてしまった」

「とにかく慌ててたんだ。椅子を四つとも使おうとしたけど手が足らなくて、二つはカウンターの外に置きっぱなしにしちゃったし」ノブオが申し訳なさそうに言った。「二階に戻ったら戻ったでケンイチくんがいることに気づかなくてさ。ふと見たら窓の方を向いて座ってるじゃない。慌ててエレベーターに移動しようとして、つい、ね……。ごめんね、ユキさん」

反応しないのではないかとサトシは思ったが、ユキはうつむいたまま、かぶりを振った。どうやら、だいぶ落ち着いてきたようだが、シンジロウはまだすぐにはユキに話題を戻そうとはしなかった。

「なるほどね」シンジロウがうなずいた。「最初に女子トイレに隠したのは、やっぱりアンリさんの考えだね」

「勝手な推測ね」アンリが突っぱねた。

「出入り口で議論するわけにはいかないだろうからね」シンジロウが構わず続けた。「アンリさんに言われてノブオくんが女子トイレへ彼を運んだ。アンリさんが、動かしにくくなった車椅子を、トイレまで運んだ」

きっとなるアンリの様子に、ノブオが苦笑して後を続けた。「いつ人が入ってくるかわからないしね。ひとまず僕が彼と一緒に隠れたんだ。言われるままにそうしたけど、さすがに居心地が悪かったな。僕もゼロ番も男子だしさ」

「アンリさんはすぐに屋上に戻った」シンジロウがにっこり笑った。「携帯電話で相談していたのかな」

「そういうこと」ノブオがアンリをちらりと見た。もう隠したって仕方がないと無言でアンリに告げていた。「そしたら、マスクと帽子をかぶった人が、また来たって言われてね。リョウコさんだよ。ユキさんもそうだったし、みんな顔を隠して来るのかと思った。なんであれ男子か女子かわからないから、一階のトイレにいたら見つかるかもしれない。実際、あとでミツエさんが入ってきたわけだしね。まあとにかく彼を背負って、エレベーターで二階に移動したんだ。そして、二階のカウンターの裏に彼を隠した。そのとき帽子とマスクがあるのを見つけてね。車椅子を押してきた人は、もう顔を隠してないってわかった」

「あのカウンターの裏？」ケンイチがぎょっとなった。「あそこに、この子がいたの？」

「しまった、それは想像できなかったな」シンジロウがゲームでミスをしたような調子で苦笑した。「もしケンイチくんが振り返っていたら、そこにノブオくんと床に横たわるゼロ番がいたかもしれなかったってわけだ」

「それは最悪だな」ノブオが、目を白黒させるケンイチの様子を面白がるように言った。「そのときはケンイチくんはまだ来ていなかった。リョウコさんが病院に入ってきた。僕はゼロ番を二階に残したまま、リョウコさんに見つからないよう、今度は車椅子を二階に運んで、置きっぱなしにした。とにかく腕が疲れちゃってさ。それから、ユキさんを探した。屋内にいるかどうかもわからなかった。ゼロ番を殺して、置いて逃げたんじゃないか。そうなると集いそのものが中止になるんじゃないかって思って、けっこう慌てていたな」

「その間に、アンリさんは、ゼロ番をこの部屋に入れる方法を冷静に考えていたわけだ」シンジロウが、睨みつけるアンリに構わず断定した。「そのためにはサトシくんが必要だ。サトシくんが地下のドアの鍵を開けて、しかもいったん部屋から離れて病院を見回る状況を作るしかない。そして素早くゼロ番を部屋に入れる準備をしておかなければならない。だからあえて配電盤をオンにした。屋内に人がいることを教え、サトシくんを巡回させるために」

「エレベーターを止めたのは一石二鳥だったな」ノブオが言った。「みんなからゼロ番を隠せて、サトシくんを歩いて四階まで来させられたんだから。僕と違って、よく冷静に考えられるなって感心したよ」

「ベッドを使うアイディアもアンリさん？」

「僕は動く方の担当になってた」ノブオが言った。「屋上で、みんなが来るのを見たり、どうすればいいか考えたりするのは、任せっきりだった」

「コンビとして優秀だ。担当がはっきりしてる」シンジロウが変に感心した。「マスクと帽子は？　アンリさんに渡したの？」

「キャスター付きの椅子を持ってきたときにマスクと帽子を取ったんだ。というのも建物の中に戻ってきたリョウコさんが、二階に来るのがわかってね。マスクと帽子を見られたらまずいと思って手に握って、そのままゼロ番と一緒にカウンターに隠れてたんだ」

「あそこにいたんですか？」リョウコもびっくりした顔になった。「まったく気づきませんでした」

「こっちは隠れながら、何をやってるんだろうと思ってたよ」ノブオがそのときのことを思い出すように頭上を見ながら言った。「ここで見つかったら全部、自分のせいにされるぞ、この子の名前も知らないのに、ってね。まあ、別にそれでもいいやって思ったのは、そのときかな。いざとなったら、全部自分のせいにすればいいって」

「でも見つかることなく、リョウコさんは歩き去った」ノブオがうなずいた。

「彼女がトイレに入るのがわかった」シンジロウが言った。「帽子とマスクを、あの上着のポケットに突っ込んだ」と九番の椅子にかけたままの上着を無事な方の手で指さした。「そして、ゼロ番をエレベーター側の通路に移動させているとき、ケンイチくんがいることに気づいた。びっくりしてゼロ番を落としちゃった。慌てて椅子を通路に押しやり、エレベーターの方まで彼をひきずっていった」そう言って申し訳なさそうにユキの方を見て坊主頭を掻いた。「そのとき、彼の靴がなくなっていることに初めて気づいた。なんてことだと思ったよ。頑張って彼を隠しているのに、彼がいた証拠を二つもどこかに残してしまったんだから」

「そしておそらく、ユキさんはその様子を見て、慌ててその場から走り去った」シンジロウがふいにユキに言及した。だがユキの方をちらりと見ただけで、本当にそうか質すことはしなかった。

「位置は、やっぱり螺旋階段かな。ケンイチくんは一階へ下りていった。ノブオくんがゼロ番と一緒にエレベーターの方へ向かうのを見て、上階へ来るかもしれないと思った。だからケンイチくんと入れ違いで二階に下りて隠れる場所を探した。リョウコさんが二階の女子トイレの外で見たという人影は、ユキさんじゃないかな」

「服の色は……合ってます」リョウコが言った。「そう言われてみると、ユキさんだったようにも思えます。本人に聞かないとわかりませんが……」

なるほど、とサトシは思った。シンジロウが直接ユキに話しかける以外にも、周りの人間を使って追及するという手もあるわけだった。

「ちょっと怖かったんだろうと思う」シンジロウが、そんな風に追及しておきながら、やんわり代弁するように言った。「だって会ったこともない人が、連れてきたお兄さんをカウンターの後ろに隠したり、裸足にして引きずったりしてるんだから」

ユキがうつむいたまま涙を拭った。何も言わなかった。シンジロウの言葉を否定することもなかった。サトシが見る限り、もう泣いてはいない。さっきよりもずっと落ち着いているようだった。

「怖がらせるつもりはなかったんだ」ノブオが言った。「ユキさんを探していたのに、かえって遠ざけていたんだろうね。ちなみに右側の靴は、自販機のそばに落ちてた。このミネラルウォーターを買ってシンジロウくんの注意を引こうとしたときに気づいた。最初にトイレに運んだときに脱げたんだね」そこでいったん口をつぐみ、みなを見回した。「これで、だいたい答えが出たんじゃない？　他に何か疑問ある？」

一瞬、みなが黙った。ややあってセイゴが溜息をこぼしながら腕組みした。「俺は、かなりすっきりしたぜ。ただ、一個だけ聞きてえことがあるけどよ」

「というと？」シンジロウが訊いた。

「なんで十三人になるってわかってて連れてきたんだ？　どう考えても揉めるだろ。それとも、やっぱり自分はばっくれる気だったのか？」

「そうそう」ケンイチが何度もうなずいた。「それがまだわからない」

「今さらそんなことを訊いてどうするの?」アンリがすかさず口を挟んだ。「それよりも、この集いの最初のときを思い出したらどうなの? 誰も彼の存在を疑問視しなかった。十二時に集いを実行することに誰も反対しなかったのよ」

「サトシくんが現れて、ケンイチくんが最初に反対するまではね」シンジロウが言った。「そして話し合い続けた。何時間も」

「じ、自分は参加する気がなかったのかも」タカヒロが急に思いついたようにそう口にし、みなの視線が自分に集まったことにびっくりしたようにかぶりを振った。「あ、いや、この部屋にいなくたっていいってこと。ほ、ほら、僕らがゼロ番と一緒に実行した後でさ、一人で屋上とかで実行するとか」

「俺もそう思ったけどよ」セイゴが言った。「ゼロ番を置いてくんだったら、十二番の数字をわざわざ取って、ここには来ねえだろ」

「全員が来ないと思ってたとか」ミツエがいかにもそうだというように口にした。「誰か欠席してたら、それでよかったんじゃん。そうでしょ?」

「そうでなければ誰か一人を追い出す気だった……」リョウコがそう口にしつつ、訂正するようにかぶりを振った。「という風には思えませんけれど」

「そうですよ、きっと誰か追い出す気だったんですよ」だしぬけにメイコが言った。「だったらゼロ番と十二番を追い出せばいいだけじゃないですか?」

「えー、かわいそーでしょ」マイがちょっと怒ったように言った。「もー、追い出すとかやめなよー、メイちんさー」

「誰ですかそれ？　さっきもそんな呼び方してましたけど、もしかして私の名前のつもりですか？　なんでそんな風に呼ばれないといけないんですか？」

「なーによー？　やなんだったら普通にそー言えばいーじゃん」

「誰も追い出したりすべきじゃない」シンジロウが珍しく強い口調で言うと、自然とみなが黙った。「ノブオくんのように、自分から立ち去ると決めるならともかくね。ユキさんは誰かを追い出そうとはしていない。ただゼロ番とユキさんが、この集いで受け入れてもらえると信じてたんだと思う。この薬の包装シートだけど、全部が空じゃない。幾つか中身が残ってるんだ。ユキさんはこれを飲んで、ゼロ番と一緒に眠っていようと思ったんじゃないかな。誰も来ないうちに」

「はい……」ユキが、か細い声だが、はっきりと口にした。悲しげにテーブルを見つめていた目を、ちらりとゼロ番へ向けた。「二人一緒なら……許してもらえるって、思ってました……」

シンジロウがうなずきかけた。「あらかじめ二人分のアカウントを用意して、サトシくんのサイトにアクセスしようとは思わなかったの？　それなら、数字を二つ取るだけで済んだ」

「フリーメールじゃ駄目でしたし……」ユキが自分自身の中に消えてしまおうというように縮こまって言った。「それに、すぐ、十一人まで決まってしまって……。どうしていいか、わかりませんでした……」

「お兄さんと一緒に、事故に遭ったの？」

「本当は、私が悪いんです」ユキがまた身を震わせて涙を流し始めたが、これまでのように沈黙を盾にしようとはしなかった。「塾の帰り道に、お兄ちゃんが部活の帰りで一緒になって、自転車の後ろに乗っけてくれて。私、ふざけて、お兄ちゃんが彼女にもらったマフラー引っ張ったりして。そうしたら……、車が……。私……ずっと、黙ってたんです。私が……」

「君はお兄さんに怪我をさせたかったわけじゃない」シンジロウが彼にしてはひどく淡々と言った。「君も怪我を負った。そのとき、たまたま不幸がそこにあって、それに出くわした。ある日、僕の体の中に病気が出現したように。単に、それだけのことなんだよ」

突き放すようだったが、それがユキのような立場の相手に対しては正解なのだろうとサトシは思った。ユキがしきりにうなずき、涙をぽたぽたこぼした。

「俺は、すっきりしたよ」セイゴが重々しい調子で言った。「なんてえか、ここに来る前より、ずっとすっきりした気分だ。みんな、話を聞かせてくれて、ありがとうよ。いろいろ余計なこと言っちまったかもだが、とにかく、礼が言いてえんだ」

「僕も、もう疑問はない。みんなに御礼を言いたいのも同感だね。長い話に付き合ってくれてありがとう」そう言ってシンジロウが時計を見上げ、それからサトシを見た。「もう時間だ。僕から一つ提案があるんだけど、それについて決を採ってもらいたい。どうかな？」

「どんな提案でしょう？」サトシは相手の答えをすっかり予想しながら訊いた。

「この集いを中止にすること」

サトシがうなずくのと同時に、これまた彼が予想していた声が上がった。

「反対よ！」アンリが立ち上がった。「全員一致がこの集いの原則だわ。こうして一人が反対しているのよ。決を採る必要もないわ」

「君の意見が聞きたいな」シンジロウもアンリの反発を予想していたように腕組みし、少年が眠るベッドの柵に腰を寄りかからせた。「どうしてそこまでこの集いにこだわるの？」

「もう時間よ」アンリが時計に向かって顎をしゃくった。時刻はもう六時になろうとしていた。

「時間が来たら実行する。そう決めていたでしょう？　ここで中止になんてしたら、それこそ話し合いには何の意味もなかったことになるわ」

「ここにいるみんながそう思っているかどうか、決を採ればわかると思うよ」シンジロウが言った。「その前にアンリさんの話を聞きたいとも思うけどね」

「話し合いの時間はもう終わったのよ」

「では時間を提供します」サトシはきっと誰もが予想していただろうと思って口にしたが、意外なことに全員から意表を突かれたような顔を向けられた。サトシは不思議な気持ちで首をかしげ、みなの顔を見返した。「残っているのは僕の時間だけですから」

「確かにそうだね」シンジロウがいかにも反論の余地がないというように組んでいた腕をほどいて両手を広げた。「アンリさんの話だと、僕たちがここで集いの目的を果たすと、社会が変わる可能性があるってことだった。実を言うと、僕にはそれがいったいどういうことか、よくわからないんだ」

「ああ」セイゴが唸るように同意した。「俺もさっぱりだ」

「この集いが、社会への重大なメッセージになるということよ」今度はアンリが腕組みして言った。「ただちに社会を変えることはできないかもしれない。でも、そのための重要なきっかけになれるわ」

「具体的に何が変わるの？」ケンイチが素直な疑問を口にした。

「私たちの権利のあり方よ。シンジロウさんは安楽死を望んでも認められなかった。権利がないとみなされているのよ。逆に、生きる義務を権利だといって押しつけてくるんだわ。それは誤った考えが生み出す制約に過ぎない。人はもっと自由にならねばならない。不幸というものは、もっと根本から防がなければならないのよ」

「そ、そっか。安楽死の権利を認めさせたいんだ」タカヒロがうんうんとうなずいて言った。

「アンリさんも、実は病気だってこと?」

「確かに、生まれる前からそうだったわ」アンリが言った。「私には避けがたい日常だった。あなたたちの誰にも、想像もできないでしょうね」

「なぜさっき、話さなかったのかな?」シンジロウが眉をひそめた。「病気は、動機ではないってこと?」

「そうよ。必死に戦って完治したわ」アンリが言った。

「完治?」シンジロウがますます怪訝な顔になった。「遺伝病じゃないってこと?」

「いうなれば人類が背負った病よ」アンリが極端な返答を口にして、みなをシンジロウと同じ表情にさせた。「あなたも病名を言わなかった。私にとっても、もはや無価値だから言う必要はないと思っている。もちろん、遺書には書いたけれど。それじゃ駄目かしら」

「無理に詮索はしないよ。その……人類の病はともかく、安楽死を社会に認めさせるために、この集いを実行したい。そういうことかな?」

「言ったはずよ。もっと根本から防ぐべきだって」アンリが腕をほどき、みなを見回した。立ったまま大半の者を見下ろす感じで、むしろお前たちに分かるのかと問うように告げた。「そのために私が主張しているのが、不妊報酬制度よ」

シンジロウがぽかんと口を開けた。サトシもさすがにちょっと驚いていたが、他の者はぴんと来ていない様子だった。

「なんの制度だって？」セイゴががりがりと頭をかいた。「聞いたこともねえぞ」

「この国では、まだ一般的ではないのよ」アンリが、きちんと理解してもらえるよう注意深く語るような調子で言った。「制度というより、今はまだ活動というレベルね。国によって政府が推奨したり、民間の組織が支援しているのだけれど。不妊手術を受ける女性に、報酬を支払うのよ。特に貧困層の女性や、ときには男性にもね。強制ではないわ。あくまでその女性の自由意思によって行われるの」

「えっと、不妊って……」ケンイチが困惑したように周囲を見回し、なんとなく少女たちに遠慮するように口ごもった。「どういうこと……？」

「まさか、ガキを産めないようにするってのか？」セイゴがずけずけと訊いた。「マジか？　そうすりゃ金がもらえるってのか？」

「そういうことよ」アンリがやんわりと肯定した。

説明したはずだと突っぱねるのかとサトシは思ったが、アンリにしてはずいぶん忍耐強い態度だと感心した。どうやら本当にそれが、アンリの動機にかかわる重大事らしかった。

「え……え、なんで？」タカヒロがまったく意味がわからないという顔でアンリを見つめた。

「な、何を言ってるの？　それって、人間の話？　犬とか猫とかを去勢するんじゃなくて？」

「そうよ」アンリが言った。「人の安楽死が、犬とか猫とかを殺処分するのとは全然違うようにね。不妊報酬制度は、これから権利として認められるべき新しい考え方なのよ」

「インドや貧しい国々で、そういうことが行われてるって、何かのニュースで見た記憶がある」シンジロウが、先ほどマイに対して怒りをあらわにしたときのように、険しい表情になって言った。「十日分くらいの賃金を渡す代わりに、ずさんな手術を受けさせて、事故で大勢が死んでるって」

「それは国や自治体そのものがずさんだからよ。もっと言えば、医師や病院自体が劣悪なだけで、制度自体が悪いわけではないの」アンリが、珍しいことに決して高圧的ではなく、なんとか理解を求めるようにテーブルに両手をついて、穏やかな調子で言った。「貧困国での人口爆発を抑制するためだけでなく、貧困層の麻薬中毒患者やエイズ患者なんかに対しても行われているわ。病気を治すのではなく、堰き止めるために。生まれてくる子どもに背負わせないために」

「貧困層を対象にしているわけだから、金銭を条件にすること自体、推奨ではなく強制だっていう考え方もあるよね」シンジロウが早口になって言った。こちらもずいぶん忍耐強く感情を抑えているようだった。「お金を渡す代わりに、子どもを産ませないんだから」

「え……本当なの？」ミツエがようやく驚きの声を上げた。「それって本当のこと話してるの？　映画とか小説の話じゃないの？」

「推奨って……」リョウコが、改めて相手の人間性を見定めようとするようにアンリを凝視して言った。「それが、アンリさんが世の中に広めたいことなんですか？」

「なんですか、それ？」メイコがここぞとばかりにアンリを攻撃し始めた。「意味わかんないですよ？　この集いと何の関係があるんです？」

「ねー、どーいうこと？　なんの話？」マイがいつものようにすっかり話に置いて行かれた顔で言った。「あっ、もしかして、そーなの？　アンリちん、妊娠してんの？」

「違うわ」冗談ではないというように、アンリがやや声を荒げ、ぐっとこらえるように顔を引き締めた。「いい？　世の中には、そもそも生まれさせられたこと自体に、苦しんでいる人が大勢いるの。子どもは、生まれてくるかどうか自分では選べない。親を選ぶことなどできない。生まれて来ることさえなければ、苦しみを背負わずに済んだのに。避妊に失敗したとか、男に逆らえないからとか、単に教育がないからとか、あるいはただの無責任だとかで、まさに産み落とされてしまうのよ。愛もなく、幸せもなく、健康すら与えられないにもかかわらず。そういう人が、この集いにもいるはずでしょう。そういう苦しみを社会からなくすための制度なの。もちろん、今の社会では受け入れがたいものかもしれない。でもここで、私たちが、子どもとしての立場から、私たち全員、そもそも生まれるべきではなかったと主張することには、大いに意義があるはずよ。私は、社会は変わるべきだと思っている。硬直した考えは改められるべきだと思っている。一部の人間にだけ都合の良い理屈に、みんなが縛られるべきではないと思っている。こうした制度は、積極的に取り入れられるべきだと思っている。あなたたちも、それぞれ大事な動機があるのでしょう？　それをただの個人の都合やささいな感情の結果として片付けられたくはないでしょう？　私たちがこの社会に重大な影響を与えるのよ。社会を変えるきっかけになるの。それはとても正しいことでしょう？」

誰も答えなかった。大半の者が、賛同どころか理解もおぼつかないといった様子だ。彼女の理屈がわからないのではなく、結局のところ、なぜそんな考えにそこまでこだわるのかが理解できないのだ。彼女は誰からの共感も求めていない。自分の死を衝撃的にし、注目を集めることにこだわっている。社会という漠然としたものを全面的に攻撃の対象にしている。ここにいる者たち全員を、そのための頭数とみなしている。それらのことが如実に伝わっただけだった。誰も彼女の味方をしない。サトシは、今回の集いがどのような結末になるか、あらかた予想することができた。

「ここには自分たちを産んだ母親のせいで苦しんだ人たちがいるわ。そうでしょう？　タカヒロさん、セイゴさん、リョウコさん？」

アンリが声を低めて――おそらく彼女なりに忍耐力を総動員して――話し方を切り替えた。全員に向かって説明するだけでは埒が明かないとみて、個別に語りかけることで、一人でも多くの理解者を得ようというのだろう。

「あなたたちは、母親にとって自由になるものとして扱われてきたわ。一方的な願望やその場しのぎの都合を押しつけられ、自由意思を持つ存在とはみなされず、ただ母親に従属することしか許されなかった。何もかも、母親がそのように望んであなたたちを産み育てたからよ。そのような生から逃れるために、この集いに来たのでしょう？」

「その通りですね」リョウコが冷淡ともいえる調子で返した。「ええ、まったくその通りです」

アンリはうなずき、リョウコの本意を確かめることも、自分が名指しした残りの二人が言葉を発するのを待つこともせず、早くも次の目標を定めてそちらへ目を向けていた。シンジロウなら互いの共感を重視して、全員の返答に耳を傾けるところだ。なのにアンリはそうしない。サトシの見たところ、それが彼女の一番の欠点だった。優れた理解力を披露しながらも、自分を理解してもらおうとしない。そもそも望んでもいないのだ。むしろ、誰にもわかるはずがないと思っているのだろう。

「それが父親の責任である場合だって、もちろんあるわ。そうでしょう、メイコさん？」アンリがメイコを見下ろすようにして言った。「子どもに関心もないくせに従属を強いるのよ。そうして子どもを、親と同じ人生を繰り返すだけの存在にしてしまうんだわ。いったいそんな生に何の価値があるというの？」

メイコが顔を歪めて何かを言い返そうとする前に、アンリはまた相手を変えた。

「ミツエさんが後を追おうとする、その写真の男性だって、大人たちの歪んだ心を背負わされてきたのよ。自分の歪みに耐えられなくなった人の死に共感するということは、同じ歪みがあなたの中にもあるはず。大事なのは、その歪みがどこからもたらされたかということよ。そして、その歪みをもたらし続けている人たちに、もうそうするのはやめるべきだと、はっきり告げることじゃないの？」

ミツエがあんぐり大口を開けるさまをアンリはろくすっぽ見てもいなかった。すぐにケンイチとノブオに目を向け、大声で呼びかけるようにして言った。

「いじめなんて、その歪みの最たるものだわ。大人たちが本気で解決しようと思えば、幾らでも手段があるのに、そうしようとはしない。いつだって彼らは、生まれてしまった者たちを持て余しているのよ。生まれた者同士を争わせ、傷つけ合わせて、自分たちはただ傍観している。そんな劣悪な社会をどうにかすべきなのよ。そしてその最も効果的な解決方法は、生まれた私たち自身が、生まれてきたことに抗議することなの。私たちのこの生には何の意味もないと——」

「いい加減にしてもらえませんか」リョウコが切りつけるような鋭さでアンリを遮った。「私がここに来たのは、そんな主張をするためではありません。私は本来の私自身でいるために来ました。少なくとも私にとっては、私自身が、価値ある存在だからです。たとえ母親からそうはみなされなくても」

アンリの怒濤のような主張をリョウコが止めたことで、残る者たちが次々に声を上げ始めた。

「確かに、俺を金に変えようっていう母親がいるがよ」セイゴが言った。「俺みたいなやつを産んだのが間違いだとか言う気はねえな。クズみたいな人間だろうとなんだろうと、生まれたもん勝ちだ。俺のいる世界じゃ、そういう考え方をするんだ。つーか、俺もそう考えてたってことを思い出させられたぜ」

「ぼ、僕は、ただ眠りたかっただけだし」タカヒロがかぶりを振って言った。「でも、もしできるなら、ちゃんと目を覚ましたいって気持ちもあったんだ。どっちにしたって、生まれたからそう思えるんだし。最初から生まれたくなかったっていう風には思えないよ」

二人の少年が発言している間にも、メイコとミツエが大声でわめき立てていた。

「なんなんですか？　あなたにそんなこと言われる筋合いはないですよ？」メイコがここぞとばかりに詰《なじ》るような調子で言った。「父親が私を追い出せたとしても、私がいたことを忘れさせないために、私はここにいるんですよ？　生まれなければよかったなんて、父親やあの母親代わりの馬鹿な女たちを喜ばせるだけじゃないですか？　頭おかしいんじゃないですか？」

「歪んだ心って何⁉」それこそ大いに顔を歪めてミツエが叫んだ。「この人は、とおおおっても純真な人なのよ？　あなたこそ歪んでるわ！　あなたが何を言ってるのか、私には、さああああっぱりわからないんだからね！」

騒然となる様子を眺めながら、ノブオがくすっと笑ってケンイチに声をかけた。

「君は、あんな風に思ったことある？　最初からこの自分が生まれなければ、全ては丸く収まってたんだって」

「そんな……、それはないよ」ケンイチがぎょっとした顔になった。「そんな風に言われたことはあるけど……。それで傷ついたし……。そんな風に思うようになる前に、死にたいよ」

「だよね」ノブオが苦笑し、すっかり孤立無援といった様子のアンリに目を向けた。その眼差しには同情がこもっていた。そんな風にアンリを見ているのは、この中でノブオただ一人といってよかった。「本当に、心の底から消えて無くなりたいっていうほど、苦しんだんだろうね……彼女」

ノブオの言葉に、ケンイチがなんとなくという感じでうなずいたが、共感はしていないようだった。

サトシはその二人の様子を目の端で観察し、それから、逆側にいるユキとマイに目を向けた。二人とも——サトシもそうだが——アンリの舌戦に巻き込まれずに済んでいた。この二人をアンリがどう説得しようとしたか見たかった気もするが、どのみち功を奏さなかっただろう。

「ねー、ユキちんさー。あーいう風に思ってた？　なんか生まれなきゃいいとかさー」

「いえ……」ユキは申し訳なさそうにうつむいて答えた。

「だよねー。お兄ちゃんも、きっとそーだよね。あたし、病気になんかなんなきゃ良かったなーって思うけど、それって、生まれて良かったなーって思ってたからだしさー」

「……大した病気じゃないですしね」ユキが小声でぼそっと呟いたが、マイには聞こえてなさそうだった。

「あなたたちは、私の主張を誤解しているのよ」アンリが個別に説得することを諦め、再び全員に向かって喋り始めていた。「私たちが抱いた苦しみを社会に訴え、抗議をするということなの。そうして根本的な解決を導くべきなの。私たち全員の死というメッセージは必ず社会に届くわ。そして私たちの後に続く人たちが大勢出てきて、社会を変えるのよ」

最初に口をつぐんだのはリョウコだった。それから、声を上げていた者たちがみな黙っていった。もちろん説得されたからではなく、単にアンリの一方的で極端な主張に辟易してしまったからだ。その白けたような空気の中、アンリの両肩から目に見えて力が抜けていった。

「……どうして、わからないの？」

誰もその問いに答えなかった。大半の者がアンリから目を背けてしまっていた。いまや彼女を見ているのは、サトシ、マイ、そしてシンジロウの三人だけだった。

「僕は、生まれてきたことに抗議したりはしない」やがてシンジロウが重々しく、断固として告げた。「僕の親に、なぜ僕を産んだのかと怒りをぶつけたりはしない。そんな遺書があるなら、一緒にここで眠りたいとは思わない。むしろ今の話を聞いたお陰で、僕は、いつか死ぬまで生きたくなってきたよ、アンリさん」

「あなたは思い違いをしているだけよ」アンリが鋭く言った。忍耐強さはどこかへ消え去り荒々しい感情がすっかり剝き出しになっていた。「そうやって誤った考え方や感情に支配されている。親を大事に思うとか、自分の命を尊ぶべきだなんて、馬鹿げた考えに縛られている。哀れで愚かなことよ」

「その言葉は、そのままお返しするよ」シンジロウがかぶりを振って言った。「自分の歪んだ考えに縛られている。それとも、病気の身で生まれてきた自分に、かな」

その言葉が、的確にアンリがあらわにした心の急所を突いたことをサトシは察した。果たしてアンリの顔が激情で青ざめた。

「あなたに何がわかるの？」ほとんど叫びに近い声だった。みながまじまじとこの怒れる少女を見つめていた。「私は母親のせいで生まれる前から梅毒に冒され、薬物中毒の体で生まれたわ。無節操で薬漬けだった愚かな母親のせいでね。梅毒がどんな病気かわかる？　物心がつく前から離脱症状に襲われ続けるってことがどんなものかわかる？　初めて自殺を考えたのは私が四歳だったときよ。それがどんなことかわかるっていうの？」

「そっちの理解を広める方がいいと感じるだけだね。子どもがどんな気持ちかってことの方を。親になる人たちへ」シンジロウの方は、昂ぶりかけた感情をゆっくりと鎮めるように息をついて言った。「君が持ち出した制度じゃなくて。そんな制度が、そもそも要らなくなるように」

アンリが何か言いかけたが、そこで初めてシンジロウやみなの表情を見て取ったようだった。自分の両手を見つめ、それから身を起こしてテーブルから手を離した。そして、何かを投げ出すように、溜息をつきながら腰を下ろした。

沈黙が降りた。誰も何も口に出せなかった。やがてアンリが、ひどく乾いた声で言った。

「結局、そうなのよ。まだまだ、一般的ではない考え方なの。そういうことなのよ」

四　0対12

サトシが見る限り、アンリのひどく諦念に満ちた言葉に誰も反応しなかった。否定も肯定もなかった。理解不能だとみなの顔が言っていた。だがサトシだけは、アンリの孤独がよく分かる気がした。言ってみればこの集いを主催する自分も、世間からすれば理解不能の存在だろうと、なんとなく分かっていたからだ。

サトシは、自分がとっくに世間一般の常識からずれた場所に入り込んでしまっていることを自覚していた。大勢の子どもたちに一緒に死のうと呼びかけて実際に集めてしまうのだから、そのずれ具合たるや、相当なものだろう。

どうしてそんな風になったのかは永遠の謎だった。親が立派な病院を経営していながら、家族がばらばらになり父が自殺したからこうなったのか、最初から自分の中の何かがおかしかったのかは、いかにも解き明かしがたい問いだ。

きっとアンリもそうなのだろうとサトシは思った。自分よりもずっと前から、何かに閉じ込められ、出口を探し続け、やっとの思いで見つけたのが、極端な思想だったというだけのことなのだ。彼女がその思想にとらわれているさまは、自分がこの集いを思いついてからずっとそれに取りつかれてきたのと、あまり違わない気がしていた。

とはいえここでアンリの心情を汲んで代弁するというのはサトシの役目ではなかった。自分は時間を提供したのだし、そもそもこの集いを実現するためあらゆることをしてきたのだ。アンリだけでなく、この集いに参加した人間が、この機会をどう活かし、どう失うかは、その人たち自身の問題だった。

シンジロウがみなを見回し、そして言った。

「他に反対意見がなければ、さっきの僕の提案について決を採ってもらえればと思う。とはいえ、あくまで提案だから、反対する人がいても中止にしてやろうとは思わない。あくまで実行するというなら、僕は止めない。単にここを出て行くだけだ。ただその前に、みんなに御礼を言いたいのと、何人かに提案をしたいと思ってるんだ。それについて、ここで口にさせてもらってもいいかな」

「提案って?」ケンイチが訊いた。「誰に?」

「主にケンイチくん、セイゴくん、ノブオくん、あとは、タカヒロくんかな。もちろん他に誰か必要な人がいたら、僕の携帯の番号を教えるよ」

「なんだ?」セイゴが眉をひそめた。「なんかお前に頼めってのか?」

「僕ではなく、僕の親にだけどね」シンジロウが、ちょっと唇を歪めて言った。彼自身にしかわからないような葛藤がちらりと顔を覗かせていた。「解決はできないかもしれないけど、相談することはできる。僕に、健康な友達ができたと言えば、父も母も喜んで親身になってくれるだろうね」

「初めまして。僕はシンジロウくんの友達です」ノブオが茶化すように言った。「実は僕、人殺しで、自首したいんです。こんな自己紹介になる気がするよ」

「いいんじゃないかな」シンジロウがあっさり言った。「それが僕の両親の仕事だし」

「マジかよ」セイゴが大声で笑い出した。「まあ、どうにかなるとは思えねえけど、それもありかもな。ポリにチクったってんで殺されっかもしれねえけど。いや、それもありだ。ノブオが言ってた通り、てめえでけりをつけるのは、もういつでもできるって気になったしよ。ここに来たお陰でな」そうまくしたて、笑いながらテーブルに身を乗り出した。「おい、ケンイチ。さっき俺がなしつけてやってもいいって言ったの覚えてっか？」

「う、うん……」

「シンジロウんところとは別に、俺もやってやるよ。なしつけてやる。まあ、それでどうにかなるかはわかんねえけどな」

「え？　なんで？」

「さあな。ま、お前が最初にこれが変だって言わなかったら、今ごろとっくにおさらばしてたからじゃねえの？」セイゴがくっくっと笑って言った。「なあ、タカヒロ。お前んところの母親にも、俺がなしつけてやろうか？」

「えっ？」タカヒロがぎょっとなった。「な、何？　なんで？　いいよ、そんなの」

「お前、やっぱ病気じゃねえよ。薬が抜けたら見るからにまともじゃねえか。親にヤク中にされたようなもんだろ」

「う、うーん」これまでその点について懐疑的だったタカヒロが、初めて受け入れるような素振りをみせた。「……わかんないけど、今は確かに、すごく目が覚めてるっていうか、すっきりしてるかな。あと、なんかさすがに、お腹空いたね」

「俺もだ」またセイゴが笑い声を上げた。「帰りにラーメンでも食ってくか」

「ねー、シンちゃんの番号教えてくれるって、どーいうこと？」マイが大いにずれたタイミングで声を上げた。「さっき携帯しまっちゃったじゃん。もしかして、シンちゃん、ここ出てくの？」

「そうだよ」シンジロウが微笑んだ。「これから、中止にすることを提案するんだ。マイさんはどうするの？　ここに残りたい？」

「えー、どうしよ。なんかさ、いろんな病気あるんだねーって思ってさー」マイが感心したようにアンリの方を見たが、アンリは目を合わせようともしなかった。「あたしも、ちょっと頑張ろうかなーって気になってんだよねー」

「シンジロウ、こいつにも番号教えてやれよ」セイゴが笑いながらマイの方へ顎をしゃくって言った。「お前みてえなのには、こういうド天然も必要だろ。お前とこいつの病気がどう違うかも教えてやりゃいいだろ」

「えー、そーなの？　またどっかで会える？」マイが嬉しそうに訊いた。

「そうだね」シンジロウが微笑んだ。「病院に来てくれれば、いつでも」

「あー、そっかー。あたしお見舞い行くよ」

「ちょっと待って！」ミツエが慌てて叫んだ。「この人のこと忘れないで！　誰か説得してあげて！」

「けっこうです」リョウコがきっぱりと言った。「安心して下さい。私もここを出るつもりですから」

「え？」ミツエが目を見開いてリョウコを見つめた。さっそく目が潤み始めていた。「そうなのね？　考え直してくれたのね？」

「ええ。だからあなたも考え直してもらえませんか。だいたい、あなたに後を追って欲しいなんて誰も思っていませんから」

「私にも生きていて欲しいって言ってくれるのね」ミツエはそう解釈し、感極まったようになっている。「嬉しい。こんなの初めて。ねえ、どうして？　いつ考え直してくれたの？　あたしが説得しているとき？　ねえ、そうなの？」

　自分のお陰だと言って欲しそうだったが、リョウコはメイコの方を振り返り、やや棘をふくんだ調子でこう告げた。「たぶん、メイコさんのお話を聞いたことがきっかけですね。自分もあんな風にみじめに見えてたんだと思うと情けなくなりましたから。ここを出て、独立することを考えます」

　メイコは心底から馬鹿にしたように鼻を鳴らした。

「なんですかそれ？　みんな何しに来たんですか？　ずうっと話し合って、私がさんざん苦労したのに、結局こうなるんですか？　これって管理人の責任ですよね？　どうしてくれるんですか？」

「みなさんの自由意思が原則ですからね」サトシはこの手の人物の話はずいぶんと聞いてきたたし、実際に見てきたので扱いも慣れたものだった。親が病院を経営していると、びっくりするような患者がしばしばやって来るものだ。「メイコさんもこのあとの採決で、ご自由になさって下さい」

「私も相談に乗ってもらえるんですよね？」メイコが、ぎろりとした目つきで、すぐ隣にいるシンジロウへ矛先を変えた。「私、お陰で他の手段を考えないといけなくなりましたよ？」

「人に危害を加えることじゃなければね」シンジロウが相手をいなすように肩をすくめた。

「しませんよ、私。そんなこと」メイコが真顔で言った。ノブオが苦笑し、ケンイチとタカヒロとセイゴが鼻白んだように顔を見合わせた。

「私もいいですか?」リョウコがそう言って、隣にいるシンジロウを自分の方へ振り向かせた。「電話番号を教えてもらえますか?」

「え?」シンジロウがさすがにびっくりしたような顔になった。「何かうちの両親に相談するようなことが?」

「いいえ。あなたとお話ができる機会が持てればと……私が今の気持ちを忘れないように。いけませんか?」

「喜んで」シンジロウがにっこり笑った。その様子を、サトシを除く少年たちがさも羨ましげに見ていた。

それからシンジロウがユキに顔を向け、十分に間を置いて尋ねた。「ユキさんは、どうするのかな?」

「兄と……帰ります」ユキが、ささやくような声で告げた。

「そっか。お兄さんのお名前を聞いていいかな」

「ユウキです」

「君と一字違いか」シンジロウが優しく微笑んで言った。「ユウキくんを車椅子に乗せるのを手伝うよ」

「はい」ユキが洟《はな》をすすりながら、こくんとうなずいた。「ありがとうございます」

シンジロウがサトシを振り返った。「じゃ、お願いしていいかな」

「はい」サトシはもうすっかり予想どおりの展開となった集いの場を見渡して言った。「では、この集いを中止にすることに賛成の方は、挙手して下さい」

最初にシンジロウが手を挙げた。ケンイチ、ミツエ、リョウコ、メイコ、ノブオ、タカヒロ、セイゴ、マイ、ユキが続いた。

サトシは、ただ一人残るアンリを見た。やがてアンリが大きく息をついて、無表情にサトシを見た。そして手を挙げた。

「全員が賛成しましたので、この集いは中止にしたいと思います」

ほとんどの者が笑顔で手を下ろす一方で、アンリが目を見開き、まじまじとサトシを見つめた。あ、しまった——とサトシは思った。幸いなことに表情には出なかった。こういうときのために無表情でいるよう無意識に自分を訓練しているのかもしれない。なんだか集いを行うたびに、面《つら》の皮が厚くなるようだと思った。

「全てそのままにしておいて下さい。後片付けは僕がやります」サトシはそう言って、アンリの視線から逃げるように屈んで箱を取り、テーブルに置いた。「みなさんの携帯電話をお返しします。忘れずに持っていって下さいね」

一同は次々に立ち上がって箱に手を伸ばし、携帯電話を取っていった。アンリだけは座ったままだった。その目はじっとサトシに当てられている。

「大丈夫かな?」シンジロウがアンリの視線に気づき、サトシに耳打ちした。「一緒にいようか?」

「いえ」サトシが請け合った。「まだ話したいことがあるのかもしれませんね」

シンジロウが、そうかもね、というように肩をすくめ、サトシに背を向けた。シンジロウと他の少年たちが、車椅子を広げ、眠れる少年を抱き上げてそれに乗せてやった。タカヒロがウエストバッグに薬の包装シートを入れ、ユキに手渡した。

自然とリョウコがドアのテープを剝がし始め、ミツエが倣った。さらにユキとマイが手伝った。メイコがぶつぶつ文句を言いながらその作業を見守り、最後の方だけ手を貸した。

セイゴとタカヒロが換気口を塞いでいたテープを剝がした。丸めたテープがゴミ箱に放り込まれた。それからセイゴが通路の防火バケツを喫煙所に置きに行き、また部屋に戻ってくるとタカヒロに手伝わせてサトシが移動したベンチを元の場所に戻した。

サトシは、時計の数字と、番号を記した紙を集め、自分の席のテーブルに置いた。空のペットボトルや菓子袋をゴミ袋に入れ、練炭と鉢を片付けた。

シンジロウとケンイチがホワイトボードを綺麗に拭きながら、笑い合っていた。

「なんだか楽しかった」シンジロウが言った。「セイゴくんも言ってたけど、君が最初に反対してくれたお陰だ」

「シンジロウくんが助けてくれなかったら、どうしようもなかったよ」ケンイチが笑って言った。

「本当にありがとう」

アンリはずっと席に座ったまま、じっと宙を見つめていた。誰もあえてアンリに話しかけようとはしなかった。

すぐに何も片付けるものがなくなった。それでもなぜか妙な名残惜しさでもって、みながその場に残っていた。不思議なものだとサトシは思った。いつも去り際はこうなるのだ。

「あとは僕がやりますので、そのままにしておいて下さい」サトシが改めて言った。「自動ドアは使わずに裏口から出て下さいね。僕は戸締まりを点検してから帰ります」

「あの、サトシくん、こんなに準備をしたのに中止になって、怒ったりしてないの?」ケンイチが不思議そうに訊いた。

「全員が決めたことですから」サトシは我ながら白を切ることが得意になったものだと感心したくなった。「特に何も感じていません。お気をつけてお帰り下さいね」

「さ、行こうか」シンジロウがみなを促した。「手伝うよ、ユキさん。それじゃ、サトシくん。いろいろありがとう」

「いえいえ」

「あの……」ユキが車椅子に乗せられた少年の傍らで、おずおずとサトシに向かって頭を下げた。「ご迷惑、おかけしました」

「いいんですよ。では、さようなら」

「じゃ、さようなら」シンジロウが微笑み、ユキが車椅子を押すのを手伝ってやりながら開いたドアから通路へ出て行った。

「それじゃ……サトシくん。さようなら」ケンイチが言った。

「はい、お気をつけて」

「なんか疲れたけど、眠くないや」タカヒロが部屋に並ぶベッドを見やり、それからサトシに微笑んだ。「じゃあね、サトシくん」

「はい、さようなら」

「じゃあな。面白かったぜ」セイゴがサトシの小さな肩を叩いて返事も待たずに出て行った。

「手当てしてくれてありがとう」ノブオがジャケットを無事な方の腕で抱えながら言った。「じゃあね。また会えるといいね」

「お大事に。またお会いしたいですね」

「じゃあね、サトシくん。あなたも元気でいてね」ミツエが何やら感動したような顔でサトシの両手を握った。

「変な話ですが……とても良い経験でした。ありがとうございました」リョウコが、サトシにというより集いの場に向かって丁寧に頭を下げた。「それでは、失礼します」

「管理者として、もっと責任を持った方がいいと思いますよ？」メイコが捨て台詞を吐きながら出て行った。

「じゃーねー、サトちゃん」マイがぽんぽんとサトシの肩を叩いて出て行った。「またねー」

十人が何やら話しながら通路を進み、エレベーターの方へ去り、やがて声が遠くなった。エレベーターのドアの開閉音ののち、しばらくして裏口のドアが閉まる音がロビーに響き、ドアのそばに佇んでいたサトシの耳に届いた。

アンリが立ち上がった。

「今度はいつやるのかしら？」

サトシは彼女を振り返り、なんのことかわからないというように首をかしげてみせた。

「今度というと？」

「ごまかしても駄目よ」アンリが腕組みして、面白がるような笑みを浮かべた。「あなた、もう何度もこういうことをしているのよ。やっと気づいたわ。あなたは一度も決議に参加していない。投票も挙手もしなかった。最後の一票を常に伏せて、取っておいたんでしょうね。自分は手も挙げずに全員が中止に賛成だなんて。最初からそのつもりだったと言っているようなものよ」

　サトシは黙ってアンリを見返した。ただそうしていても出て行く相手ではなかった。極端な考え方に凝り固まった人物であるとはいえ、人を見抜く能力に長《た》けている。サトシはまたちょっと首をかしげて言った。

「やっぱり、ばれてしまいましたか」

「何度目なの？」

「三度目ですね。今回は、かなり予想外のことばかりでしたが」

「死にたい人たちを集めて、生かして帰すってわけね。お父様が亡くなられたこの病院で。それがあなたのしていることだった。最後の最後まで見抜けなかったわ」

「そこまでは思っていませんね」サトシは言った。「別に生かそうとはしていないんです。ただ、ほんの少しのきっかけで変わるということはわかっています。最初の経験でそう学びました」

「たとえば、十三人目がいたり？」

「まあ、たいていテストのことで多くの方が考えを変えますね。あれで僕が診断できるわけがないということに気づくんです。そうすると、僕に預けていた何かが戻ってきた感じがするのでしょうね。急に、我に返ったようになる人もいます。そうなると、セイゴさんが提案したように、お互いの動機を話すことになるんです。だいたいみなさん、言い合いになりますね」

「誰も考えを変えなかったら？　あなたか、外部にいる誰かが止めるのかしら」

「とりあえず僕が持つ最後の一票を、話し合いに使います。それでも実行するとなったら、そのときは僕も一緒に眠るだけですね」

「止めないの？」

「はい。父の時も止められませんでしたし。みなさんの前で話したとおり、死にとりつかれているんですよ。死にたい人たちの話を聞いているとなぜか落ち着くんです。ただ、死を否定する気持ちに惹かれてもいますね。こうして中止が決まって誰もいなくなると、なんといいますか、とても気分が良くなるんです。シンジロウさんがおっしゃっていたように、いつか死ぬまで生きてもいい、という気になるんですよ」

「で？　いつか死ぬまで、これをやり続ける気？」

「この病院がなくなるまでと考えていました。ただ、ここを買った会社が、どうやら業績不振に陥ったらしくて、改装業者への不払いで工事が滞っているようなんです」

「あらあら。なら、あと何回かできそうね」

「まあ、そうかもしれませんね」

「どうせ次の準備もしているんでしょう？」

「ええ、まあ」

「私も参加するわ」挑戦的な笑みを浮かべてアンリが言った。「集いを成功させようとする参加者がいてもいいでしょう？　中止に期待する管理者がいるんだから。もちろん、以前にも参加したことがあるなんて、誰にも言わないわよ。それとも、テストで私だけ不合格にする？」

「いいえ。歓迎しますよ」そう言いつつ、サトシは一つだけ付け加えた。「できれば僕より遅く来て下さいね。予想外のことばかり起こると、話し合いが長引いてしまいますから」

アンリが時計を見上げた。七時少し前だった。それからテーブルに集められた十二個の数字を見ながら言った。「そうね。考えておくわ。今度は何番を取るべきかしらね」

「あまり混乱させないで下さいね」

「もちろんよ」アンリが微笑んだ。「それじゃ、また会いましょう、サトシさん」

「はい。お待ちしています」

アンリが楽しげに部屋を出ていった。足音が遠ざかり、階段を上っていく音がした。

サトシは数字を左手に集め、それ以外のものはそのままにしておいた。通路に出て部屋の電気を消したとき、裏口のドアが閉まる音が聞こえてきた。右手でポケットから鍵を取り出し、ドアを二つとも施錠した。それから自分も通路を進んで階段を上り、すっかり暗くなったロビーに出ると、カウンターへ歩み寄った。

そこに蓋が開きっぱなしのまま置かれた金庫があった。

金庫を手元に引き寄せると、左手に握った数字を一つずつ右手でつまみ上げ、空っぽの金庫の中に綺麗に並べていった。持ち時間か——サトシは数字を見ながら我知らずうなずいた。アンリのアイディアだが、悪くなかった。次の集いで使ったとしても、アンリは文句を言わないだろう。

そんなことを考えながらサトシは一番から十二番まで、きちんと並べ終えた。一つも欠けずにそろっていることを確かめ、そして蓋を閉めた。

初出　別冊文藝春秋２０１５年７月号〜２０１６年７月号
ＤＴＰ制作　言語社

冲方丁　うぶかた・とう

1977年岐阜県生まれ。96年『黒い季節』でスニーカー大賞金賞を受賞し、デビュー。2003年『マルドゥック・スクランブル』で日本SF大賞、10年『天地明察』で吉川英治文学新人賞、本屋大賞などを受賞。12年『光圀伝』で山田風太郎賞を受賞。他の著作に『ばいばい、アース』『微睡みのセフィロト』『オイレンシュピーゲル』『もらい泣き』『はなとゆめ』などがある。漫画の原作、アニメやゲームの脚本など、小説以外の分野でもその才能を発揮している。

十《じゅう》二《に》人《にん》の死《し》にたい子《こ》どもたち

2016年10月15日　第1刷発行

著　者　冲《うぶ》方《かた》 丁《とう》
発行者　大川繁樹
発行所　株式会社文藝春秋
〒102-8008
東京都千代田区紀尾井町3-23
電話　03-3265-1211（代）
印刷所　萩原印刷
製本所　加藤製本

 ISBN978-4-16-390541-9 Printed in Japan